# 阿来研究

## ALAI RESEARCH

### （第9辑）

主编　陈思广

主办　四川大学2011协同创新基地阿来研究中心
协办　四川师范大学文学院
　　　西北民族大学西北少数民族文学研究中心
　　　西华大学人文学院
　　　西南民族大学文学与新闻传播学院

四川大学出版社

责任编辑：黄蕴婷
责任校对：欧风偓
封面设计：墨创文化
责任印制：王　炜

图书在版编目（CIP）数据

阿来研究. 第 9 辑 / 陈思广主编. —成都：四川大
学出版社，2018.12
　ISBN 978-7-5690-2662-7

　Ⅰ.①阿… 　Ⅱ.①陈… 　Ⅲ.①中国文学-当代文学-
文学研究 　Ⅳ.①I206.7

中国版本图书馆 CIP 数据核字（2018）第 290047 号

| | | |
|---|---|---|
| 书　名 | 阿来研究（第 9 辑）<br>**Alai Yanjiu（Di 9 Ji）** | |
| 主　　编 | 陈思广 | |
| 出　　版 | 四川大学出版社 | |
| 地　　址 | 成都市一环路南一段 24 号（610065） | |
| 发　　行 | 四川大学出版社 | |
| 书　　号 | ISBN 978-7-5690-2662-7 | |
| 印　　刷 | 郫县犀浦印刷厂 | |
| 成品尺寸 | 185 mm×260 mm | |
| 插　　页 | 2 | |
| 印　　张 | 18 | |
| 字　　数 | 434 千字 | |
| 版　　次 | 2018 年 12 月第 1 版 | |
| 印　　次 | 2018 年 12 月第 1 次印刷 | |
| 定　　价 | 62.00 元 | |

◆读者邮购本书，请与本社发行科联系。
　电话:(028)85408408/(028)85401670/
　(028)85408023　邮政编码:610065
◆本社图书如有印装质量问题，请
　寄回出版社调换。
◆网址:http://press.scu.edu.cn

# 蘑菇圈

阿来 著

**阿来最新力作**

直击雪域高原灵魂的小说
阿来诗性光辉中的生命礼赞

阿来小说《蘑菇圈》

阿来凭借小说《蘑菇圈》获第七届鲁迅文学奖·中篇小说奖

诗人康若文琴

马尔康 马尔康

康若文琴◎著

中国文联出版社
http://www.clapnet.cn

康若文琴诗集《马尔康 马尔康》

康若文琴的诗

康若文琴 著

四川出版集团 四川文艺出版社

康若文琴诗集《康若文琴的诗》

# 目　录

## 名家视阈

当代小说创作影响力报告（1949.10—2017.10）

　　——兼及四川、西藏小说创作影响力报告……………陈思广（执笔）（1）

## 新作热评

［《蘑菇圈》小辑］

阿来中篇小说《蘑菇圈》的主题意蕴探析 …………………栗　军（49）

生命与自然的神性演绎

　　——关于《蘑菇圈》的阅读札记 …………………………蔡洞峰（55）

我们面对的是精灵还是恶魔

　　——读阿来的《蘑菇圈》…………………………………何胜莉（62）

《蘑菇圈》：乡村挽歌的诗意书写 …………………………宋学清（66）

蘑菇圈的"三重唱"

　　——浅析阿来《蘑菇圈》的审美内涵 …………………张　帆（74）

阿妈斯炯和她的"洛卓"

　　——阿来小说《蘑菇圈》的"洛卓"叙事 ……………吴金梅（80）

人性、母性与神性的叠合

　　——谈阿来《蘑菇圈》中的斯炯形象 …………………马　杰（86）

《蘑菇圈》的历史书写…………………………………………王　俊（95）

## 四川作家研究

［康若文琴小辑］

"马尔康从不躲避欢乐"

　　——论康若文琴诗歌的地标意义 ………………………张叹凤（101）

康若文琴的"高原抒情" ……………………………………李　怡（111）

康若文琴：从"世界"的方向看 ……………………………段从学（115）

诗：个体、现代性与族性

　　——读《康若文琴的诗》 …………………………………姚新勇（122）

文化地域视野下康若文琴的诗 …………………………………… 栗　军（129）

自然、神性和地方
　　——康若文琴的诗与情 …………………………………… 谢尚发（141）

关切民生福祉的大爱情怀
　　——康若文琴诗歌主题探析 ……………………………… 孔占芳（151）

高原万物燃成的心
　　——读康若文琴的诗 ……………………………………… 刘　莉（156）

叙述与呈现：诗性表达的真正可能
　　——康若文琴诗歌创作简评 …………………………… 欧阳美书（163）

马尔康大地的低吟高歌
　　——性别视角下的康若文琴诗歌研究 …………………… 徐　寅（172）

穿透岁月的眼睛
　　——康若文琴诗歌研究 …………………………………… 彭　超（178）

康若文琴诗歌创作的"在地性"述评 …………………………… 魏春春（187）

雪域高原的"诗心"
　　——康若文琴与藏地寻梦书写 …………………………… 蔡洞峰（196）

诗歌地理与族群文化表述
　　——康若文琴和她的《马尔康　马尔康》 ……………… 付海鸿（203）

山水间的中音区诗人
　　——康若文琴诗歌读札 …………………………………… 许仁浩（210）

康若文琴的诗、女性及现代性 ………………………… 王学东　董　楠（220）

生命之美：康若文琴诗歌的个性化特征 ……………… 刘　爽　唐小林（225）

守望故乡
　　——论康若文琴诗集《马尔康　马尔康》中的地理空间的建构 …… 武晓静（231）

阳光杯盏（创作谈） ………………………………………… 康若文琴（239）

康若文琴诗歌创作年表（1991.12—2018.6） ………………………（242）

## 文学藏区研究

20世纪90年代以来藏族女作家的西藏言说 …………………… 杨艳伶（246）

特色之上的普遍性反思
　　——关于严英秀小说创作的思想诉求 …………………… 牛学智（253）

## 青年论坛

倾听爱情动物的呢喃
　　——读何竞短篇小说集《爱情动物》 …………………… 冯会丹（259）

## 新著推荐

阿来研究的里程碑
　　——评陈思广主编的《阿来研究资料》 ················· 周　毅（263）
民族和性别双重意识的深入掘进
　　——评徐琴教授《文化身份的建构与书写》 ················· 杨荣昌（270）

## 会议综述

"新时代藏族文学高端论坛"会议综述················ 徐　琴　任　玲（274）

# Contents

## Critics' Viewpoints

A Report on the Influence of Contemporary Fictions (1949. 10−2017. 10):

　Including the Influence of Sichuan and Tibetan Fictions ⋯⋯⋯ Chen Siguang （ 1 ）

## Reviews on the Latest Works

### The Section on *Fairy Ring*

An Analysis of the Thematic Significance of Alai's Fiction *Fairy Ring* ⋯⋯⋯ Li Jun （ 49 ）

The Divinity between Life and Nature: On *Fairy Ring* ⋯⋯⋯⋯ Cai Dongfeng （ 55 ）

What We Face Is Fairy or Devil: On Alai's *Fairy Ring* ⋯⋯⋯⋯ He Shengli （ 62 ）

*Fairy Ring*: The Poetic Writing of Rural Elegy ⋯⋯⋯⋯⋯ Song Xueqing （ 66 ）

The Trilogy on *Fairy Ring*: On the Aesthetic Connotation in Alai's *Fairy Ring*

　⋯⋯⋯⋯⋯⋯⋯⋯⋯⋯⋯⋯⋯⋯⋯⋯⋯⋯⋯⋯⋯⋯⋯⋯⋯⋯⋯ Zhang Fan （ 74 ）

Mom Sijiong and Her "Lodro": "Lodro" Narrative in Alai's *Fairy Ring*

　⋯⋯⋯⋯⋯⋯⋯⋯⋯⋯⋯⋯⋯⋯⋯⋯⋯⋯⋯⋯⋯⋯⋯⋯⋯⋯⋯ Wu Jinmei （ 80 ）

The Overlaps of Humanity, Motherhood and Divinity: On the Image of Sijiong

　in *Fairy Ring* ⋯⋯⋯⋯⋯⋯⋯⋯⋯⋯⋯⋯⋯⋯⋯⋯⋯⋯⋯⋯⋯⋯⋯ Ma Jie （ 86 ）

Historical Writing in *Fairy Ring* ⋯⋯⋯⋯⋯⋯⋯⋯⋯⋯⋯⋯⋯⋯ Wang Jun （ 95 ）

## Researches on Sichuan Authors

### The Section on Kangruo Wenqin

"Maerkang Never Evades Joy: On the Significance of Kangruo Wenqin's

　Poetry as Landmarks ⋯⋯⋯⋯⋯⋯⋯⋯⋯⋯⋯⋯⋯⋯⋯ Zhang Tanfeng （101）

The "Plateau Lyricism" in Kangruo Wenqin's Poetry ⋯⋯⋯⋯⋯⋯ Li Yi （111）

Kangruo Wenqin: Viewing in the Direction of "World" ⋯⋯⋯⋯ Duan Congxue （115）

Poetry: Individuals, Modernity and Nationality: On *Kangruo Wenqin's Poetry*

　⋯⋯⋯⋯⋯⋯⋯⋯⋯⋯⋯⋯⋯⋯⋯⋯⋯⋯⋯⋯⋯⋯⋯⋯⋯ Yao Xinyong （122）

Kangruo Wenqin's Poetry from Cultural and Regional Perspectives ⋯⋯ Li Jun （129）

Nature, Divinity and Regions: Kangruo Wenqin's Poetry and Emotion

　⋯⋯⋯⋯⋯⋯⋯⋯⋯⋯⋯⋯⋯⋯⋯⋯⋯⋯⋯⋯⋯⋯⋯⋯⋯ Xie Shangfa （141）

The Great Love about the Well-being of People: On the Theme of
　Kangruo Wenqin's Poetry ································ Kong Zhanfang （151）

The Heart Burnt with the Plateau and Its Creatures: On Kangruo Wenqin's
　Poetry ·················································· Liu Li （156）

Narrative and Expressions: The Real Possibility of Poetic Expressions:
　On Kangruo Wenqin's Poetry ···················· Ouyang Meishu （163）

The Songs of Maerkang: Kangruo Wenqin's Poetry from a Gender Perspective
　·························································· Xu Yin （172）

The Eyes Looking through Time: On Kangruo Wenqin's Poetry ······ Peng Chao （178）

"Regionalism" in Kangruo Wenqin's Poetry ·················· Wei Chunchun （187）

The Poetic Heart of the Snowy Plateau: Kangruo Wenqin and Her Writing in
　Pursuit of Dreams in Tibetan Areas ···················· Cai Dongfeng （196）

Poetic Geography and Expressions of Ethnic Groups: Kangruo Wenqin and
　Her *Maerkang Maerkang* ·························· Fu Haihong （203）

An Alto Poet in Nature: On Kangruo Wenqin's Poetry ············ Xu Renhao （210）

Kangruo Wenqin's Poetry, Female and Modernity
　·························· Wang Xuedong and Dong Nan （220）

The Beauty of Life: Features of Individuality in Kangruo Wenqin's Poetry
　·························· Liu Shuang and Tang Xiaolin （225）

Watching the Homeland: On the Structure of Geographic Space in Kangruo
　Wenqin's *Maerkang Maerkang* ···················· Wu Xiaojing （231）

The Goblet in the Sun（On Writing）············ Kangruo Wenqin （239）

A Chronology of Kangruo Wenqin's Works ························ （242）

## Studies on Tibetan Literature

The Tibetan Discourse of Tibetan Female Authors since the 1990s
　·························································· Yang Yanling （246）

Universal Reflection Based on Features: On the Pursuit of Thought in Yan
　Yingxiu's Fictions ·································· Niu Xuezhi （253）

## Young Scholars' Forum

Listening to the Murmurs of Loving Creatures: On He Jing's Short Story
　Collection *Love Creatures* ···················· Feng Huidan （259）

## Recommendations of the Latest Books

The Milestone of Researches on Alai: On *The Collection of Researches on Alai*
　Edited by Chen Siguang ···························· Zhou Yi （263）

The Deep Exploration of Dual Awareness of National and Gender: On Xu Qin's
  *The Constructions and Writing of Cultural Identity* ············ Yang Rongchang (270)

## Conference Summary

Summary of "The Top-Level Forum on Tibetan Literature in the New Era"
  ···················································································· Xu Qin and Ren Ling (274)

# 名家视阈

# 当代小说创作影响力报告（1949.10—2017.10）

## ——兼及四川、西藏小说创作影响力报告

陈思广（执笔）

## 引　言

### （一）研究目的

自 1949 年 10 月中华人民共和国成立至 2017 年 10 月，近 70 年来，当代小说创作到底取得了怎样的成绩，其影响力到底如何？相应的，就四川、西藏而言，哪些小说在全省乃至全国产生了影响，产生了多大的影响？四川、西藏小说创作因之在全国又处于怎样的位置，影响力又如何？这些问题，时至今日，无论是全国评论界，还是四川、西藏创作界，或是四川、西藏评论界，都无人给出明确的答案。而这对于中国当代文学而言，对于四川、西藏这两个文学重镇而言，显然是一个令人尴尬而又亟待解决的问题。因此，全面系统地剖析全国当代小说创作的影响力，同时探析四川、西藏作家小说创作的影响力状况，适时地对四川、西藏小说界的创作家底及其影响力予以准确的评估与定位，为四川、西藏的当代小说创作实绩予以透明、清晰的多维探析并提供翔实可鉴的实证数据，为中国作家协会、四川省作协、西藏自治区文联等相关部门，为关心当代小说创作及关心四川、西藏小说创作的作家、评论家及广大文学爱好者，提供制订、调整文学长远发展的方针政策所需的客观量化指标与科学数据，很有必要。

### （二）研究意义

《当代小说创作影响力报告（1949.10—2017.10）》将以定性分析和定量研究相结合的方式，对全国小说创作及四川、西藏的小说创作近 70 年来的影响力进行多层、量化的分析，在展现全国小说创作影响力全貌的同时，展示四川与西藏小说创作的影响力，以便读者清晰地了解 1949 年 10 月后全国小说以及四川、西藏小说创作近 70 年来的家底与具体影响，在真实地掌握全国及四川

与西藏小说发展的现实状况的同时，知晓四川与西藏小说创作在全国的贡献、地位与实际影响力，客观地评估四川与西藏小说界创作的优势与不足，为四川省作家协会、西藏自治区文联评价作家创作成就提供科学直观的量化数据，为政府及作协的科学管理和决策提供客观定量的理论依据。对全国及四川、西藏作家作品影响力的分析，有助于我们对四川与西藏小说创作的成就及其在国内作家中的位置有清醒的认识，可以为今后的科学决策打下坚实的基础。当然，该报告还可为文学爱好者提供具体可信的阅读参考书目，为青年作家成长提供学习的借鉴样本，为当代小说的经典化以及四川当代文学史、西藏当代文学史乃至中国当代文学史的写作提供新的思路与创新的依据。

（三）研究内容与技术路线

本文旨在对全国及四川与西藏小说创作近70年来的影响力做全面系统的定量研究，为切实可行且操作的方便，也基于全国小说家与四川、西藏小说家的实际影响因素，本文只探讨加入中国作家协会的小说家（不分民族）的纸媒体小说创作（仅为本省会员或自由写作者及网络小说家的创作暂不选入探讨范围）。由于重庆市的特殊性，本文也只将1949年10月至1997年10月间的重庆小说创作纳入四川省小说创作的范畴，而1997年6月18日重庆正式成为直辖市后，从1997年10月算起，以后的重庆市小说创作，则不再列入本文的考量范围。

本文将遵循以下技术路线：（1）全面采集全国及四川、西藏小说创作近70年来的作品数据及影响力因素全数据，在此基础上，依据作品的创作度、美誉度、传播度与附加项构建相对完整的一级表模体系，科学计算，综合考量，定位排名；（2）将全国小说及四川、西藏小说创作依短、中、长三类体裁对具体作品进行整体排名和各一级指标分析，以及各指标间均衡性分析；（3）分别对"创作度""传播度""美誉度"三个一级指标下的主要二级指标的重要数据项进行分析；（4）将其纳入全国小说创作量表中，依短、中、长三类体裁对具体作品进行整体排名和各一级指标的分析，以及各指标间均衡性分析；（5）同样分别对"创作度""传播度""美誉度"三个一级指标下的主要二级指标的重要数据项进行分析；（6）通过对四川、西藏小说创作与全国小说创作的分析与比较总结出四川与西藏小说创作的得与失，继而定位，为四川与西藏小说创作进一步发展提供可资参考的依据。

（四）表模的构建与定量的依据

人常云，文无第一，武无第二。一部作品究竟在何种程度上被视为"第一"，的确是一件棘手且见仁见智的事，特别是若以定性研究的方式进行论定，往往带有很大的主观性，得出的结论也常常充满争议。本文以定量分析为手段全面剖析四川小说创作的影响力，将表模的构建与定量的依据及各项量化指标清晰地呈现在人们面前，将在很大程度上有效地避免主观臆测，也使各项数据具有更强的科学性和更大的说服力。依据影响力研究的一般程序，本表总体上以创作度、传播度、美誉度与附加值四项构建相对完整的一级表模体系，即形成"3+1"的一级指标模型，并配以相应的比例、分值与权重。在此之下，再依据实情分别构建多个二级指标与三级指标，同样配以相应的比例、分值与权重。综合统计上述相关数据即可得该作品的影响力总得分与排名。

下面就本表模的构建与定量的依据作详尽的说明。

（1）创作度。所谓创作度是指作品刊行后衡量作品初始创作质量的域值。由于创作发表后所产生的影响力只是这部作品影响力的一部分，其影响还需要读者的接受等才能完成，故我们将创作度的权重设定为影响力总值的30％。就中短篇小说而言，包括："刊发"与"选集"两大项，各占权重的60％和40％。这其中，"刊发"又分"原发"与"转载"两项，再占其权重的25％和35％。"原发"则分"国家级重要刊物"与"一般省级刊物"两小项①；"转载"则又分"《新华文摘》""《年度小说选》""《小说选刊》""《小说月报》""其他刊物转载"及"报纸转载"五小项。"选集"则分"作家自选集""其他选集"及入选"大系"三项，分别再占其权重的10％、10％和20％。"作家自选集"又分"同名自选集"与"异名自选集"两小项；"其他选集"也分"同名选集"和"异名选集"两小项；"大系"则分"《中国新文学大系》"与"其他大系"两小项。根据上述各项指标在文学圈中的影响力不同，我们分别制定了相应的分值，即：在国家重要刊物上发表，10分；一般省级刊物上发表，5分；被《新华文摘》转载，视同于在国家重要刊物上发表，10分；入选《年度小说选》，5分；入选《小说选刊》或《小说月报》等，3分；被其他刊物转载，1分；报纸转载，1分；收入同名自选集，每种10分；收入异名自选集，每种5分；收入同名选集，每种10分；收入异名选集，每种5分；入选《新文学大系》，每种20分；入选其他大系，每种15分。这样，中短篇小说的创作度＝（原发刊物总分×25％＋转载总分×35％＋作家自选集×10％＋其他选集×10％＋大系×20％）×30％。长篇小说基本与之相同，只是根据文体的实际情况，增加了出版社一项，即："刊物发表""出版社"及"入选选集情况"三大项，各占权重的30％、50％、20％。其中，"《小说选刊》"换成"《长篇小说选刊》"，出版社则分"出版社数"和"出版社级别"两项；在"出版社级别"中再分"国际知名级""国家级"和"省级"三小项；其余分项大体相同。在分值上，出版社每社5分，出版社级别则按国际知名级出版社20分，国家级出版社10分，省级出版社5分予以分配，其他同等对应。这样，长篇小说的创作度＝（发表刊物级别总分×10％＋转载总分×20％＋出版社数分×30％＋出版社级别分×20％＋选集分×20％）×30％。

（2）传播度。所谓传播度是指作品刊行后传播的域值。由于创作发表后须经一定的媒介传播后方能产生影响力，且产生的实际影响力大于创作度，故我们将传播度的权重设定为影响力总值的40％。它包括："作品改编""译介""印数"三大项，依短、中、长篇体裁在传播上的不同方式，分配权重。其中，"作品改编"分为"视觉性改编"与"听觉性改编"两小项，分别占20％和15％。"视觉性改编"又分"电视剧""电影""话剧"和"戏剧"四小项；"听觉性改编"只设"广播电台"一项。"印数"分为"选集印数"与"大系印数"两小项，分别各占10％。"选集印数"也分"同名选集"与"异名选集"两小项；"大系印数"也分"《中国新文学大系》"与"其他大系"两小项。同样，根据上述各项指标在文学传播中的影响力不同，我们援前例，也分别配以相应的

　　① 说明：本文所认同的国家级文学刊物为《人民文学》《当代》《收获》《十月》。核心刊物以北京大学即时公布的为准。在地市级刊物发表但没有被省级及以上刊物转载，则被视为影响力微弱，不计在内。

分值，即：被改编为电视剧或电影 10 分，话剧 5 分，戏剧 3 分；被广播电台广播每部 5 分。译介为外文，每个语种 10 分。同名选集每千册 0.15 分，异名选集每千册 0.1 分。收入《中国新文学大系》，每千册 0.5 分，其他大系每千册 0.2 分。这样，小说的传播度＝（视觉性改编×20％＋听觉性改编×15％＋译介×45％＋选集印数×10％＋大系印数×10％）×40％。

（3）美誉度。所谓美誉度是指作品获得读者接纳、认可、再传播后的赞誉程度，我们将美誉度的权重设定为影响力总值的 30％。在本文中则主要包括"评论文章发表"与"文学史入选"两大类，分别占权重的 40％和 60％。其中，"评论文章发表的刊物级别"分"国家权威""人大复印资料转载""CSSCI 来源期（集）刊""核心期刊""普通学术期刊""博士论文""硕士论文""评论集数"和"研究专著"9 项；"文学史入选情况"分"全国性文学史"和"地方性文学史"两项，分别占权重值的 40％和 20％。相应的，依目前学术界的评价体系与标准，其分值分别为：评论文章在"国家权威"期刊上发表每篇 10 分，评论文章被"人大复印资料转载"每篇 6 分，在"CSSCI 来源期（集）刊"上发表每篇 4 分，在"核心期刊"上发表每篇 2 分，在"普通学术期刊"上发表每篇 1 分，"博士论文"涉及每篇 2 分，"硕士论文"涉及每篇 1 分，"评论集"每篇 5 分，"研究专著"每种 8 分，"全国性文学史"每入选一篇 20 分，"地方性文学史"每入选一篇 15 分。这样，美誉度＝（评论文章发表×40％＋全国性文学史×40％＋地方性文学史×20％）×30％。

（4）附加项。本文的附加项是指作品刊行后获得省级及以上奖励的情况。原本该项也可属于作品的美誉度，但因这些作品获奖后特别是获得全国性及以上奖后产生的影响力很大，所获得的荣誉也非同寻常，若归于美誉度，其分值与比例难以分配，因此，单列为附加内容，意在突出作品获得省级及以上奖励对于扩大该作影响力的重要性，也意在鼓励作家冲击相关奖项。有鉴于此，本附加项只设"全国优秀中短篇小说奖""茅盾文学奖""鲁迅文学奖""省级奖"及"重要刊物年度奖"等有较大影响力的奖项[①]，其他的如地市级奖励则不计入。

当然，人文社会科学要想做到如自然科学那样完全客观量化也不可能，毕竟任何一种模型都包含着一定的主观因子，但只要这种模型具有科学性、客观性、合理性，对其所适用的对象一以贯之，其结论也就是科学的、客观的、合理的。

# 一、全国小说创作排名及各一级指标排名

（一）全国短篇小说创作影响力排名及各一级指标排名

共有 242 篇短篇小说进入统计源，以影响力总得分 5 分为下限。全国短篇小说创作影响力整体排名及各一级指标排名详见下列各表。[②]

---

① 诺贝尔文学奖为最高奖励，为特例。
② 各表数据均以四舍五入的方式计算到小数点后两位。

表 1－1－1　　全国短篇小说创作影响力排名

| 类别 | 排名比例 | 作品名 | 影响力得分 | 最高分 | 最低分 | 平均分 | 排名 |
|---|---|---|---|---|---|---|---|
| A | 1%—5% | 陈奂生上城 | 144.49 | 144.49 | 61.46 | 88.46 | 1 |
| | | 西线轶事 | 114.13 | | | | 2 |
| | | 乔厂长上任记 | 111.35 | | | | 3 |
| | | 哦，香雪 | 95.95 | | | | 4 |
| | | 班主任 | 93.2 | | | | 5 |
| | | 神圣的使命 | 81.2 | | | | 6 |
| | | 乡场上 | 79.96 | | | | 7 |
| | | 春之声 | 75.56 | | | | 8 |
| | | 系在皮绳扣上的魂 | 72.37 | | | | 9 |
| | | 大淖记事 | 68.08 | | | | 10 |
| | | 伤痕 | 63.78 | | | | 11 |
| | | 李顺大造屋 | 61.46 | | | | 12 |
| B | 6%—10% | 灵与肉 | 60.52 | 60.52 | 50.83. | 54.65 | 13 |
| | | 塔铺 | 59.03 | | | | 14 |
| | | 剪辑错了的故事 | 57.76 | | | | 15 |
| | | 我的遥远的清平湾 | 56.97 | | | | 16 |
| | | 清水洗尘 | 55.79 | | | | 17 |
| | | 活佛的故事 | 54.12 | | | | 18 |
| | | 雾月牛栏 | 53.15 | | | | 19 |
| | | 你不可改变我 | 52.89 | | | | 20 |
| | | 清水里的刀子 | 52.27 | | | | 21 |
| | | 空谷兰 | 51.25 | | | | 22 |
| | | 放生羊 | 51.16 | | | | 23 |
| | | 哺乳期的女人 | 50.83 | | | | 24 |
| C | 11%—20% | 被爱情遗忘的角落 | 49.55 | 49.55 | 39.97 | 43.46 | 25 |
| | | 白色鸟 | 49.15 | | | | 26 |
| | | 琥珀色的篝火 | 47.41 | | | | 27 |
| | | 努尔曼老汉和猎狗巴力斯 | 47.04 | | | | 28 |
| | | 围墙 | 44.93 | | | | 29 |
| | | 老屋小记 | 44.64 | | | | 30 |
| | | 上边 | 44.56 | | | | 31 |
| | | "不称心"的姐夫 | 44.15 | | | | 32 |
| | | 合坟 | 44.09 | | | | 33 |
| | | 狗日的粮食 | 44.07 | | | | 34 |
| | | 七岔犄角的公鹿 | 43.97 | | | | 35 |
| | | 骑手为什么歌唱母亲 | 43.8 | | | | 36 |
| | | 白水青菜 | 43.7 | | | | 37 |
| | | 远处的伐木声 | 43.18 | | | | 38 |
| | | 明惠的圣诞 | 42.89 | | | | 39 |
| | | 取经 | 42.08 | | | | 40 |
| | | 蓝幽幽的峡谷 | 41.65 | | | | 41 |
| | | 城乡简史 | 40.98 | | | | 42 |
| | | 内当家 | 40.83 | | | | 43 |
| | | 厨房 | 40.19 | | | | 44 |
| | | 愿你听到这支歌 | 40.17 | | | | 45 |
| | | 珊瑚岛上的死光 | 40.05 | | | | 46 |
| | | 五月 | 40.05 | | | | 46 |
| | | 一潭清水 | 39.97 | | | | |

| 类别 | 排名比例 | 作品名 | 影响力得分 | 最高分 | 最低分 | 平均分 | 排名 |
|---|---|---|---|---|---|---|---|
| D | 21%—30% | 一个猎人的恳求 | 39.9 | | | | 50 |
| | | 公路从门前过 | 39.85 | | | | 51 |
| | | 年关六赋 | 39.83 | | | | 52 |
| | | 发廊情话 | 39.74 | | | | 53 |
| | | 结婚现场会 | 39.71 | | | | 54 |
| | | 美与丑 | 39.01 | | | | 55 |
| | | 西望茅草地 | 38.91 | | | | 56 |
| | | 鞋 | 38.5 | | | | 57 |
| | | 山月不知心里事 | 38.01 | | | | 58 |
| | | 这是一片神奇的土地 | 37.83 | | | | 59 |
| | | 小镇上的将军 | 37.44 | | | | 60 |
| | | 减去十岁 | 37.06 | 39.9 | 34.29 | 37.17 | 61 |
| | | 满票 | 36.76 | | | | 62 |
| | | 亲戚之间 | 36.51 | | | | 63 |
| | | 吉祥如意 | 36.21 | | | | 64 |
| | | 月食 | 36.2 | | | | 65 |
| | | 雕花烟斗 | 35.64 | | | | 66 |
| | | 空巢 | 35.57 | | | | 67 |
| | | 大老郑的女人 | 35.46 | | | | 68 |
| | | 内奸 | 35.31 | | | | 69 |
| | | 我爱每一片绿叶 | 35.21 | | | | 70 |
| | | 足迹 | 34.72 | | | | 71 |
| | | 从森林里来的孩子 | 34.33 | | | | 72 |
| | | 黑娃照相 | 34.29 | | | | 73 |
| 其他 | 30%以下 | 排名30%以下不公布 | | | | | |

表1-1-2  全国短篇小说创作度排名

| 类别 | 排名比例 | 作品名 | 创作度得分 | 最高分 | 最低分 | 平均分 | 排名 |
|---|---|---|---|---|---|---|---|
| A | 1%—5% | 哦，香雪 | 42.26 | | | | 1 |
| | | 陈奂生上城 | 35.24 | | | | 2 |
| | | 春之声 | 26.12 | | | | 3 |
| | | 班主任 | 25.67 | | | | 4 |
| | | 乡场上 | 21.48 | | | | 5 |
| | | 我的遥远的清平湾 | 20.7 | | | | 6 |
| | | 乔厂长上任记 | 15.86 | 42.26 | 14.54 | 21.86 | 7 |
| | | 灵与肉 | 15.54 | | | | 8 |
| | | 西线轶事 | 15.42 | | | | 9 |
| | | 白色鸟 | 14.9 | | | | 10 |
| | | 李顺大造屋 | 14.58 | | | | 11 |
| | | 围墙 | 14.54 | | | | 12 |

| 类别 | 排名比例 | 作品名 | 创作度得分 | 最高分 | 最低分 | 平均分 | 排名 |
|---|---|---|---|---|---|---|---|
| B | 6%—10% | 哺乳期的女人 | 13.97 | | | | 13 |
| | | 伤痕 | 13.88 | | | | 14 |
| | | 被爱情遗忘的角落 | 13.25 | | | | 15 |
| | | 清水里的刀子 | 12.84 | | | | 16 |
| | | 狗日的粮食 | 12.81 | | | | 17 |
| | | 塔铺 | 12.5 | 13.97 | 10.88 | 12.44 | 18 |
| | | 珊瑚岛上的死光 | 12.45 | | | | 19 |
| | | 剪辑错了的故事 | 12.3 | | | | 20 |
| | | 鞋 | 12.08 | | | | 21 |
| | | 大淖记事 | 11.31 | | | | 22 |
| | | 系在皮绳扣上的魂 | 10.95 | | | | 23 |
| | | 城乡简史 | 10.88 | | | | 24 |
| C | 11%—20% | 月食 | 10.37 | | | | 25 |
| | | 雾月牛栏 | 10.16 | | | | 26 |
| | | 内当家 | 10.08 | | | | 27 |
| | | 这是一片神奇的土地 | 10.08 | | | | 27 |
| | | 清水洗尘 | 9.98 | | | | 29 |
| | | 老屋小记 | 9.83 | | | | 30 |
| | | 空巢 | 9.65 | | | | 31 |
| | | 黑娃照相 | 9.54 | | | | 32 |
| | | 白水青菜 | 9.42 | | | | 33 |
| | | 吉祥如意 | 9.23 | | | | 34 |
| | | 西望茅草地 | 9.15 | | | | 35 |
| | | 麦客 | 9.14 | 10.37 | 7.92 | 9.09 | 36 |
| | | 合坟 | 9.11 | | | | 37 |
| | | 内奸 | 8.93 | | | | 38 |
| | | 那山那人那狗 | 8.91 | | | | 39 |
| | | 结婚现场会 | 8.57 | | | | 40 |
| | | 山月不知心里事 | 8.54 | | | | 41 |
| | | 小镇上的将军 | 8.51 | | | | 42 |
| | | 奶奶的星星 | 8.31 | | | | 43 |
| | | 一潭清水 | 8.27 | | | | 44 |
| | | 父亲 | 8.25 | | | | 45 |
| | | 吹牛 | 8.19 | | | | 46 |
| | | 本次列车终点 | 8.04 | | | | 47 |
| | | 你不可改变我 | 7.92 | | | | 48 |

续表

| 类别 | 排名比例 | 作品名 | 美誉度得分 | 最高分 | 最低分 | 平均分 | 排名 |
|---|---|---|---|---|---|---|---|
| B | 6%—10% | 灵与肉 | 21.72 | | | | 13 |
| | | 雾月牛栏 | 21.24 | | | | 14 |
| | | 剪辑错了的故事 | 20.88 | | | | 15 |
| | | 李顺大造屋 | 20.16 | | | | 16 |
| | | 塔铺 | 18.24 | | | | 17 |
| | | 明惠的圣诞 | 18 | 21.72 | 12 | 17.26 | 18 |
| | | 清水里的刀子 | 17.16 | | | | 19 |
| | | 厨房 | 17.16 | | | | 19 |
| | | 春之声 | 14.64 | | | | 21 |
| | | 上边 | 13.56 | | | | 22 |
| | | 空谷兰 | 12.36 | | | | 23 |
| | | 放生羊 | 12 | | | | 24 |
| C | 11%—20% | 白色鸟 | 11.76 | | | | 25 |
| | | 被爱情遗忘的角落 | 11.64 | | | | 26 |
| | | 哺乳期的女人 | 11.16 | | | | 27 |
| | | 一潭清水 | 10.92 | | | | 28 |
| | | 年关六赋 | 10.44 | | | | 29 |
| | | 活佛的故事 | 10.32 | | | | 30 |
| | | 白水青菜 | 10.2 | | | | 31 |
| | | 狗日的粮食 | 10.08 | | | | 32 |
| | | 大老郑的女人 | 9.72 | | | | 33 |
| | | 满票 | 8.76 | | | | 34 |
| | | 减去十岁 | 8.64 | | | | 35 |
| | | 我的遥远的清平湾 | 8.28 | | | | 36 |
| | | 结婚现场会 | 8.16 | 11.76 | 5.76 | 8.49 | 37 |
| | | 城乡简史 | 8.04 | | | | 38 |
| | | 西望茅草地 | 7.92 | | | | 39 |
| | | 发廊情话 | 7.68 | | | | 40 |
| | | 山月不知心里事 | 7.62 | | | | 41 |
| | | 努尔曼老汉和猎狗巴力斯 | 7.32 | | | | 42 |
| | | 危楼记事 | 6.84 | | | | 43 |
| | | 五月 | 6.6 | | | | 44 |
| | | 内当家 | 6.48 | | | | 45 |
| | | 老屋小记 | 6.12 | | | | 46 |
| | | 惊涛 | 6 | | | | 47 |
| | | 小贩世家 | 5.76 | | | | 48 |
| | | 弦上的梦 | 5.76 | | | | 48 |

续表

| 类别 | 排名比例 | 作品名 | 美誉度得分 | 最高分 | 最低分 | 平均分 | 排名 |
|---|---|---|---|---|---|---|---|
| D | 21%—30% | 吉祥如意 | 5.64 | | | | 50 |
| | | 雕花烟斗 | 5.64 | | | | 50 |
| | | 从森林里来的孩子 | 5.64 | | | | 50 |
| | | 围墙 | 5.4 | | | | 53 |
| | | 重逢 | 5.4 | | | | 53 |
| | | 最后的堑壕 | 5.28 | | | | 55 |
| | | 这是一片神奇的土地 | 5.16 | | | | 56 |
| | | 香炉山 | 5.16 | | | | 56 |
| | | 勿忘草 | 5.1 | — | | | 58 |
| | | 如果大雪封门 | 4.92 | | | | 59 |
| | | 茨菰 | 4.8 | | | | 60 |
| | | 献身 | 4.8 | 5.64 | 4.2 | 4.91 | 60 |
| | | 伴宴 | 4.8 | | | | 60 |
| | | 合坟 | 4.68 | | | | 63 |
| | | 小镇上的将军 | 4.68 | | | | 63 |
| | | 汉家女 | 4.68 | | | | 63 |
| | | 我爱每一片绿叶 | 4.56 | | | | 66 |
| | | 湘江一夜 | 4.56 | | | | 66 |
| | | 鞋 | 4.44 | | | | 68 |
| | | 空巢 | 4.44 | | | | 68 |
| | | 马嘶·秋诉 | 4.44 | | | | 68 |
| | | 窑谷 | 4.44 | | | | 68 |
| | | 俄罗斯陆军腰带 | 4.2 | | | | 72 |
| 其他 | 30%以下 | 排名30%以下不公布 | | | | | |

表 1-1-5  全国短篇小说附加项排名

| 类别 | 排名比例 | 作品名 | 附加项得分 | 最高分 | 最低分 | 平均分 | 排名 |
|---|---|---|---|---|---|---|---|
| A | 1%—5% | 系在皮绳扣上的魂 | 35 | | | | 1 |
| | | 活佛的故事 | 35 | | | | 1 |
| | | 空谷兰 | 35 | | | | 1 |
| | | 琥珀色的篝火 | 35 | | | | 1 |
| | | 努尔曼老汉和猎狗巴力斯 | 35 | | | | 1 |
| | | "不称心"的姐夫 | 35 | | | | 1 |
| | | 七岔犄角的公鹿 | 35 | | | | 1 |
| | | 骑手为什么歌唱母亲 | 35 | 35 | 35 | 35 | 1 |
| | | 远处的伐木声 | 35 | | | | 1 |
| | | 蓝幽幽的峡谷 | 35 | | | | 1 |
| | | 愿你听到这支歌 | 35 | | | | 1 |
| | | 一个猎人的恳求 | 35 | | | | 1 |
| | | 公路从门前过 | 35 | | | | 1 |
| | | 美与丑 | 35 | | | | 1 |
| | | 亲戚之间 | 35 | | | | 1 |

| 类别 | 排名比例 | 作品名 | 附加项得分 | 最高分 | 最低分 | 平均分 | 排名 |
|---|---|---|---|---|---|---|---|
| B | 6%—10% | 老屋小记 | 28 | | | | 16 |
| | | 合坟 | 27 | | | | 17 |
| | | 五月 | 26 | | | | 18 |
| | | 焦大轮子 | 25 | | | | 19 |
| | | 火红的云霞 | 25 | 28 | 22 | 24.1 | 19 |
| | | 哺乳期的女人 | 22 | | | | 21 |
| | | 厨房 | 22 | | | | 21 |
| | | 麦客 | 22 | | | | 21 |
| | | 清高 | 22 | | | | 21 |
| | | 牛贩子山道 | 22 | | | | 21 |
| 其他 | 10%以下 | 排名10%以下不公布 | | | | | |

（二）全国中篇小说创作影响力排名及各一级指标排名

共有150篇中篇小说进入统计源，以影响力总得分5.4为截止下限。全国中篇小说创作影响力排名及各一级指标排名详见下列各表。

表1-2-1　全国中篇小说创作影响力整体排名

| 类别 | 排名比例 | 作品名 | 影响力得分 | 最高分 | 最低分 | 平均分 | 排名 |
|---|---|---|---|---|---|---|---|
| A | 1%—5% | 红高粱 | 144.57 | | | | 1 |
| | | 你别无选择 | 115.28 | | | | 2 |
| | | 绿化树 | 100.34 | | | | 3 |
| | | 烦恼人生 | 98.13 | 144.57 | 92.53 | 106.48 | 4 |
| | | 人到中年 | 97.31 | | | | 5 |
| | | 燕赵悲歌 | 97.18 | | | | 6 |
| | | 小鲍庄 | 92.53 | | | | 7 |
| B | 6%—10% | 棋王 | 90.41 | | | | 8 |
| | | 北方的河 | 83.42 | | | | 9 |
| | | 玉米 | 78.62 | | | | 10 |
| | | 黑骏马 | 77.98 | | | | 11 |
| | | 高山下的花环 | 74.37 | 90.41 | 63.95 | 76.41 | 12 |
| | | 人生 | 74.37 | | | | 12 |
| | | 父亲是个兵 | 68.17 | | | | 14 |
| | | 风景 | 63.95 | | | | 15 |

| 类别 | 排名比例 | 作品名 | 影响力得分 | 最高分 | 最低分 | 平均分 | 排名 |
|---|---|---|---|---|---|---|---|
| C | 11％—20％ | 年月日 | 61.45 | | | | 16 |
| | | 世界上所有的夜晚 | 60.6 | | | | 17 |
| | | 蝴蝶 | 58.32 | | | | 18 |
| | | 神鞭 | 54.32 | | | | 19 |
| | | 美食家 | 53.32 | | | | 20 |
| | | 永远有多远 | 53.16 | | | | 21 |
| | | 喊山 | 52.13 | 61.45 | 44.28 | 51.69 | 22 |
| | | 燕儿窝之夜 | 52.13 | | | | 22 |
| | | 犯人李铜钟的故事 | 51.98 | | | | 24 |
| | | 天云山传奇 | 50.64 | | | | 25 |
| | | 年前年后 | 47.09 | | | | 26 |
| | | 腊月·正月 | 46.11 | | | | 27 |
| | | 灵旗 | 45.27 | | | | 28 |
| | | 烟壶 | 44.49 | | | | 29 |
| | | 梦也何曾到谢桥 | 44.28 | | | | 30 |
| D | 21％—30％ | 懒得离婚 | 43.04 | | | | 31 |
| | | 那五 | 42.79 | | | | 32 |
| | | 心爱的树 | 41.71 | | | | 33 |
| | | 最慢的是活着 | 41.39 | | | | 34 |
| | | 甜甜的刺莓 | 41.24 | | | | 35 |
| | | 赤橙黄绿青蓝紫 | 41.14 | | | | 36 |
| | | 追月楼 | 40.39 | | | | 37 |
| | | 流逝 | 40.34 | 43.04 | 38.05 | 40.4 | 38 |
| | | 没有纽扣的红衬衫 | 40.27 | | | | 39 |
| | | 相见时难 | 39.43 | | | | 40 |
| | | 一个人张灯结彩 | 39.26 | | | | 41 |
| | | 远村 | 39.1 | | | | 42 |
| | | 天缺一角 | 39.03 | | | | 43 |
| | | 冬天与夏天的区别 | 38.76 | | | | 44 |
| | | 歇马山庄的两个女人 | 38.05 | | | | 45 |
| 其他 | 30％以下 | 排名 30％以下不公布 | | | | | |

表 1—2—2　全国中篇小说创作度排名

| 类别 | 排名比例 | 作品名 | 创作度得分 | 最高分 | 最低分 | 平均分 | 排名 |
|---|---|---|---|---|---|---|---|
| A | 1％—5％ | 棋王 | 17.4 | | | | 1 |
| | | 世界上所有的夜晚 | 15.54 | | | | 2 |
| | | 玉米 | 14.55 | | | | 3 |
| | | 你别无选择 | 14.4 | 17.4 | 13.31 | 14.75 | 4 |
| | | 黑骏马 | 14.25 | | | | 5 |
| | | 人生 | 13.8 | | | | 6 |
| | | 犯人李铜钟的故事 | 13.31 | | | | 7 |

| 类别 | 排名比例 | 作品名 | 创作度得分 | 最高分 | 最低分 | 平均分 | 排名 |
|---|---|---|---|---|---|---|---|
| B | 6%—10% | 那五<br>年月日<br>绿化树<br>腊月·正月<br>美食家<br>永远有多远<br>拯救父亲<br>高山下的花环 | 13.05<br>11.64<br>11<br>10.73<br>9.99<br>9.65<br>9.41<br>9.15 | 13.05 | 9.15 | 10.58 | 8<br>9<br>10<br>11<br>12<br>13<br>14<br>15 |
| C | 11%—20% | 赤橙黄绿青蓝紫<br>最慢的是活着<br>喊山<br>北方的河<br>神鞭<br>遥远的温泉<br>蒲柳人家<br>烦恼人生<br>天云山传奇<br>迷人的海<br>小鲍庄<br>心爱的树<br>奸细<br>烟壶<br>歇马山庄的两个女人 | 9.08<br>9.03<br>8.85<br>8.57<br>8.37<br>8.03<br>7.95<br>7.91<br>7.8<br>7.74<br>7.73<br>7.67<br>7.65<br>7.59<br>7.44 | 9.08 | 7.44 | 8.09 | 16<br>17<br>18<br>19<br>20<br>21<br>22<br>23<br>24<br>25<br>26<br>27<br>28<br>29<br>30 |
| D | 21%—30% | 国家订单<br>好大一对羊<br>今夜有暴风雪<br>父亲是个兵<br>没有纽扣的红衬衫<br>琴断口<br>我们的路<br>双鱼星座<br>梦也何曾到谢桥<br>大墙下的红玉兰<br>涅槃<br>美丽的日子<br>年前年后<br>一个人张灯结彩<br>红高粱 | 6.98<br>6.98<br>6.75<br>6.69<br>6.38<br>6.3<br>5.64<br>5.57<br>5.49<br>5.1<br>5.03<br>4.98<br>4.95<br>4.8<br>4.77 | 6.98 | 4.77 | 5.76 | 31<br>31<br>33<br>34<br>35<br>36<br>37<br>38<br>39<br>40<br>41<br>42<br>43<br>44<br>45 |
| 其他 | 30%以下 | 排名30%以下不公布 | | | | | |

表1-2-3　**全国中篇小说传播度排名**

| 类别 | 排名比例 | 作品名 | 传播度得分 | 最高分 | 最低分 | 平均分 | 排名 |
|---|---|---|---|---|---|---|---|
| A | 1%—5% | 红高粱 | 15.64 | 15.64 | 5.49 | 7.97 | 1 |
| | | 燕儿窝之夜 | 9.15 | | | | 2 |
| | | 绿化树 | 8.23 | | | | 3 |
| | | 人生 | 5.89 | | | | 4 |
| | | 神鞭 | 5.75 | | | | 5 |
| | | 烟壶 | 5.62 | | | | 6 |
| | | 棋王 | 5.49 | | | | 7 |
| B | 6%—10% | 美食家 | 4.37 | 4.37 | 3.53 | 3.78 | 8 |
| | | 高山下的花环 | 3.94 | | | | 9 |
| | | 遥远的温泉 | 3.84 | | | | 10 |
| | | 那五 | 3.74 | | | | 11 |
| | | 赤胆忠心 | 3.74 | | | | 11 |
| | | 在没有航标的河流上 | 3.56 | | | | 13 |
| | | 犯人李铜钟的故事 | 3.55 | | | | 14 |
| | | 黑骏马 | 3.53 | | | | 15 |
| C | 11%—20% | 北方的河 | 3.51 | 3.51 | 2.32 | 2.68 | 16 |
| | | 没有纽扣的红衬衫 | 3.45 | | | | 17 |
| | | 歇马山庄的两个女人 | 3.03 | | | | 18 |
| | | 烦恼人生 | 2.8 | | | | 19 |
| | | 玉米 | 2.73 | | | | 20 |
| | | 蝴蝶 | 2.59 | | | | 21 |
| | | 赤橙黄绿青蓝紫 | 2.58 | | | | 22 |
| | | 山道弯弯 | 2.56 | | | | 23 |
| | | 小鲍庄 | 2.52 | | | | 24 |
| | | 祖母绿 | 2.48 | | | | 25 |
| | | 流逝 | 2.48 | | | | 25 |
| | | 腊月·正月 | 2.43 | | | | 27 |
| | | 沙海的绿荫 | 2.39 | | | | 28 |
| | | 白马 | 2.34 | | | | 29 |
| | | 天云山传奇 | 2.32 | | | | 30 |
| D | 21%—30% | 相见时难 | 2.3 | 2.3 | 1.12 | 1.65 | 31 |
| | | 今夜有暴风雪 | 2.18 | | | | 32 |
| | | 你别无选择 | 2.16 | | | | 33 |
| | | 三战华园 | 2 | | | | 34 |
| | | 旧年的血迹 | 1.91 | | | | 35 |
| | | 没有语言的生活 | 1.75 | | | | 36 |
| | | 蒲柳人家 | 1.71 | | | | 37 |
| | | 永远有多远 | 1.52 | | | | 38 |
| | | 秋之惑 | 1.51 | | | | 39 |
| | | 唢呐，在金风里吹响 | 1.5 | | | | 40 |
| | | 琴断口 | 1.46 | | | | 41 |
| | | 驼峰上的爱 | 1.3 | | | | 42 |
| | | 张铁匠的罗曼史 | 1.25 | | | | 43 |
| | | 啊，索伦河的枪声 | 1.13 | | | | 44 |
| | | 喊山 | 1.12 | | | | 45 |
| 其他 | 30%以下 | 排名30%以下不公布 | | | | | |

表 1-2-4　全国中篇小说美誉度排名

| 类别 | 排名比例 | 作品名 | 美誉度得分 | 最高分 | 最低分 | 平均分 | 排名 |
|---|---|---|---|---|---|---|---|
| A | 1%—5% | 红高粱<br>你别无选择<br>人到中年<br>燕赵悲歌<br>烦恼人生<br>小鲍庄<br>绿化树 | 104.16<br>78.72<br>73.2<br>71.04<br>66.42<br>62.28<br>60.12 | 104.16 | 60.12 | 73.71 | 1<br>2<br>3<br>4<br>5<br>6<br>7 |
| B | 6%—10% | 棋王<br>高山下的花环<br>黑骏马<br>风景<br>玉米<br>北方的河<br>人生<br>蝴蝶 | 47.52<br>41.28<br>40.2<br>39.72<br>38.34<br>35.34<br>34.68<br>32.28 | 47.52 | 32.28 | 38.67 | 8<br>9<br>10<br>11<br>12<br>13<br>14<br>15 |
| C | 11%—20% | 年月日<br>世界上所有的夜晚<br>天云山传奇<br>年前年后<br>灵旗<br>神鞭<br>美食家<br>懒得离婚<br>冬天与夏天的区别<br>远村<br>追月楼<br>父亲是个兵<br>犯人李铜钟的故事<br>永远有多远<br>相见时难 | 22.2<br>21.54<br>20.52<br>20.1<br>19.92<br>19.2<br>18.96<br>17.52<br>17.4<br>16.8<br>16.44<br>16.08<br>15.12<br>15<br>14.28 | 22.2 | 14.28 | 18.07 | 16<br>17<br>18<br>19<br>20<br>21<br>22<br>23<br>24<br>25<br>26<br>27<br>28<br>29<br>30 |
| D | 21%—30% | 燕儿窝之夜<br>流逝<br>被雨淋湿的河<br>凝眸<br>腊月·正月<br>天缺一角<br>烟壶<br>喊山<br>松鸦为什么鸣叫<br>在没有航标的河流上<br>大嫂谣<br>双鱼星座<br>没有纽扣的红衬衫<br>最慢的是活着<br>惊心动魄的一幕 | 13.5<br>13.44<br>13.38<br>13.32<br>12.96<br>12.36<br>11.28<br>11.16<br>11.04<br>10.92<br>10.8<br>10.68<br>10.44<br>9.96<br>9.72 | 13.5 | 9.72 | 11.66 | 31<br>32<br>33<br>34<br>35<br>36<br>37<br>38<br>39<br>40<br>41<br>42<br>43<br>44<br>45 |
| 其他 | 30%以下 | 排名30%以下不公布 | | | | | |

表 1-2-5　全国中篇小说附加项排名

| 类别 | 排名比例 | 作品名 | 附加项得分 | 最高分 | 最低分 | 平均分 | 排名 |
|---|---|---|---|---|---|---|---|
| A | 1%—5% | 父亲是个兵 | 45 | 45 | 27 | 32.63 | 1 |
| | | 北方的河 | 36 | | | | 2 |
| | | 甜甜的刺莓 | 35 | | | | 3 |
| | | 喊山 | 31 | | | | 4 |
| | | 梦也何曾到谢桥 | 30 | | | | 5 |
| | | 吹满风的山谷 | 30 | | | | 5 |
| | | 年月日 | 27 | | | | 7 |
| | | 永远有多远 | 27 | | | | 7 |
| B | 6%—10% | 燕儿窝之夜 | 26 | 26 | 25 | 25.43 | 9 |
| | | 心爱的树 | 26 | | | | 9 |
| | | 白杨木的春天 | 26 | | | | 9 |
| | | 一个人张灯结彩 | 25 | | | | 12 |
| | | 白马 | 25 | | | | 12 |
| | | 隐身衣 | 25 | | | | 12 |
| | | 天知地知 | 25 | | | | 12 |
| 其他 | 10%以下 | 排名10%以下不公布 | | | | | |

（三）全国长篇小说创作影响力排名及各一级指标排名

共有 73 部长篇小说进入统计源，以影响力总得分 10 分为截止下限。全国长篇小说创作影响力排名及各一级指标排名详见下列各表。

表 1-3-1　全国长篇小说创作影响力整体排名

| 类别 | 排名比例 | 作品名 | 影响力得分 | 最高分 | 最低分 | 平均分 | 排名 |
|---|---|---|---|---|---|---|---|
| A | 1%—5% | 蛙 | 269.73 | 269.73 | 156.26 | 221.13 | 1 |
| | | 平凡的世界 | 237.4 | | | | 2 |
| | | 长恨歌 | 156.26 | | | | 3 |
| B | 6%—10% | 尘埃落定 | 153.63 | 153.63 | 103 | 130.29 | 4 |
| | | 白鹿原 | 141.52 | | | | 5 |
| | | 李自成 | 123.02 | | | | 6 |
| | | 红岩 | 103 | | | | 7 |
| C | 11%—20% | 芙蓉镇 | 97.93 | 97.93 | 72.06 | 80.78 | 8 |
| | | 无字 | 83.83 | | | | 9 |
| | | 推拿 | 82.96 | | | | 10 |
| | | 秦腔 | 79.82 | | | | 11 |
| | | 额尔古纳河右岸 | 76.09 | | | | 12 |
| | | 沉重的翅膀 | 72.78 | | | | 13 |
| | | 你在高原 | 72.06 | | | | 14 |
| D | 21%—30% | 一句顶一万句 | 69.86 | 69.86 | 61.92 | 64.8 | 15 |
| | | 暗算 | 66.74 | | | | 16 |
| | | 穆斯林的葬礼 | 66.21 | | | | 17 |
| | | 战争和人 | 64.41 | | | | 18 |
| | | 东方 | 62.29 | | | | 19 |
| | | 抉择 | 62.18 | | | | 20 |
| | | 江南三部曲 | 61.92 | | | | 21 |
| 其他 | 30%以下 | 排名30%以下不公布 | | | | | |

表 1-3-2　全国长篇小说创作度排名

| 类别 | 排名比例 | 作品名 | 创作度得分 | 最高分 | 最低分 | 平均分 | 排名 |
|---|---|---|---|---|---|---|---|
| A | 1%—5% | 尘埃落定<br>白鹿原<br>蛙 | 20.81<br>11.63<br>8.93 | 20.81 | 8.93 | 13.79 | 1<br>2<br>3 |
| B | 6%—10% | 长恨歌<br>解密<br>穆斯林的葬礼<br>暗算 | 7.8<br>7.79<br>7.7<br>6.96 | 7.8 | 6.96 | 7.56 | 4<br>5<br>6<br>7 |
| C | 11%—20% | 红岩<br>额尔古纳河右岸<br>一句顶一万句<br>沉重的翅膀<br>钟鼓楼<br>历史的天空<br>秦腔 | 6.75<br>6.23<br>6<br>5.91<br>5.82<br>5.78<br>5.55 | 6.75 | 5.55 | 6.01 | 8<br>9<br>10<br>11<br>12<br>13<br>14 |
| D | 21%—30% | 张居正<br>李自成<br>天行者<br>英雄时代<br>许茂和他的女儿们<br>芙蓉镇<br>夜谭十记 | 5.46<br>4.98<br>4.95<br>4.95<br>4.94<br>4.88<br>4.61 | 5.46 | 4.61 | 4.97 | 15<br>16<br>17<br>17<br>19<br>20<br>21 |
| 其他 | 30%以下 | 排名 30%以下不公布 | | | | | |

表 1-3-3　全国长篇小说传播度排名

| 类别 | 排名比例 | 作品名 | 传播度得分 | 最高分 | 最低分 | 平均分 | 排名 |
|---|---|---|---|---|---|---|---|
| A | 1%—5% | 红岩<br>蛙<br>尘埃落定 | 62.89<br>52.72<br>49.67 | 62.89 | 49.67 | 55.09 | 1<br>2<br>3 |
| B | 6%—10% | 芙蓉镇<br>格萨尔王<br>推拿<br>白鹿原 | 34.26<br>21<br>17.95<br>17.66 | 34.26 | 17.66 | 22.72 | 4<br>5<br>6<br>7 |
| C | 11%—20% | 李自成<br>长恨歌<br>平凡的世界<br>少年天子<br>沉重的翅膀<br>解密<br>都市风流 | 16.28<br>15.82<br>15.35<br>14.09<br>10.95<br>9.58<br>8.74 | 16.28 | 8.74 | 12.97 | 8<br>9<br>10<br>11<br>12<br>13<br>14 |

续表

| 类别 | 排名比例 | 作品名 | 传播度得分 | 最高分 | 最低分 | 平均分 | 排名 |
|---|---|---|---|---|---|---|---|
| D | 21%—30% | 将军吟<br>额尔古纳河右岸<br>暗算<br>钟鼓楼<br>穆斯林的葬礼<br>春潮急<br>白门柳 | 8.02<br>7.95<br>7.5<br>6.88<br>6.56<br>6.32<br>5.91 | 8.02 | 5.91 | 7.02 | 15<br>16<br>17<br>18<br>19<br>20<br>21 |
| 其他 | 30%以下 | 排名30%以下不公布 | | | | | |

表1-3-4　全国长篇小说美誉度排名

| 类别 | 排名比例 | 作品名 | 美誉度得分 | 最高分 | 最低分 | 平均分 | 排名 |
|---|---|---|---|---|---|---|---|
| A | 1%—5% | 平凡的世界<br>长恨歌<br>蛙 | 188.4<br>92.64<br>73.08 | 188.4 | 73.08 | 118.04 | 1<br>2<br>3 |
| B | 6%—10% | 白鹿原<br>李自成<br>尘埃落定<br>秦腔 | 72.24<br>71.76<br>53.16<br>36.24 | 72.24 | 36.24 | 58.35 | 4<br>5<br>6<br>7 |
| C | 11%—20% | 红岩<br>额尔古纳河右岸<br>芙蓉镇<br>格萨尔王<br>江南三部曲<br>一句顶一万句<br>沉重的翅膀 | 33.36<br>31.92<br>28.8<br>28.44<br>27.72<br>27.36<br>25.92 | 33.36 | 25.92 | 29.07 | 8<br>9<br>10<br>11<br>12<br>13<br>14 |
| D | 21%—30% | 无字<br>你在高原<br>黄雀记<br>穆斯林的葬礼<br>推拿<br>黄河东流去<br>空山 | 24.48<br>23.88<br>22.2<br>21.96<br>21.24<br>20.16<br>19.32 | 24.48 | 19.32 | 21.89 | 15<br>16<br>17<br>18<br>19<br>20<br>21 |
| 其他 | 30%以下 | 排名30%以下不公布 | | | | | |

表1-3-5　全国长篇小说附加项排名

| 类别 | 排名比例 | 作品名 | 附加项得分 | 最高分 | 最低分 | 平均分 | 排名 |
|---|---|---|---|---|---|---|---|
| A | 1%—5% | 蛙<br>无字<br>你在高原<br>战争和人<br>抉择<br>茶人三部曲<br>历史的天空 | 135<br>55<br>45<br>45<br>45<br>45<br>45 | 135 | 45 | 59.29 | 1<br>2<br>3<br>3<br>3<br>3<br>3 |

| 类别 | 排名比例 | 作品名 | 附加项得分 | 最高分 | 最低分 | 平均分 | 排名 |
|---|---|---|---|---|---|---|---|
| B | 6%—10% | | | | | | |
| 其他 | 10%以下 | 排名10%以下不公布 | | | | | |

（四）结论

由上述各表，可以得出如下结论：

（1）全国短篇小说影响力排名为 A 类的是《陈奂生上城》《西线轶事》《乔厂长上任记》《哦，香雪》《班主任》《神圣的使命》《乡场上》《春之声》《系在皮绳扣上的魂》《大淖记事》《伤痕》《李顺大造屋》。

（1a）创作度排名 A 类的是《哦，香雪》《陈奂生上城》《春之声》《班主任》《乡场上》《我的遥远的清平湾》《乔厂长上任记》《灵与肉》《西线轶事》《白色鸟》《李顺大造屋》《围墙》。

（1b）传播度排名 A 类的是《春之声》《陈奂生上城》《取经》《班主任》《乔厂长上任记》《哦，香雪》《乡场上》《我的遥远的清平湾》《塔铺》《神圣的使命》《足迹》《我爱每一片绿叶》。

（1c）美誉度排名 A 类的是《陈奂生上城》《西线轶事》《乔厂长上任记》《神圣的使命》《班主任》《大淖记事》《乡场上》《清水洗尘》《哦，香雪》《伤痕》《你不可改变我》《系在皮绳扣上的魂》。

（1d）四个维度均榜上有名的是《陈奂生上城》《西线轶事》《乔厂长上任记》《哦，香雪》《班主任》《乡场上》。

（2）全国中篇小说影响力排名为 A 类的是《红高粱》《你别无选择》《绿化树》《烦恼人生》《人到中年》《燕赵悲歌》《小鲍庄》。

（2a）创作度排名 A 类的是《棋王》《世界上所有的夜晚》《玉米》《你别无选择》《黑骏马》《人生》《犯人李铜钟的故事》。

（2b）传播度排名 A 类的是《红高粱》《燕儿窝之夜》《绿化树》《人生》《神鞭》《烟壶》《棋王》。

（2c）美誉度排名 A 类的是《红高粱》《你别无选择》《人到中年》《燕赵悲歌》《烦恼人生》《小鲍庄》《绿化树》。

（2d）四个维度中均榜上有名的中篇小说没有。

（3）全国长篇小说影响力排名为 A 类的是《蛙》《平凡的世界》《长恨歌》。

（3a）创作度排名 A 类的是《尘埃落定》《白鹿原》《蛙》。

（3b）传播度排名 A 类的是《红岩》《蛙》《尘埃落定》。

（3c）美誉度排名 A 类的是《平凡的世界》《长恨歌》《蛙》。

（3d）四个维度中均榜上有名的是《蛙》。

# 二、四川小说创作排名及各一级指标排名

## （一）四川短篇小说创作排名及各一级指标排名

共有187篇四川短篇小说进入统计源。四川短篇小说创作整体排名及各一级指标排名详见下列各表。

表2-1-1　四川短篇小说创作影响力排名

| 类别 | 排名比例 | 作品名 | 影响力得分 | 最高分 | 最低分 | 平均分 | 排名 |
|---|---|---|---|---|---|---|---|
| A | 1%—5% | 珊瑚岛上的死光 | 40.05 | 40.05 | 8.66 | 24 | 1 |
| | | 山月不知心里事 | 38.01 | | | | 2 |
| | | 勿忘草 | 28.19 | | | | 3 |
| | | 牛贩子山道 | 26.02 | | | | 4 |
| | | 夫妻粉 | 24.02 | | | | 5 |
| | | 根与花 | 20.24 | | | | 6 |
| | | 依姆琼琼 | 19.76 | | | | 7 |
| | | 嫂子 | 11.01 | | | | 8 |
| | | 格拉长大 | 8.66 | | | | 9 |
| B | 6%—10% | 通向远方的小路 | 7.95 | 7.95 | 6.49 | 6.94 | 10 |
| | | 日本佬 | 7.61 | | | | 11 |
| | | 找红军 | 7.05 | | | | 12 |
| | | 双铃马蹄表 | 6.9 | | | | 13 |
| | | 老三姐 | 6.85 | | | | 14 |
| | | 小镇人物素描 | 6.81 | | | | 15 |
| | | 站者那则 | 6.65 | | | | 16 |
| | | 邱家桥首户 | 6.54 | | | | 17 |
| | | 最有办法的人 | 6.52 | | | | 18 |
| | | 巴人村纪事 | 6.49 | | | | 19 |
| C | 11%—20% | 阿古顿巴 | 6.27 | 6.27 | 3.66 | 4.91 | 20 |
| | | 群蜂飞舞 | 5.7 | | | | 21 |
| | | 西伯利亚一小站 | 5.69 | | | | 22 |
| | | 野草疯长 | 5.48 | | | | 23 |
| | | 边关三题 | 5.38 | | | | 24 |
| | | 高原二题 | 5.38 | | | | 24 |
| | | 在想象中完成 | 5.38 | | | | 24 |
| | | 孤独 | 5.38 | | | | 24 |
| | | 对一座城市的怀念 | 5.38 | | | | 24 |
| | | 保卫樱桃 | 5.17 | | | | 29 |
| | | 山村的脚步声 | 5 | | | | 30 |
| | | 等待星期六 | 4.61 | | | | 31 |
| | | 学习会纪实 | 4.13 | | | | 32 |
| | | 小交通员 | 4.1 | | | | 33 |
| | | 一梦三四年 | 3.93 | | | | 34 |
| | | 致爱丽丝 | 3.88 | | | | 35 |
| | | 我讲最后一个故事 | 3.86 | | | | 36 |
| | | 天天都有大月亮 | 3.66 | | | | 37 |

| 类别 | 排名比例 | 作品名 | 影响力得分 | 最高分 | 最低分 | 平均分 | 排名 |
|---|---|---|---|---|---|---|---|
| D | 21%—30% | 夏巴孜归来 | 3.5 | | | | 38 |
| | | 戛然而止的幸福生活 | 3.46 | | | | 39 |
| | | 赶街 | 3.29 | | | | 40 |
| | | 滚烫的回忆 | 2.98 | | | | 41 |
| | | 李秀满 | 2.98 | | | | 41 |
| | | 一条毛毯的阅历 | 2.95 | | | | 43 |
| | | 锁着的抽屉 | 2.87 | | | | 44 |
| | | 卡萨布兰卡的夜晚 | 2.76 | | | | 45 |
| | | 鱼的声音 | 2.72 | | | | 46 |
| | | 汉泉耶稣 | 2.71 | 3.5 | 2.14 | 2.71 | 47 |
| | | 教我如何不想他 | 2.58 | | | | 48 |
| | | 一生世 | 2.53 | | | | 49 |
| | | 起源葫芦 | 2.45 | | | | 50 |
| | | 幸福像花开放 | 2.41 | | | | 51 |
| | | 靳师傅的太阳光 | 2.34 | | | | 52 |
| | | 腊八粥 | 2.29 | | | | 53 |
| | | 新"三岔口" | 2.26 | | | | 54 |
| | | 九十九发和一发 | 2.26 | | | | 54 |
| | | 天不知道地知道 | 2.14 | | | | 56 |
| 其他 | 30%以下 | 排名30%以下不公布 | | | | | |

表 2-1-2　四川短篇小说创作度排名

| 类别 | 排名比例 | 作品名 | 创作度得分 | 最高分 | 最低分 | 平均分 | 排名 |
|---|---|---|---|---|---|---|---|
| A | 1%—5% | 珊瑚岛上的死光 | 12.45 | | | | 1 |
| | | 山月不知心里事 | 8.54 | | | | 2 |
| | | 最有办法的人 | 4.2 | | | | 3 |
| | | 一梦三四年 | 3.66 | | | | 4 |
| | | 夏巴孜归来 | 3.38 | 12.45 | 2.85 | 4.94 | 5 |
| | | 野草疯长 | 3.32 | | | | 6 |
| | | 格拉长大 | 3.21 | | | | 7 |
| | | 阿古顿巴 | 2.88 | | | | 8 |
| | | 牛贩子山道 | 2.85 | | | | 9 |
| B | 6%—10% | 夫妻粉 | 2.7 | | | | 10 |
| | | 致爱丽丝 | 2.61 | | | | 11 |
| | | 学习会纪实 | 2.49 | | | | 12 |
| | | 找红军 | 2.4 | | | | 13 |
| | | 我讲最后一个故事 | 2.4 | | | | 13 |
| | | 滚烫的回忆 | 2.4 | 2.7 | 2.33 | 2.44 | 13 |
| | | 汉泉耶稣 | 2.39 | | | | 16 |
| | | 勿忘草 | 2.33 | | | | 17 |
| | | 双铃马蹄表 | 2.33 | | | | 17 |
| | | 老三姐 | 2.33 | | | | 17 |

| 类别 | 排名比例 | 作品名 | 创作度得分 | 最高分 | 最低分 | 平均分 | 排名 |
|---|---|---|---|---|---|---|---|
| C | 11%—20% | 保卫樱桃 | 2.27 | 2.27 | 1.35 | 1.72 | 20 |
| | | 赶街 | 2.27 | | | | 20 |
| | | 一生世 | 2.25 | | | | 22 |
| | | 群蜂飞舞 | 2.24 | | | | 23 |
| | | 戛然而止的幸福生活 | 1.89 | | | | 24 |
| | | 靳师傅的太阳光 | 1.82 | | | | 25 |
| | | 卡萨布兰卡的夜晚 | 1.74 | | | | 26 |
| | | 意外伤害 | 1.73 | | | | 27 |
| | | 日本佬 | 1.65 | | | | 28 |
| | | 天天都有大月亮 | 1.65 | | | | 28 |
| | | 草原 | 1.58 | | | | 30 |
| | | 罗才打虎 | 1.5 | | | | 31 |
| | | 你的名字我做主 | 1.44 | | | | 32 |
| | | 寻找先生 | 1.43 | | | | 33 |
| | | 一条毛毯的阅历 | 1.38 | | | | 34 |
| | | 锁着的抽屉 | 1.35 | | | | 35 |
| | | 新"三岔口" | 1.35 | | | | 35 |
| | | 天外之音 | 1.35 | | | | 35 |
| D | 21%—30% | 既爱情又凄惨 | 1.34 | 1.34 | 1.05 | 1.16 | 38 |
| | | 燕子啁啾 | 1.29 | | | | 39 |
| | | 依姆琼琼 | 1.28 | | | | 40 |
| | | 李秀满 | 1.28 | | | | 40 |
| | | 白罂粟 | 1.28 | | | | 40 |
| | | 等待星期六 | 1.23 | | | | 43 |
| | | 小交通员 | 1.2 | | | | 44 |
| | | 邱家桥首户 | 1.16 | | | | 45 |
| | | 天不知道地知道 | 1.16 | | | | 45 |
| | | 幸福像花开放 | 1.14 | | | | 47 |
| | | 陆小依 | 1.14 | | | | 47 |
| | | 想不到的事情 | 1.14 | | | | 47 |
| | | 快枪手黑胡子 | 1.14 | | | | 47 |
| | | 九十九发和一发 | 1.13 | | | | 51 |
| | | 环山的雪光 | 1.13 | | | | 51 |
| | | 青春一号 | 1.13 | | | | 51 |
| | | 井台上 | 1.13 | | | | 51 |
| | | 一夜到天明 | 1.07 | | | | 55 |
| | | 站者那则 | 1.05 | | | | 56 |
| | | 梦魇香樟树 | 1.05 | | | | 56 |
| | | 搭车记 | 1.05 | | | | 56 |
| | | 有谁知道我的悲伤 | 1.05 | | | | 56 |
| | | 五粮液奇遇记 | 1.05 | | | | 56 |
| 其他 | 30%以下 | 排名 30%以下不公布 | | | | | |

表 2-1-3　四川短篇小说传播度排名

| 类别 | 排名比例 | 作品名 | 传播度得分 | 最高分 | 最低分 | 平均分 | 排名 |
|---|---|---|---|---|---|---|---|
| A | 1%—5% | 珊瑚岛上的死光 | 4.84 | 4.84 | 1.81 | 2.5 | 1 |
| | | 双铃马蹄表 | 3.85 | | | | 2 |
| | | 老三姐 | 2.66 | | | | 3 |
| | | 格拉长大 | 1.97 | | | | 4 |
| | | 群蜂飞舞 | 1.9 | | | | 5 |
| | | 山月不知心里事 | 1.85 | | | | 6 |
| | | 找红军 | 1.83 | | | | 7 |
| | | 根与花 | 1.82 | | | | 8 |
| | | 嫂子 | 1.81 | | | | 9 |
| B | 6%—10% | 九十九发和一发 | 1.13 | 1.13 | 0.45 | 0.67 | 10 |
| | | 小交通员 | 1.04 | | | | 11 |
| | | 天天都有大月亮 | 0.93 | | | | 12 |
| | | 勿忘草 | 0.76 | | | | 13 |
| | | 夫妻粉 | 0.72 | | | | 14 |
| | | 我与廖大妈的一段趣事 | 0.56 | | | | 15 |
| | | 最有办法的人 | 0.46 | | | | 16 |
| | | 黄莺展翅 | 0.45 | | | | 17 |
| | | 鱼鹰来归 | 0.45 | | | | 17 |
| | | 白头浪 | 0.45 | | | | 17 |
| | | 大河涨水 | 0.45 | | | | 17 |
| C | 11%—20% | 新"三岔口" | 0.43 | 0.43 | 0.15 | 0.25 | 21 |
| | | 罗才打虎 | 0.42 | | | | 22 |
| | | 我讲最后一个故事 | 0.34 | | | | 23 |
| | | 看碾磨房的人 | 0.32 | | | | 24 |
| | | 一梦三四年 | 0.27 | | | | 25 |
| | | 蓝夜 | 0.27 | | | | 25 |
| | | 幸福像花开放 | 0.27 | | | | 25 |
| | | 学习会纪实 | 0.26 | | | | 28 |
| | | 她从远方来 | 0.25 | | | | 29 |
| | | 邱家桥首户 | 0.24 | | | | 30 |
| | | 保卫樱桃 | 0.23 | | | | 31 |
| | | 地铁运行前方 | 0.18 | | | | 32 |
| | | 小镇人物素描 | 0.17 | | | | 33 |
| | | 一生世 | 0.16 | | | | 34 |
| | | 燕子啁啾 | 0.16 | | | | 34 |
| | | 致爱丽丝 | 0.15 | | | | 36 |
| | | 我以为你不在乎 | 0.15 | | | | 36 |

续表

| 类别 | 排名比例 | 作品名 | 传播度得分 | 最高分 | 最低分 | 平均分 | 排名 |
|---|---|---|---|---|---|---|---|
| D | 21%—30% | 阿古顿巴 | 0.15 | | | | 36 |
| | | 戛然而止的幸福生活 | 0.13 | | | | 39 |
| | | 雨后月儿圆 | 0.13 | | | | 39 |
| | | 野草疯长 | 0.12 | | | | 41 |
| | | 依姆琼琼 | 0.12 | | | | 41 |
| | | 寻找先生 | 0.11 | | | | 43 |
| | | 环山的雪光 | 0.11 | | | | 43 |
| | | 猎鹿人的故事 | 0.11 | | | | 43 |
| | | 师道 | 0.11 | | | | 43 |
| | | 白罂粟 | 0.1 | 0.15 | 0.09 | 0.11 | 47 |
| | | 两妯娌 | 0.1 | | | | 47 |
| | | 在艰难的日子里 | 0.1 | | | | 47 |
| | | 甘家的甘大爷 | 0.1 | | | | 47 |
| | | 青春一号 | 0.1 | | | | 47 |
| | | 等待星期六 | 0.1 | | | | 47 |
| | | 滚烫的回忆 | 0.1 | | | | 47 |
| | | 带"枪"的总编 | 0.09 | | | | 54 |
| | | 牛贩子山道 | 0.09 | | | | 54 |
| | | 卵石雨 | 0.09 | | | | 54 |
| 其他 | 30%以下 | 排名30%以下不公布 | | | | | |

表 2-1-4　四川短篇小说美誉度排名

| 类别 | 排名比例 | 作品名 | 美誉度得分 | 最高分 | 最低分 | 平均分 | 排名 |
|---|---|---|---|---|---|---|---|
| A | 1%—5% | 山月不知心里事 | 7.62 | | | | 1 |
| | | 勿忘草 | 5.1 | | | | 2 |
| | | 邱家桥首户 | 4.14 | | | | 3 |
| | | 嫂子 | 3.6 | | | | 4 |
| | | 格拉长大 | 3.48 | 7.62 | 2.82 | 4.05 | 5 |
| | | 依姆琼琼 | 3.36 | | | | 6 |
| | | 阿古顿巴 | 3.24 | | | | 7 |
| | | 根与花 | 3.12 | | | | 8 |
| | | 找红军 | 2.82 | | | | 9 |
| B | 6%—10% | 珊瑚岛上的死光 | 2.76 | | | | 10 |
| | | 等待星期六 | 2.28 | | | | 11 |
| | | 野草疯长 | 2.04 | | | | 12 |
| | | 鱼的声音 | 2.04 | | | | 12 |
| | | 起源葫芦 | 1.92 | | | | 14 |
| | | 老三姐 | 1.86 | 2.76 | 1.68 | 1.97 | 15 |
| | | 最有办法的人 | 1.86 | | | | 15 |
| | | 小交通员 | 1.86 | | | | 15 |
| | | 保卫樱桃 | 1.68 | | | | 18 |
| | | 李秀满 | 1.68 | | | | 18 |
| | | 教我如何不想他 | 1.68 | | | | 18 |

| 类别 | 排名比例 | 作品名 | 美誉度得分 | 最高分 | 最低分 | 平均分 | 排名 |
|---|---|---|---|---|---|---|---|
| C | 11%—20% | 群蜂飞舞 | 1.56 | | | | 21 |
| | | 戛然而止的幸福生活 | 1.44 | | | | 22 |
| | | 锁着的抽屉 | 1.44 | | | | 22 |
| | | 老爷戈壁 | 1.44 | | | | 22 |
| | | 学习会纪实 | 1.38 | | | | 25 |
| | | 牛贩子山道 | 1.08 | | | | 26 |
| | | 通向远方的小路 | 1.08 | | | | 26 |
| | | 天天都有大月亮 | 1.08 | | | | 26 |
| | | 人生一站·雨中的愉悦 | 1.08 | | | | 26 |
| | | 大雨倾盆 | 1.08 | | | | 26 |
| | | 博艾霍拉诱惑 | 1.08 | | | | 26 |
| | | 日本佬 | 0.96 | | | | 32 |
| | | 小镇人物素描 | 0.96 | | | | 32 |
| | | 赶街 | 0.96 | 1.56 | 0.96 | 1.08 | 32 |
| | | 卡萨布兰卡的夜晚 | 0.96 | | | | 32 |
| | | 天不知道地知道 | 0.96 | | | | 32 |
| | | 梦魇香樟树 | 0.96 | | | | 32 |
| | | 春天的一个夜晚 | 0.96 | | | | 32 |
| | | 八月蝴蝶黄 | 0.96 | | | | 32 |
| | | 花癫 | 0.96 | | | | 32 |
| | | 飘去了的白纸条儿 | 0.96 | | | | 32 |
| | | 音乐二篇 | 0.96 | | | | 32 |
| | | 斗地主 | 0.96 | | | | 32 |
| | | 一种颜色 | 0.96 | | | | 32 |
| | | 他们都到汉口 | 0.96 | | | | 32 |
| | | 李米米 | 0.96 | | | | 32 |
| | | 落选 | 0.96 | | | | 32 |
| D | 21%—30% | 环山的雪光 | 0.84 | | | | 48 |
| | | 双铃马蹄表 | 0.72 | | | | 49 |
| | | 腊八粥 | 0.72 | | | | 49 |
| | | 陆小依 | 0.72 | | | | 49 |
| | | 我以为你不在乎 | 0.72 | | | | 49 |
| | | 师道 | 0.72 | | | | 49 |
| | | 夫妻粉 | 0.6 | 0.84 | 0.6 | 0.66 | 54 |
| | | 站者那则 | 0.6 | | | | 54 |
| | | 巴人村纪事 | 0.6 | | | | 54 |
| | | 黄莺展翅 | 0.6 | | | | 54 |
| | | 两妯娌 | 0.6 | | | | 54 |
| | | 在艰难的日子里 | 0.6 | | | | 54 |
| | | 上行车，下行车 | 0.6 | | | | 54 |
| 其他 | 30%以下 | 排名30%以下不公布 | | | | | |

表 2-1-5　四川短篇小说附加项排名

| 类别 | 排名比例 | 作品名 | 附加项得分 | 最高分 | 最低分 | 平均分 | 排名 |
|---|---|---|---|---|---|---|---|
| A | 1%—5% | 牛贩子山道 | 22 | 22 | 5 | 9.9 | 1 |
| | | 珊瑚岛上的死光 | 20 | | | | 2 |
| | | 山月不知心里事 | 20 | | | | 2 |
| | | 勿忘草 | 20 | | | | 2 |
| | | 夫妻粉 | 20 | | | | 2 |
| | | 根与花 | 15 | | | | 6 |
| | | 依姆琼琼 | 15 | | | | 6 |
| | | 通向远方的小路 | 6 | | | | 8 |
| | | 嫂子 | 5 | | | | 9 |
| | | 日本佬 | 5 | | | | 9 |
| | | 小镇人物素描 | 5 | | | | 9 |
| | | 站者那则 | 5 | | | | 9 |
| | | 巴人村纪事 | 5 | | | | 9 |
| | | 西伯利亚一小站 | 5 | | | | 9 |
| | | 边关三题 | 5 | | | | 9 |
| | | 高原二题 | 5 | | | | 9 |
| | | 在想象中完成 | 5 | | | | 9 |
| | | 孤独 | 5 | | | | 9 |
| | | 对一座城市的怀念 | 5 | | | | 9 |
| | | 山村的脚步声 | 5 | | | | 9 |
| B | 6%—10% | 邱家桥首户 | 1 | 1 | 1 | 1 | 21 |
| | | 保卫樱桃 | 1 | | | | 21 |
| | | 等待星期六 | 1 | | | | 21 |
| | | 致爱丽丝 | 1 | | | | 21 |
| | | 我讲最后一个故事 | 1 | | | | 21 |
| | | 一条毛毯的阅历 | 1 | | | | 21 |
| | | 幸福像花开放 | 1 | | | | 21 |
| | | 腊八粥 | 1 | | | | 21 |
| | | 欢乐行程 | 1 | | | | 21 |
| | | 猎鹿人的故事 | 1 | | | | 21 |
| | | 蘑菇 | 1 | | | | 21 |
| | | 关于毛毯的猜想 | 1 | | | | 21 |
| 其他 | 10%以下 | 排名 10%以下不公布 | | | | | |

## （二）四川中篇小说创作影响力整体排名

共有 121 部中篇小说进入统计源。四川中篇小说创作排名及各一级指标排名详见下列各表。

表 2-2-1　四川中篇小说创作影响力排名

| 类别 | 排名比例 | 作品名 | 影响力得分 | 最高分 | 最低分 | 平均分 | 排名 |
|---|---|---|---|---|---|---|---|
| A | 1%—5% | 燕儿窝之夜 | 52.13 | 52.13 | 19.39 | 29.26 | 1 |
| | | 白马 | 35.61 | | | | 2 |
| | | 旧年的血迹 | 26.44 | | | | 3 |
| | | 拯救父亲 | 22.57 | | | | 4 |
| | | 遥远的温泉 | 19.51 | | | | 5 |
| | | 秋之惑 | 19.39 | | | | 6 |

| 类别 | 排名比例 | 作品名 | 影响力得分 | 最高分 | 最低分 | 平均分 | 排名 |
|---|---|---|---|---|---|---|---|
| B | 6%—10% | 大嫂谣<br>阳坡花<br>山杠爷<br>三只虫草<br>少将<br>奸细 | 18.5<br>17.18<br>16.63<br>15.29<br>14.5<br>12.84 | 18.5 | 12.84 | 15.82 | 7<br>8<br>9<br>10<br>11<br>12 |
| C | 11%—20% | 我们的路<br>猎神，走出山谷<br>变脸<br>本是同根生<br>鹰无泪<br>苍茫冬日<br>一墙之隔<br>我们的成长<br>落花时节<br>尘曲<br>奥达的马队<br>鱼的声音 | 10.7<br>10.37<br>9.99<br>9.42<br>9.38<br>8.91<br>8.1<br>8.02<br>8.01<br>7.58<br>7.58<br>7.12 | 10.7 | 7.12 | 8.77 | 13<br>14<br>15<br>16<br>17<br>18<br>19<br>20<br>21<br>22<br>23<br>24 |
| D | 21%—30% | 排长<br>失去时间的村庄<br>让蒙面人说话<br>奇异的旅程<br>调研员<br>梦幻星辰<br>故乡在远方<br>西江村赶潮<br>乐胆<br>尘归尘，土归土<br>唢呐，在金风里吹响<br>赤胆忠心 | 7.07<br>7<br>6.9<br>6.81<br>6.71<br>6.71<br>6.69<br>6.66<br>6.64<br>6.52<br>6.47<br>6.37 | 7.07 | 6.37 | 6.71 | 25<br>26<br>27<br>28<br>29<br>29<br>31<br>32<br>33<br>34<br>35<br>36 |
| 其他 | 30%以下 | 排名30%以下不公布 | | | | | |

表 2—2—2 四川中篇小说创作度排名

| 类别 | 排名比例 | 作品名 | 创作度得分 | 最高分 | 最低分 | 平均分 | 排名 |
|---|---|---|---|---|---|---|---|
| A | 1%—5% | 拯救父亲<br>遥远的温泉<br>奸细<br>我们的路<br>秋之惑<br>我们的成长 | 9.41<br>8.03<br>7.65<br>5.64<br>4.19<br>4.14 | 9.41 | 4.14 | 6.51 | 1<br>2<br>3<br>4<br>5<br>6 |

| 类别 | 排名比例 | 作品名 | 创作度得分 | 最高分 | 最低分 | 平均分 | 排名 |
|---|---|---|---|---|---|---|---|
| B | 6%—10% | 让蒙面人说话<br>三只虫草<br>燕儿窝之夜<br>白马<br>正当防卫<br>大嫂谣 | 3.92<br>3.81<br>3.48<br>3.03<br>2.87<br>2.67 | 3.92 | 1.77 | 3.3 | 7<br>8<br>9<br>10<br>11<br>12 |
| C | 11%—20% | 宝刀<br>山杠爷<br>我和拉萨有个约会<br>结婚<br>密码<br>蘑菇圈<br>落花时节<br>人人偷盗<br>陈华南笔记本<br>行刑人尔依<br>死亡设置<br>谁是谁的软肋 | 2.66<br>2.63<br>2.57<br>2.21<br>2.18<br>2.01<br>1.97<br>1.95<br>1.89<br>1.88<br>1.83<br>1.77 | 2.66 | 1.77 | 2.13 | 13<br>14<br>15<br>16<br>17<br>18<br>19<br>20<br>21<br>22<br>23<br>24 |
| D | 21%—30% | 万物生长<br>我们能够拯救谁<br>兔丝女人<br>木鱼山<br>一墙之隔<br>变脸<br>末等官<br>旧年的血迹<br>考场<br>落花时节<br>一日长于百年<br>本是同根生<br>高腔 | 1.74<br>1.74<br>1.68<br>1.65<br>1.62<br>1.59<br>1.59<br>1.58<br>1.5<br>1.43<br>1.43<br>1.38<br>1.38 | 1.74 | 1.38 | 1.56 | 25<br>25<br>27<br>28<br>29<br>30<br>30<br>32<br>33<br>34<br>34<br>36<br>36 |
| 其他 | 30%以下 | 排名30%以下不公布 | | | | | |

表2-2-3　四川中篇小说传播度排名

| 类别 | 排名比例 | 作品名 | 传播度得分 | 最高分 | 最低分 | 平均分 | 排名 |
|---|---|---|---|---|---|---|---|
| A | 1%—5% | 燕儿窝之夜<br>遥远的温泉<br>赤胆忠心<br>白马<br>三战华园<br>旧年的血迹 | 9.15<br>3.84<br>3.74<br>2.36<br>2<br>1.95 | 9.15 | 1.95 | 3.84 | 1<br>2<br>3<br>4<br>5<br>6 |

| 类别 | 排名比例 | 作品名 | 传播度得分 | 最高分 | 最低分 | 平均分 | 排名 |
|---|---|---|---|---|---|---|---|
| B | 6%—10% | 一种鸟的名字<br>唢呐，在金风里吹响<br>秋之惑<br>山杠爷<br>猎神，走出山谷<br>末等官 | 1.8<br>1.67<br>1.51<br>1.08<br>0.82<br>0.82 | 1.8 | 0.82 | 1.28 | 7<br>8<br>9<br>10<br>11<br>11 |
| C | 11%—20% | 三只虫草<br>西江村赶潮<br>高腔<br>奸细<br>拯救父亲<br>奇异的旅程<br>小城风流<br>宝刀<br>我们的成长<br>我们的路<br>考场<br>此去遥远 | 0.8<br>0.8<br>0.4<br>0.39<br>0.25<br>0.18<br>0.15<br>0.13<br>0.12<br>0.1<br>0.1<br>0.09 | 0.8 | 0.09 | 0.29 | 13<br>13<br>15<br>16<br>17<br>18<br>19<br>20<br>21<br>22<br>22<br>24 |
| D | 21%—30% | 密码<br>排长<br>让蒙面人说话<br>极乐门<br>本是同根生<br>一墙之隔<br>孽缘<br>索狼荒原<br>苍茫冬日<br>大嫂谣<br>一日长于百年<br>总统套房 | 0.08<br>0.07<br>0.06<br>0.06<br>0.04<br>0.04<br>0.04<br>0.04<br>0.04<br>0.03<br>0.03<br>0.03 | 0.08 | 0.03 | 0.05 | 25<br>26<br>27<br>27<br>29<br>29<br>29<br>29<br>29<br>34<br>34<br>34 |
| 其他 | 30%以下 | 排名30%以下不公布 | | | | | |

表 2—2—4　四川中篇小说美誉度排名

| 类别 | 排名比例 | 作品名 | 美誉度得分 | 最高分 | 最低分 | 平均分 | 排名 |
|---|---|---|---|---|---|---|---|
| A | 1%—5% | 燕儿窝之夜<br>大嫂谣<br>秋之惑<br>变脸<br>旧年的血迹<br>拯救父亲<br>山杠爷 | 13.5<br>10.8<br>8.7<br>8.4<br>7.92<br>7.92<br>7.92 | 13.5 | 7.92 | 9.31 | 1<br>2<br>3<br>4<br>5<br>5<br>5 |

| 类别 | 排名比例 | 作品名 | 美誉度得分 | 最高分 | 最低分 | 平均分 | 排名 |
|---|---|---|---|---|---|---|---|
| B | 6%—10% | 奥达的马队<br>少将<br>故乡在远方<br>白马<br>汉江，记住这个夜晚 | 6.6<br>6.12<br>6<br>5.22<br>5.04 | 6.6 | 5.04 | 5.8 | 8<br>9<br>10<br>11<br>12 |
| C | 11%—20% | 三只虫草<br>木鱼山<br>潜伏期<br>我们的路<br>红石滩<br>行刑人尔依<br>猎神，走出山谷<br>鹰无泪<br>青枫坡<br>唢呐，在金风里吹响<br>水水的政权<br>本是同根生<br>三战华园<br>头儿 | 4.68<br>4.32<br>4.08<br>3.96<br>3.96<br>3.6<br>3.24<br>3.24<br>3.24<br>3.12<br>3.12<br>3<br>3<br>3 | 4.68 | 3 | 3.54 | 13<br>14<br>15<br>16<br>16<br>18<br>19<br>19<br>19<br>22<br>22<br>24<br>24<br>24 |
| D | 21%—30% | 已经消失的森林<br>我们的成长<br>狗的一九三二<br>遥远的温泉<br>水往高处流<br>苍茫冬日<br>正当防卫<br>最后一课<br>结婚<br>末等官<br>陈华南笔记本<br>回忆一个恶人 | 2.88<br>2.76<br>2.76<br>2.64<br>2.64<br>2.52<br>2.52<br>2.52<br>2.34<br>2.28<br>2.28<br>2.28 | 2.88 | 2.28 | 2.54 | 27<br>28<br>28<br>30<br>30<br>32<br>32<br>32<br>35<br>36<br>36<br>36 |
| 其他 | 30%以下 | 排名30%以下不公布 | | | | | |

表2-2-5 四川中篇小说附加项排名

| 类别 | 排名比例 | 作品名 | 附加项得分 | 最高分 | 最低分 | 平均分 | 排名 |
|---|---|---|---|---|---|---|---|
| A | 1%—5% | 燕儿窝之夜<br>白马<br>旧年的血迹<br>阳坡花<br>少将<br>三只虫草 | 26<br>25<br>15<br>15<br>7<br>6 | 26 | 6 | 15.67 | 1<br>2<br>3<br>3<br>5<br>6 |

| 类别 | 排名比例 | 作品名 | 附加项得分 | 最高分 | 最低分 | 平均分 | 排名 |
|---|---|---|---|---|---|---|---|
| B | 6%—10% | 拯救父亲 | 5 | | | | 7 |
| | | 遥远的温泉 | 5 | | | | 7 |
| | | 秋之惑 | 5 | | | | 7 |
| | | 大嫂谣 | 5 | | | | 7 |
| | | 山杠爷 | 5 | | | | 7 |
| | | 猎神，走出山谷 | 5 | | | | 7 |
| | | 本是同根生 | 5 | | | | 7 |
| | | 鹰无泪 | 5 | | | | 7 |
| | | 苍茫冬日 | 5 | | | | 7 |
| | | 一墙之隔 | 5 | | | | 7 |
| | | 落花时节 | 5 | | | | 7 |
| | | 尘曲 | 5 | | | | 7 |
| | | 鱼的声音 | 5 | 5 | 5 | 5 | 7 |
| | | 排长 | 5 | | | | 7 |
| | | 失去时间的村庄 | 5 | | | | 7 |
| | | 奇异的旅程 | 5 | | | | 7 |
| | | 调研员 | 5 | | | | 7 |
| | | 梦幻星辰 | 5 | | | | 7 |
| | | 西江村赶潮 | 5 | | | | 7 |
| | | 乐胆 | 5 | | | | 7 |
| | | 尘归尘，土归土 | 5 | | | | 7 |
| | | 考察团即将出发 | 5 | | | | 7 |
| | | 火车开过冬季 | 5 | | | | 7 |
| | | 在白鹤飞翔的峡谷 | 5 | | | | 7 |
| | | 在幽暗中闪烁 | 5 | | | | 7 |
| 其他 | 10%以下 | 排名10%以下不公布 | | | | | |

### （三）四川长篇小说创作影响力整体排名

共有109部长篇小说进入统计名单。四川长篇小说创作排名及各一级指标排名详见下列各表。

表2-3-1　四川长篇小说创作影响力整体排名

| 类别 | 排名比例 | 作品名 | 影响力得分 | 最高分 | 最低分 | 平均分 | 排名 |
|---|---|---|---|---|---|---|---|
| A | 1%—5% | 尘埃落定 | 153.63 | | | | 1 |
| | | 红岩 | 103 | | | | 2 |
| | | 暗算 | 66.74 | 153.63 | 58.87 | 89.33 | 3 |
| | | 战争和人 | 64.41 | | | | 4 |
| | | 许茂和他的女儿们 | 58.87 | | | | 5 |
| B | 6%—10% | 格萨尔王 | 55.72 | | | | 6 |
| | | 解密 | 39.96 | | | | 7 |
| | | 空山 | 32.13 | 55.72 | 24.01 | 34.16 | 8 |
| | | 风声 | 26.73 | | | | 9 |
| | | 水乳大地 | 26.41 | | | | 10 |
| | | 康巴 | 24.01 | | | | 11 |

| 类别 | 排名比例 | 作品名 | 影响力得分 | 最高分 | 最低分 | 平均分 | 排名 |
|---|---|---|---|---|---|---|---|
| C | 11%—20% | 苍凉后土 | 22.56 | 22.56 | 13.09 | 16.53 | 12 |
| | | 我在天堂等你 | 20.85 | | | | 13 |
| | | 声音史 | 20.25 | | | | 14 |
| | | 瞻对 | 19.92 | | | | 15 |
| | | 夜谭十记 | 15.91 | | | | 16 |
| | | 吾血吾土 | 15.33 | | | | 17 |
| | | 农民 | 13.78 | | | | 18 |
| | | 辛亥风云路 | 13.63 | | | | 19 |
| | | 小哈桑和黄风怪 | 13.35 | | | | 20 |
| | | 清江壮歌 | 13.15 | | | | 21 |
| | | 梨园谱 | 13.09 | | | | 22 |
| D | 21%—30% | 不必惊讶 | 13.03 | 13.03 | 10.54 | 11.75 | 23 |
| | | 赵尔丰——雪域将星梦 | 12.44 | | | | 24 |
| | | 惑之年 | 12.34 | | | | 25 |
| | | 悲悯大地 | 12.32 | | | | 26 |
| | | 春潮急 | 12.29 | | | | 27 |
| | | 武陵山下 | 11.85 | | | | 28 |
| | | 珠玛 | 11.4 | | | | 29 |
| | | 隐蔽的脸：藏地神子秘踪 | 11.26 | | | | 30 |
| | | 地火 | 10.95 | | | | 31 |
| | | 则天皇帝 | 10.88 | | | | 32 |
| | | 血染春秋——节振国传奇 | 10.54 | | | | 33 |
| 其他 | 30%以下 | 排名30%以下不公布 | | | | | |

表 2-3-2　四川长篇小说创作度排名

| 类别 | 排名比例 | 作品名 | 创作度得分 | 最高分 | 最低分 | 平均分 | 排名 |
|---|---|---|---|---|---|---|---|
| A | 1%—5% | 尘埃落定 | 20.81 | 20.81 | 4.94 | 9.45 | 1 |
| | | 解密 | 7.79 | | | | 2 |
| | | 暗算 | 6.96 | | | | 3 |
| | | 红岩 | 6.75 | | | | 4 |
| | | 许茂和他的女儿们 | 4.94 | | | | 5 |
| B | 6%—10% | 夜谭十记 | 4.61 | 4.61 | 2.87 | 3.82 | 6 |
| | | 空山 | 4.53 | | | | 7 |
| | | 战争和人 | 4.28 | | | | 8 |
| | | 十三世达赖喇嘛 | 3.38 | | | | 9 |
| | | 风声 | 3.26 | | | | 10 |
| | | 水乳大地 | 2.87 | | | | 11 |

| 类别 | 排名比例 | 作品名 | 创作度得分 | 最高分 | 最低分 | 平均分 | 排名 |
|---|---|---|---|---|---|---|---|
| C | 11%—20% | 清江壮歌 | 2.78 | 2.78 | 1.86 | 2.32 | 12 |
| | | 武陵山下 | 2.63 | | | | 13 |
| | | 瞻对 | 2.52 | | | | 14 |
| | | 悲悯大地 | 2.36 | | | | 15 |
| | | 大地之灯 | 2.31 | | | | 16 |
| | | 康巴 | 2.25 | | | | 17 |
| | | 我在天堂等你 | 2.25 | | | | 17 |
| | | 十个女人的命运 | 2.25 | | | | 17 |
| | | 苍凉后土 | 2.18 | | | | 20 |
| | | 无法悲伤 | 2.1 | | | | 21 |
| | | 惑之年 | 1.86 | | | | 22 |
| D | 21%—30% | 小哈桑和黄风怪 | 1.8 | 1.8 | 1.2 | 1.4 | 23 |
| | | 隐蔽的脸：藏地神子秘踪 | 1.8 | | | | 23 |
| | | 布隆德誓言 | 1.8 | | | | 23 |
| | | 磨尖掐尖 | 1.71 | | | | 26 |
| | | 生活不相信祝福 | 1.65 | | | | 27 |
| | | 大饭店风云 | 1.44 | | | | 28 |
| | | 春潮急 | 1.41 | | | | 29 |
| | | 格萨尔王 | 1.28 | | | | 30 |
| | | 虎啸八年 | 1.26 | | | | 31 |
| | | 吾血吾土 | 1.25 | | | | 32 |
| | | 赵尔丰——雪域将星梦 | 1.2 | | | | 33 |
| | | 则天皇帝 | 1.2 | | | | 33 |
| | | 血染春秋——节振国传奇 | 1.2 | | | | 33 |
| | | 红楼梦新续 | 1.2 | | | | 33 |
| | | 唐明皇与杨贵妃 | 1.2 | | | | 33 |
| | | 命定 | 1.2 | | | | 33 |
| | | 爱情独木桥 | 1.2 | | | | 33 |
| 其他 | 30%以下 | 排名30%以下不公布 | | | | | |

表 2-3-3　四川长篇小说传播度排名

| 类别 | 排名比例 | 作品名 | 传播得分 | 最高分 | 最低分 | 平均分 | 排名 |
|---|---|---|---|---|---|---|---|
| A | 1%—5% | 红岩 | 62.89 | 62.89 | 7.5 | 30.13 | 1 |
| | | 尘埃落定 | 49.67 | | | | 2 |
| | | 格萨尔王 | 21 | | | | 3 |
| | | 解密 | 9.58 | | | | 4 |
| | | 暗算 | 7.5 | | | | 5 |
| B | 6%—10% | 春潮急 | 6.32 | 6.32 | 4 | 4.95 | 6 |
| | | 许茂和他的女儿们 | 5.33 | | | | 7 |
| | | 清江壮歌 | 5.21 | | | | 8 |
| | | 我在天堂等你 | 4.52 | | | | 9 |
| | | 血染春秋——节振国传奇 | 4.34 | | | | 10 |
| | | 康巴 | 4 | | | | 11 |

| 类别 | 排名比例 | 作品名 | 传播度得分 | 最高分 | 最低分 | 平均分 | 排名 |
|---|---|---|---|---|---|---|---|
| C | 11%—20% | 十三世达赖喇嘛 | 3.76 | | | | 12 |
| | | 风声 | 3.75 | | | | 13 |
| | | 水乳大地 | 3.75 | | | | 13 |
| | | 布隆德誓言 | 3.56 | | | | 15 |
| | | 中原霸王图——直皖军阀传 | 3.51 | | | | 16 |
| | | 隐蔽的脸：藏地神子秘踪 | 3.5 | 3.76 | 2.3 | 3.3 | 17 |
| | | 命定 | 3.5 | | | | 17 |
| | | 空山 | 3.28 | | | | 19 |
| | | 夜谭十记 | 3.14 | | | | 20 |
| | | 武陵山下 | 2.3 | | | | 21 |
| | | 梨园谱 | 2.3 | | | | 21 |
| D | 21%—30% | 重庆谈判 | 2.08 | | | | 23 |
| | | 战争和人 | 1.82 | | | | 24 |
| | | 无法悲伤 | 1.81 | | | | 25 |
| | | 东方教母 | 1.74 | | | | 26 |
| | | 春草开花 | 1.66 | | | | 27 |
| | | 唐明皇与杨贵妃 | 1.64 | 2.08 | 1.55 | 1.69 | 28 |
| | | 荆冠 | 1.62 | | | | 29 |
| | | 虎啸八年 | 1.58 | | | | 30 |
| | | 小哈桑和黄风怪 | 1.55 | | | | 31 |
| | | 苍凉后土 | 1.55 | | | | 31 |
| | | 文人无行 | 1.55 | | | | 31 |
| 其他 | 30%以下 | 排名30%以下不公布 | | | | | |

表2-3-4　四川长篇小说美誉度排名

| 类别 | 排名比例 | 作品名 | 美誉度得分 | 最高分 | 最低分 | 平均分 | 排名 |
|---|---|---|---|---|---|---|---|
| A | 1%—5% | 尘埃落定 | 53.16 | | | | 1 |
| | | 红岩 | 33.36 | | | | 2 |
| | | 格萨尔王 | 28.44 | 53.16 | 18.6 | 30.58 | 3 |
| | | 空山 | 19.32 | | | | 4 |
| | | 许茂和他的女儿们 | 18.6 | | | | 5 |
| B | 6%—10% | 暗算 | 17.28 | | | | 6 |
| | | 水乳大地 | 13.8 | | | | 7 |
| | | 战争和人 | 13.32 | 17.28 | 9.72 | 13.02 | 8 |
| | | 解密 | 12.6 | | | | 9 |
| | | 瞻对 | 11.4 | | | | 10 |
| | | 风声 | 9.72 | | | | 11 |

| 类别 | 排名比例 | 作品名 | 美誉度得分 | 最高分 | 最低分 | 平均分 | 排名 |
|---|---|---|---|---|---|---|---|
| C | 11%—20% | 夜谭十记 | 8.16 | 8.16 | 4.08 | 4.89 | 12 |
| | | 清江壮歌 | 5.16 | | | | 13 |
| | | 梨园谱 | 5.04 | | | | 14 |
| | | 磨尖掐尖 | 5.04 | | | | 14 |
| | | 悲悯大地 | 4.8 | | | | 16 |
| | | 春潮急 | 4.56 | | | | 17 |
| | | 则天皇帝 | 4.56 | | | | 17 |
| | | 声音史 | 4.2 | | | | 19 |
| | | 我在天堂等你 | 4.08 | | | | 20 |
| | | 吾血吾土 | 4.08 | | | | 20 |
| | | 野码头轶梦 | 4.08 | | | | 20 |
| D | 21%—30% | 遭遇尴尬 | 3.96 | 3.96 | 2.4 | 3.03 | 23 |
| | | 苍凉后土 | 3.84 | | | | 24 |
| | | 爱情独木桥 | 3.84 | | | | 24 |
| | | 村级干部 | 3.12 | | | | 26 |
| | | 辛亥风云路 | 2.88 | | | | 27 |
| | | 十三世达赖喇嘛 | 2.88 | | | | 27 |
| | | 饥饿百年 | 2.88 | | | | 27 |
| | | 康巴 | 2.76 | | | | 30 |
| | | 荆冠 | 2.76 | | | | 30 |
| | | 大河之舞 | 2.64 | | | | 32 |
| | | 红楼梦新续 | 2.4 | | | | 33 |
| | | 野草闲花 | 2.4 | | | | 33 |
| 其他 | 30%以下 | 排名30%以下不公布 | | | | | |

**表 2-3-5　四川长篇小说附加项排名**

| 类别 | 排名比例 | 作品名 | 附加项得分 | 最高分 | 最低分 | 平均分 | 排名 |
|---|---|---|---|---|---|---|---|
| A | 1%—5% | 战争和人 | 45 | 45 | 15 | 26.43 | 1 |
| | | 暗算 | 35 | | | | 2 |
| | | 尘埃落定 | 30 | | | | 3 |
| | | 许茂和他的女儿们 | 30 | | | | 3 |
| | | 康巴 | 15 | | | | 5 |
| | | 苍凉后土 | 15 | | | | 5 |
| | | 声音史 | 15 | | | | 5 |
| B | 6%—10% | 解密 | 10 | 10 | 10 | 10 | 8 |
| | | 风声 | 10 | | | | 8 |
| | | 我在天堂等你 | 10 | | | | 8 |
| | | 吾血吾土 | 10 | | | | 8 |
| | | 农民 | 10 | | | | 8 |
| | | 辛亥风云路 | 10 | | | | 8 |
| | | 小哈桑和黄风怪 | 10 | | | | 8 |
| | | 不必惊讶 | 10 | | | | 8 |
| | | 赵尔丰——雪域将星梦 | 10 | | | | 8 |
| | | 惑之年 | 10 | | | | 8 |
| | | 珠玛 | 10 | | | | 8 |
| | | 地火 | 10 | | | | 8 |
| 其他 | 10%以下 | 排名10%以下不公布 | | | | | |

（四）结论

**1. 由上述各表可以得出的结论**

（1）四川短篇小说影响力排名为 A 类的是《珊瑚岛上的死光》《山月不知心里事》《勿忘草》《牛贩子山道》《夫妻粉》《根与花》《依姆琼琼》《嫂子》《格拉长大》。

（1a）创作度排名 A 类的是《珊瑚岛上的死光》《山月不知心里事》《最有办法的人》《一梦三四年》《夏巴孜归来》《野草疯长》《格拉长大》《阿古顿巴》《牛贩子山道》。

（1b）传播度排名 A 类的是《珊瑚岛上的死光》《双铃马蹄表》《老三姐》《格拉长大》《群蜂飞舞》《山月不知心里事》《找红军》《根与花》《嫂子》。

（1c）美誉度排名 A 类的是《山月不知心里事》《勿忘草》《邱家桥首户》《嫂子》《格拉长大》《依姆琼琼》《阿古顿巴》《根与花》《找红军》。

（1d）四个维度中均榜上有名的是《山月不知心里事》。

（2）四川中篇小说影响力排名为 A 类的是《燕儿窝之夜》《白马》《旧年的血迹》《拯救父亲》《遥远的温泉》《秋之惑》。

（2a）创作度排名 A 类的是《拯救父亲》《遥远的温泉》《奸细》《我们的路》《秋之惑》《我们的成长》。

（2b）传播度排名 A 类的是《燕儿窝之夜》《遥远的温泉》《赤胆忠心》《白马》《三战华园》《旧年的血迹》。

（2c）美誉度排名 A 类的是《燕儿窝之夜》《大嫂谣》《秋之惑》《变脸》《旧年的血迹》《拯救父亲》《山杠爷》。

（2d）四个维度中均榜上有名的中篇小说没有。

（3）四川长篇小说影响力排名为 A 类的是《尘埃落定》《红岩》《暗算》《战争和人》《许茂和他的女儿们》。

（3a）创作度排名 A 类的是《尘埃落定》《解密》《暗算》《红岩》《许茂和他的女儿们》。

（3b）传播度排名 A 类的是《红岩》《尘埃落定》《格萨尔王》《解密》《暗算》。

（3c）美誉度排名 A 类的是《尘埃落定》《红岩》《格萨尔王》《空山》《许茂和他的女儿们》。

（3d）四个维度中均榜上有名的是《尘埃落定》《红岩》。

**2. 比较四川各表与全国各表相比可以得出的结论**

（1）四川的短篇小说、中篇小说创作在全国影响力较弱，进入短篇小说影响力排行榜前 30% 的仅有《珊瑚岛上的死光》和《山月不知心里事》，位列 C 类与 D 类，其余作品均榜上无名；中篇小说仅《燕儿窝之夜》一篇进入 C 类，其余作品均未进各种类别。就时段来说，这三篇作品也是 1978—1982 年间的作品，可以说，之后的 35 年间，四川的短、中篇小说创作在全国几无影响力。

（2）四川长篇小说创作共有四部作品进入全国影响力排行榜前 30%，即：《尘埃落定》《红岩》《暗算》《战争和人》，但无 A 类排名，前两个位列 B 类，后两个位列 D 类。若排除《红岩》与《暗算》，故仅有两部作品进入榜单。四川长篇小说创作还需再努力。

# 三、西藏小说创作排名及各一级指标排名

（一）西藏短篇小说创作影响力排名及各一级指标排名

共有122篇短篇小说进入统计源。西藏短篇小说创作排名及各一级指标排名详见下列各表。

表 3-1-1　西藏短篇小说创作影响力排名

| 类别 | 排名比例 | 作品名 | 影响力得分 | 最高分 | 最低分 | 平均分 | 排名 |
|---|---|---|---|---|---|---|---|
| A | 1%—5% | 系在皮绳扣上的魂 | 72.37 | 72.37 | 17.76 | 35.6 | 1 |
| | | 放生羊 | 51.16 | | | | 2 |
| | | 江那边 | 26.65 | | | | 3 |
| | | 杀手 | 26.53 | | | | 4 |
| | | 阿米日嘎 | 19.15 | | | | 5 |
| | | 尘网 | 17.76 | | | | 6 |
| B | 6%—10% | 雨季 | 17.24 | 17.24 | 15.81 | 16.41 | 7 |
| | | 朝佛 | 17.15 | | | | 8 |
| | | 传说 | 16.32 | | | | 9 |
| | | 花园里的风波 | 16.03 | | | | 10 |
| | | 啊，人心！ | 15.91 | | | | 11 |
| | | 卍字的边缘 | 15.81 | | | | 12 |
| C | 11%—20% | 前方有人等她 | 15.56 | 15.56 | 9.98 | 13.24 | 13 |
| | | 焚 | 15.08 | | | | 14 |
| | | 罗孜的船夫 | 14.6 | | | | 15 |
| | | 悬崖之光 | 14.22 | | | | 16 |
| | | 秋夜 | 13.88 | | | | 17 |
| | | 德刹 | 13.28 | | | | 18 |
| | | 曲郭山上的雪 | 13.28 | | | | 18 |
| | | 漫漫转经路 | 12.52 | | | | 20 |
| | | 世纪之邀 | 12.37 | | | | 21 |
| | | 风马之耀 | 12.32 | | | | 22 |
| | | 没有星光的夜 | 11.8 | | | | 23 |
| | | 拉萨河女神 | 9.98 | | | | 24 |
| D | 21%—30% | 错误 | 9.5 | 9.5 | 4.65 | 6.54 | 25 |
| | | 归途小夜曲 | 9.21 | | | | 26 |
| | | 梦，遗落在草原上 | 7.2 | | | | 27 |
| | | 叠纸鹞的三种方法 | 7.08 | | | | 28 |
| | | 去拉萨的路上 | 7.05 | | | | 29 |
| | | 圆形日子 | 6.4 | | | | 30 |
| | | 神的"恩惠" | 6.14 | | | | 31 |
| | | 假装没感觉 | 5.85 | | | | 32 |
| | | 蔷薇架下 | 5.54 | | | | 33 |
| | | 斯曲和她的五个孩子的父亲们 | 5.53 | | | | 34 |
| | | 刀 | 5.53 | | | | 34 |
| | | 古宅 | 5.31 | | | | 36 |
| | | 幻鸣 | 4.65 | | | | 37 |
| 其他 | 30%以下 | 排名30%以下不公布 | | | | | |

表 3-1-2　西藏短篇小说创作度排名

| 类别 | 排名比例 | 作品名 | 创作度得分 | 最高分 | 最低分 | 平均分 | 排名 |
|---|---|---|---|---|---|---|---|
| A | 1%—5% | 系在皮绳扣上的魂<br>放生羊<br>错误<br>去拉萨的路上<br>阿米日嘎<br>拉萨河女神 | 10.95<br>4.76<br>3.32<br>3.11<br>2.45<br>2.24 | 10.95 | 2.24 | 4.47 | 1<br>2<br>3<br>4<br>5<br>6 |
| B | 6%—10% | 叠纸鹞的三种方法<br>自由人契米<br>没有星光的夜<br>江那边<br>杀手<br>归途小夜曲 | 2.18<br>2.03<br>1.98<br>1.91<br>1.85<br>1.53 | 2.18 | 1.53 | 1.91 | 7<br>8<br>9<br>10<br>11<br>12 |
| C | 11%—20% | 喜玛拉雅古歌<br>世纪之邀<br>涂满古怪图案的墙壁<br>圆形日子<br>沉寂的正午<br>永恒的山<br>梦，遗落在草原上<br>生命是在别处<br>陷车<br>拉萨生活的三种时间<br>风马之耀<br>藏獒的真相<br>拉古纳村的捕鱼方式 | 1.5<br>1.43<br>1.43<br>1.35<br>1.29<br>1.28<br>1.23<br>1.14<br>1.14<br>1.13<br>1.08<br>1.05<br>1.05 | 1.5 | 1.05 | 1.24 | 13<br>14<br>14<br>16<br>17<br>18<br>19<br>20<br>20<br>22<br>23<br>24<br>24 |
| D | 21%—30% | 古宅<br>在这里上船<br>漫漫转经路<br>啊，人心!<br>强盗酒馆<br>谁是猎手<br>尘网<br>假装没感觉<br>等待蓝湖<br>花园里的风波<br>竹笛、啜泣和梦<br>隧道<br>走天涯<br>给你一个飞翔的理由 | 0.98<br>0.98<br>0.98<br>0.9<br>0.9<br>0.83<br>0.83<br>0.83<br>0.83<br>0.83<br>0.83<br>0.83<br>0.83<br>0.83 | 0.98 | 0.83 | 0.87 | 26<br>26<br>26<br>29<br>29<br>31<br>31<br>31<br>31<br>31<br>31<br>31<br>31<br>31 |
| 其他 | 30%以下 | 排名 30%以下不公布 | | | | | |

表 3-1-3　西藏短篇小说传播度排名

| 类别 | 排名比例 | 作品名 | 传播度得分 | 最高分 | 最低分 | 平均分 | 排名 |
|---|---|---|---|---|---|---|---|
| A | 1%—5% | 杀手 | 14.52 | | | | 1 |
| | | 放生羊 | 14.4 | | | | 2 |
| | | 阿米日嘎 | 12.7 | | | | 3 |
| | | 尘网 | 12.61 | | | | 4 |
| | | 雨季 | 12.6 | | | | 5 |
| | | 传说 | 12.6 | 14.52 | 12.6 | 12.92 | 5 |
| | | 前方有人等她 | 12.6 | | | | 5 |
| | | 焚 | 12.6 | | | | 5 |
| | | 罗孜的船夫 | 12.6 | | | | 5 |
| | | 秋夜 | 12.6 | | | | 5 |
| | | 德刹 | 12.6 | | | | 5 |
| | | 曲郭山上的雪 | 12.6 | | | | 5 |
| B | 6%—10% | | | | | | |
| C | 11%—20% | 悬崖之光 | 5.43 | | | | 13 |
| | | 世纪之邀 | 3.68 | | | | 14 |
| | | 系在皮绳扣上的魂 | 3.68 | | | | 14 |
| | | 风马之耀 | 3.62 | | | | 16 |
| | | 去拉萨的路上 | 2.63 | | | | 17 |
| | | 没有星光的夜 | 2.44 | | | | 18 |
| | | 归途小夜曲 | 2.24 | 5.43 | 1.83 | 2.46 | 19 |
| | | 自由人契米 | 1.93 | | | | 20 |
| | | 永恒的山 | 1.9 | | | | 21 |
| | | 江那边 | 1.86 | | | | 22 |
| | | 在这里上船 | 1.84 | | | | 23 |
| | | 梦，遗落在草原上 | 1.83 | | | | 24 |
| | | 朝佛 | 1.83 | | | | 24 |
| D | 21%—30% | 幻鸣 | 1.82 | | | | 26 |
| | | 古宅 | 1.81 | | | | 27 |
| | | 独屋 | 1.81 | | | | 27 |
| | | 冬青树 | 1.81 | | | | 27 |
| | | 放生羊 | 1.81 | | | | 27 |
| | | 环形路 | 1.81 | | | | 27 |
| | | 空旷 | 1.81 | | | | 27 |
| | | 帕珠 | 1.81 | | | | 27 |
| | | 期待 | 1.81 | | | | 27 |
| | | 雨路同归 | 1.81 | | | | 27 |
| | | 在暖风飏起的尘幔中 | 1.81 | 1.82 | 1.81 | 1.81 | 27 |
| | | 瓷砖 | 1.81 | | | | 27 |
| | | 海韵 | 1.81 | | | | 27 |
| | | 黑香獐 | 1.81 | | | | 27 |
| | | 回马人 | 1.81 | | | | 27 |
| | | 记忆 | 1.81 | | | | 27 |
| | | 两个位置 | 1.81 | | | | 27 |
| | | 路 | 1.81 | | | | 27 |
| | | 念青唐古拉神 | 1.81 | | | | 27 |
| | | 琼玛 | 1.81 | | | | 27 |
| | | 圆形日子 | 1.81 | | | | 27 |
| | | 竹笛、啜泣和梦 | 1.81 | | | | 27 |
| 其他 | 30%以下 | 排名30%以下不公布 | | | | | |

表 3-1-4　西藏短篇小说美誉度排名

| 类别 | 排名比例 | 作品名 | 美誉度得分 | 最高分 | 最低分 | 平均分 | 排名 |
|---|---|---|---|---|---|---|---|
| A | 1%—5% | 系在皮绳扣上的魂<br>放生羊<br>朝佛<br>悬崖之光<br>风马之耀<br>拉萨河女神 | 22.74<br>12<br>9.54<br>8.34<br>7.62<br>7.44 | 22.74 | 7.44 | 11.28 | 1<br>2<br>3<br>4<br>5<br>6 |
| B | 6%—10% | 没有星光的夜<br>世纪之邀<br>错误<br>杀手<br>叠纸鹞的三种方法<br>归途小夜曲 | 7.38<br>7.26<br>5.88<br>5.16<br>4.68<br>4.44 | 7.38 | 4.44 | 5.8 | 7<br>8<br>9<br>10<br>11<br>12 |
| C | 11%—20% | 尘网<br>梦，遗落在草原上<br>雨季<br>圆形日子<br>阿米日嘎<br>江那边<br>拉萨生活的三种时间<br>古宅<br>前方有人等她<br>泥淖<br>幻鸣<br>涂满古怪图案的墙壁 | 4.32<br>4.14<br>3.96<br>3.24<br>3<br>2.88<br>2.64<br>2.52<br>2.28<br>2.28<br>2.16<br>2.16 | 4.32 | 2.16 | 2.97 | 13<br>14<br>15<br>16<br>17<br>18<br>19<br>20<br>21<br>21<br>23<br>23 |
| D | 21%—30% | 传说<br>明天的天气会比今天好<br>奔丧<br>焚<br>喜玛拉雅古歌<br>漫漫转经路<br>传向远方<br>罗孜的船夫<br>去拉萨的路上<br>战争故事<br>绿度母<br>在这里上船<br>竹笛、啜泣和梦 | 2.04<br>1.92<br>1.92<br>1.8<br>1.56<br>1.5<br>1.44<br>1.32<br>1.32<br>1.32<br>1.2<br>1.08<br>0.96 | 2.04 | 0.96 | 1.39 | 25<br>26<br>26<br>28<br>29<br>30<br>31<br>32<br>32<br>32<br>35<br>36<br>37 |
| 其他 | 30%以下 | 排名30%以下不公布 | | | | | |

表 3-1-5　西藏短篇小说附加项排名

| 类别 | 排名比例 | 作品名 | 附加项得分 | 最高分 | 最低分 | 平均分 | 排名 |
|---|---|---|---|---|---|---|---|
| A | 1%—5% | 系在皮绳扣上的魂<br>放生羊<br>江那边<br>花园里的风波<br>啊，人心！<br>卍字的边缘 | 35<br>20<br>20<br>15<br>15<br>15 | 35 | 15 | 20 | 1<br>1<br>1<br>4<br>4<br>4 |
| B | 6%—10% | 漫漫转经路<br>杀手<br>朝佛<br>神的"恩惠"<br>假装没感觉<br>蔷薇架下<br>斯曲和她的五个孩子的父亲们<br>刀 | 10<br>5<br>5<br>5<br>5<br>5<br>5<br>5 | 10 | 5 | 5.63 | 7<br>8<br>8<br>8<br>8<br>8<br>8<br>8 |
| 其他 | 10%以下 | 排名10%以下不公布 | | | | | |

## （二）西藏中篇小说创作影响力排名及各一级指标排名

共有36篇中篇小说进入统计源。西藏中篇小说创作排名及各一级指标排名详见下列各表。

表 3-2-1　西藏中篇小说创作影响力整体排名

| 类别 | 排名比例 | 作品名 | 影响力得分 | 最高分 | 最低分 | 平均分 | 排名 |
|---|---|---|---|---|---|---|---|
| A | 1%—5% | 冈底斯的诱惑<br>虚构 | 56.14<br>47.05 | 56.14 | 47.05 | 51.57 | 1<br>2 |
| B | 6%—10% | 西藏，隐秘岁月<br>界 | 33.74<br>21.85 | 33.74 | 21.85 | 27.8 | 3<br>4 |
| C | 11%—20% | 神授<br>西海的无帆船<br>巴桑和她的弟妹们 | 16.71<br>9.36<br>7.21 | 16.71 | 7.21 | 11.09 | 5<br>6<br>7 |
| D | 21%—30% | 尼姑和神汉的喜剧<br>小镇故事<br>远村<br>游神 | 6.28<br>5.92<br>5.74<br>4.2 | 6.28 | 4.2 | 5.54 | 8<br>9<br>10<br>11 |
| 其他 | 30%以下 | 排名30%以下不公布 | | | | | |

表 3-2-2　西藏中篇小说创作度排名

| 类别 | 排名比例 | 作品名 | 创作度得分 | 最高分 | 最低分 | 平均分 | 排名 |
|---|---|---|---|---|---|---|---|
| A | 1%—5% | 冈底斯的诱惑<br>虚构 | 9.23<br>5.25 | 9.23 | 5.25 | 7.24 | 1<br>2 |

续表

| 类别 | 排名比例 | 作品名 | 创作度得分 | 最高分 | 最低分 | 平均分 | 排名 |
|---|---|---|---|---|---|---|---|
| B | 6%—10% | 西藏，隐秘岁月<br>游神 | 4.28<br>2.1 | 4.28 | 2.1 | 3.19 | 3<br>4 |
| C | 11%—20% | 西海的无帆船<br>旧死<br>零公里处<br>死亡诗意<br>大元和他的寓言 | 1.8<br>1.65<br>1.35<br>1.35<br>1.35 | 1.8 | 1.35 | 1.5 | 5<br>6<br>7<br>7<br>7 |
| D | 21%—30% | 总在途中<br>界 | 1.28<br>1.13 | 1.28 | 1.13 | 1.21 | 10<br>11 |
| 其他 | 30%以下 | 排名 30%以下不公布 | | | | | |

表 3-2-3　西藏中篇小说传播度排名

| 类别 | 排名比例 | 作品名 | 传播度得分 | 最高分 | 最低分 | 平均分 | 排名 |
|---|---|---|---|---|---|---|---|
| A | 1%—5% | 界<br>神授 | 12.6<br>12.6 | 12.6 | 12.6 | 12.6 | 1<br>1 |
| B | 6%—10% | 西藏，隐秘岁月<br>冈底斯的诱惑 | 1.87<br>1.08 | 1.87 | 1.08 | 1.48 | 3<br>4 |
| C | 11%—20% | 巴桑和她的弟妹们<br>虚构<br>飞来的礼物 | 0.8<br>0.52<br>0.51 | 0.8 | 0.51 | 0.61 | 5<br>6<br>7 |
| D | 21%—30% | 天涯情丝<br>女活佛历险记<br>总在途中<br>零公里处<br>大元和他的寓言 | 0.5<br>0.3<br>0.27<br>0.21<br>0.21 | 0.5 | 0.21 | 0.3 | 8<br>9<br>10<br>11<br>11 |
| 其他 | 30%以下 | 排名 30%以下不公布 | | | | | |

表 3-2-4　西藏中篇小说美誉度排名

| 类别 | 排名比例 | 作品名 | 美誉度得分 | 最高分 | 最低分 | 平均分 | 排名 |
|---|---|---|---|---|---|---|---|
| A | 1%—5% | 冈底斯的诱惑<br>虚构 | 45.84<br>41.28 | 45.84 | 41.28 | 43.56 | 1<br>2 |
| B | 6%—10% | 西藏，隐秘岁月<br>西海的无帆船 | 27.6<br>7.44 | 27.6 | 7.44 | 17.52 | 3<br>4 |
| C | 11%—20% | 界<br>神授<br>游神 | 3.12<br>2.28<br>2.04 | 3.12 | 2.04 | 2.48 | 5<br>6<br>7 |
| D | 21%—30% | 叹息灵魂<br>尼姑和神汉的喜剧<br>零公里处<br>江贡 | 0.96<br>0.9<br>0.84<br>0.84 | 0.96 | 0.84 | 0.89 | 8<br>9<br>10<br>10 |

续表

| 类别 | 排名比例 | 作品名 | 美誉度得分 | 最高分 | 最低分 | 平均分 | 排名 |
|---|---|---|---|---|---|---|---|
| 其他 | 30%以下 | 排名30%以下不公布 | | | | | |

表 3-2-5　西藏中篇小说附加项排名

| 类别 | 排名比例 | 作品名 | 附加项得分 | 最高分 | 最低分 | 平均分 | 排名 |
|---|---|---|---|---|---|---|---|
| A | 1%—5% | 界<br>巴桑和她的弟妹们<br>尼姑和神汉的喜剧<br>小镇故事<br>远村 | 5<br>5<br>5<br>5<br>5 | 5 | 5 | 5 | 1<br>1<br>1<br>1<br>1 |
| 其他 | 10%以下 | 排名10%以下不公布 | | | | | |

## （三）西藏长篇小说创作影响力排名及各一级指标排名

共有40篇长篇小说进入统计源。西藏长篇小说创作整体排名及各一级指标排名详见下列各表。

表 3-3-1　西藏长篇小说创作影响力排名

| 类别 | 排名比例 | 作品名 | 影响力得分 | 最高分 | 最低分 | 平均分 | 排名 |
|---|---|---|---|---|---|---|---|
| A | 1%—5% | 幸存的人<br>格桑梅朵 | 55.26<br>41.83 | 55.26 | 41.83 | 48.55 | 1<br>2 |
| B | 6%—10% | 迷茫的大地<br>松耳石头饰 | 37.21<br>31.4 | 37.21 | 31.4 | 34.31 | 3<br>4 |
| C | 11%—20% | 无性别的神<br>骚动的香巴拉<br>十三世达赖喇嘛<br>祭语风中 | 26.75<br>24.41<br>18.69<br>13.38 | 26.75 | 13.38 | 20.81 | 5<br>6<br>7<br>8 |
| D | 21%—30% | 上下都很平坦<br>牛鬼蛇神<br>高原深处的人们<br>紫青稞 | 11.13<br>7.83<br>7.58<br>6.9 | 11.13 | 6.9 | 8.36 | 9<br>10<br>11<br>12 |
| 其他 | 30%以下 | 排名30%以下不公布 | | | | | |

表 3-3-2　西藏长篇小说创作度排名

| 类别 | 排名比例 | 作品名 | 创作度得分 | 最高分 | 最低分 | 平均分 | 排名 |
|---|---|---|---|---|---|---|---|
| A | 1%—5% | 幸存的人<br>十三世达赖喇嘛 | 4.05<br>3.6 | 4.05 | 3.6 | 3.83 | 1<br>2 |
| B | 6%—10% | 上下都很平坦<br>格桑梅朵 | 3.45<br>2.55 | 3.45 | 2.55 | 3 | 3<br>4 |

续表

| 类别 | 排名比例 | 作品名 | 创作度得分 | 最高分 | 最低分 | 平均分 | 排名 |
|---|---|---|---|---|---|---|---|
| C | 11%—20% | 迷茫的大地<br>骚动的香巴拉<br>西藏生死恋<br>拉萨红尘 | 2.25<br>1.8<br>1.56<br>1.5 | 2.25 | 1.5 | 1.78 | 5<br>6<br>7<br>8 |
| D | 21%—30% | 紫青稞<br>牛鬼神蛇<br>女活佛<br>菩萨的圣地<br>庄园异梦 | 1.38<br>1.35<br>1.2<br>1.2<br>1.2 | 1.38 | 1.2 | 1.27 | 9<br>10<br>11<br>11<br>11 |
| 其他 | 30%以下 | 排名 30%以下不公布 | | | | | |

表 3-3-3　西藏长篇小说传播度排名

| 类别 | 排名比例 | 作品名 | 传播度得分 | 最高分 | 最低分 | 平均分 | 排名 |
|---|---|---|---|---|---|---|---|
| A | 1%—5% | 幸存的人<br>十三世达赖喇嘛 | 2.89<br>1.65 | 2.89 | 1.65 | 2.27 | 1<br>2 |
| B | 6%—10% | 松耳石头饰<br>拉萨红尘 | 1.42<br>1.4 | 1.42 | 1.4 | 1.41 | 3<br>4 |
| C | 11%—20% | 无性别的神<br>布达拉宫的枪声<br>女活佛<br>格桑梅朵 | 0.65<br>0.58<br>0.54<br>0.4 | 0.65 | 0.4 | 0.54 | 5<br>6<br>7<br>8 |
| D | 21%—30% | 活鬼谷<br>上下都很平坦<br>藏婚<br>菩萨的圣地 | 0.33<br>0.24<br>0.09<br>0.06 | 0.33 | 0.06 | 0.18 | 9<br>10<br>11<br>12 |
| 其他 | 30%以下 | 排名 30%以下不公布 | | | | | |

表 3-3-4　西藏长篇小说美誉度排名

| 类别 | 排名比例 | 作品名 | 美誉度得分 | 最高分 | 最低分 | 平均分 | 排名 |
|---|---|---|---|---|---|---|---|
| A | 1%—5% | 幸存的人<br>格桑梅朵 | 28.32<br>23.88 | 28.32 | 23.88 | 26.1 | 1<br>2 |
| B | 6%—10% | 骚动的香巴拉<br>十三世达赖喇嘛 | 22.56<br>13.44 | 22.56 | 13.44 | 18 | 3<br>4 |
| C | 11%—20% | 无性别的神<br>迷茫的大地<br>上下都很平坦<br>祭语风中<br>牛鬼蛇神 | 10.2<br>9.96<br>7.44<br>6.48<br>6.48 | 10.2 | 6.48 | 8.11 | 5<br>6<br>7<br>8<br>8 |

| 类别 | 排名比例 | 作品名 | 美誉度得分 | 最高分 | 最低分 | 平均分 | 排名 |
|---|---|---|---|---|---|---|---|
| D | 21%—30% | 紫青稞<br>复活的度母<br>松耳石头饰 | 5.52<br>4.44<br>3.84 | 5.52 | 3.84 | 4.6 | 10<br>11<br>12 |
| 其他 | 30%以下 | 排名30%以下不公布 | | | | | |

表 3-3-5　西藏长篇小说附加项排名

| 类别 | 排名比例 | 作品名 | 附加项得分 | 最高分 | 最低分 | 平均分 | 排名 |
|---|---|---|---|---|---|---|---|
| A | 1%—5% | 迷茫的大地<br>松耳石头饰 | 25<br>25 | 25 | 25 | 25 | 1<br>1 |
| B | 6%—10% | 幸存的人<br>格桑梅朵<br>无性别的神 | 20<br>15<br>15 | 20 | 15 | 16.67 | 3<br>4<br>4 |
| 其他 | 10%以下 | 排名10%以下不公布 | | | | | |

（四）结论

**1. 由上述各表可以得出的结论**

（1）西藏短篇小说影响力排名为 A 类的是《系在皮绳扣上的魂》《放生羊》《江那边》《杀手》《阿米日嘎》《尘网》。

（1a）创作度排名 A 类的是《系在皮绳扣上的魂》《放生羊》《错误》《去拉萨的路上》《阿米日嘎》《拉萨河女神》。

（1b）传播度排名 A 类的是《杀手》《放生羊》《阿米日嘎》《尘网》《雨季》《传说》《前方有人等她》《焚》《罗孜的船夫》《秋夜》《德刹》《曲郭山上的雪》。

（1c）美誉度排名 A 类的是《系在皮绳扣上的魂》《放生羊》《朝佛》《悬崖之光》《风马之耀》《拉萨河女神》。

（1d）四个维度中均榜上有名的是《放生羊》。

（2）西藏中篇小说影响力排名为 A 类的是《冈底斯的诱惑》《虚构》。

（2a）创作度排名 A 类的是《冈底斯的诱惑》《虚构》。

（2b）传播度排名 A 类的是《界》《神授》。

（2c）美誉度排名 A 类的是《冈底斯的诱惑》《虚构》。

（2d）四个维度中均榜上有名的西藏中篇小说没有。

（3）西藏长篇小说影响力排名为 A 类的是《幸存的人》《格桑梅朵》。

（3a）创作度排名 A 类的是《幸存的人》《十三世达赖喇嘛》。

（3b）传播度排名 A 类的是《幸存的人》《十三世达赖喇嘛》。

（3c）美誉度排名 A 类的是《幸存的人》《格桑梅朵》。

（3d）四个维度中均榜上有名的是《幸存的人》。

### 2. 比较西藏各表与全国各表可以得出的结论

西藏的小说创作在全国就影响力而言，短篇小说成绩突出，《系在皮绳扣上的魂》进入短篇小说影响力排行榜 A 类，《放生羊》进入 B 类之中，实为不易。但中篇小说和长篇小说则差距较大，不仅创作数量少，质量也有待提高。

要之，本文以作品为中心，尝试对当代全国小说创作影响力进行排名，同时又分别以四川小说创作与西藏小说创作为个案，对其影响力予以排名，旨在找出差距，认识不足，为更进一步繁荣发展当代小说创作，特别是四川和西藏的小说创作提供科学依据。故而全文分三部分：第一部分为全国小说创作影响力排名，第二部分为四川小说创作影响力排名，第三部分为西藏小说创作影响力排名。限于篇幅，本文未就影响力与创作度、传播度、美誉度之间的关系进行分析，也未就各二级指标中数据的变化导致的作品排名浮动及如何提高作品影响力等进行具体解析。因是初次尝试，算是抛砖引玉，数据分析与观点若有不当之处，敬请专家批评指正。

（作者单位：四川大学文学与新闻学院）

（特别说明：本文的数据主要由笔者的学生田萌、张朔、谭海艳、廖海杰收集整理，李雨庭、邓茜、王芸、冯会丹、李先、徐家盈、方竹欣等同学协助完成，特致谢忱！）

新作热评

［《蘑菇圈》小辑］

# 阿来中篇小说《蘑菇圈》的主题意蕴探析

栗　军

　　阿来的中篇小说《蘑菇圈》于 2018 年获得了第七届"鲁迅文学奖"，这部小说本是作为"山珍三部"之一出版的，阿来 2015 年在其小说的序言中说："今年突然起意，要写几篇从青藏高原上出产的，被今天的消费社会强烈需求的物产入手的小说。"阿来在完成了长篇小说《尘埃落定》《空山》《格萨尔王》之后，曾一度没有太多的新作品和有分量的作品，搜索作家阿来的微博，会发现他正关注植物，俨然一位植物学家。当然，阿来也就此完成了一部散文作品集《草木的理想国——成都物候记》。一个作家为何突然对植物产生了兴趣，的确让人匪夷所思。阿来在 2015 年发表了《三只虫草》《蘑菇圈》《河上柏影》，并于 2016 年结集出版为"山珍三部"，[①] 这又把阿来的小说创作推向了一个新高潮。那么，《蘑菇圈》究竟怎样将阿来的小说创作推向了一个新高潮呢？换句话也就是说，《蘑菇圈》有什么样的主题意蕴呢？

一

　　表达人生况味，是《蘑菇圈》最突出的主题意蕴之一。"山珍三部"的序言就以"文学更重要之点在人生况味"[②] 作为标题。《蘑菇圈》这篇小说是以一位藏族女性斯炯[③]为中心来叙写的，不仅斯炯一生的命运让人唏嘘，而且斯炯的哥哥、斯炯的儿子都让人体会到不一样的人生况味。小说一开篇就回溯到 1955 年，阿妈斯炯那时还是斯炯姑娘，被招进了工作组，因为帮工作组到当地人家取牛奶腿脚勤快，而被选到民族干部学校上学，将来可以当国家干部。但是在家乡寺院反抗改造失败，政府精简寺院，动员僧人还俗回乡一系列行动

---

① 　阿来：《蘑菇圈》，人民文学出版社 2016 年版，第 1 页。
② 　阿来：《蘑菇圈》，人民文学出版社 2016 年版，第 1 页。
③ 　《蘑菇圈》2016 年版写作"斯炯"，2015 年版写作"斯炯"。本书以各篇文章所引版本为准。

中，斯炯的哥哥逃到山里躲了起来，于是干部学校要求斯炯完成找回哥哥的任务。斯炯没能找到哥哥，于是就没再回到民族干部学校，一直待在机村。斯炯回来后不久，生了一个不知道父亲是谁的孩子。面对这种人生的坎坷，斯炯从来都没说什么。斯炯的哥哥，也好似历史长河中的一粒浮沉，随着大时代起伏。斯炯哥哥名叫法海，寺庙精简，他也准备回家，但当时的工作组让他送封信到县里，信里写的内容是"这个人到了就把他关起来"，哥哥法海糊里糊涂地被关，糊里糊涂地逃掉又没人抓，于是就回家放羊了。斯炯哥哥也跟机村一个类似斯炯一样的单身母亲好过，而最后，他又回寺庙做和尚了，而且还因为外甥胆巴为寺庙做了很多事的缘故，在寺院地位很高。斯炯的儿子胆巴，人生仕途倒是一帆风顺，从州里的财贸学校毕业，当了县商业局的会计，当了商业局副局长，又做了县长，做了州领导，但在感情上并不如意，先看上了原工作组长刘元萱的女儿丹雅，丹雅的名声不好也不在乎，而后又跟副县长的女儿娥玛结了婚。而小说的最后，胆巴才知道自己和丹雅是同父异母的兄妹。

《蘑菇圈》中的这些人物都有自己的人生，每个人都是有故事的人，阿来这部中篇小说里所蕴含的人生况味和意义是浓郁和深邃的。斯炯从来不说孩子的父亲是谁，当读者知道胆巴的父亲是刘元萱时，才觉得斯炯和刘元萱的每次见面，甚至是看见工作组的房子时，都显得意味深长。斯炯会把采来的蘑菇一多半放在工作组房子前的院墙头上，也不进工作组的房子；对楼上喊说哥哥回来了，他哥哥给孩子取了名字叫胆巴；在刘元萱关心胆巴的同时，想到这个人也曾经关心过自己，但话到嘴边，却没说出来。而斯炯也绝不是一个木讷和无情无义的人，当在山中喊哥哥回家时，斯炯以为哥哥死在什么地方了，所以哭了好几场。当斯炯老了，腿脚不行了，想跟胆巴打个电话，她感受到了她自己的心境和情绪是悲伤但又不完全悲伤，还是空洞的："她发现，这一回，跟她年轻时处于绝望的情境中的情形大不相同。心里有些悲伤，但不全是悲伤。心里有些空洞，却又不全是空洞。"[①] 作为中篇小说，每个人物的人生况味，尤其是次要人物，很难更为细致和深邃地表达出来，但其中每个人也是有自己的情绪和感受的：斯炯的哥哥法海会觉得自己无缘无故地被关起来，感受到无助和无奈；斯炯在遇到了自己的心上人后，不断地送蘑菇表达情意；刘元萱虽以工作和革命为重，但对于斯炯还是有很多细微的照顾，甚至胆巴的平步青云和他也有不小关系。

## 二

阿来说过，"山珍三部"只是从物产入手，因此，"虫草""蘑菇""柏树"只是作者入手的一个角度，阿来也说他要"警惕自己不要写成奇异的乡土志"。那么，阿来究竟要表达什么呢？读完《蘑菇圈》整部作品，斯炯已经从一个姑娘变为了老阿妈，这几十年的生活，难道作者一定是让人为斯炯的命运感慨吗？在阿妈斯炯年老时，到儿子胆巴来接她的时候，她总是说"我的蘑菇圈没有了"。蘑菇圈的消失，一方面是因为自然环境的破坏，另一方面，也是因为传统社会的转型。自然环境早在 20 世纪 50 年代就已遭

---

① 阿来：《蘑菇圈》，人民文学出版社 2016 年版，第 176—177 页。

受了一次破坏，那一次森林的破坏，已经造成了大饥荒，但斯炯家还靠蘑菇圈渡过了饥荒。不论在任何时期，斯炯一直守护着她的蘑菇圈，但机村这片土地随着全国各地的商业化后，也被丹雅留意到，打起野外培植松茸的主意。

对机村的社会转型，究竟是称道还是惋惜，作者阿来并没有说，他只是相对客观地展示，让人们自己去思考。一方面，小说表现了斯炯阿妈与自然和谐相处，另一方面，小说也表示传统社会也需要发展，需要现代化。对于蘑菇圈，机村和斯炯是非常敬畏的，机村的人们在过去只是在布谷鸟叫的时候，用牛奶煮蘑菇，来品尝它们的鲜美娇嫩。斯炯靠蘑菇，渡过了饥荒之年，每次去蘑菇圈，她都会心怀悲悯之情，让鸟兽享用蘑菇，甚至像对自己的孩子一样对着蘑菇说话。传统社会不可能是完全封闭的，机村也在一天天变化，机村的人最早就在工作组的带领下认识了各种各样的蘑菇，也知道蘑菇可以做成罐头。胆巴工作以后，斯炯先是在汽车站自己卖起了蘑菇，还准备攒钱为胆巴娶媳妇，而后也把蘑菇卖给商人。一些人为了利益，彻底不让孢子存活，让斯炯失去了一个蘑菇圈。在松茸生意上，有人赔，有人赚。胆巴很想搞合作社，但没能搞起来，同父异母的妹妹丹雅，却做了件令斯炯阿妈"溅起一点愤怒的火星"[1] 的事：她在阿妈斯炯身上装了GPS，用摄像机记录到了斯炯的蘑菇圈，丹雅声称自己只是想让人们看到自己公司野外培植松茸成功了，让斯炯阿妈看看自己公司所种的松茸如何在野外生长。显然，这是为了钱骗人的手段。斯炯感到极为空洞和迷茫。在传统社会向现代社会转型的过程中，当地的寺院也有很多的变化。先前，他们要求法海让在商业局工作的外甥胆巴为寺院解决一些橡胶水管，后来也圈起地来，名义上是保护森林，实则搞起了商业，出售已经被人们叫作松茸的蘑菇。

因此，《蘑菇圈》的又一主题意蕴就显示出来：传统社会向现代社会转型过程中机村的状态，也是所有类似机村的地区普遍的状态，这些地方有原生态的资源，让所有的外来者感觉新奇；这些地方也需要发展，这种发展却带有一些涸泽而渔的意味。这让老一辈的人们产生觉得不应该但又说不出口的"空洞感"，因为他们也需要物质的滋养。

## 三

《蘑菇圈》作为一部中篇小说，承载量是有限的，但它却可以体现新中国边远地区社会经济发展历程。小说从 1955 年说起，一直到已经有了电脑的 2014 年。小说所写到的早期，机村的生活是自给自足的，"村子东头，曾经有过一条短短的街道。这驿道如今叫了茶马古道。街上有几家外来人开的代喂马代钉马掌的旅店，几家商铺，几家饭馆和一个铁匠铺。"[2] 在这种半农半牧区，人们有牛奶喝，有土豆、萝卜、蔓菁等简单的蔬菜，就是偶尔吃一次蘑菇，大家也觉得这是大自然的恩赐，而不会过度采摘它。"1954 年，山里通了公路，政府建立了供销社，汽车运来丰富的货物，那条街道就衰落

---

① 阿来：《蘑菇圈》，人民文学出版社 2016 年版，第 182 页。
② 阿来：《蘑菇圈》，人民文学出版社 2016 年版，第 11 页。

了。"① 无论原先的经济形式是如何的，这里也进行着社会主义的改造，公有制的经济在这里也形成了。村里来了工作组，把初级农业合作社升级为高级农业合作社，大家集体耕种，回来的斯炯哥哥也成为村里的牧羊人。1961 年、1962 年，正是困难时期，机村的人靠山野里的东西来生活。后来又来了四清运动，又来了"文化大革命"，一直到1982 年，胆巴工作，开始有了改革开放，人们物质还相对匮乏，丹雅需要两台电视机还需要胆巴批指标。而当一种名叫松茸的蘑菇能挣大钱的时候，斯炯也将她蘑菇圈中的松茸卖给商人，据说这些松茸可以坐飞机远销国外。但所有的商业都是有风险的，有人赚钱有人赔钱，包括丹雅也赔了几次。就在胆巴当上了副县长，还有了女朋友时，商业局的百货公司都分租给了个体户，丹雅最终自己做了自己公司的董事长和总经理。在新的时代，创意也可以赚钱，丹雅要借阿妈斯炯的蘑菇圈发财，不论松茸种在哪里，是自然生长，还是人工培育，只要有阿妈斯炯的蘑菇圈，丹雅就可以宣传"丹雅公司已经成功在野外条件下人工培植松茸成功，等到技术成熟稳定后，就要进行面对市场的批量化生产"，② 但"这件事情在 2014 年并未付诸行动"③。

整个中篇小说和蘑菇相关的时间线索，串连着从 20 世纪 50 年代到 21 世纪的整个社会发展。机村虽然因为地处偏远而有特殊性，但其发展也能算作藏区社会经济发展的缩影。

# 四

要探析《蘑菇圈》的主题意蕴，对蘑菇这类生物是必须了解的。这部小说为生态文学增添了一个例证。"凭借'山珍三部曲'，阿来成功地介入到了当下火热的生态文学写作中。"④ 蘑菇与植物不同，植物可以进行光合作用，而蘑菇不能。蘑菇属于真菌，具有 36000 个种类。阿来在小说中借机村老百姓的口普及关于蘑菇的知识。以往机村人把所有的蘑菇都叫蘑菇，后来工作组来了，才区分了羊肚菌，松软而硕大的牛肚菌，粉红浑圆的鹅蛋菌、扫把菌，或者文雅一点叫珊瑚菌。后来，叫松茸的蘑菇能卖大价钱，也是机村人始料不及的。小说中关于其他物种也有介绍，"例如覆盆子，蓝莓和黄橙橙的沙棘果"⑤。在大饥荒的时代，机村人也学会了吃各种野菜、野草。"栎树籽、珠芽蓼籽、蕨草的根，还有汉语叫人参果本地话叫蕨玛的委陵菜的粒状根，都是淀粉丰富的食物。还吃各种野草，春天是荨麻的嫩苗、苦菜，夏天是碎米荠的空心的茎，水芹菜和鹿耳韭。秋天。秋天各种蘑菇就下来了。"⑥

阿来在小说中对于蘑菇的介绍以及文学性的描写可谓比比皆是：

① 阿来：《蘑菇圈》，人民文学出版社 2016 年版，第 12 页。
② 阿来：《蘑菇圈》，人民文学出版社 2016 年版，第 175 页。
③ 阿来：《蘑菇圈》，人民文学出版社 2016 年版，第 174 页。
④ 汪树东：《消费主义社会中的生态悲歌——论阿来"山珍三部曲"的生态书写》，《南京师范大学文学院学报》2018 年第 2 期。
⑤ 阿来：《蘑菇圈》，人民文学出版社 2016 年版，第 10 页。
⑥ 阿来：《蘑菇圈》，人民文学出版社 2016 年版，第 32 页。

她坐下来，听见雾气凝聚成的露珠在树叶上汇聚，滴落。她听见身边某处，泥土在悄然开裂，那是地下的蘑菇在成长，在用力往上，用娇嫩的躯体顶开地表。那是奇妙的一刻。

几片叠在一起的枯叶渐渐分开，叶隙中间，露出了一朵松茸褐色中间夹带着白色裂纹的尖顶，那只尖顶渐渐升高，像是下面埋伏有一个人，戴着头盔正在向外面探头探险。就在一只鸟停止鸣叫，又一只鸟开始鸣叫的间隙，那朵松茸就升上了地面。如果依然比做一个人，那朵松茸的菌伞像一只头盔完全遮住了下面的脸，略微弯曲的菌柄则像是一个支撑起四处张望的脑袋的颈项。①

胆巴还专门去图书馆查了资料：蘑菇的种子叫孢子。尽管不太懂这个科学术语，胆巴还是记在笔记本上告诉了母亲："孢子，就是脱离亲本后能直接或间接发育成新个体的生殖细胞。"② 对于羊肚菌有一段极为细腻的描写："这朵菌子站在树荫下，像一把没有张开的雨伞，上半部是一个褐色透明的小伞塔，下半部，是拇指粗细的菌柄，是那只雨伞状物的把手。""不是模仿蜂巢，而是像极了一只翻转过的羊肚的表面。所以，机村山坡上这些一年中最早的菌子，按照仿生学命名法，唤作了羊肚菌。"③ 阿来对于生物的描绘和喜爱也体现在他的小说《蘑菇圈》中。

如果说仅仅停留在对生物描绘或者用生物推动故事情节，这样小说也不能称为有深度。《蘑菇圈》体现了藏民族的生态意识，这种生态意识是和大自然合生共荣的意识。藏民族信仰藏传佛教，佛教悲悯意识、赎罪意识、轮回意识在阿妈斯炯身上存在着。藏传佛教吸收一些原始苯教的教义，因此无所不在的神灵也左右着人们的世界。斯炯对于她的蘑菇圈可谓如神灵般地敬畏和照顾着，在大旱天气来临之时，她不顾所有村民异样的眼光，为她的蘑菇圈背水、浇水。采摘完成熟的蘑菇，她会把小蘑菇用松软的枝叶盖好。她也任由小动物们自由地享用蘑菇。斯炯在背水浇灌她的蘑菇圈时："她心满意足地站在林边，看见吸饱了水分的土地，正在向她奉献，更多的蘑菇正在破土而出。那只鸟跳下枝头，啄食一朵蘑菇。斯炯对它说，鸟啊，吃吧，吃吧。"④

阿来写这一切，也不是为了单纯地讴歌自己的民族，阿来写的《蘑菇圈》实际上也是现代性冲击传统社会的一种表征。有人看到文艺作品中的生态问题，于是说："生态问题是现代性的后果之一。'生态文学'的出现，与'乡土小说'的出现一样，实际上是现代性冲击传统社会的一种表征。现代化的生产方式和技术发展，形成了人自我膨胀和向自然界的无限度扩张，产生了人与自然之间的紧张对立。"⑤ 人类与自然的关系问题在现代社会，无论何种地区，都异常突出地显现出来。

《蘑菇圈》是一部意蕴深邃的小说，其主题意蕴远不止这些，但既然是小说，人物的人生况味是必不可少要呈现的，转型时期的社会发展也是较为深刻的主题，而在中篇

---

①　阿来：《蘑菇圈》，人民文学出版社 2016 年版，第 144 页。

②　阿来：《蘑菇圈》，人民文学出版社 2016 年版，第 129 页。

③　阿来：《蘑菇圈》，人民文学出版社 2016 年版，第 6 页。

④　阿来：《蘑菇圈》，人民文学出版社 2016 年版，第 91 页。

⑤　朱永富：《生态文学创作的现实意义》，《文艺报》2018 年 2 月 28 日。

小说中能呈现半个多世纪的历史脉络，更让这部作品显得厚重起来，生态文学意义上的书写，也引导读者思考人类与自然关系这样的终极命题。

（作者单位：西藏民族大学文学院）

# 生命与自然的神性演绎

## ——关于《蘑菇圈》的阅读札记

蔡洞峰

　　阿来的作品"山珍三部"是当代生态文学中一部优秀的启示性作品，其中《蘑菇圈》获得了第七届鲁迅文学奖，发表于《收获》杂志。这是一本描写藏区人与自然的书，如同我们意识到的那样，阿来在这部中篇小说中延续了他一贯的创作风格，通过生态叙事来反思人的精神生态失衡和人性的危机，致力于重建精神圣地。阿来在《序》中写道："写作中，我警惕自己不要写成奇异的乡土志，不要因为所设之物是珍贵的食材写成舌尖上的什么，从而把自己变成一个味觉发达，且找得到一组别致词汇来形容这些味觉的风雅吃货。我相信，文学更重要之点在人生况味，在人性的晦暗或明亮，在多变的尘世带给我们的强烈命运之感，在生命的坚韧与情感的深厚。"①

　　如果从宏观着眼，我认为阿来的《蘑菇圈》的意义在于以独特的视角连接了人与自然、文学与生态，藏地的宗教、民俗、藏民生活与内地形成一定的反差，从而在当代生态文学中独树一帜。阿来在《蘑菇圈》中对藏地自然生态的书写，以及对自然神性、人性的光辉与神圣的展示，为我们在那些被遮蔽的陌生时空里的选择提供了一份独特的惊喜。

一

　　阿来是在藏地生活的藏族作家，与当地的自然、民俗融为一体，对那里的历史与生活了如指掌。《蘑菇圈》是对藏地一段历史的自然记录，同时也是阿来对现代性语境下的自然生态危机困惑的一次写作："即便看起来，这个世界还在向着贪婪与罪过滑行，但我还是愿意对人性保持温暖的向往。"② 这不是阿来一个人的困惑，自现代社会以来，人类社会无可避免地转入现代性进程，文学也深度介入其中。在现代性语境下，人与自然的关系被重新审视，在革命意识形态叙事中，人作为主体性存在，自然属于被征服的对象。而生态主义则消解这种人类中心主义建构，就小说写作而言，当作家重新叙述人与自然的关系时，往往是想解构"人征服自然"这一主题或信念。

---

① 阿来：《蘑菇圈》，人民文学出版社 2016 年版，第 2 页。
② 阿来：《蘑菇圈》，人民文学出版社 2016 年版，第 2 页。

　　从这个意义上说，文学的自然生态叙事，不是告诉我们人与自然的关系"应该怎样"，而是告知我们人与自然的关系"不应该怎样"。如果用这样的句式表达，即阿来的中篇小说《蘑菇圈》不是告诉我们人与自然的关系应该怎样，而是人与自然的关系不应该怎样。从历史的恶中反映出人类的善，这是阿来的《蘑菇圈》："我愿意写出生命所经历的磨难、罪过、悲苦，但我更愿意写出经历过这一切后，人性的温暖。"① 阿来将历史涂抹上另一种色彩，或者说是一种隐喻："尽管那时工作组已经进村了。尽管那时工作组开始宣传一种新的对待事物的观念。这种观念叫做物尽其用，这种观念叫做不能浪费资源。这种观念背后还藏着一种更厉害的观念，新，就是先进；旧，就是落后。"② 但由此带来的困惑是："机村人不明白的是，这些导师一样的人，为什么会如此沉溺于口腹之乐。有一户人家统计过，被召到工作组帮忙的斯炯姑娘，端着一只大号搪瓷缸，黄昏时分就来到他们家取牛奶，一个夏天，就有二十次之多。"③ 因此，我们不妨说，《蘑菇圈》不是写"蘑菇与山珍"的小说，而是写"人"的小说。如果追溯到现代文学的传统，我们可以发现阿来的《蘑菇圈》有着明显的谱系，那就是"五四"以后形成的"鲁迅传统"，如同萧红的《呼兰河传》，鲁迅的未庄、鲁镇，以及莫言的东北高密乡，都属于将一个特定的地域作为参照系的写作。在这样的小说文本结构中，"地域性"处于文本的中心地位，人物则属于"地点"的组成部分。作家阿城曾经这样说莫言创作独特性的形成：莫言《透明的红萝卜》《白狗秋千架》等之所以个人化特点鲜明，在于莫言处于共和国的一个"边缘"："为什么，因为他在高密，那真的是共和国的一个边缘，所以他没受像北京这种系统教育，他后面有一个文化构成是家乡啊、传说啊、鬼故事啊、对正统文化的不恭啊，等等这些东西。"这对我理解阿来的创作也颇有启发，阿来生活在藏区，与内地有着不同的地域文化习俗，其文化生成不同于内地作家，他能将自然的神性纳入文本，给读者不一样的审美体验。

　　从文本内容来看，这部作品以藏区山珍特产蘑菇（松茸）为主线，牵动着不同历史时期社会价值观和历史事件，由此引出时代的变迁和人性善恶。阿来这部小说时间跨度有半个世纪，写出对藏区风物特产的奇异想象，将不同时期的蘑菇（松茸）作为一种符号和标签来考量人与自然、人与人以及人性所经历的历史变迁。同时，"工作组"与当地藏民的互动，表征了文明与落后、改造与被改造的关系。这种文明与进步在作家看来是可疑的。

　　《蘑菇圈》中，代表文明与进步的现代性对机村青年人构成巨大的诱惑：胆巴离开了，桑吉和他的姐姐都到外边读书去了。盛产蘑菇的古老的机村处在这个深刻的社会转型之中。小说沿袭着阿来一贯的对于藏区的"人"的观照，但是，在阅读文本时可以发现，"人物"在《蘑菇圈》中已经消隐在"造化万物"之中，淡出而成为"自然"的一个组成部分。如果说经典现实主义作品的环境描写是为了塑造典型人物，那么在阿来作品中，人物、环境是融为一体的。天地、神、人、植物、鸟兽，万物齐一，甚至可以相

---

① 阿来：《蘑菇圈》，人民文学出版社 2016 年版，第 2 页。
② 阿来：《蘑菇圈》，人民文学出版社 2016 年版，第 10 页。
③ 阿来：《蘑菇圈》，人民文学出版社 2016 年版，第 10—11 页。

互转化。

　　它们就在悠长的布谷鸟叫声中，从那些草坡边缘灌木丛的阴凉下破土而出。像是一件寻常事，又像是一种奇迹，这一年的第一种蘑菇，名字唤作羊肚菌的，开始破土而出。那是森林地带富含营养的疏松潮润的黑土。土的表面混杂着枯叶、残枝、草茎、苔藓。软软的羊肚菌悄无声息，顶开了黑土和黑土中那些丰富的混杂物，露出了一只又一只暗褐色的尖顶。布谷鸟也许就是在这个时候开始鸣叫的，所以，长在机村山坡上的羊肚菌也和整个村子一起，停顿了一下，谛听了几声鸟鸣。掌管生活与时间的神灵按了一下暂停键，山坡下，河岸边，机村那些覆盖着木瓦或石板的房屋上稀薄的炊烟也停顿下来了。只有一种鸟叫声充满的世界是多么安静呀！①

　　可以看出，大地、蘑菇、布谷鸟、神灵与机村的炊烟都是相互关联、融为一体的。这种自然万物之间互相融合，成为一个有机整体的例子本身就构成小说文本审美特征非常重要的因素，因为有这种观念，人与自然万物之间互相依赖，在天灾人祸的非常历史时期，斯炯依靠自然赐予的蘑菇救活自己家人和村民。文本对自然与人性的描写具有极强的震撼力，获得一种"神性"，达至一种因果轮回和天人合一的苍茫至境。

<h1 style="text-align:center">二</h1>

　　梭罗在《瓦尔登湖》中提出了人类要怀着一颗感恩的心和平等的心来真正体验自然、对话自然，接受大自然的馈赠："到秋天里就挂起了大大的漂亮的野樱桃，一球球地垂下，像朝四面射去的光芒。它们并不好吃，但为了感谢大自然的缘故，我尝了尝它们。"② 梭罗的叙述建立在生态伦理主义的基础上，而在阿来的《蘑菇圈》中也有类似的表述。在最早的蘑菇破土而出时的夜晚，机村人几乎用一种宗教仪式来品尝蘑菇，以此感谢自然的赏赐："这个夜晚，机村几乎家家尝鲜，品尝这种鲜美娇嫩的蘑菇。做法也很简单。用的牛奶烹煮。这个季节，母牛们正在为出生两三个月的牛犊哺乳，乳房饱满。没有脱脂的牛奶那样浓稠，羊肚菌娇嫩脆滑，烹煮出来自是超凡的美味。但机村并没有因此发展出一种关于美味的感官文化迷恋。他们烹煮这一顿新鲜蘑菇，更多的意义，像是赞叹与感激自然之神丰厚的赏赐。然后，他们几乎就将这四处破土而出的美味蘑菇遗忘在山间。"③ 因为"生态"主题的出现，所以原本的人与人的"阶级关系"这一叙事层面被人与自然关系所取代，"生态自然"在《蘑菇圈》里获得了战胜"历史"的地位，甚至所谓的"阶级斗争史"被纳入"生态自然"的论述框架，这之间的驳诘、对话耐人寻味。

　　阿来对文学建构社会历史之功用有着自己独到的理解："文学的知识是相当丰富的，古往今来，文学是在反思社会，但文学只是从审美的文学的角度建构秩序。砖瓦匠是砖

　　① 阿来：《蘑菇圈》，人民文学出版社 2016 年版，第 4—5 页。
　　② 〔美〕亨利·戴维·梭罗：《瓦尔登湖》，徐迟译，上海译文出版社 2004 年版，第 106 页。
　　③ 阿来：《蘑菇圈》，人民文学出版社 2016 年版，第 9 页。

瓦匠，他们之外还有建筑师，建筑师是有思想资源的。所以很多时候不能仅仅局限在文学领域里，别的学科思想领域也在解读社会，他们用自己的方法建构社会秩序。"① 阿来始终着力表现藏地题材，通过文学连接自然与人文、过往的历史以及现实的当下。阿来多年来执着于对藏地文化的探究、对民族命运的探索，以及对文学创作语言的创新实践。

毋庸置疑，一个作家的语言与其自身先天禀赋有密切关联，这在一定程度上让我们很难讨论作家语言风格形成的渊源。但语言的文化特质是在后天创作实践中逐渐养成的，字里行间流露出作家个性特质。《蘑菇圈》的语言，非常类似于《尘埃落定》和《空山》。整部小说中，没有多少修辞，语言简洁流畅，毫无辞藻堆砌之感，具有非常明显的流动性。比如在《蘑菇圈》的开始部分有这样一句话："五月，或者六月，某一天，群山间突然就响起了布谷鸟的鸣叫。"② 句子前递后接，中间都是动词、名词勾连，自然流畅，宛如流水。在行云流水的语言叙述中，作者始终在场发言，所有人物的叙述都是作者一人完成的，没有引号。也许，这是阿来独特的叙述方式，让文本的内容决定语言的形式。

从作品的内容来看，《蘑菇圈》所叙述的故事发生地点是一个居住 20 多户人家的藏地小山村。叙事时间跨度非常大，从新中国成立不久的 1955 年起始，直到 21 世纪的当下，故事前后的时间跨度超过了半个世纪。作为藏族作家，阿来的作品始终关注着自身的文化民族身份，他的文学作品几乎都围绕着藏地在现代化进程中的命运遭际书写。《蘑菇圈》从生态和伦理的视角来反观藏地的现代化进程，关注藏地的文化、宗教和人的问题，以呈现一个真实的藏区，纠偏外界对藏族的误读："不依照一个民族、地域文化本身的样子来理解它，而用一种想象性的建构来表达就是'东方主义'。今天在全世界来讲，藏族文化是被'东方主义'通过想象建构得最厉害的。那么我们的文学书写是顺应这样一种倾向，还是回到文学本体？"③ 这里涉及两个问题：一是作家对世界的看法，二是作家通过观察发现世界所形成的文化积淀。不管怎么说，阿来非常熟悉藏区的生活，情感的表达很细腻，人物性格把握到位，人物刻画栩栩如生。最根本的是，写出了历史的荒谬对藏地自然和人的摧残，侧重展示了人与自然、人与人的关系，既写出人如何在生存绝望里变形，也写出绝望中人性光芒的闪烁，还有现代生活所带来的人心的变化和欲望如何侵蚀着边地远古的纯朴之风。这些，都有血有肉，力透纸背，不是生硬的演绎，而是天然的流动。就像一幅画，精妙地描绘了藏地在现代化进程中自然与人精神的变迁，以松茸这样的特产作为入口，把一道难忘的景观还原了，给人久久的感动。

从比较意义而言，我们可以将阿来的《蘑菇圈》归入"生态小说"和"乡土小说"类型，或者称作"乡土生态小说"。之所以要提出这样一个概念，是因为阿来的文本契合了此类命名："一是中国目前的发展阶段与一些经济强国相比，并没有大面积进入后现代，二是在于一切生态原本都是乡土的、自然的，即原始生态就是乡土"；因此，作

---

① 阿来：《当我们谈论文学时，我们在谈些什么：阿来文学演讲录》，陕西师范大学出版社 2017 年版，第 36 页。

② 阿来：《蘑菇圈》，人民文学出版社 2016 年版，第 1 页。

③ 阿来：《当我们谈论文学时，我们在谈些什么》，陕西师范大学出版社 2017 年版，第 4 页。

家创作意图要凸显"人与'乡土'关系的原初性、自然性和精神性"，要求作家"从狭隘的'自然''环境'关注，进入深层次的价值考量和批判"。① 阿来作品，其文本内部一般有这样的模式：生态和谐—外力（权力）强势侵入—神性消解—人性堕落—自然破坏—生态危机—人与自然关系重构，其所倾向的是对外来政治文化的批判，由此揭示出神性解构下的恶欲膨胀、愚昧无知，从描写自然生态的破坏到关注人的精神生态，在神性与人性的隐喻观照中，深刻展现历史的荒谬性。《蘑菇圈》里的斯炯，从政治荒诞的年代走到当下，经历了诸多人事的变迁，以一种纯粹的生存力量应对着时代的变幻无常。

　　小说所讲述的围绕着主人公斯炯发生的那些故事，究其根本，皆为现代性所赐。而斯炯作为自然神性的守护者，也是出于人性的本能，更突出地体现在她冒着政治风险毅然出手救助落难的吴掌柜的行为之中。所谓道不远人，斯炯在进入工作组之前，在吴掌柜旅店帮佣。在饥饿时期，早已回到老家的吴掌柜，为了活命，一个人努力挣扎着返回了机村："我想我只有走到这里才有活路。山上有东西呀！山上有肉呀！飞禽走兽都是啊！还有那么多野菜蘑菇，都是叫人活命的东西呀！"② 问题在于，返回机村寻找生路的吴掌柜，却被迫隐藏起来依靠煮野菜和蘑菇维持生命，既缺盐，也少油，只能求助于斯炯。在这个时候，从一种本能的人道主义出发，斯炯偷偷地给吴掌柜送去盐与油，虽然自己家也很穷。虽然说斯炯的救助行为并没有从根本上改变吴掌柜最终的悲剧命运，但困境中一种心灵慰藉作用的存在却是显而易见的事情。实际上，在那个物质异常贫瘠的岁月里，斯炯一家人在很大程度上也是凭借着独属于她的那个蘑菇圈的滋养才得以度过困厄的。"为什么人只为活着也要放下罪过"③ 则揭示了当时历史的荒谬。所有自然生态的危机都是人的精神生态危机。文本中流露出许多藏民族原本的思维习惯与审美特征，包含了许多朴素而又深刻的观点。因此，阿来无形中流露出对藏地自然生态和淳朴民俗的维护和对外来强力破坏的愤慨和嘲讽。

## 三

　　阿来的《蘑菇圈》延续了其一贯的创作路向，就是以一个特定的区域（藏区/机村）来折射出一个时代。阿来在其几部小说中致力于揭露权力运作对一个地区自然生态和人文精神的摧毁和破坏。但这种固定化的创作模式和对社会的理解，也可能会影响与社会生活的广泛联系。阿来的小说描写时间跨度很大，其中有很大一部分属于"过去"和"记忆"。而"记忆复现的心理过程，是虚构和叙述语言展开的过程，带有鲜明的人格色彩。记忆是可以淡化和遗失的，而现实生活呈现了创作的广阔道路。"当然，任何一种个人生活方式都可能成为一种局限，阿来小说创作无疑受到他生活地域和眼界影响，同时也有受西藏民族文化、民族思维和审美特征影响，因此他内心深处流露出对藏民族文

　　① 黄轶：《新世纪乡土小说的生态批评》，东方出版中心 2016 年版，第 4 页。
　　② 阿来：《蘑菇圈》，人民文学出版社 2016 年版，第 38—39 页。
　　③ 阿来：《蘑菇圈》，人民文学出版社 2016 年版，第 63 页。

化的维护和对外来破坏的愤怒和嘲讽。在《天火》中，机村的圣湖色媒措中的一对金野鸭使得机村风调雨顺，机村人则保证给予金野鸭"一片寂静幽深的绿水青山"。机村人对自然的索取只是做饭煮茶、盖新房等。而在功利驱动的时代，伐木队来了，导致大片森林消失，森林失火，汪工程师献上妙计炸湖灭火，导致湖底塌陷，金野鸭受惊飞走……文本结尾以外来汉人救林却是毁林的事实隐喻外来文化对本地文化的破坏。

《蘑菇圈》中，阿来同样执着于表达类似的主题。工作组进入机村后，以新观念来开发自然资源，实则是破坏了当地的自然生态和人文生态："基于这种新思想，满山的树木不予砍伐，用去构建社会主义大厦，也是一种无心的罪过。后来，机村的原始森林在十几年间几乎被森林工业局建立的一个伐木场砍伐殆尽。"① 而现代文明使文化地域的神秘性消失殆尽，蘑菇圈本身也代表着一种神秘，最后被外来人发现也成为一种文化寓言。文章结尾处，丹雅的公司利用 GPS、摄像机等现代科技工具找到阿妈斯炯的蘑菇圈，而这一切都是为了获取巨额利润。文章结尾以阿妈斯炯和儿子的对话"儿子啊，我老了我不心伤，只是我的蘑菇圈没有了"结尾。放到阿来创作的漫长谱系中来看，这些小说连同《蘑菇圈》共同讲述着一系列神性失效、溃散的故事——人与神性自然和谐相处的日子一去不复返。从弱势文化的层面展示藏区文化和风情，生存的艰辛、民风的纯朴和人性的高贵，从文学的立场来确立生态自然之间的平等，憧憬人文关怀和生态关爱，在这些生态和人文灾难背后曲折地树立一个"焦虑的主体"隐藏在文本的背后，这个主体不断揭露对自然生态造成的伤害的根源与实质，即非人文性的盲目扩张和人性的贪婪，以及资本、权力的操纵和介入。这是阿来生态小说给人的启示。这种现代性带来的生态危机的疗救之途，在作家看来，似乎是重新发现本土文化的活力，以纠偏现代性进程中的各种弊端。可以说这是后发现代化国家寻找适合自身现代性转型的一种曲折求索，这种求索在沈从文那种用湘西边地文化去激活中华文化生机的策略中就已有体现。

阿来在创作《蘑菇圈》时说过："我相信，文学更重要之点在人生况味，在人性的晦暗或明亮，在多变的尘世带给我们的强烈命运之感，在生命的坚韧与情感的深厚。"② 从这个角度而言，阿来的文学理想来自对主体性的反省和对人性的美好憧憬，因此阿来在《蘑菇圈》中，将生态问题关注的视域从自然视角"提升到自然生态与精神生态的高度，注视一切生命的自然状态与精神状态，在拯救地球与拯救人类灵魂的高度和深度作出审美观照"③，这样的视角是对生态主题的升华，超越了单纯的对现代性进程的批判。所以，正如阿来自己对作家的定位：

> 作为作家，有责任提醒这个社会，真正的进步是所有人共同的进步和发展。也有责任使公众注意，真正的进步不只是经济与技术的，更应该是政治与文化的……一个作家，特别是一个后发国家的作家，在赞同并参与社会进步发展的同时，有责任用自己的写作提醒这个社会，进步与发展，不能再是社会达尔文主义式的胜利。无论是个人还是文化，都应该被珍视，被"同情的理解"

① 阿来：《蘑菇圈》，人民文学出版社 2016 年版，第 10 页。
② 阿来：《蘑菇圈》，人民文学出版社 2016 年版，第 2 页。
③ 王克俭：《生态文艺学：为了人类"诗意地栖居"》，《浙江师大学报》2001 年第 1 期。

所观照。①

阿来的《蘑菇圈》就其文本与世界的关系、文本内部构成等方面，尚有较大的文化阐释空间，有待我们进一步深入。

（作者单位：安庆师范大学文学院）

---

① 阿来：《当我们谈论文学时，我们在谈些什么：阿来文学演讲录》，陕西师范大学出版社 2017 年版，第 244 页。

# 我们面对的是精灵还是恶魔

## ——读阿来的《蘑菇圈》

何胜莉

## 一、蘑菇圈的前世今生

何为蘑菇圈？从科学的解释来看，它其实是蘑菇子实体在草原、林地上呈圈带状生长的生态学现象。目前发现的最大的仙人圈位于法国东北部的贝尔福（Belfort），直径约有 600 米，有 700 年的历史。

蘑菇圈因其出现通常毫无预兆，可以长大、收缩、移动，生生不绝，去而复回，神秘莫测，而在东西方都流传下来不少神话传说。西方人称之为"Fairy Ring"（仙人圈、仙人环、精灵环、仙子环），认为它和仙人或超自然生物有关，并发展出两类不同倾向的传说：一类是好的，认为蘑菇圈是仙人或精灵月夜跳舞留下的痕迹（斯堪的纳维亚和凯尔特）、绿宝石岛精灵王国的入口（爱尔兰）、仙人宴会桌凳（苏格兰）或者仙人伞（威尔士），有"地上仙人圈，地下仙人村"的说法，认为有蘑菇圈的地方都是肥沃、幸运之地，作物和牲畜必定长势喜人；另一类是坏的，认为蘑菇圈是恶魔的牛奶桶放置之地（荷兰）或飞龙创造而成（澳大利亚），所以圈内植物枯萎，或巨型蟾蜍用诅咒守护的"男巫之环"（法国）、"女巫之环"（德国），并认为是魔女之夜（五朔节前夜）女巫们举行庆典的地方。总而言之，欧洲民间传说大都认为蘑菇圈是精灵或恶魔的出入口，是连通仙（险）境和凡世的大门。人类踏入蘑菇圈是非常危险的，要么永困圈中，不为凡人所见，要么被送到仙域接受惩罚，可能会失去眼睛，也可能被迷惑而围着仙人圈跳舞，最后筋疲力尽癫狂而亡。

那么，阿来的蘑菇圈代表着什么？

在肉体经受饥荒的时代，它是自然的馈赠，是藏地的精灵。《蘑菇圈》的故事开始于 1955 年，在那之前，蘑菇是机村人对一切菌类的总称，在那之后，蘑菇的名称变化成为不同历史阶段的标志。《蘑菇圈》的开篇非常符合蘑菇的自然属性，阿来用干净明丽的诗一般的语言描述了山野的风、物和气息，布谷鸟清丽、悠长的鸣叫，机村人循环往复的生活中美妙而庄重的停顿以及蘑菇的生长和烹煮。在这曲田园牧歌中，工作组来了，饥荒来了，革命来了，舌尖上的蘑菇从生活的调剂品一跃而成必不可少的活命粮。阿妈斯炯靠着隐秘的蘑菇圈让自己一家人安然度过灾年并将儿子胆巴养育成人。在这段时期，蘑菇蕴藏着春天的能量和神的光辉，是山野好物的代表。小说叙事非常克制，笔调哀而不伤，在那个荒诞的历史时代，即使有无端被拘押的烧火和尚法海，有因全家死光而故意杀羊生火引人追捕的逃荒者吴掌柜，有颗粒无收的庄稼和被砍伐一空的森林，有失去干部前途怀着孩子独自返乡的姑娘。但是，在工作组眼中贫穷、落后、愚昧的机村人生活得并不悲哀，因为他们还在大自然的怀抱里，他们从从来都只是吃粮食、肉和奶，直到学会了把山野里的各种东西装进肚子，他们仍保持着朴素的灵魂，他们赞叹、感激着自然之神的赏赐，心态平和地过着一个接一个的日子。在斯炯放在每个邻居家门口的几片蘑菇和邻居回赠的几块肉里，在斯炯给吴掌柜的盐包和吴掌柜埋下的大半只羊中，人性在生命的挣扎里依然闪烁着微微的光。这种对自然的发现和爱一直贯穿全篇，甚至到了小说的后半部，蘑菇成为承载现代化进程的消费符号，我们还是可以感觉到一种诗意的温暖和寂寞。

　　到了经济时代，当蘑菇更名为松茸，当新鲜好吃的食物变成昂贵稀缺的商品时，蘑菇成为（金钱、权力）欲望的砝码，蘑菇圈成为那扇通往异境的大门。人心渐渐变了，人性的饥荒时代来了。在阿妈斯炯仍然小心翼翼地滋养着蘑菇圈，保守着这个大自然的秘密时，机村人开始大肆搜索松茸，破坏生态环境。丹雅为了金钱用GPS技术夺走了斯炯最后的蘑菇圈，胆巴利用母亲的蘑菇打通了升官的渠道，法海依仗侄子的权势为其所在的寺庙谋得大量好处而过上了逍遥的生活……淳朴的人们通过松茸走入了金钱、权力的利益世界，这个世界中既有好的，也有坏的，既有得到，也有失去。当蘑菇圈被暴力翻掘后，令人心寒与怖畏的人性之恶赤裸裸地露了出来。蘑菇的价格涨了，人心和信仰却垮了。除了阿妈斯炯以外，小说中的各个角色几乎都以不同程度的人性丧失为代价来满足自己不断膨胀的欲望。蘑菇圈反射出他们心中的恶魔，而他们都受到了蘑菇圈的惩罚。刘元萱始终随波逐流，胆巴醉心于玩弄权术，丹雅沉溺于情欲和金钱，法海热衷于趋炎附势，甚至那些在荒年里曾对阿妈斯炯的善举投桃报李的机村人都变成了一群没有心的人："今天就是有人死在大家面前，他们也不会感动的。或者，他们小小感动一下，明天早上起来，就又忘得干干净净了！"从生命的延续到金钱的追逐，藏地质朴的自然生命被唯利是图的欲望利用，蘑菇圈成为机村社会转型的一个载体，成为现代消费主义侵袭的一种隐喻。蘑菇圈的最终暴露也象征着藏地传统文化的流离失所。斯炯对蘑菇圈的保护，是对一种传统价值观的卫护："人心变好，至少我这辈子是看不到了。我只要我的蘑菇圈留下来，留一个种，等到将来，它们的儿子孙子，又能漫山遍野。"

　　斯炯是《蘑菇圈》的核心人物，作为蘑菇圈的发现者和卫护者，她自己就是一朵随遇而安的蘑菇。她从少女斯炯变成阿妈斯炯，虽然身份变化的原因并不可称道，但她的内心世界是纯净的，不管别人如何看待，不管时代如何变迁，她对蘑菇、对人的态度始终如一。斯炯是个平凡的没有父亲的藏族少女，对环境的折磨逆来顺受，她默默承受着生活的好与坏——为工作组跑腿时如此，到干部学校学习又被退回时如此；未婚生子时如此，背水上山养蘑菇圈被人嘲笑时如此；以一己之力养活全家时如此，蘑菇圈被人破坏发现时亦如此；即使是对使她未婚先孕的刘元萱，她也只是觉得不自在，并没有揭发他，还经常给他送蘑菇。但是，斯炯的心性和蘑菇一样坚定，不管世间如何风霜雨雪，不管学到了多少"新方法""新观点"，她还是没有泯灭人性和良知，对世事万物始终怀着善意和珍惜。她坐在掩埋着羊的土堆上对着狐狸唱歌，她在林中笑看小鸟啄食蘑菇。在生存最艰难的时候，斯炯仍以一种单纯的力量安然度过，就像那些"在树阴下，圆滚滚的身子，那么静默却那么热烈地散发着喷喷香的味道"的一朵朵蘑菇，自由自在地生长。松茸升值时，机村和附近的村子都为之疯狂，都为了金钱而迷失。斯炯的蘑菇圈也卖了大钱，但她在高兴之余还是保持着冷静。她呵护着蘑菇圈，同时还呵护着蘑菇圈的生态环境，对待自然资源始终保持着克制而珍惜的态度，她是卫护蘑菇圈的最佳人选。面对丹雅的新科技，斯炯的蘑菇圈秘密虽然被攻破，但她还是坚守着自己对世界的理解，认为"时代不同了，从你那个死鬼父亲带着工作组进村算起，没有一个新来的人不说这句话。可我没觉得到底有什么不同了"。在沉浮的时代和渐变的人心面前，只有斯炯一直坚守着一个朴素的价值观："谁能把人变好，那才是时代真的变了。"这种在金钱逻辑盛行的时代，对人性逻辑的坚守是非常难能可贵的。其他的机村人已不再如此，胆巴、丹雅等年轻一辈自不必说，早已为物质欲望所迷惑、驱使；舅舅法海也已经忘却了宗教信仰，成了一个狐假虎威、谙于世故的披着袈裟的商人；还有许多人，他们"在变大，只是变大的人不知道该如何放置自己的手脚，怎么对付自己变大的胃口罢了"。时代变了，人心也变了，只有斯炯"活在自己的世界里"，守卫着最后的蘑菇圈，守卫着高原最后的精灵。但是，在时代洪流的冲击下，这个最后的桃花源最终还是失去了。

## 二、精灵与恶魔的两难选择

阿来的文学作品有一个永恒的主题，即对藏地传统文化与现代文明的碰撞、交流、融合、新生的思考。他的机村系列着力于描写一个藏区小村庄在现代文明冲击下的浮沉与变迁。《蘑菇圈》的故事跨越了半个世纪，从 1955 年写到 2014 年，表现的正是机村从被动接受到主动融入现代文明的过程。其中蘑菇圈作为故事的绝对主角，具有不可言喻的象征意义。

在阿来的描绘中，现代文明给少数民族传统文化带来的究竟是精灵还是恶魔，作家自己也是困惑的，所以他的故事中总是流露着忧伤和失落。一方面他渴望边远地区的民族能够享受现代文明带来的便利，能顺利地完成从旧到新的蜕变，不被隔离在时代之外；另一方面，阿来又不屑于物质世界的虚荣和浮躁，流露出对传统价值的欣赏。这种矛盾使得小说中的主人公呈现出一种"面对一个完全陌生的世界那种空洞的迷茫"，并对世事变幻保持了静默，"她不说话，也说不出话来"。在历史文明演化的过程中，旧有的习俗信仰和道德情操与新兴的世界观和价值观总是会有纷争的。文明的碰撞中自然有冲突有忍耐，有哭有笑。这时，是顺势而为还是保持本心，就是一个值得深思的问题。阿来的历史观应是主张顺应大势的，他曾说过"时间的意义不在于流逝，时间的意义是其流逝之时，社会的演进与进化"，"改变藏族社会落后封闭的状况，唯有对这个社会进行合于世界大势的政治改造，发展文教，开发资源……"（《瞻对》）在机村，即使新事物、新观念可能会因为有违自然观、宗教观而受到质疑，即使工作组出于"物尽其用""不能浪费资源"的动机砍光了机村的原始森林，抱着"人定胜天"的信念用光了机村的肥料却颗粒无收，信奉"金钱至上"而发展松茸经济，导致蘑菇圈生态失衡，机村还是一步步被历史大势撬松，机村人还是不可避免地被消费狂潮所裹挟。因为历史进程无法避免，现代文明无法抵御，消费需求无法逃避，所以胆巴、桑吉离开了村庄，奔向了外面更大更精彩的世界，阿妈斯炯也靠卖松茸赚钱修房、迎娶儿媳。作家并没有回避现代文明的必然性和优势。即便如此，阿来还是不遗余力地赞美了斯炯和她的蘑菇圈，这不仅是对自然的敬畏、对人性的礼赞，还是对美好生活的追念，对终极价值的追问。因此，当阿来借着阿妈斯炯之口说出"我老了我不心伤，只是我的蘑菇圈没有了"时，我们能深切地感受到阿来对那个渐行渐远的时代的惆怅（相较而言，《三只虫草》的桑吉对新时代是有憧憬和期待的）。从那个"所有卵生、胎生，一切有想、非有想的生命都在谛听"的时代开始，我们已经走得太远。

　　《蘑菇圈》是一部现实主义的作品，不但没有少数民族文学中常见的宗教或神秘主义色彩，而且还超越了一般的民族文学作品，向我们所有人提出了问题。小说中发生的不少事情（如寺庙圈地、合作社失败、商业活动大肆破坏生态环境等），出现的不少人物，在汉地也是司空见惯的，猎奇者并不能从中挖掘出多少独属于地方文化的奇闻逸事。从文明的角度而言，这就是新旧文明的对抗。但是，"新""旧"的界定往往由人为想象而成，并不一定代表真实情况。汉地和藏地对彼此的想象由来已久，在《蘑菇圈》中，这种想象预设是这样的：汉地认为藏地贫穷、愚昧，需要拯救与教育；藏地认为汉地是金钱、权力以及广博知识的来源。这些想象在小说中部分是落空了的。在工作组到来之前，机村人保持着一种质朴的物质生活与精神生活，有着大自然赐予的神性和灵性。他们从不贪婪，"从未发展出一种关于美味的感官文化的迷恋"，对自然的法则认识清醒，"上天是不会让地里长出这么多粮食的"，所以他们过着自给自足、知足常乐的生活。反而是工作组的"人定胜天"造成了前所未有的饥荒和干旱，"物尽其用"造成了大量森林被砍伐，大量蘑菇被采掘。外来人对大自然的索取、征服、奴役、利用，几乎将藏地的自然资源消费殆尽（文中唯一对藏地有正确认识的汉人是吴掌柜，但他最终被扣上"反动派"的帽子，悲惨地自杀了）。被这种外来文明熏染的藏人由此改变了自己的价值观和自然观，最终人心变坏，更可笑的是以此为代价换来了金钱和权力。我们对比一下就可以看出，所谓的"旧"文明看似原始粗糙，实则更接近终极价值，而所谓的"新"文明，看似先进便利，却是短视功利。这还不是藏族或者某个少数民族个别面临的问题。阿来曾在文集《就这样日益丰盈》中说过，"异族人过的并不是另类人生"，其实已经说明了矛盾的普遍性。所有民族的发展都殊途同归；所有民族的传统文化在现代文明的冲击下都难以抵挡。所以说，当我们不再对自然抱有敬畏、谦虚、共生共存的态度时，当我们不再对人心持着单纯、美好、坚定的信任时，不仅阿妈斯炯失去了蘑菇圈，我们大家都失去了蘑菇圈。

　　不管面对的是精灵还是恶魔，阿来在《蘑菇圈》中为我们提供了一个答案：先去人世间走一遭；只要坚持自我，不忘初心，不管经历了什么，最终会重回清静纯洁的起源地。

（作者单位：四川省社会科学院文学与艺术研究所）

# 《蘑菇圈》：乡村挽歌的诗意书写

宋学清

　　阿来在《文学更重要之点在人生况味》中自述，在《遥远的温泉》之后已有十年未曾写过中篇，但是在 2015 年先后创作了《三只虫草》（《人民文学》2015 年第 2 期）、《蘑菇圈》（《收获》2015 年第 2 期）和《河上柏影》三部中篇小说，在 2016 年人民文学出版社结集出版时命名为"山珍三部"。所谓"山珍"，是藏地的三种珍奇物产：虫草、松茸、岷江柏，它们并非藏人生活的必需品，它们成为"山珍"也并非历史和文化使然，而是纯粹由现代消费社会的消费需求推动的。人们消费的需求提升了它们的商品价值，使它们成为现代消费社会的"新贵"，而"山珍"的身份又令它们陷入毁灭性的灾难，同时失陷的还有藏地的生态环境和藏民的生活方式。这也是阿来为何"突然起意，要写几篇从青藏高原上出产的，被今天的消费社会强烈需求的物产入手的小说"，以期"来观察这些需求对于当地社会，对当地人群的影响"① 的原因。虽然阿来一直坚持关于藏地的"边际写作"和"自然主义文学"，积极推动中国的地方文学和少数民族文学的良性发展，但是他的文学视野并未因此遭遇局限，相反，站在世界的屋脊，他的目光跨越了国界，走向了世界。阿来提出："文学不是寻找差异性的，而是在差异当中寻找人类的共同性。因为比起人类的共同性来讲，文化的差异、生活的差异其实是很小的，在生存命题面前，人类的共同性，也远远大于差异性。"② 因此阿来在"山珍三部"中不再追求"异域情调"的新奇，不再突显地方和少数民族文学的差异性，而是通过三种地方物产来观察"世道人心"。

## 一、现代机村的"常"与"变"

　　阿来的《机村史诗》六部曲（《随风飘散》《天火》《达瑟与达戈》《荒芜》《轻雷》和《空山》）使"机村"成为中国当代文学史中一个重要的文学地理坐标，"机村叙事"也使阿来的乡土小说达到新的高度。中篇小说《蘑菇圈》同样隶属于"机村叙事"，在文学理念上也同样追求"大声音"③。虽然小说主人

---

① 阿来：《文学更重要之点在人生况味》，《蘑菇圈》，人民文学出版社 2015 年版，序，第 1—2 页。
② 傅小平：《阿来：文学是在差异中寻找人类的共同性》，《文学报》2015 年 8 月 13 日。
③ 阿来，陈祖君：《文学应如何寻求"大声音"》，《现代中国文化与文学》2005 年第 2 期。

公阿妈斯炯是机村中的一个"小人物"，作为一名普通的藏族农村妇女，专注于家庭，热衷于生活，没有参与中国大历史的野心和抱负，但是在她身上我们却看到了机村近60年的发展史，以及机村藏民的生活史和精神史，因此《蘑菇圈》虽为中篇却被称为"一部优美的藏文化小史诗"①。无论是《尘埃落定》《格萨尔王》《空山》还是《瞻对》，无论是书写"历史""传说"还是"现实"，阿来的小说都有对"史诗性"的自觉追求。

　　作为"小史诗"的《蘑菇圈》在不到8万字的文本内成功书写出机村近60年的变迁史，在小说中"新"与"变"成为机村历史发展的主题。《蘑菇圈》的故事从1955年开始，这期间对中国乡村产生最为直接影响的是那些"明显的行为介入性陌生人"，主要包括工作组、投资商和知识青年，这些外来陌生人在村里的长住，破坏了乡村"已有的生产秩序，特别是改变村里年轻人的价值观念"②。在小说中先后4次进驻机村的工作组、在小街驿站里开店的吴掌柜、红卫兵、知识青年、贩卖松茸的商贩，以及野心勃勃经营松茸培植的丹雅，构成了对机村最为直接的现代性冲击。他们改变了机村人的生产生活方式，也改变了机村的生态环境和伦理文化。

　　机村的新变首先从"吃"开始。比如关于蘑菇，机村人做法很简单，就是用牛奶烹煮，他们吃蘑菇不是为了口腹之欲也不是为了生存，而是"赞叹与感激自然之神丰厚的赏赐"③。因此机村人将山上所有的蘑菇都叫蘑菇，不作具体种类区分，因为这种区分没有实际意义。每年春天他们也只吃一次羊肚菌，便将其遗忘在山间任其腐烂。工作组的到来改变了机村人的饮食，他们教会机村人辨识好吃和不好吃的蘑菇，将蘑菇区分为"羊肚菌、松茸、鹅蛋菌、珊瑚菌、马耳朵"等，教会机村人将蘑菇晒干、穿串，储藏起来，也教会机村人将蘑菇吃出花样，于是"不认得那么多，也不懂得那么多的吃法"的机村人学会了"油煎蘑菇、罐头烧蘑菇、素炒蘑菇，蘑菇面片汤"④，等等。从外面来的吴掌柜则教会了机村人辨识野菜和蘑菇，他们对机村饮食习惯的改变在饥荒年代救了很多机村人的命。

　　通过"吃"的改变，机村在潜移默化中逐渐实现了"移风易俗，资源利用"，这是"变"带给机村人的正面、积极的影响，物尽其用保证了在饥荒之年机村人能够通过吃蘑菇、野菜、野果等那些过往被忽略的食物渡过难关，饮食习惯的改变也令机村人实现了营养的平衡。工作组推动的爱国卫生运动同样令机村面貌一新，机村人第一次意识到自己曾经的卫生状况，发现他们原来也是喜欢干净卫生的环境的。饮食和卫生环境的改变对于机村的影响是深远的，极大改善了他们的健康状况。

　　县城来的红卫兵则改变了机村的政治环境。他们赶走了工作组，打断了组长刘元萱一条腿和两条肋骨，并将他扔上卡车，呼啸而去。从此机村再也不来工作组了。机村人将这几年工作组带来的饥荒都归咎于组长刘元萱，他们恨透了刘元萱，这种"恨"和"仇"终于让红卫兵给报了。机村开始了新的政治生活。当"两年后，那些意气风发的

---

　　①　编辑在阿来《蘑菇圈》（《收获》2015年第3期）导读中提出这一观点，后被多种新闻媒体转引。
　　②　张柠：《土地的黄昏——中国乡村经验的微观权力分析》，东方出版社2005年版，第201—202页。
　　③　阿来：《蘑菇圈》，人民文学出版社2015年版，第9页。
　　④　阿来：《蘑菇圈》，人民文学出版社2015年版，第71—72页。

红卫兵却灰头土脸地回到了村子，回来接受贫下中农再教育，当社会主义新农村的新农民"① 时，他们又拯救了机村的教育。关闭三年的小学校又响起了钟声，阿妈斯炯的儿子胆巴得以上学，从此改变了命运，考上了州里的财贸学校，毕业后当了县商业局的会计，从此在仕途上顺风顺水，最后当上了自治州副州长。可以说是红卫兵和知识青年带给了机村新的政治环境和教育环境。

最后带给机村最为强力冲击的是现代商人——那些行走于村落间的松茸贩子。阿妈斯炯拥有四个自己的蘑菇圈，她采松茸到六公里外的汽车站，五毛钱一斤卖给旅客，接济县城上班的儿子胆巴，也把松茸带给儿子胆巴给领导送礼。但是毫无预兆地，松茸值大钱了，一公斤松茸突然涨到了三四十块，于是收购蘑菇的商人总能准时出现在村里。阿妈斯炯的蘑菇圈带给了她"巨大"的财富，她用松茸钱给儿媳置办了十万块钱的珠宝，给孙女备下了十万块的读书钱。现代消费主义和物质主义正是伴着松茸走进机村的，它们使松茸吃出了"高度"——贩子收购的松茸要在 24 小时内辗转到日本东京的餐桌，否则就不再新鲜。现代性的强势入侵彻底改变了机村人既有的生产生活方式和社会伦理秩序，松茸的采集成了主业，人际关系在利益面前恶化，金钱崇拜取代了宗教信仰，机村社会正在现代性的裹挟下面临瓦解和崩败。

而在机村的新"变"中却保留着传统伦理道德之"常"，保留者就是阿妈斯炯。她谨守山上的蘑菇圈和自己的老屋，淡泊宁静，正如她对丹雅的训斥："时代不同了，时代不同了，从你那个死鬼父亲带着工作组算起，没有一个新来的人不说这句话。可我没觉得到底有什么不同了。"② 阿妈斯炯是蘑菇圈也是机村的守护者，她意外怀上刘元萱的孩子，失去了成为国家干部的机会，落魄回到机村，抚养孩子，照顾哥哥法海和母亲；她忍受生活的困苦，对儿子的身世隐忍不发；她善待落难的吴掌柜和身患肺结核的女组长，坚持万物平等，视蘑菇如孩童，在饥荒之年与村民分食蘑菇，为松鸡让予蘑菇；即使在松茸价格暴涨之际，她也能坚守自然规律，不过度采摘，坚持为机村保留住蘑菇圈。

工作组带来了利害观念："新，就是先进；旧，就是落后。"③ "新"是社会发展的趋势，但"旧"就一定是落后的吗？阿来显然不认同。《蘑菇圈》中的阿妈斯炯如同《额尔古纳河右岸》里那位坚守部落的最后一位女酋长，是机村坚守传统的最后一位藏民，她坚守着自己破旧的房屋和山里的蘑菇圈，在她身上饱含着阿来自然主义和生态主义的价值理念。阿妈斯炯代表着机村新"变"浪潮中最为坚定的"常"，为机村保留住传统伦理道德中最为优秀的部分。社会发展的"新"与"变"是方向，是必然趋势，一味眷恋前现代乡村的行为显然与历史大势相悖逆，不可取也不值得提倡，但是我们在鼓吹创新的同时不能忽略文化中"常"的要素。

---

①　阿来：《蘑菇圈》，人民文学出版社 2015 年版，第 97 页。

②　阿来：《蘑菇圈》，人民文学出版社 2015 年版，第 171 页。

③　阿来：《蘑菇圈》，人民文学出版社 2015 年版，第 10 页。

## 二、现代农民"情感共同体"的解体

时代新变之于机村生态的另一面则是破坏：森林工业局的伐木场将机村赖以生存的原始森林在十几年间砍伐殆尽；"大跃进"期间工作组提出的土地施肥计划，没有让粮食产量翻一番，反而因肥力过大致使庄稼一味疯长不肯熟黄，使机村当年颗粒无收，社长自责上吊自杀，机村人面临大饥荒；松茸价格暴涨，机村人为了采摘松茸在森林里大扫荡，他们等不及蘑菇自然生长，用六尺钉耙扒开腐殖土强行采摘还没有完全长成的蘑菇，破坏了蘑菇生长的菌窗，无异于杀鸡取卵，最终导致机村的松茸几近绝迹。面对这种破坏与乡村变化，阿妈斯炯虽然嘴里说着没觉得时代到底有什么不同，但其实她早已感受到时代的新变，只是她看到的是人心之变。在机村大旱时阿妈斯炯给蘑菇圈背水，需要在水桶上加个盖子，这一行为"乱了祖传的规矩"，成为机村人的笑柄，"那些年，人心变坏了，人们总是去取笑比自己更无助的人"①。在儿子胆巴准备在机村搞蘑菇合作社试点的时候，阿妈斯炯就劝告他阻止不了"人心的贪婪"，悲观地认为："人心变好，至少我这辈子是看不到了。"② 在丹雅的步步紧逼面前，阿妈斯炯认真地说："谁能把人变好，那才是时代真的变了。"③ 机村的变化在阿妈斯炯眼里变成了人心之变，这里的"坏"是对乡村人情社会的破坏，是对田园牧歌式前现代乡村社会秩序的破坏，是现代乡村向消费社会的妥协。

可以说，乡村的现代之变在推动中国乡村发展的同时，也使传统农民几千年形成的"情感共同体"走向瓦解。马克思·韦伯的观点是："如果而且只要社会行为取向的基础，是参与者主观感受到的（感情的或传统的）共同属于一个整体的感觉，这时的社会关系，就应当称为'共同体'。"④ 传统农民共同体不是契约性的存在，而是一种情感性的存在，尤其是在那些血缘宗族聚居地，"具有共同祖先、共同信仰、共同习俗、共同语言的群体"⑤，他们之间的连接纽带是血缘关系和亲属情感，他们执行村约族规而不是法律，依赖信任而不是契约精神，这也是农民"情感共同体"最为基本的文化特征。

中国传统农民共同体长期稳定地定居于土地，因为种地是农民最普通的谋生手段，由此在费孝通看来，那些"直接靠农业来谋生的人是粘着在土地上的"⑥，农民对土地的依赖使"土"成为农民的命根⑦。因此中国农民习惯性地固守乡土，形成固化乡村的超稳定文化结构，他们在狭小的乡村生存空间里共享时间性经验，"享有着共同的经验，学会了共同的行为模式。通过这种文化的学习，他们就逐渐具备了共同的观念"⑧。他

---

①　阿来：《蘑菇圈》，人民文学出版社 2015 年版，第 83 页。
②　阿来：《蘑菇圈》，人民文学出版社 2015 年版，第 10 页。
③　阿来：《蘑菇圈》，人民文学出版社 2015 年版，第 171 页。
④　〔德〕马克思·韦伯：《社会学的基本概念》，胡景北译，上海人民出版社 2005 年版，第 65 页。
⑤　张柠：《土地的黄昏——中国乡村经验的微观权力分析》，东方出版社 2005 年版，第 43 页。
⑥　费孝通著，刘豪兴编：《乡土中国》，上海人民出版 2013 年版，第 7 页。
⑦　费孝通著，刘豪兴编：《乡土中国》，上海人民出版 2013 年版，第 7 页。
⑧　〔美〕拉里·A·萨姆瓦等：《跨文化传通》，陈南、龚光明译，生活·读书·新知三联书店 1988 年版，第 152 页。

们拥有"共同经验"和"共同观念"，易于在经验世界里达成情感的认同，更易于形成以血缘和地缘为基础的"熟人社会"，彼此了解、熟悉，在劳动和生活中形成互惠式关系。

但是伴随市场经济与消费社会的到来，中国固化乡村的超稳定文化结构开始松动瓦解，① 中国乡村社会的传统伦理道德观念和价值体系开始遭遇危机，消费主义、物质主义、个人主义、功利主义、拜金主义、利己主义、实用主义的价值观念正在瓦解农民这一"情感共同体"。农民曾经共享的"共同经验"和"共同观念"在现代性的多元化经验和观念世界里被分解，中国乡村正在从"熟人社会"开始向"半熟人社会"② 蜕化，传统乡村社会基于熟悉产生的"信任"以及"对一种行为的规矩熟悉到不假思索时的可靠性"，③ 这些非法律、非契约式的交往伦理开始失去存在的土壤。于是曾经的乡村"人情社会"开始解体，以人情为纽带的互助式乡村关系转向以金钱为勾连的利益关系，同时基于自然、土地、血缘和经验基础的农民的"情感共同体"也开始瓦解，中国乡村真正走向了以家庭甚至个人为单位的"原子化"结构。

机村人作为一个"农民共同体"曾因为蘑菇而一体化，同样也因为蘑菇而瓦解。阿妈斯炯并未因为水桶加盖子的提议遭遇村民嘲讽而怀恨在心，在那个大旱之年与村民分享自己浇灌出来的蘑菇。她带着儿子胆巴走遍全村，把蘑菇放在各家各户门口，敲敲门然后悄然走开。几次后，她家门口开始出现鹿肉、野猪肉和麂子肉。斯炯告诉儿子胆巴："邻居的好，你可是要记住啊！"④ 但是"邻居的好"虽然经受住政治高压的考验，却失陷于经济诱惑。松茸值大钱之后阿妈斯炯被机村人盯上了，人们盯上了她的蘑菇圈，偷偷跟踪她，试图霸占她的蘑菇圈。丹雅用钱雇用了机村人，试图通过"野生松茸资源保护与人工培植综合体"项目实现对区域性松茸市场的垄断。在斯炯面前她毫不隐晦自己的欲望，打蘑菇圈的主意就是"为了钱，为了很多很多的钱"⑤。出于这一金钱崇拜的目的，丹雅在机村跑马圈地。面对这一危机，机村人仍心怀嫉妒，嘲讽斯炯，丹雅的蘑菇圈更大。他们对蘑菇没有感情，淡漠地认为没有了松茸山上还会出现别的东西值钱。甚至连宝胜寺的活佛都懂得经营寺庙，以保护自然生态资源为名圈下寺庙四周山林，于是两座山上的松茸也就全归了寺庙。活佛也坦陈："几百号人呢，没有管理不行，管理不好也不行，没有生财的办法不行，生财的办法少了还是不行。"⑥ 精神的陷落已呈崩塌之势，在消费社会的强力冲击面前，机村人的"情感共同体"难以为继。

① 孟繁华：《百年中国的主流文学——乡土文学/农村题材/新乡土文学的历史演变》，《天津社会科学》2009年第 2 期。

② 贺雪峰在《论半熟人社会——理解村委会选举的一个视角》（《政治学研究》2000 年第 3 期）一文中提出了"半熟人社会"概念，其后在《新乡土中国：转型期乡村社会调查笔记》（广西师范大学出版社 2003 年版）、《半熟人社会》（《开放时代》2002 年第 1 期）、《未来农村社会形态："半熟人社会"》（《中国社会科学报》2013 年 4 月 19日）详细论证了这一概念。就当下乡村事实而言，这一判断具备合理性。

③ 费孝通：《乡土中国　生育制度》，北京大学出版社 2013 年版，第 10 页。

④ 阿来：《蘑菇圈》，人民文学出版社 2015 年版，第 93 页。

⑤ 阿来：《蘑菇圈》，人民文学出版社 2015 年版，第 183 页。

⑥ 阿来：《蘑菇圈》，人民文学出版社 2015 年版，第 171 页。

# 三、现代乡土小说的"怀旧"情怀

《蘑菇圈》结尾处阿妈斯炯重复四次的"我的蘑菇圈没有了",这是小说的一个巨大隐喻。阿妈斯炯隐藏蘑菇圈的秘密,一方面因为蘑菇圈的规模无法满足所有机村人的需要,阿妈斯炯可以依靠蘑菇圈过上更好的生活;另一方面也是为了等着机村人将山上所有蘑菇都糟蹋完了后,用自己的蘑菇圈给这座山留下"种"。因为传说蘑菇圈里的"蘑菇是山里所有同类蘑菇的起源,所有蘑菇的祖宗"①,保留住蘑菇圈就是保留住山里的蘑菇。而在阿妈斯炯的眼里,蘑菇圈不再是一种单纯的存在,它已经成为机村传统文化之源与传统精神之核,在机村的现代性之变面前,阿妈斯炯唯一能够守护住的就只剩下神秘的蘑菇圈了。蘑菇圈早已内化成阿妈斯炯的精神世界,维系她与机村的重要关联,也是她拯救机村生态环境的重要希望。遗憾的是,这最后的希望也"没有了"。客观而言,蘑菇圈还在山上,丹雅并未想夺取、强占甚至破坏蘑菇圈,她只是想占有蘑菇圈的"使用权",用以造假,获取资金支持,用她自己的话说,都是为了钱。但是在阿妈斯炯看来,被金钱笼罩住的蘑菇圈已经不再纯洁、神圣。机村最后的希望破灭了,而伤心欲绝的阿妈斯炯的离开之于机村而言则是希望的彻底破灭,"养蘑菇的人"和蘑菇圈的消失代表着传统机村文化之根的断裂。

可以说《蘑菇圈》是机村文化之殇的一曲挽歌,是对前现代乡村美好生活的哀祭、缅怀与感伤,是对过往美好记忆的悼念与怀旧。恰如部分研究者发现的那样,中国乡村的现代性裂变使"乡土中国文学的美学基调,已经不复是悲凉感伤、更不是喜剧欢悦可以涵括,而是一曲对传统伦理、文化正加速度消逝并且无可阻挡的悲恸挽歌"②。只是这曲挽歌并未走向纯粹的哀伤。阿来以诗意化的文字、自然主义的审美情趣、宗教般的情感形塑出阿妈斯炯的形象,让我们深切地感受到人与自然的和谐与平等,渗透出浓郁的"土气息、泥滋味"③,接续了中国现代文学的抒情传统。这也是整篇小说哀而不伤的主要原因:温暖的情感流淌于小说的各个角落,在冰冷的政治环境里,在遍地的饿殍中,还有阿妈斯炯对于吴芝圃的照顾,而吴掌柜在临死前还要冒险为善良的阿妈斯炯留下大量羊肉,帮助斯炯一家渡过难关;阿妈斯炯面对逼问自己的女组长始终保守住负心人刘元萱的秘密,面对生病的女组长表现出女性的悲悯,而女组长也能在病危之际保护阿妈斯炯免受责罚,二人夜晚在医院敞开心扉的交谈温暖了彼此的心。

文字的诗意化在阿妈斯炯面对蘑菇圈时达到了极致——阿来以听觉叙事调动起读者的感官世界。阿来放弃了以"观察"的方式去书写乡村"风景"的方法,而是以"聆察"④的方式去描绘乡村"音景"⑤,呈现出乡村世界鲜为人知的另一面。背着水桶上山

① 阿来:《蘑菇圈》,人民文学出版社 2015 年版,第 29 页。
② 张丽军:《新世纪乡土中国现代性蜕变的痛苦灵魂——论梁鸿的〈中国在梁庄〉和〈出梁庄记〉》,《文学评论》2016 年 3 期。
③ 周作人:《地方与文艺》,见《谈龙集》,河北教育出版社 2001 年版,第 12 页。
④ 傅修延:《听觉叙事初探》,《江西社会科学》2013 年第 2 期。
⑤ 傅修延:《论音景》,《外国文学研究》2015 年第 5 期。

的阿妈斯炯回味着"这个世界上好听的声音"，水波的荡漾声、画眉鸟的叫声伴着她走向蘑菇圈，撒向天空的清水扑簌簌落在树叶上、草上、石头上、泥土上的声音，水渗进泥土的声音，树叶和草贪婪吮吸的声音，她甚至能听到蘑菇破土而出的声音。心灵的聆听使阿妈斯炯对于自然生出崇敬，她以宗教般的情感对待自然万物，她与小鸟交流对话，温柔地凝视着一朵朵升上地面的松茸，如同"看到了新的生命的诞生与成长"。阿妈斯炯的世界实现了视觉与听觉的平衡，这对于当下凸显视觉文化的消费社会而言难能可贵，视听感知的统一与平衡的恢复也是对泛滥的消费主义的一次纠偏。

阿妈斯炯几乎代表了前现代乡村传统文化中最为精华的部分，阿来在她身上寄予深沉的情感与美好的想象。她与丹雅身上密布的性的欲望和金钱的欲望形成鲜明对比，可以说她是现代机村的一面镜子，映射出外来资本的罪恶，表现出对恶意资本的警惕。现代性的发展确实造成对传统乡村在文化伦理秩序方面的冲击，恰如英国著名社会学家吉登斯认识到的那样：现代性是一柄双刃剑，"现代变革无疑为人类开辟并增加了发展空间，让我们过上了前人不敢奢望的富裕生活。但与此同时，我们也面临环境污染、资源枯竭、道德沦丧，还有金融风暴和恐怖主义。现代性辉煌无比的成就及其日趋可怕的影响越来越令人有始料不及之感"[①]。隐藏在现代性辉煌背后的是现代化的陷阱和危机，农民物质生活水平的极大提高是以环境、资源和文化的牺牲为代价的，现代性的双重性特征已经开始在中国乡村显露。但是我们不可否认的事实是：现代化是中国乡村的基本趋势和未来方向，是我们与世界接轨的必然选择，反现代性思想显然缺乏历史进步意识。

同时我们在阿妈斯炯的"圣母"形象身上可以看到明显的前现代乡村的怀旧情怀，这是一种知识分子式的乡村怀旧。学者博伊姆认为这种前现代的怀旧"是对于某个不再存在或者从来就没有过的家园的向往。……是对一个不同的时代的怀想——我们的童年时代，我们梦幻中更为缓慢的节奏。……是对于现代的时间概念、历史和进步的时间概念的叛逆"[②]。怀旧中充满着对逝去时光的浪漫想象，传递出对既往生产生活方式，尤其是关于人类"儿童期"节奏缓慢的日常生活的怀念。而文学对于"慢"的温暖怀旧，恰恰传达出人们对于现代时间观念的反叛，因此"怀旧不仅是个人的焦虑，而且也是一种公众的担心，它揭示出现代性的种种矛盾，带有一种更大的政治意义"[③]。可以说怀旧的情怀里包含着作家对于现实的焦虑和不满，对现代性许诺下的未来和乐观主义的质疑。

阿来在《蘑菇圈》开篇为我们展现出一幅未受污染的机村景观：每当春天来临，布谷鸟发出第一声长鸣，机村的时间都会突然"停顿"，"在麦地里拔草的人，在牧场上修理畜栏的人，会停下手里的活计，直起腰来，凝神谛听，一声，两声，三声，四五六七声"。机村周围的村庄都会出现这一"美妙而短暂的停顿"，这是一次"庄重的停顿"。[④]这种"停顿"正是机村人"慢生活"的典型特征，他们顺应自然，不与自然争利，他们

---

① 赵一凡，张中载，李德恩：《西方文论关键词》，外语教学与研究出版社 2006 年版，第 648 页。

② 〔美〕斯维特兰娜·博伊姆：《怀旧的未来》杨德友译，译林出版社 2010 年版，第 2—4 页。

③ 〔美〕斯维特兰娜·博伊姆：《怀旧的未来》杨德友译，译林出版社 2010 年版，第 5 页。

④ 阿来：《蘑菇圈》，人民文学出版社 2015 年版，第 3 页。

本身就是自然的一部分。这是一个和谐的世界。但是这一"慢"的世界在消费社会彻底崩塌，人们对金钱的疯狂加快了机村的节奏，这种节奏超越自然规律，无法与自然共舞，于是松茸才会在未曾自然生长出来之时便被强行采摘。如果说"快生活"是现代消费社会的必然结果，那么我们对"慢生活"的倡导必然是在努力去建构一个适应自然规律的快节奏、慢生活的现代社会。

　　正如小说中写的那样："所有卵生、胎生，一切有想、非有想的生命都在谛听。"①我们也在静默凝神地谛听阿来关于蘑菇圈的故事。一曲诗意化的挽歌净化了机村人的心灵，也洗涤了消费社会的金钱味道。

（作者单位：东北师范大学人文学院）

---

① 阿来:《蘑菇圈》,人民文学出版社 2015 年版,第 5 页。

# 蘑菇圈的"三重唱"

## ——浅析阿来《蘑菇圈》的审美内涵

张　帆

用汉语书写的藏族作家阿来，总是用诗性的语言为自己心中的神圣故乡进行书写。阿来笔下的西藏世界是居住在西藏的人们的西藏，平实而又强大，并且充满着人间悲欢。因为"特定地域的民情风俗和人的日常生活，是艺术美感滋生的丰厚土壤，并有可能使对个体命运与对社会、对民族历史的深刻表现融为一体"①。《蘑菇圈》以蘑菇为引子，以社会变迁的大背景下阿妈斯炯的一生为线索，用故事中人物的命运变迁编织成一个巨大的网，反映了 60 年的时代变化和社会发展。小说截取的是藏区一个偏远的山村，虽然机村封闭，但它并不是世外桃源，社会不断向前发展的潮流多少都波及了这个起初把所有菌类都称为蘑菇的村庄。60 年的时间跨度中，它经历了饥荒和自然灾害，也经历了"文革"、"大跃进"、改革开放和经济全球化，因此它已经不仅仅是阿来塑造的藏区一隅，而俨然是一个时代的缩影。长在山林中的蘑菇与机村人的生活密切相关，他们靠蘑菇度过荒年和旱灾。但这大自然的馈赠并没有让人们珍惜和感激，而是沦为他们在物欲膨胀中赚取金钱和谋取私利的工具。阿来用其看似平淡的语言描写社会转型时期的人类世界，如锋利的刀子一样尖锐地剖开社会的多层面，在反映现实变化的同时将人性的善恶美丑显现出来。显然，这里的蘑菇圈已经不仅仅是聚居在一起的菌类，它具有更深层的象征和寓意。它是万事万物相互依存的生命圈的象征；是阿妈斯炯的精神支柱，是纯真美好的象征；同时也是具有神秘色彩的西藏文化的象征。阿来将这些寓意寄托在贯穿全文的蘑菇圈上，不仅彰显出深厚的文字功底，也反映了其对生命意识和人性的深刻思考，表达了对藏区文化不当探寻与利用的不满，体现出深切的生态关怀。

## 一、相互依存的生命意识

所谓生命意识，是指"具有了意识活动能力的人类，对自我生命存在的感知与体悟，以及在此基础上产生的对人的生命意义的关切与探寻"②。生命首先体现出来的特点就是物质性，这是生命存在的基础。除此之外，人类的生命

---

① 洪子诚：《中国当代文学史》，北京大学出版社 1999 年版，第 324 页。
② 杨守森：《生命意识与文艺创作》，《文史哲》2014 年第 6 期。

意识还有精神层面的追求。阿来在关注生命的物质性的同时还比较注重传统"天人合一"的思想价值观念，因此在作品中体现出一种相互依存的生命意识。在小说《蘑菇圈》中蘑菇贯穿始末，并扮演着重要的角色。故事中的主人公阿妈斯炯一生都在与机村山上的蘑菇打交道，从一开始为工作组采蘑菇到成为蘑菇圈的守护者，不管社会怎么变、时代怎么发展，她一直坚守在机村没有离开。阿妈斯炯的一生与蘑菇结缘，她的人生经历几乎都与蘑菇有关。小说"通过人——斯炯与蘑菇这两个生命链条之间关系的故事，告诉我们宇宙生命之本不在一个点上，也不在由点延伸出去的线上，而是一个由无数生命链条连接起来的封闭的圈"①。正如卡西尔在《人论》中阐述的那样，"有一种基本的不可磨灭的生命一体化沟通了多种多样形形色色的个别生命形式"②。在这个生命结构圈里，万事万物都是相互依存的关系。

在小说中这种相互依存的关系首先体现在物质上。阿妈斯炯守护蘑菇，为它们创造适当的生存空间，同时蘑菇圈为阿妈斯炯提供物质资源。当阿妈斯炯还是斯炯姑娘时，她在工作组的工作就是采蘑菇然后烹制蘑菇。后来在饥荒之年，她偶然遇到了蘑菇圈，从此之后山林里的蘑菇圈就成了斯炯的秘密，也正是这些蘑菇让斯炯一家安然度过荒年。同时，蘑菇圈能够一直存在，也离不开斯炯的悉心照料。当机村遭遇大旱时，斯炯每天上山用水桶背着山泉水来浇灌蘑菇，才使得蘑菇圈能够保留并茁壮生长。这种物质上的相互依存不仅存在于斯炯与蘑菇之间，也存在于整个机村人与蘑菇，以及蘑菇和其他生物的关系上。蘑菇在机村最初是平凡的、不起眼的，它们只是在一年中布谷鸟啼叫后一道供当地人们尝鲜的美食，之后人们就会把它们忘却在山林中。而正是这些看似不起眼的蘑菇却在饥荒年代成为人们果腹的主要食物，是它们使人们度过了饥荒之年。后来当蘑菇中的松茸成为珍馐，身价大增时，又是这些曾经不起眼的蘑菇给人们带来了财富，也为斯炯的儿子胆巴铺平了仕途。蘑菇圈还同大自然中的其他生物产生联系，它们为林中的小鸟提供食物，山上的植物为蘑菇的生长提供腐土。这样，整个机村所有的生命体都存在于一种互相联系的网状结构中，而机村则俨然是一个自然界的缩影。在这复杂的关系中，各生命体之间最本质的关系便是相互依存。

这种相互依存的关系还体现在精神层面上。蘑菇圈不仅仅局限于为斯炯提供物质上的支持，还是她的精神支柱和心灵寄托。"蘑菇不像野菜，四处随风，无有定处。蘑菇的子子孙孙也会四处散布，但祖宗蘑菇是不动的。它们就稳稳当当呆在蘑菇圈里，年年都在那里。"③她的人生也与蘑菇圈一样，在变化中坚守，平凡中透着伟大。斯炯和哥哥都是私生子，但他们并没有因此而自卑，而是积极乐观地活着。她本在民族干部学校学习，毕业后可以做国家干部，却因为哥哥法海的失踪而被迫回到机村。她走了母亲的老路，带回一个私生子胆巴，即使生活艰辛却并没有说出孩子的生父，也没有怨恨任何人，只是用她柔弱的肩膀扛起养活和照料整个家庭的重任。在食物匮乏的饥荒和干旱时期，蘑菇圈的存在为斯炯渡过难关发挥了至关重要的作用。她不仅用自己照料的蘑菇养

---

① 马力：《原始思维与古代智慧的现代光芒》，见陈思广主编《阿来研究》（第3辑），四川大学出版社2015年版，第75页。

② 〔德〕卡西尔：《人论》，甘阳译，上海译文出版社1985年版，第105页。

③ 阿来：《蘑菇圈》，长江文艺出版社2015年版，第116页。以下引用该作品仅随文标注页码。

活了家人，还偷偷将蘑菇送给曾经嘲笑她的村人。此时的蘑菇圈已经不仅仅是一种果腹的食物，还更象征着一种积极生活的态度，一种无私奉献的精神，一种突破困难的希望。当松茸身价倍增时，由于阿妈斯烱的蘑菇又多又好，大家都称呼她为"蘑菇圈大妈"，她因此受到更多人的关注，在坚守中实现了自己的价值。

钱志熙先生曾经说过："文学中所表现的生命问题不仅仅是一个主题的问题，生命观作为人生观的核心，是构成一个人的精神世界的基质，决定了他的行为方式、价值观念和人生境界，对其审美观也产生了影响。"① 阿来通过阿妈斯烱和蘑菇圈的奇缘，传达出一种在生命的结构圈里相互依存的生命意识，体现了我国传统"天人合一"的思想。

## 二、欲望膨胀下的人性之思

历史的车轮从未止步，时代的变迁也从未停止。阿来并没有把机村塑造成一个世外桃源，社会发展的大潮早已在工作组进村的时候就波及人们生活的方方面面。因此就算是机村这样一个偏僻闭塞的村庄，也没有逃脱世俗变化的洗礼。

随着改革开放的不断深入、市场经济的不断发展，"毫无预兆，蘑菇值大钱的时代，人们为蘑菇疯狂的时代就来了"（第 28 页）。当松茸成为炙手可热的珍馐时，原本对山林里蘑菇漠不关心的人们都变得躁动起来，几乎所有人都跑到山林里寻找松茸去换钱，甚至来不及等到它们长大。他们为了获得更多的金钱，为了得到阿妈斯烱的蘑菇圈，竟然偷偷跟踪她并洗劫似的毁了蘑菇圈。面对这新时代的变化，阿妈斯烱只能无力地感慨："人心都成什么样了呀！"（第 75 页）在经济社会，人们对于金钱的欲望"成了一个一个晦暗不明、深不见底的物自体，开始恶魔般地横冲直撞，毫无目的和理性地自我推进，像一个狰狞的神祇"②。在物质利益面前，人性的丑恶面被激发出来，他们为了满足自己不断膨胀的欲望而变得贪婪没有底线。在物欲横流的时代，不管什么身份的人都开始把金钱当成新的信仰。寺院的和尚打着保护生态的幌子来垄断松茸的收购，身处佛家圣地的僧人竟然变成了商人。而本就是商人的丹雅，为了能够得到阿妈斯烱的蘑菇圈更是绞尽脑汁。面对阿妈斯烱的困惑，丹雅给出了最直白明了的回答："为了钱，为了很多很多的钱。"（第 85 页）为了填补不断膨胀的物欲，人性被扭曲了。

文学本不只是虚构的宫殿，而是反映现实生活的镜子。我们看到，在阿来的笔下，商业经济和现代化不断侵蚀的不只是传统的村落，还有曾经质朴的人心。阿来通过故事中人物和蘑菇的命运来折射出现实世界中欲望膨胀和精神浮躁的众生相。但是，暴露与揭发人性的丑恶面并不是阿来的目的，正如他自己所说，"中华传统文明讲究中、和、雅、正，讲究把人性中蕴藏的那种善良、美好、温暖的东西发掘出来。所以，我非常希望用文学从社会从人性当中发掘美好。"③ 因此当人们都沉浸在物质欲望的追寻中无法

---

① 钱志熙：《唐前生命观和文学生命主题》，东方出版社 1997 年版，第 1 页。

② 〔英〕特里·伊格尔顿：《历史中的政治·哲学·爱欲》，马海良译，中国社会科学出版社 1999 年版，第 273 页。

③ 陈熙涵采访：《阿来：荒诞无力不该是文学的主流》，《文汇报》2016 年 8 月 20 日。

自拔时，依然有一个人默默坚守着心中的那份美好，守护着自己心目中的蘑菇圈。她的坚守让我们看到人性美好的闪光，看到了在金钱至上的社会大环境下的新的希望，这个人就是阿妈斯炯。无论是在饥荒年代，还是在旱灾来袭时，阿妈斯炯都守护并悉心照料着为她提供物质资源和精神支柱的蘑菇。村人嘲笑她，但善良的她并未因此怨恨他们，而是在夜晚偷偷在每家门口放上几只自己用心浇灌培育的蘑菇。松茸时代到来时，阿妈斯炯也采蘑菇换钱。但是她不像被金钱迷了心窍的村人对蘑菇那般粗暴野蛮，每一次采摘都像是在完成一项神圣的仪式。即使儿子为她提供更好的物质生活环境，她依然决定坚守在机村，守护着自己的蘑菇圈。当丹雅费尽心机地想要打听蘑菇圈的下落，带着她参观自己的食用菌养殖基地时，阿妈斯炯由衷地感慨："你的孢子颜色好丑啊！"（第116页）在阿妈斯炯的眼里，这些菌种和山林中洁净的蘑菇不同，它们已经沾染了世俗的气息，充满的是只会追求利益的商人身上的铜臭味。此时的蘑菇圈已经不仅仅是物质上的存在了，它们还象征着初心和良知，象征着美好与善良，而这也正是没有被物欲所摧折的阿妈斯炯所要守护的东西。但是个人的坚守终究抵挡不住社会变化的潮流趋势，小说最后，阿妈斯炯在离开机村时感慨"我的蘑菇圈没有了"（第103页），她面对精神家园失守的悲凉与遗憾，也让读者陷入对现代社会中人性深刻的思考。

斯宾诺莎认为："欲望是人的本质自身——就人的本质被认作人的任何一个情感所决定而发出某种行为而言。"[①] 在物质欲望面前，不同的人做出了不同的选择，人的本质被暴露出来。然而"生命力取决于所承受的痛苦的分量，生命力强盛的人正是在大痛苦袭来之时格外振作和欢快。英雄气概就是敢于直接面对最高的痛苦和最高的希望"[②]。阿妈斯炯就是阿来塑造的一个无论时代如何变迁依然保持纯真的英雄。正是这样一个散发出高尚的人性光辉的平凡而又伟大的英雄，反映了阿来对人性深刻的叩问和思考。

## 三、自然与文化的生态关怀

巴尔扎克曾表示小说是一个民族的秘史。我们可以从文学作品中去认识和了解一个地域、一个民族。阿来作为一位藏族作家，总是用充满诗性的语言为我们展示拥有独特神韵的藏区文化。在《蘑菇圈》中他的笔墨触及的不仅是藏区的山珍，他是要通过蘑菇的命运来透视藏区人民在社会转型时期的心路，来理解藏区文化被发掘与利用过程中的命运。对于阿来所说，"以历史为对象的写作，是因为意识到在我们生活的当下，有一些是历史遗留的问题。梳理过去的来龙去脉，是为了寻求当下问题的答案。"[③] 阿来是带着问题意识进行写作的，他认为文学不应该是荒诞无力，而应该是反映现实。因此，小说表面看是在讲述人与蘑菇的故事，实际上表达了作者对于自然与文化的生态关怀。

在历史的发展进程中，人类总是依靠消费自然来完成社会的进步。"消费可以被看作是负的生产"[④]，这种消费方式具体表现为"社会再生产过程中生产要素和生活资料

---

① 〔荷兰〕斯宾诺莎：《伦理学》，中国广播电视出版社 1991 年版，第 271 页。

② 周国平：《尼采：在世纪的转折点上》，新世界出版社 2008 年版，第 54 页。

③ 黄启哲采访：《阿来：作家应该发现当下社会一些亟待关注的问题》，《文汇报》2015 年 12 月 10 日。

④ 〔英〕马歇尔：《经济学原理》，朱志泰译，商务印书馆 1981 年版，第 82 页。

的消耗"①。先进的科学和技术让人类对自然的认识与控制加深和细化，即便是一株蘑菇也有了独特的名字和身价，做法也更精细。人类想尽办法从一株蘑菇身上得到更多的东西：用它果腹，换更多的钱，送礼以攀上更高的地位。当这种利益最大化的野心逐渐成为一种常态，越来越多的人接受了这种物尽其用的消费法则。此时"消费的目的不是为了传统意义上实际生存需要的满足，而是为了被现代文化刺激起来的欲望的满足"②。人们在物欲的唆使下变得贪婪，对于金钱的追逐使他们只是一味盲目地攫取而忽略自然规律。阿来希望"我们必须意识到，我们是在一个越来越恶化的自然环境当中，尊重和保护必须从认知开始"③。然而被欲望蒙蔽了双眼的人们看不到这"蘑菇圈"生命的延续和承袭，只有阿妈斯炯把蘑菇圈当作如她一般的生命，知道要在旱季给蘑菇喂水，要静待蘑菇的成熟繁衍。她所知道的虽然只是最简单、最朴素的一点道理，却比任何竭泽而渔的人们和自然相处得更为融洽。这不仅因为她坚强善良，还因为她在自己的生命历程中，清醒地认识到生命的延续，因此她用实际行动去守护蘑菇圈这种繁衍不息的生命形态，并坚持要把"蘑菇圈留下来，留一个种，等到将来，它们的儿子孙子，又能漫山遍野"（第99页）。

显然，隐藏在山林中神秘的蘑菇圈不只是一种自然物种，还是对藏区文化的一种隐喻。阿来认为"文化从根本上来讲，就是一种生产方式的改变"④。小说表现了随着社会的发展，市场经济对当地人民的生产、生活方式的侵蚀和改变。原本淳朴、纯真的机村人在工作组进村后慢慢开始接受新的"文明"，他们逐渐接受物尽其用的思想，慢慢懂得"新，就是先进；旧，就是落后"。原本富有诗意的传统生活一点点被所谓的"现代文明"强行替代，人们随着社会变迁迈进消费社会。然而当他们的钱袋子获得了大丰收时，不管是这片土地还是他们的精神家园却都变得越来越贫瘠。正如吴掌柜在逃荒时却又再次回到这块昔日被鄙夷的"蛮子地方"（第5页），这恰恰说明了"现代文明"所代表的那种物有所用的功利原则最终导向的将是人自身的毁灭。这也正是作者对于"人定胜天"的嘲讽，对于盲目发展、繁荣的控诉。同时，这种文化观还隐藏着阿来的另一种担忧。无论是在文学还是影视作品中，西藏对于我们来说一直是个神秘的地域，它独特的地貌与风情吸引着域外民族的神往。越来越多的人以开掘和保护文化的名义去西藏采风，但总有人只是把这种文化作为商品从中谋取利益。然而"文化是一种充满悖论的商品。它完全遵循交换规律，以至于它不可以再交换，文化被盲目地使用，以至于它再也不能使用了"⑤。如果人们像对待蘑菇圈一样对待这块神秘的土地和仍旧充满着各种未知的文化宝藏，可想而知将会是什么样的结局。

正如作者自己所说："如果你找到的是个真问题，它一定是有普遍性的问题，它肯

---

① 于光远：《经济大辞典·政治经济学卷》，上海辞书出版社1992版，第193页。
② 陈昕：《救赎与消费》，江苏人民出版社2003年版，第7页。
③ 张中江采访：《阿来：听植物唱那时代的悲歌》，《中国出版传媒商报》2015年10月9日。
④ 张中江采访：《阿来：听植物唱那时代的悲歌》，《中国出版传媒商报》2015年10月9日。
⑤〔德〕马克斯·霍克海默、西奥多·阿道尔诺：《启蒙辩证法》，渠敬东、曹卫东译，上海人民出版社2006年版，第146页。

定是全中国的问题，甚至也是全世界的问题。"① 阿来带着这种问题意识，通过蘑菇圈的命运，表现出对于自然环境与文化环境的深深担忧，体现了自己对于自然与文化的生态关怀。

阿来认为："今天的文学要有生命力，作家还是得有那么一点点勇气，去直面那些社会关切。"② 因此他以一种人文主义的立场进行创作，自觉地肩负起一个作家的社会和历史责任，直面社会现实人生，直视社会变革的大潮。他总是用诗意的笔触，将现实融进空灵的空间，以平凡的生命包容一个民族的历史。他不仅能够从最细小的事物身上，在历史与现实的交汇点上，发现时代的特点和秘密，而且能够直接透视在时代变迁中人们的心路历程。《蘑菇圈》让我们看到，小小的蘑菇圈不只是一个自然物种，还承载着阿来在现代文明冲击下对生命意识、人性和生态的思考。这不仅仅是作家思想的展现，也是作家对现代文学的贡献。

（作者单位：江南大学人文学院）

---

① 张中江采访：《阿来：听植物唱那时代的悲歌》，《中国出版传媒商报》2015 年 10 月 9 日。
② 傅小平，阿来：《阿来：文学是在差异中寻找人类的共同性》，见陈思广主编《阿来研究》（第 3 辑），四川大学出版社，2015 年。

# 阿妈斯炯和她的"洛卓"

### ——阿来小说《蘑菇圈》的"洛卓"叙事

吴金梅

《蘑菇圈》讲述的是藏族女性阿妈斯炯一生的故事。阿妈斯炯一生的人生轨迹不断地发生着难以预料的变化，蘑菇圈则是阿妈斯炯一生的温暖陪伴。阿妈斯炯是坚忍的、悲悯的，也是仁爱的、执着的。在这个不太长的藏地故事中，阿妈斯炯特立于那个苍凉而温暖的藏域世界中，对人生、对命运、对人性发出无声的呐喊与追问，并与周围人一起，彰显着人性的幽微。这是时代波澜的缩影，也是作家的细腻笔触。阿妈斯炯说："洛卓"是"前世没还清的债""这一切都归结于宿命和债务"。果真如此吗？

## 一、吴掌柜——阿妈斯炯的不是"洛卓"的"洛卓"

阿妈斯炯从来没有说过吴掌柜是她的"洛卓"，但在阿妈斯炯的一生中，如果没有吴掌柜，或许就没有阿妈斯炯的所有"洛卓"。阿妈斯炯就不会因为认识汉字会说汉话而被招到工作组，就不会遇到工作组长刘元萱，也不会去找哥哥又没找到而再不能成为国家干部，更不会认识蘑菇而成为"蘑菇圈大妈"……读者就不会看到这么多关于阿妈斯炯的故事，更无缘对阿妈斯炯一生的遭际作深深思考。因此，虽然阿妈斯炯没有说吴掌柜是她的"洛卓"，但阿妈斯炯的每个故事，都和吴掌柜有千丝万缕的关系，他是阿妈斯炯认识的第一个汉人，也是第一个改变了阿妈斯炯命运的人，或者还可以说是一个以独特的方式陪伴阿妈斯炯一生的人。

吴掌柜出现在阿妈斯炯的生命中，是在她十二三岁的时候——作为阿妈斯炯帮佣旅店的店主，是吴掌柜开启了阿妈斯炯一生的故事，他教会斯炯"一些汉话"，认得了"百十个汉字"，然后，就离开了。正是这"一些汉话""百十个汉字"改变了斯炯的命运。斯炯因此被招到了工作组，又在工作组认识了刘元萱——这个改变了斯炯命运的人。

吴掌柜再次出现在斯炯的生活中，是在斯炯已经做了妈妈的 1959 年以后的大饥荒时期。如果说斯炯第一次见到吴掌柜，吴掌柜间接带给了斯炯一个情爱的机会和世界，那么这一次遇见，吴掌柜带给斯炯的则是一个温暖的生命世界——蘑菇圈。

吴掌柜是因为内地饥荒才重新回到斯炯的机村的。工作组和从内地来逃荒的汉人教会了机村人采集和烹煮蘑菇，这个逃荒人就是吴掌柜。吴掌柜一家七口，只有他一个回来了，但户口在"饿死人"的地方的吴掌柜，是不能待在机村的，虽然机村有"饿不死人"的大山野。

吴掌柜第二次来机村，在大饥荒的年代，他教斯炯辨认更多能吃的野菜，告诉斯炯什么是"蘑菇祖宗"——蘑菇圈。这时，斯炯才知道自己已经有了一个蘑菇圈——树荫下一朵朵，"圆滚滚的身子"，"静默热烈"地散发着"喷喷香的味道"。正是这个蘑菇圈和吴掌柜告诉斯炯怎样辨识野味，还有吴掌柜用生命换来的一只羊，帮助斯炯一家渡过了大饥荒。谁也不知道为什么吴掌柜临死前，还和斯炯一起去街口，看到了街口的那棵丁香"还在"。

吴掌柜因为饥饿偷生产队的羊吃，被定位为"破坏集体经济""畏罪自杀"了。斯炯的哥哥——斯炯觉得"没脑子没心没肺"的法海说："为什么人只为活着也要犯下罪过？"这是个没有答案的问题，是一个"没脑子没心没肺"的藏族和尚的疑惑。或许，也是一代人的疑惑。

吴掌柜教斯炯说汉话认识汉字，斯炯才有机会到工作组帮忙，认识了工作组长刘元萱，刘元萱给她去民族学校学习的机会，然后有了儿子胆巴。而刘元萱死后，还带给了斯炯一个灾难——丹雅。或可说吴掌柜间接将斯炯带进了男女情爱的世界，但这个情爱世界带给斯炯的是幸运还是不幸，或许是难以说清的。

吴掌柜给斯炯带来了一生中很重要的两个存在——刘元萱和蘑菇圈。这两种存在一个让斯炯委屈苦难一生，一个温暖地陪伴了斯炯一生。吴掌柜就像斯炯不是"洛卓"的洛卓，他让斯炯的一生丰富起来，充满了情感和故事。

斯炯说欠哥哥的是"坏"洛卓，欠儿子的是"好"洛卓。欠吴掌柜的呢？

吴掌柜就像阿妈斯炯生命中的一面镜子。吴掌柜不仅带给阿妈斯炯文字、文明和文化的力量，他的一生和命运遭际，烛照了阿妈斯炯生存的社会时代和历史轨迹。

## 二、"法海"——阿妈斯炯的"坏洛卓"

这个阿妈斯炯眼里"没脑子"又"没心没肺"的和尚哥哥被误认为自己藏起来，实际是莫名其妙被抓。当他自己逃回机村，在工作组驻地前徘徊半天时，他想到妹妹是因为他失去了成为干部的机会，这个烧火和尚"前所未有"地伤心起来，"伤心得泪水迷离"。这泪水迷离，为妹妹，也为自己"奇妙"的遭际。当法海生命快到尽头的时候，斯炯跟儿子胆巴说，本指望靠这个男人来撑家的，可他却反要自己来照顾，你舅舅就是我的"洛卓"，翻成汉语就是"宿债"。阿妈斯炯认为，她和法海哥哥这样的关系，是因为自己前世欠了法海的债务。这笔债务可能是金钱的，更可能是道德的或情感的。

即使是"坏洛卓"，害斯炯失去了成为干部的机会，让斯炯一直照顾着他，这个同母异父的哥哥法海还是与斯炯一起相依为命地度过了艰难岁月。斯炯以为是自己气得女组长吐血住院，所以陪伴她很久，从县城回机村时，她从黎明走到半夜，饿了只能吃块冰，到村子边上时，法海站在桥头等她。看到斯炯的那一刻，法海哭了，他说斯炯要是不回来，叫他怎么能照顾阿妈和胆巴啊！说自己是"没有用"的法海，不知道没有斯炯，一家人该怎么过活。当斯炯说饿得走不回去让法海回去拿点吃的时，这个和尚"转身往家跑"，然后又回来连说自己是笨蛋，把妹妹背回了家。斯炯记得那天晚上，哥哥给她吃了多少东西。他总是搓着手说，再吃一点吧，再吃一点吧，直到斯炯实在吃不下。斯炯觉得哥哥没心没肺，但这时的法海对妹妹斯炯的疼爱、关心和担忧，在他蹲下身背起妹妹的一刻，表现得淋漓尽致。这个烧火和尚只不过是言语木讷而已，他懂得亲情，懂得妹妹很重要。

十几年后，法海重新做回和尚，甚至偷偷瞒着妹妹要把侄儿带到寺庙出家。是因为对佛祖的虔诚吗？法海曾说自己"十一二岁"就到庙里，除背柴烧火劈柴，"什么都不会干"。或许，在法海心目中，寺庙就是一个甲壳，他可以躲在其中，不用再去费神地应对世间的一切纷扰和纠葛。

但这个曾经憨厚、迟钝、木讷的和尚，在人生暮年，却学会了利用侄子胆巴的权力一次次为自己所在的寺庙获取利益，甚至是贪婪的、不合时宜的私利。法海觉得侄儿有本事，自己脸上也"有光"。因为法海凭借侄儿的能量为寺庙获取了很多利益，寺庙派小喇嘛侍奉他，但他的生命也到了尽头。阿妈斯炯说法海走得"安详又干净"，临终不痛苦，天葬时作了神鹰最后的供养，这似乎是很圆满的结局，但阿妈斯炯却突然疑惑：法海"那样一辈子有意思吗？"大概阿妈斯炯觉得法海的一生是没有意思的，做和尚，通过私人关系为寺庙谋利……阿妈斯炯也在疑惑人生有没有"轮回"，只是阿妈斯炯没想到，没有轮回自己怎么还会有如此多的还不清的"洛卓"呢？

当胆巴递给阿妈斯炯一杯酒时，阿妈斯炯喝了一口，接着说"人一世的人生的味道"，就是这样加了"油和糖的青稞酒"的味道。加了油和糖的青稞酒应该是香的、甜的、醇厚的、浓烈的、绵醇的……或许，是一种莫可名状的味道。

阿妈斯炯在法海的人生中想到和看到了自己的人生，她在想人生应该的样子是什么。她想，至少不应该是法海的样子，大概是混着油和糖的青稞酒的味道。

法海也是阿妈斯炯生命中的一面镜子，通过法海，阿妈斯炯想到了人的一生的意义，人生现实的样子和生活应该的样子。阿妈斯炯想清楚了一些，但没有想清楚的还有很多。

## 三、工作组长——阿妈斯炯的"坏洛卓"抑或"好洛卓"

这是一个一次次改变了阿妈斯炯生活轨迹和命运的男性。作为工作组长，刘元萱可以找会说汉话的斯炯到工作组帮忙，也可以给斯炯到民族学校学习和成为国家干部的机会。正是刘元萱让阿妈斯炯怀孕了。斯炯知道即使找到哥哥法海，她也回不去民族学校继续学习成为一名国家干部了，因为刘元萱是个有家的人，斯炯不能告诉任何人这个孩子是刘元萱的。阿妈斯炯生下了儿子胆巴，一个人带大他，即使刘元萱就在不远处的工作组驻地，两个人也似乎陌生到连话都很少说几句。但阿妈斯炯还是在饥荒的年代，常常给工作组送一些蘑菇，在刘元萱官复原职后，带给刘元萱他向儿子胆巴要的蘑菇。两人就这样保守着这个秘密，一直到刘元萱临终。

刘元萱临终的最后一句话是告诉女儿丹雅，胆巴是她的哥哥。而阿妈斯炯知道刘元萱去世后的第一句话也是告诉胆巴："这个人就是你父亲。"当胆巴以为阿妈斯炯又会说"洛卓"，会把一切都归结于"宿命和债务"时，阿妈斯炯却只说自己"不用再因为世上另一个人而不自在了"。这是一句让儿子和儿媳都眼睛湿润的话。在最"整洁"，最"锃亮"，最"整齐"的家中，胆巴第一次以一个男人的视角去想这个女人：她怎样莫名其妙"失去干部身份"，她怎样遇到一个本该保护她却"需要她保护"的兄长，怎样独自把儿子拉扯成人，怎样知道儿子的父亲就在身边却"隐忍不发"。当刘元萱死了，她也只说"不用"再因为世上另一个人的存在而不自在了。千言万语化作无语。阿妈斯炯告诉儿媳，自己的生命是重回机村的那一天开始的，自己唯一能做到的就是不让自己"哭出来""倒下去"，告诉自己"要坚强"。当斯炯听到工作组长刘元萱对她说"要对党有信心"时，斯炯早就决定不恨什么人了。一个没有当成干部、儿子没有父亲的女人，再要恨上什么人，在世上真就没有活路了。这是斯炯的坚忍，也是斯炯的豁达。

不论怎样，刘元萱给了阿妈斯炯一个儿子，让阿妈斯炯在这个世界上有了除哥哥和母亲之外另一个血脉相连的亲人，给了老年的阿妈斯炯一个有天伦之乐的世界。虽然儿子、儿媳、孙女不能时时陪伴她，但阿妈斯炯依然欣喜儿子之外她还有了"好儿媳"和"漂亮孙女"。斯炯腿疼不能行动的时候，胆巴却在千里之外做官，因为忙和远不能回来陪伴斯炯，不能照顾斯炯，更不能接替斯炯去照顾她的蘑菇圈，但斯炯依然为儿子感到骄傲。最终，失去了蘑菇圈和行动能力的斯炯还是跟随胆巴到了城市。

刘元萱除了给阿妈斯炯一个儿子外，还带给了阿妈斯炯一个灾难——丹雅。这个和阿妈斯炯没有任何血缘关系的女人，因为是胆巴同父异母的妹妹，便有冠冕堂皇的理由走进阿妈斯炯的家。这个被斯炯说真像"该死"的工作组长，"自以为是，目中无人"，一切为了钱的女孩，偷偷给斯炯装了GPS而找到了阿妈斯炯的蘑菇圈，并最终夺走了阿妈斯炯唯一的、最后的蘑菇圈。就这样，阿妈斯炯的三个蘑菇圈，一个被人用把子把还没长成的蘑菇都耙出来，把菌丝床都破坏了；一个被盗伐林木者剥夺荫凉，被雨水冲走了黑土；一个被贪婪自私的丹雅偷去了。这些暴殄天物的自然掠夺者，让把蘑菇圈当成亲人一样的阿妈斯炯深深感受到了人心的恶！丹雅夺去了阿妈斯炯仅剩的蘑菇圈，让阿妈斯炯比觉得自己老了更"心伤"。

刘元萱给阿妈斯炯爱情了吗？似乎不确定。刘元萱带给了阿妈斯炯胆巴的亲情，也带给了阿妈斯炯贪婪自私、专横伪善的丹雅。阿妈斯炯说刘元萱把所有"不好的东西"都传给了丹雅，尽管除了"自以为是，目中无人"之外，阿妈斯炯没有评价过刘元萱，对他讳莫如深，但一个"都"字，以及总是躲避、不愿跟他有更多联系的表现，可以让人感受到刘元萱带给阿妈斯炯的感受并不是美好。对这个让斯炯怀孕却还可以若无其事的人，这个独断专横的人，斯炯没有说他是"好洛卓"还是"坏洛卓"，但他带给斯炯的伤害却显而易见。

刘元萱也是阿妈斯炯生命中的一面镜子，通过阿妈斯炯与刘元萱断断续续的叙述和丝丝缕缕的联系，通过刘元萱自己的行为和与其女丹雅的所作所为，阿妈斯炯体味到了人性深处的阴暗：冠冕堂皇，自私狭隘，独断狂妄，贪婪伪善，不负责任，见利忘义……

## 四、蘑菇圈——阿妈斯炯的"好洛卓"

少女时的斯炯是一个喜爱布谷鸟鸣叫的夏天，热爱自然，爱护生灵，对生活充满期待的藏族姑娘。在机村缓慢而静谧的天地间，在草坡上的蘑菇、野花、灌木丛，雪山下山谷中的核桃树、白桦林，都自在地生长着，人们按部就班地劳作着，布谷鸟的声音被温暖湿润的风播送着，"明净、悠远"的鸣叫，陡然将盘曲的山谷变得幽深宽广。五六月，第一种蘑菇在草坡上出现。一场夜雨后，植物都吱吱咕咕生长。草地上星散着灌木丛、高山柳、绣线菊、小檗和鲜卑花。一切都自在、安然。这是斯炯的机村，她爱她的机村，有熟悉的、浓烈的青草味。

或许，正是这样的斯炯，才是蘑菇圈愿意被遇见、被其发现的人，天意让斯炯无意间发现了蘑菇圈，吴掌柜告诉了斯炯什么是蘑菇圈，蘑菇圈自此成为阿妈斯炯一生的陪伴，直到阿妈斯炯成为再也走不动的老人。

看到蘑菇圈的斯炯是欢欣的，她捂住自己的笑脸，觉得似乎自己脸上的笑"会跑到手上"。但凭借蘑菇圈和吴掌柜留下的一只羊渡过了饥馑之年的斯炯，却有几年不去看蘑菇圈，当她想起来去看到蘑菇圈还在，"松鸡也安好"时，斯炯就笑着下山了。她说自己"只是来看看"。经过饥荒的斯炯，见了吃东西的，不论是人、兽，还是鸟，都"心怀悲悯之情"，不想惊扰任何一个生灵的自在。

当山上的原始森林被森林工业局砍伐殆尽并被大火烧光时，机村出现了大旱，担心饥荒再次降临的斯炯用木桶背水去浇蘑菇圈。斯炯喜欢听背上桶里水波的激荡声，听小鸟的歌唱声。斯炯背水浇蘑菇，也给画眉鸟喝水。斯炯就这样珍惜着生灵，热爱着生活，热爱着世间美丽的一切。斯炯勤劳地浇灌蘑菇圈，喂食小鸟，给自己和亲人生存保障，让小鸟得以继续歌唱。斯炯还把蘑菇分享给饥饿的村里人，村里人也开始把猎物分享给斯炯。机村在斯炯的带动下，变得友爱起来。斯炯开始被人称为"养蘑菇的人"。

十多年后的 1982 年，阿妈斯炯的蘑菇成了"松茸"———一种被誉为"菌中之王"的纯天然珍稀名贵食用菌，日本人饭桌上的珍贵佳肴，价格也从五毛一斤卖到三四十元一公斤。机村和机村周围的村庄，都为松茸而"疯狂"。阿妈斯炯 32 朵蘑菇卖了 400 多块钱。当机村人嫉妒着阿妈斯炯时，阿妈斯炯想起与蘑菇的种种故事，心里"五味杂陈"。阿妈斯炯因为有蘑菇圈而成了"蘑菇圈大妈"。

当阿妈斯炯为自己新婚的儿子、儿媳去采蘑菇做早餐时，她看到了蘑菇的"新的生命的诞生与成长"，她只从其中采摘了最漂亮的几朵。

从胆巴成为县商业局的会计开始，到胆巴成为商务局副局长、局长，又当上副县长、县长、州长，斯炯的松茸也一路伴着胆巴的官路。斯炯还用卖松茸的钱给孙女攒了20 万学费。面对蘑菇圈，听见雾气凝聚成的露珠汇聚、滴落的声音，听见蘑菇用"娇嫩的躯体"顶开地表，斯炯觉得那是"奇妙"的一刻。

斯炯看到蘑菇圈被六齿钉耙翻掘后迅速枯萎腐烂的孢子，觉得这是令人"心寒与怖畏"的人心变坏的直观画面。因此，阿妈斯炯决定要让自己的蘑菇圈认识自己的亲儿子，让自己的儿子看护好自己最后的蘑菇圈。阿妈斯炯觉得，至少自己这辈子"看不到人心变好了"。阿妈斯炯不再相信除了儿子之外的任何人会好好照顾她的蘑菇圈。所以，当丹雅告诉阿妈斯炯，胆巴官越做越大，会忘记蘑菇圈时，阿妈斯炯像被人击中了"要害"一样。

2014年，丹雅再次带着县长来到机村，她要人工培植松茸，想借阿妈斯炯的蘑菇圈宣传自己培植的松茸，来骗取国家投资，垄断区域性松茸市场。阿妈斯炯不同意，丹雅便偷偷给阿妈斯炯装随身GPS，找到了蘑菇圈，并在蘑菇圈安装了摄像头。阿妈斯炯费尽心血保护的最后的一个蘑菇圈，最终还是被丹雅找到了，还被她理直气壮、毫无羞耻地夺走了。丹雅说是为了"很多很多的钱！"

当斯炯老得走不动，不能再去看蘑菇圈时，斯炯心里"悲伤"但不全是悲伤，"空洞"又不全是空洞，她依然舍不得离开蘑菇圈，跟儿子到城里。

在初雪的冬季，腿已经走不动路，还被丹雅夺去最后一个蘑菇圈的阿妈斯炯，不得不跟随儿子胆巴到城里了。阿妈斯炯对儿子说："我老了我不心伤，只是我的蘑菇圈没有了。"对于阿妈斯炯来说，蘑菇圈比自己的生命还重要。可是面对丹雅的无耻行为，阿妈斯炯却毫无办法。

蘑菇圈同样也是阿妈斯炯生命中的一面镜子，通过蘑菇圈，阿妈斯炯看到人类生存的世界，一个为了钱可以肆意毁坏践踏生命的人的世界，一个让阿妈斯炯感到绝望的世界。阿妈斯炯喜欢听布谷鸟的叫声，喜欢听蘑菇长出来的声音，可在阿妈斯炯的世界里，她只有孤身一人。刘元萱、儿子胆巴、哥哥法海、孙女、儿媳，没有人真正理解阿妈斯炯，谁也不能代替蘑菇圈，它比自己都重要。正如小说结局时阿妈斯炯所说："我老了我不心伤，只是我的蘑菇圈没有了。"

我们看到了阿妈斯炯的苦难、阿妈斯炯的幸福，也看到了阿妈斯炯的坚忍、悯慈与对人类人性的无奈、绝望。阿妈斯炯是人类的一员，同时又是藏族女性仁爱、悯慈、坚忍、执着、勇敢、无私的化身。阿妈斯炯把自己人生中遇到的一切人、发生的一切事，都归于"洛卓"——宿命和债务，但阿妈斯炯真的相信"洛卓"吗？如果相信，阿妈斯炯或许就不会背水桶去浇灌蘑菇圈，就不会不理刘元萱，不会不告诉丹雅蘑菇圈在哪里，不会不愿意跟儿子胆巴到城里去生活……阿妈斯炯一直在努力与一切不希望看到和发生的事情抗争着，但阿妈斯炯又只能无奈、无助地看着这一切的发生，看着贪婪的人们肆意掠夺、毁坏蘑菇圈。

这是关于"洛卓"的故事，又是与"洛卓"抗争的故事。人世间的"洛卓"依然在，"阿妈斯炯"们的抗争也依然在，故事依然没有结束。

（作者单位：大连大学文学院）

# 人性、母性与神性的叠合

## ——谈阿来《蘑菇圈》中的斯炯形象

马 杰

难舍《空山》的"机村史诗"，阿来"山珍三部"中的《蘑菇圈》接续了他的"机村情结"。机村之"机"，"是一个藏语词的对音""意思是种子，或根子"。阿来说："乡村是我的根子。乡村是很多中国人的根子。乡村也是整个中国人的根子。"① 阿来对机村的执念便是基于国人对于乡村的"叶落归根"情结。在《蘑菇圈》中，阿来笔下的"机村"同贾平凹的"清风街"一样，是中国乡村在波折坎坷的历史岁月中的缩影。而阿来所营构出的机村所在的诗意的边地世界，尽管萦绕着藏文化的民族气息，却也在很大程度上跨出了民族话语与地域话语的藩篱，深掘出乡村所处的自然之于人所存有的生存本原与心灵归宿的价值向度。

《蘑菇圈》掘出了荒谬的时代对制度的解构、消费对宗教的消解、全球化时代对乡村的扭曲，在历史底层与底层历史的纠葛中，阿来依旧秉持人文主义的立场，以诗意温润的笔致观照"大时代"与"小时代"中人性的驳杂。作者坦言："我愿意写出生命所经历的磨难、罪过、悲苦，但我更愿意写出经历过这一切后，人性的温暖。即便看起来，这个世界还在向着贪婪与罪过滑行，但我还是愿意对人性保持温暖的向往。就像我的主人公所护持的生生不息的蘑菇圈。"② 从而，小说文本呈现出两个层面，一是从宏大历史的角度，侧面展现政治经济的动荡以及社会变迁对边地人民生活与观念的冲击；二是从生态文明或是环保主义的角度，以阿妈斯炯与她的蘑菇圈在时代牢笼中彼此依靠为线索，讲述她艰难却又平凡的一生。而这两个文本层面的交汇点就在于斯炯——一个交叠了质朴人性、敦厚母性与自然神性的藏族乡村女性。尽管论者多将阿来的"山珍三部"视为生态文学的典范，但正如阿来在小说序中所言，他决定以"松茸""虫草"之类"特别的物产作为入口，来观察这些需求对于当地社会，对当地人群的影响"③，而他进入的叙事方式便是"以个人命运为对象"，即一个养蘑菇的女人——阿妈斯炯的"经历与遭遇，生活与命运，努力或挣扎"④。

---

① 阿来：《机村史诗6：空山·代后记》，浙江文艺出版社 2018 年版，第 256 页。
② 阿来：《蘑菇圈》，人民文学出版社 2015 年版，序，第 2 页。
③ 阿来：《蘑菇圈》，人民文学出版社 2015 年版，序，第 2 页。
④ 阿来：《人是出发点，也是目的地》（获奖演说），《黄河文学》2009 年第 5 期。

一

女性形象之于男性作家，是值得玩味的。根据创作心理学，作家在塑造笔下人物形象时，会在不经意间将自己强烈的思想情感与文学想象投射于作品中。对于女性，阿来曾有这样的表述："至于女人，我对她们比对男人有更好的看法。我喜欢那些善良的，聪慧的，包容的女性。在这些方面，女性比之于男性，往往有更好的表现。人性的光辉往往更容易在女性身上闪现，甚至男人世界以为只属于自己的勇敢。"① 阿来对于女性的赞美与热爱，源于其藏族的天性。而在《蘑菇圈》中，阿来便塑造了这样一个善良、勤劳、坚韧、刚强、自尊，近乎趋于完美的藏族女性形象——斯烱，赋予她理想中的美好人性。在历史旋涡与世事波折中，无论荒谬的"革命"与狂热的"消费"是怎样地毒害、扭曲人性，斯烱依然坚守着人性中最为纯良的特质，闪耀着人性的光辉。

对于斯烱而言，无论是其可能来自汉人的血脉，还是少女时代在吴掌柜旅店的帮佣经历，以及后来在工作组、民族干部学校的工作与学习，多多少少都给她留下了汉文化的观念和意识。正是这样特殊的文化身份以及背景，使斯烱的人生路径注定有别于机村其他村民。工作组的到来打破了机村静谧安然的诗意生活，斯烱的人生轨迹也开始转向。"小街一衰败，斯烱就回了家。因为认得些字，还会说汉话，就被招进了工作组，那时叫做参加了工作"②，尽管斯烱做的也仅仅是一些诸如取牛奶、讨蔬菜之类的琐事，但在那时工作作为一个"神圣"的字眼，依然让斯烱神气十足。"高级社运行一阵，工作组就要撤走了。工作组长给了斯烱两个选择。一个，留在村里，回家守着自己的阿妈过日子。再一个，去民族干部学校学习两年，毕业后，就是真正的国家干部了。"③ 在那个年月，"国家干部"对于一个乡村女性的巨大吸引力自是不言而喻，斯烱本怀着对未来的美好憧憬告别阿妈，但始料未及的是她仅在民族干部学校学习了一年便被迫回村，"莫名其妙失去了干部身份"，回归她原本的生活。而正是这一年，斯烱告别了她"短暂开放的青春"，怀上了工作组长刘元萱的孩子，走上了她阿妈的道路。路遥《人生》中对高加林背离了理想生活与爱情，狼狈不堪重回村子，有这样的描述：

> 他走在庄稼地中间简易的公路上，心里涌起了一种从未体验过的难受。他已经多少次从这条路上走来走去。从这条路上走到城市，又从这条路上走回农村。这短短的十华里土路，对他来说，是多么的漫长！这也象征着他已经走过的生活道路——短暂而曲折！④

相比于《人生》，阿来在小说中对斯烱回村的叙述是极为克制，甚至是轻描淡写的，并带有一丝宿命的味道，"斯烱空着双手，看都不朝麦田里劳动的乡亲们看一眼，就朝

① 阿来，吴怀尧：《阿来对话吴怀尧：想得奖作家是可耻的》，凤凰网读书，2009 年 4 月 10 日，http：//book．ifeng．com/shuzhai/detail＿2009＿04/10/303291＿4．shtml

② 阿来：《蘑菇圈》，人民文学出版社 2015 年版，第 12 页。

③ 阿来：《蘑菇圈》，人民文学出版社 2015 年版，第 14 页。

④ 路遥：《人生》，中国青年出版社 1982 年版，218 页。

自己家走去了"①。命运似乎与两个年轻人开了个残酷的玩笑，几番周折又回到原点，略有差别的是高加林永远地失去了巧珍那金子般的心，而斯炯却带回一个孕育中的生命，她的无言与沉默更像是在积蓄重生的力量。她在遭受到残酷现实与生活巨变的巨大打击后并未一蹶不振，在饥荒年月靠着意外发现的"蘑菇圈"与乡亲互相接济，不卑不亢地担起生活的重担，斯炯积极、勤劳、善良、刚强的女性形象确是跃然纸上。

《蘑菇圈》中还穿插了斯炯与吴掌柜一段耐人寻味的故事。吴掌柜是因生计与饥荒而辗转于内地与藏区间的一个开旅店的生意人，在斯炯的生命历程中有着不可替代的作用。少女时斯炯在其旅店帮佣时学会了一些汉话与汉字，这成为她后来被招进工作组以及去民族干部学校学习的重要原因。吴掌柜后来生意衰落，携家带口回了内地老家。世事难料，饥荒年月，家破人亡，他靠着捡来的鞋子以及蘑菇野菜孤身一人逃回了"有活路"的"蛮子地方"，躲在早已废弃的店铺里奄奄一息。鬼使神差下，善心的斯炯与落魄的老人久别重逢于当年的旅店，她冒着风险偷偷给吴掌柜送去了盐和酥油以解燃眉之急。但生存的艰辛残酷已使吴掌柜似人似鬼，而他残存的生命所迸发出的最后力量竟是偷杀了合作社的两只羊，"并于半夜在山上生一堆火，在那里烤食羊腿"②，在被民兵抓住送去县城的路上，投崖自尽，做个饱死鬼。吴掌柜在饥荒中失去了妻儿，孤苦一人，面对饥荒年代对人的基本欲望的压榨与抹杀，他偷羊吃肉，这是对命运与时代的致命反抗，是对自我的"解脱"，更是一种对生命尊严的敬意，即便为此付出生命的代价，他那没有魂魄的尸身也随着河流，"载沉载浮"，漂向家的方向。而斯炯则展现了藏族女性那种乐观自强、善良宽厚的人性，背后的家人给予她责任与勇气，"阿妈，看着吧，哥哥看着吧，儿子看着吧，我能让一家人度过荒年"③，生活的重压更是激发了她的生存智慧，靠着在工作组识得的蘑菇与吴掌柜教认的野菜以及送的那一头羊，斯炯全家安然渡过窘迫的年月。

"毫无预兆，蘑菇值大钱的时代，人们为蘑菇疯狂的时代就到来了"④，在消费主义盛行的时代，阿妈斯炯蘑菇圈里长出的那种蘑菇陡然间身价倍增，名曰"松茸"。利益驱使下这个偏僻的村庄一时热闹起来，收购蘑菇的商人与他们的皮卡车总能准时出现在每一茬松茸刚长出的地方。在饥荒年月，山林以其丰饶的动植物资源养育机村人渡过难关，予取予求；在消费时代，金钱的诱惑使得"倾巢出动的山里人奔向山林，去寻找那种得了新名字叫做松茸的蘑菇"⑤。人性中的贪婪无度在利益面前暴露无遗，人们对山林的一味索取无异于杀鸡取卵，等不及松茸自然生长的人们竟然"提着六个铁齿的钉耙上山，扒开那些松软的腐殖土，使得那些还没有完全长成的蘑菇显露出来"⑥，小蘑菇被采走后的"暴行现场"的孢子枯萎腐烂，"那都是令人心寒与怖畏的人心变坏的直观

---

① 阿来：《蘑菇圈》，人民文学出版社 2015 年版，第 18 页。
② 阿来：《蘑菇圈》，人民文学出版社 2015 年版，第 51 页。
③ 阿来：《蘑菇圈》，人民文学出版社 2015 年版，第 36 页。
④ 阿来：《蘑菇圈》，人民文学出版社 2015 年版，第 122 页。
⑤ 阿来：《蘑菇圈》，人民文学出版社 2015 年版，第 123 页。
⑥ 阿来：《蘑菇圈》，人民文学出版社 2015 年版，第 137 页。

画面"①，甚至于荒年中乡亲之间互助的淳朴情感也已瓦解殆尽，在松茸收获的季节，阿妈斯炯竟被两个同村人跟踪。就连胆巴的舅舅——法海和尚所在的宝胜寺也打着保护自然生态、建立封山育林保护区的名号，通过行政手段试图垄断当地的松茸生意。面对世事突变，斯炯显得克制与坦然，她只是心痛自己失去了一个蘑菇圈，悲哀于人性的可怖："人心成什么样了，人心都成什么样了呀！那些小蘑菇还像是个没有长成脑袋和四肢的胎儿呀！它们连菌柄和菌伞都没有分开，还只是一个混沌的小疙瘩呀！"② 斯炯并不贪心，细心护持着大自然馈赠予她的生生不息的蘑菇圈，也护持着未被染污的质朴人性。

　　阿来笔下的斯炯善良、勤劳、智慧、刚强、健康，充满生命力，是阿来对藏族女性最为美好的想象。以全面立体的视角来审视小说中的斯炯形象，可以发现作者似乎有意或无意中对于斯炯的爱情或是情欲进行淡化甚至是遮蔽，可能意在突出人性中更为明亮的特质。但沉潜于文本深层斯炯隐秘的心灵世界则更具文学话语的审美效果。可以说，爱情之于斯炯的一生是处于缺位状态的。少女斯炯被招进工作组，得到组长刘元萱的赏识，被推荐去民族干部学校，但却意外怀上了这个有妇之夫的孩子。斯炯回村独自生下了胆巴，她那"短暂开放的青春"戛然而止，从此便与这个让她怀上孩子的男人纠葛一生，但这并非是一些论者所谓的爱情，而是两人之间因蘑菇而引发的既微妙又复杂的长久羁绊。阿来在小说中并未交代在工作组以及民族干部学校上学期间斯炯与组长刘元萱之间是否发生过爱恋，但当年刘元萱的确"特别关心过"斯炯。对于往事斯炯未有怨念，只是将之归结为"宿债"，"我只能想，这是我的一份宿债。我的宿债让我犯这些不该犯的错。我不该让一个有妻子的男人在我身上播种"③，而这"宿债"的结果便是斯炯成为一个单身母亲，独自抚养胆巴，终生未婚。刘元萱是斯炯生命中的第一个男人，也是唯一的男人。对于他，斯炯坦言未曾有过什么爱，亦不能有恨，因为斯炯明白："一个没有当成干部的女人，一个儿子没有父亲的女人，再要恨上什么人，那她在这个世上真就没有活路了。"④ 两人间的情感羁绊并非庸俗情爱故事里的爱恨纠缠，而是基于一次性事及其结果所生发的长久而又复杂的情感关系。现实中二人绝少交集，亦不能突破心灵世界的阻隔产生微妙情愫，"那天晚上，她做了一个梦。她梦见了使她怀上胆巴的那件事，梦见了使她怀上胆巴的那个人。她醒来，浑身燥热，乳房发胀。想到自己短暂开放的青春，她不禁微笑起来。微笑的时候，眼泪滑进了嘴角，她尝到盐的味道""她抚摸自己的脸，抚摸自己膨胀的乳房，感觉是摸到了时光凝结成的锋利硌手的盐"⑤。那个男人曾给了她青春年月仅有的性的体验，同时也亲手"断送"了她短暂开放的青春，在斯炯诗意朦胧的情感世界里，性的慰藉、爱的残缺以及生的苦涩都郁结于心，无处置放，从而现实中的儿子胆巴与蘑菇圈便成为她的情感出口。当儿子胆巴告诉阿妈，他在刘主任的提携下升任商业局副局长时，阿妈斯炯"显得目光游移，沉默半

---

　　① 阿来：《蘑菇圈》，人民文学出版社 2015 年版，第 138 页。
　　② 阿来：《蘑菇圈》，人民文学出版社 2015 年版，第 137 页。
　　③ 阿来：《蘑菇圈》，人民文学出版社 2015 年版，第 155 页。
　　④ 阿来：《蘑菇圈》，人民文学出版社 2015 年版，第 86-87 页。
　　⑤ 阿来：《蘑菇圈》，人民文学出版社 2015 年版，第 68-69 页。

晌，说，这个人还记得我们山里的蘑菇味啊"①。这或许是对阿妈斯烱情感上的抚慰。而当她得知刘元萱去世后，也只是唔叹："这下我不用再因为世上另一个人而不自在了"②，这种"不自在"背后蕴蓄了斯烱隐秘的心灵世界中最为真切的苦痛挣扎与悸动彷徨，而这些终于都随着这个人的死而消弭。阿来对于这个藏族女性——阿妈斯烱的心灵秘史的处理成功而又巧妙，在他诗意的笔致下，阿妈斯烱的人生遭遇与情感羁绊读来令人长久回味，气韵悠长。

## 二

阿来的多部作品，如短篇小说《快乐行程》《格拉长大》，长篇小说《空山》都塑造了一个疯癫、神秘的单身母亲形象——桑丹，而在《蘑菇圈》中则展现了一个健康、淳厚的单身母亲斯烱。同时，阿来在小说中暴露出的藏族社会未婚生育现象，会对传统婚恋文化与道德观念造成一定程度的冲击并使读者有些许猎奇心理。然而在藏族社会中，婚姻与生育在文化心理层面是能够分离的，"社会对于非婚生子女是宽容的，他们的社会地位与婚生子女没有差别。他们在社会和家庭中不受任何歧视，更不会被遗弃"③。在《蘑菇圈》中，斯烱这样的女性是常见的，孩子父亲的角色长期处于缺位状态。"两回躲战事，斯烱的阿妈就带回了两个没有父亲的孩子。更准确地说，是两个不知父亲是谁的孩子。"④ 斯烱和哥哥有颇传奇的身世，他们从小便在单亲环境中成长，这一命运经"代际传递"，再现于胆巴。"斯烱上了一年民族干部学校的意义似乎就在于，她有机会重复她阿妈的命运，离开机村走了一遭，两手空空地回来，就用自己的肚子揣回来一个孩子。一个野种。"⑤ 而斯烱的哥哥却也是冥冥中与村里一个和斯烱一样带着两个孩子的女人好上了，但最终他还是回到重建的宝胜寺当起了和尚。斯烱未曾拥有过父亲与丈夫的疼爱，只有寡言的母亲与无可依靠的和尚哥哥。在饥荒年月，斯烱悉心照看她的蘑菇圈，帮助全家度过荒年，而小说中父亲的缺席则更加凸显出斯烱作为单身母亲所遭受的磨难与肩负的责任，凸显出藏族女性所特有的温润、淳厚的母性光环。

梁任公曰："妇人弱也，而为母则强。"⑥ 少女斯烱"短暂开放的青春"随着胆巴的出生便逝去了，"我把胆巴生下来，我把他抱到床上，自己吃了东西，和他睡在一起。我看见他睁开眼睛看了一眼妈妈。那时，我就知道，我的生命真正开始了，我不能再犯一个错"⑦。所谓"生命的开始"，便是斯烱对她过去生活的告别，告别通过上民族干部学校从而成为国家干部的仕途。胆巴的出生使得少女斯烱成为阿妈斯烱，角色的转变在斯烱这里显得自然顺畅，生命的孕育也激发出女人天然的母性。斯烱接受了命运的馈

① 阿来：《蘑菇圈》，人民文学出版社 2015 年版，第 104 页。
② 阿来：《蘑菇圈》，人民文学出版社 2015 年版，第 153 页。
③ 切吉卓玛：《藏族传统婚姻文化研究》，中央民族大学博士学位论文，2012 年，第 82 页。
④ 阿来：《蘑菇圈》，人民文学出版社 2015 年版，第 15 页。
⑤ 阿来：《蘑菇圈》，人民文学出版社 2015 年版，第 27 页。
⑥ 梁启超：《新民说》，商务印书馆 2016 年版，第 83 页。
⑦ 阿来：《蘑菇圈》，人民文学出版社 2015 年版，第 156 页。

赠，她获得了新的使命。鲁迅曾言："女人的天性中有母性，有女儿性；无妻性。"① 这在斯炯身上显得极为妥帖。作为单身母亲，独自把一个儿子拉扯成人的艰辛是可想而知的。在母亲的悉心呵护与照料下，胆巴离家求学，毕业后顺利步入仕途，阿妈斯炯仍旧在机村守护她的蘑菇圈，挂念在城里独自打拼的胆巴，不时给他送去新采的蘑菇，或是在胆巴回家后用新鲜酥油在平底锅里煎蘑菇片给他吃，甚至"阿妈斯炯两年里送了几篮子蘑菇，胆巴就当上了商业局长"②。而在机村，陪伴斯炯的只有她的蘑菇圈。胆巴未成家时，阿妈斯炯默默将收获的蘑菇卖钱，"等到存够一千块钱的时候，她就把钱给他结婚用"③；在胆巴结婚生女后，又为孙女在银行专开了一个存折，"别人的乡下母亲都是一个负担，他们的乡下母亲，却每年都为他们攒几万块钱"④。作为母亲，斯炯把自己全部的生命与收获都给予儿子，这便是一个母亲能做的全部了。

马尔克斯的《百年孤独》作为拉美魔幻现实主义的经典作品，在小说观念、叙事方式等方面对中国文坛有着深切的影响。阿来曾说：《百年孤独》"这本书颠覆了我对小说的理解，也让我想了很多问题"；"马尔克斯的写作，是把现代小说跟拉丁美洲本土、印第安土著神话故事当中的元素有所结合的过程，这和我自己藏文化的背景有很相似的地方。因为藏文化中也有非常强大的民间文学、口头文学的叙事传统，非常丰富的资源。"⑤ 阿来的《格萨尔王》对藏族英雄史诗《格萨尔》的重述便深受《百年孤独》的启发。藏族作为阿来的母族，其文化特性早已融入阿来的创作血液中。《蘑菇圈》中的阿妈斯炯的母性形象不得不说有着《百年孤独》中乌尔苏拉·伊瓜兰的身影，展现出趋同的母性特征。在父性缺位的日常生活中，她们自觉作为"大家长"来照料家庭成员，吃苦耐劳，忍辱负重，养育儿女。与此相似的还有莫言《丰乳肥臀》里的母亲上官鲁氏，她在残酷现实的钳制下几乎沦为夫家的生育机器，女性与生俱来的生育能力在文学作品尽可能被突出、放大。尽管如此，生育行为对于一个女性仍是一种重生，相伴而生的母性便得以彰显。

"妇女与自然的联系有着悠久的历史，这个联盟通过文化、语言和历史而顽固地持续下来"⑥，就原型理论而言，作为原型女性的大母神与抽象的自然界之间的象征关系由来已久，"这些象征——特别是来自自然界各个领域的自然象征——在某种意义上，都是与大母神意象一起表现出来的，无论它们是石头或树、池塘、果类或动物，大母神都活在它们之中并与它们同一"⑦。生态女性主义便基于原型理论，认为妇女和自然在孕育、创造和抚养生命等本源性联系上存在某种同构关系，即女性与自然的本源同构。⑧ 同样，小说中阿妈斯炯与蘑菇圈似乎也存在着某种深层的象征隐喻关系，蘑菇圈

　① 鲁迅：《而已集》，北新书局 1933 年版，第 148 页。
　② 阿来：《蘑菇圈》，人民文学出版社 2015 年版，第 122 页。
　③ 阿来：《蘑菇圈》，人民文学出版社 2015 年版，第 121 页。
　④ 阿来：《蘑菇圈》，人民文学出版社 2015 年版，第 151 页。
　⑤ 阿来：《〈百年孤独〉不是孤立事件》，《解放日报》2017 年 06 月 17 日第 7 版。
　⑥ 〔美〕卡洛琳·麦茜特：《自然之死：妇女生态和科学革命》，吴国盛等译，吉林人民出版社 1999 年版，第 1 页。
　⑦ 〔德〕埃利希·诺伊曼《大母神　原型分析》，李以洪译，东方出版社 1998 年版，第 11 页。
　⑧ 刘颖：《女性与自然的本源同构：生态女性主义的思想"原型"》，《安徽师范大学学报》2010 年第 1 期。

的生生不息与斯炯的生命孕育显现为一种母性的互通，两者因而具有天然的亲切感与吸引力，是彼此度过各种复杂年月的隐秘力量。自然润泽万物的母性形象通过阿妈斯炯与她的蘑菇圈得以映现，也使得斯炯的母性形象有了更为深厚的文化内涵与审美意蕴。《蘑菇圈》确然是一部聚焦于生态环境的小说，但作者所塑造出的"蘑菇圈大妈"——阿妈斯炯更是这部中篇小说一个可贵的收获，足以媲美文学史上经典的母亲形象。

## 三

"在我的心中啊，盘踞着两种精神，/这一个想和那一个离分！/一个沉溺在强烈的爱欲当中，/以固执的官能贴紧凡尘；/一个则强要脱离凡尘，/飞向崇高的先人的灵境。"① 歌德在诗歌中慨叹，"我"心中的"两种精神"便是人的本质所存有的两个向度，即世俗的人性与魂灵的神性，二者作为人的本质精神力量寄寓于人的肉体之中，在特定时空场域内通过某种修行或仪式使得人性与神性"离分"或是向着神性净化。孙中山认为："古人所谓天人一体，依进化的道理推测起来，人是动物进化而成，既成人形，当从人形更进化而入于神圣，是故欲造成人格，必当消灭兽性，发生神性，那么，才算是人类进步到了极点。"② 随着尼采高呼"上帝死了"，在现代社会人类魂灵中的神性光环已于俗世中褪散，文学便成为承载与彰显的媒介。阿来的《蘑菇圈》在某种程度上，正是通过阿妈斯炯的人物形象探讨了宗教与自然、生态与消费、人性与神性之间的复杂关系。

机村，是一个处在雪山下的山谷中、茶马古道旁、汉藏文化交汇地带的藏族乡村。机村村民顺应着自然规律的运转机制而生产、生活，于他们而言，无论是一年中最初的布谷鸟叫声，还是第一种蘑菇的破土而出，都像是自然神灵的旨意，而他们"烹煮这一顿新鲜蘑菇，更多的意义，像是赞叹与感激自然之神丰厚的赏赐"③。工作组的到来引入了新的管理机制、意识形态与价值观念，机村人自然原始的生活方式与处世之道逐渐被瓦解或置换，内地的俗世文化在这个边地的藏族村庄悄然生长。而斯炯身上既有机村人所秉承的民族传统文化、藏传佛教的宗教文化，又有所谓新的先进的现代文化，这造就了斯炯独特的文化特质。"斯炯用一生的时间见证了变迁中的机村，她的一生可以在各个时代节点进行苦难叙事，然而斯炯用淳朴而坚韧的个体生存打败了苦难，在个体的艰难生存中给自我、他者和世界以最大的慈悲与光亮，由此，斯炯也日渐远离苦难，并在苦难叙事中抵达俗世中的神性。"④

小说在作者充满温情、诗意的笔致下随意铺开，冲淡了苦难叙事之于人的抹杀，并"力图在痛定之后的超脱和神性的意义上彰显一种淡然和悲悯的情怀"⑤。尽管进入现代

---

① 〔德〕歌德：《浮士德》，董问樵译，复旦大学出版社 1983 年版，第 57—58 页。
② 孙中山：《在广州全国青年联合会的演说（一九二三年十月二十日）》，见中山大学历史系孙中山研究室编《孙中山全集》（第八卷），中华书局 1986 年版，第 316 页。
③ 阿来：《蘑菇圈》，人民文学出版社 2015 年版，第 9 页。
④ 郭艳：《在苦难叙事中抵达俗世中的神性》，见《收获》微信公众号 2018 年 8 月 15 日推送文章。
⑤ 徐刚：《俗世的慈悲：次仁罗布论》，《新文学评论》2016 年第 1 期。

社会以来俗世中的宗教信仰有所松动，但藏民族的民族品格中的宗教情怀依旧根深蒂固，融汇于民族血液之中。悲悯与宿债作为佛教思想中的重要理念，在藏女斯烱这里得到了极为审美化、生活化的展现，进而形成了她极为超脱的人生哲学。"宿债"在藏语中叫作"洛卓"，按照佛教的观点，即前世所欠下的债务。阿妈斯烱将人生中无可避免的苦难遭遇视作自己的宿债，怯懦胆小的法海哥哥是她的宿债，因兄长而失去了干部身份是她的宿债，让一个有妻子的男人在她身上播种亦是宿债。当苦难来临时，佛教朴素的轮回之道能给予众生以心灵的抚慰，斯烱的一生便是在不断偿还宿债中超越了苦难，也是在体悟宿债与苦难中以悲悯情怀去感知他者的悲苦，怜惜、珍视自然万物。

　　阿来的原生态文学创作一直以来都保持对自然、生态的敏感与关注，而他的"山珍三部"更是以植物名称作为小说题名。小说中的"蘑菇圈"是受地下菌丝体限制而呈现圈带状分布的蘑菇群，是草原、林地的常见生态学景观①，其英文名称"Fairy Ring"好似大自然中神秘精灵手上的指环，极具美感与想象力。小说中的蘑菇圈是斯烱在山林的秘密宝藏，在不同的年月里给予了她物质层面的力量，与此同时，蘑菇圈更是作为一种自然界生生不息的精神力量，激荡起斯烱心中对"生"的向往与敬意。她对蘑菇圈的悉心护养也是在晦暗消沉的年月里的自我救赎与超越，从而超脱于对物质的追求以趋于神性的共存。在西方哲学的历史演进，从自然的内在物性，到自然的外在神性和外在人性，再到向自然的内在物性的回归，体现为物性与神性之间的此消彼长的关系。② 小说中的蘑菇圈作为一种象征隐喻的自然符号，展现了一种理想主义式的自然的物性、人性与神性同人类的人性与神性共生融通的状态，阿妈斯烱与她的蘑菇圈所结成的和谐的关系实则为人类与自然间生态关系的现代寓言。

　　"在藏传佛教民族的观念中，人是自然的一部分。人生于自然并与自然万物共同生长。人的生活始终融合于自然之中，否则便是异常。"③ 机村人秉承这样的观念生活在盘曲的山谷之中，消融于虫鸣鸟叫的自然之境，而当"物尽其用"之类所谓的现代观念传入后，山林由人们所敬畏、崇拜的自然神灵转变为不断被索取、入侵的对象，人的贪欲无休止地扩大，自然生态整体遭到破坏。"春天到来的时候，机村经历有史以来前所未有的大旱"④，斯烱依旧守护着她的蘑菇圈，背着水桶上山浇灌。"斯烱到了蘑菇圈中，放下了水桶，一瓢又一瓢把水洒向空中，听到水哗一声升上天，又扑簌簌降落下来，落在树叶上，落在草上，石头上，泥土上，那声音真是好听的声音。洒完水，斯烱便靠着树坐下来，怀里抱着水桶，听水渗进泥土的声音，听树叶和草贪婪吮吸的声音。"⑤ 小说中这段描写尤为动人，斯烱如同自然守护神般呵护着蘑菇圈，她浇灌的动作所表现出的灵动与神性更如同自然的精灵。斯烱身上似乎有着"泛神论"的影子，在她眼中，万物皆有灵，一朵朵迎风生长的蘑菇如同生根的人儿，"阿妈斯烱坐在石头上，一脸慈爱的表情，在她身子的四周，都是雨后刚出土的松茸"，她"无声地动着嘴巴，

　　① 宋超，图力古尔：《蘑菇圈形成机理及其生态学意义》，《中国食用菌》2007 年第 6 期。
　　② 杨大春：《自然的神性、人性与物性》，《哲学研究》2012 年第 9 期。
　　③ 金英花，高冬梅：《西北少数民族的自然观及其生态价值》，《甘肃社会科学》2008 年第 2 期。
　　④ 阿来：《蘑菇圈》，人民文学出版社 2015 年版，第 81 页。
　　⑤ 阿来：《蘑菇圈》，人民文学出版社 2015 年版，第 88 页。

那是她在跟这些蘑菇说话。她说了许久的话，周围的蘑菇更多，更大了"①。斯炯褪去了俗世的尘垢，显露出地母般的神性光环，仿佛在与万物共同吸吮、生长。

《蘑菇圈》虽为中篇小说，但其文本容量却极大。阿来曾说："对一个小说家来说，人是出发点，人也是目的地。"② 他固守着人文主义立场，以几十年来中国充满波折的发展进程与川西边地机村的现代转型为背景，从藏族女性斯炯的人生际遇切入历史、革命、时代、命运、宗教、自然等宏大命题，却又能别具慧眼，通过时代牢笼中斯炯与她的蘑菇圈的种种故事，赋予斯炯以质朴纯良的人性、淳厚温润的母性以及自然悲悯之神性，但又隐约透出一缕苍凉的人生况味。《蘑菇圈》或许是一部成长小说、苦难小说抑或生态小说，但它更是一部书写"人"的作品，它写出了"人性的晦暗或明亮"，写出了"生命的坚韧与情感的深厚"。③

（作者单位：陕西师范大学文学院）

---

① 阿来：《蘑菇圈》，人民文学出版社 2015 年版，第 181 页。

② 阿来：《人是出发点，也是目的地》（获奖演说），《黄河文学》2009 年第 5 期。

③ 阿来：《蘑菇圈》，人民文学出版社 2015 年版，序，第 2 页。

# 《蘑菇圈》的历史书写

王　俊

　　多年以来，阿来游历在川藏的大片土地之上，用自己的双眼捕捉独特的画面，用自己的方式呈现历史，抒发不同的见解。《蘑菇圈》以自然天成的风格、纯净如水的笔触书写别样历史，表现出深沉的人文关怀。小说通过对时空二维的巧妙布置，以小历史写大历史，描绘出个人视角与民间立场下原生态文化的衰落与现代文化的兴起。中国当代社会的转型借此获得了鲜明又神秘的阐述，深刻的现实主义精神得以凸显。阿来试图通过这样的历史书写，对现代化潮流中迷失于物欲的人们进行理性的批判，引导读者完成理性的反思。

## 一、历史书写风貌：从乡土消亡至现代演进

　　《蘑菇圈》的故事发生在一个叫作机村的藏地小村落，这个小村落坐标与阿来其他作品中的相似，坐落在雪山下的山谷中，既远离国家权威与中原文化，又远离藏族社会的宗教和权力中心，同时受到多种文化、宗教和习俗的影响，生存在这里的人们世世代代过着半牧半农的生活。作品从新中国成立不久的 1955 年写起，写到市场经济繁荣的当代，叙述了机村这个传统村落 60 多年随时代变迁和社会发展而产生的巨大变化。

　　在最初的时候，机村鲜少与外界往来，这里的人们有着单纯的心灵，过着宁静质朴又封闭的生活。这种原始生存状态孕育出未被现代文明侵蚀的原初思维模式，对应着原生态文化的形态，显示出诗意而迟缓的特点。机村人对自然怀有一种懵懂却敏锐的感受，春深时山林间的一声布谷鸟鸣，便会让这些面对着大地辛勤劳作的人们停下手中无始无终的农活，直起那被生存所重压的腰，停下嘴里正说着的话，凝神谛听，在自然的天籁中感受到季节的转变。这样的停顿短暂而庄重，满怀着人们对于自然的敬畏与亲近，达到了一种人与自然心灵相通、和谐共处的境界。此时的他们对于蘑菇并没有清晰的概念，缺乏明白的类别区分，甚至没有准确的命名。他们顺应自然的规律，适量采摘应季的蘑菇，简单烹煮后食用，"机村并没有因此发展出一种关于美味的感官文化迷恋。他们烹煮这一顿新鲜蘑菇，更多的意义，像是赞叹与感激自然之神丰厚的赏赐。然后，他们几乎就将这四处破土而出的美味蘑菇遗忘在山间"①。他们任

---

① 阿来：《蘑菇圈》，人民文学出版社 2016 年版，第 9 页。

由蘑菇在山间自由生长，直到腐败，并不觉暴殄天物，仍然过着粗茶淡饭的朴素生活。尽管那时机村已有去当兵的人，有参加工作成为干部的人，有去县里农业中学上学的人，也有被抽调到筑路队去修公路的人，但人们的生活仍然维持着一种原初的状态。

然而随着工作组的进驻，机村的原生态文化首次受到有力的冲击。他们依靠政治权力，通过否定村民原有的思想观念和生活方式，宣传物尽其用的思想，定义"新"与"旧"、"先进"与"落后"等充满进化论色彩的概念，强势介入并试图改变原生态文化，以便其更好地适应政治需要。他们组织当地人进入工作组，建立合作社，走集体化道路，从根本上改变了机村传统的劳动生产方式和权力结构，原生态文化的基础被动摇。同时，他们不断加强机村与外界的交流，让村民接受教育，从事多种工作，这就从劳动技能和知识结构方面改变了机村人的思维方式。曾经作为孩子零嘴、山间鸟雀与黑熊食物的野果，在他们的眼里变成可以利用的资源；曾经被机村人简单食用的蘑菇，也被他们发明出了更多吃法。与此同时，他们用政治观念颠覆了机村人原有的原生态宗教氛围：许多喇嘛被迫还俗，不遵守规定的便被关入监狱，当地宗教对人的影响逐渐减少。这些历史发展在一定程度上冲击、破坏了原生态文化，但是原生态文化仍然依靠其顽强的生命力留存在人们心灵深处：饥荒时期，斯炯赠送村民蘑菇，村民用其他食物回赠，人与人之间的关系仍旧保持纯朴与和谐；政治运动影响了村民的生活，却没有彻底影响他们的原生态文化观念，蘑菇圈在山间自由生长；斯炯经过人事的变迁，心中仍然怀着对万事万物的悲悯，守护着蘑菇圈。这些都体现出原生态文化中人与自然、人与人之间的和谐仍然存在。

但随着改革开放和市场经济的浪潮猛烈袭来，原本顽强的原生态文化终于也随之被现代文化强力侵蚀，机村人的生活发生着巨大的改变。改革促进经济，开放加强交流，这就使得机村人在追求生活质量的需求下，主动改变自身生活方式与思想观念，以此适应和融入现代文化的浪潮。但现代文化在提高人们物质生活水平的同时，也刺激着人们的物欲，致使其思想在物欲的发展过程中不可避免地发生了质变，原生态文化因此走向衰亡。

松茸带来的巨大利益让原本亲近自然的村民无节制地、违背自然规律地进行采摘，打破了人与自然原有的和谐；为了采摘松茸，他们甚至不惜跟踪斯炯，夺取她的蘑菇圈；曾经纯洁的姑娘丹雅为了获得利润，也不惜动用GPS系统跟踪斯炯，监控着她和她的蘑菇圈，试图对其进行掠夺与利用，致使斯炯的蘑菇圈最终被夺走——原生态文化、自然观念中那种纯洁质朴和人与人之间的和谐被无情破坏。就连寺庙也妄图圈山垄断松茸，获得巨大物质财富，原生态文化中宗教的神圣性被逐渐消解；就连一直守护内心纯净土地的斯炯也懂得了用它们换钱——原先的自然神有意识逐渐向私有意识过渡，催化原生态文化的灭绝。

机村的历史是时代的缩影，它浓缩了中国当代社会的变动与转型，特别是原生态文化的衰落与现代文化的崛起，其中隐含着中国当代历史不容忽视的现状：历史暴力的降临，致使乡土走向消亡，其原始生产关系和思维方式也被打破，曾经遵循原始规律和生存智慧的民众在获得物质的极大丰裕时，悲剧性地见证了现代化浪潮的蛮横。这样一种宿命般的历史不仅代表着新的历史的开端，也昭示着旧的历史的终结，象征着传统向现代的过渡。在这样一种宏大的文化转型中，旧文化的蒙昧与纯洁、新文化的进步与暴虐矛盾地结合在一起，映照出历史更迭中的复杂真相。

# 二、历史书写策略：从时空二维看历史表征

时间与空间共同作为世界的二维，在小说的历史书写中均有着不可或缺的地位。时间强调历史内涵，故而作家可以通过对时间的操纵展示历史面貌；空间强调历史背景，因此作家可以通过对空间的选择表现历史寓言。《蘑菇圈》巧妙使用这两种书写策略，以时间书写串联个人经历，借个人视角见证历史变迁；以空间书写喻示民间立场，用民间立场寻找历史真实，最终完成对历史的书写并赋予其浓厚的象征意味，颠覆了惯常的历史书写，因此获得了一种新的穿透历史的力量。

（一）时间编织与个人视角

小说是时间的艺术，历史小说尤其如此。时间见证着历史的发生与发展，承载着深沉的历史内涵，包含着历史的谜题与谜底。因此在大多数历史小说中，时间近乎历史的同义词。"历史像一个长焦距的镜头，可以一下子把当前推向遥远。当然，也能把遥远的景物拉到眼前。"① 因此，小说家常常通过对时间逻辑的操纵，传达出其独有的叙述倾向和思想内涵，进而展示出作者想要还原的历史面貌，并通过对历史的记录，探究出其中蕴藏的规律。

作为历史小说叙事的一个重要元素，故事时间通常表现为作家自身心理时间的外化，其逻辑总是呈现出与现实时间逻辑的较大落差，《蘑菇圈》便是如此。作为中篇小说，它很难做到详尽描写数十年的史事，故而作者表面使用编年的方法叙述历史，暗地却又不动声色地对其进行巧妙地裁剪与布置，使它呈现出详略得当、内蕴丰富的特点，使这一段浓缩的历史将世事的变迁、生命的更迭、人心的浮沉表现得淋漓尽致。这种时间书写方式具体来说表现在两个方面。

其一，文本对重大历史事件的淡化和对个人琐屑生活的叙述。阿来一向认为，历史与现实本身是广阔且深远的，按照简单的进步论来认识历史实不可取。故而他偏爱以个体记忆复现历史，以此表达个人对历史更加复杂幽微的认识与感悟。于是在《蘑菇圈》中，他塑造了一个代表他思想结晶的主人公——斯炯，将她置于时代的浪潮之中，以她60年跌宕起伏的人生经历为线索，完成了对一段历史之脉络的梳理。主人公经历了"大跃进"、三年困难时期、四清运动、"文化大革命"、改革开放以及全球化等重大历史事件，但作者却并未详细对这些重大历史事件本身进行描写，只是仔细叙述了与她的生活息息相关的一些人事变迁，让她作为小说轴心引导着故事的开始与结束，让读者得以透视社会历史在个人身上产生的回响，追寻历史在个人身上留下的微小痕迹。历史大事件沦为背景，让读者通过角色看似普通琐碎的生活窥探到其背后更加复杂的历史发展与人性变迁。这样的时间书写方式，凸显个人视角，脱离了以往历史小说的窠臼，读者也

---

① 阿来：《有关〈空山〉的三个问题》，《扬子江评论》2009 年第 2 期。

得以回归到最原始的历史现场，在个人的掩护下，完成与真实历史的对话，在保持冷静的立场下，无限接近历史上的疼痛与伤疤，完成个人对历史的深刻思考和别样阐释。

其二，文本对历史展现的碎片化。《蘑菇圈》表面看来是典型的线性叙事，作者对于历史事件的排列均按照时间顺序进行，但其叙述的大部分事件，并不存在紧密的逻辑关系。阿来在表现这 60 年的历史时，仿佛只是按照时间顺序轻描淡写地罗列着机村中的人事发展，并不重视事件与事件之间的连续、对应和关联，读者在其中寻不到完整规律。这种碎片化写作中的叙事之线像是一条虚线，它用一段段相对独立的线段串连起机村历史发展的大致脉络，隐约却又不容忽视，读者阅读之后印象深刻的是历史发展中一个个充满代表性的历史碎片。作者想要借此揭示的，是一种历史的偶然与未知。它消解了传统历史展现的必然性与趋向性，具有独属于个人视角的魅力。通过这种个人化的历史碎片，作者试图引领读者沿着叙事的虚线，领略历史隐藏在时间背后的复杂内涵。

### （二）空间选取与民间立场

"文学时代世界的描绘，是人对世界的一种认识和把握方式，而作为文学探讨对象的世界是有其空间的世界。"① 空间在小说中具有特殊的叙事功能，它累积着一个地域甚至一个民族的历史积淀，掩藏着那些遗留的历史谜底，是历史书写不可或缺的元素。一个特定的空间，往往承载着人类的活动发展轨迹，承载着历史的风云变幻，是本地区甚至本民族的代表。甚至在萨义德看来，"客观空间远没有在诗学意义上被赋予的空间重要，后者通常是一种我们能够说得出来、感觉得到的具有想象或虚构价值的品质……空间通过一种诗学的过程获得了情感甚至理智，这样，本来是中性的或空白的空间就对我们产生了意义"②。因此，空间是每个作家都不能绕开的话题，小说创作须得遵循空间的逻辑。作家通常借用对空间的巧妙构筑，以不变的空间来展示多变的历史，以静止观照流动，使文本内在的张力得以延展，引导读者在解读特定空间的同时，认识其所代表的更加广阔的天地，发现其中负载的更深层次的历史内蕴。

在创作中，阿来一向非常重视对空间的选取。他在《蘑菇圈》里，先是以蘑菇圈这样一个极小的空间作为切入点，勾勒出机村这个乡土空间的历史轮廓，接着在此固定的空间中展示出时间的流逝与历史的前进，将 60 年的风云变幻放置于一个不变的坐标之上，以一种相对静止的姿态回应着历史的流转。阿来试图用机村这样一个兼具典型价值与普遍意义的个体空间来烛照整个藏区村落，进而辐射至广大的中国乡土社会。机村既是一个具体的个体村落，也是一个巨大的隐喻体。这个隐喻体中蕴含着广阔无垠的天地，囊括了原生态文明到现代文明的变迁、汉族与藏族的关系和政治与文化的冲突等具有社会属性与内涵的历史问题。小说表面上看是在描写机村的历史，事实上又与当下社会现实息息相关，对认识当下社会具有普遍的启示意义。作者以历史经验烛照现实，引领读者找出特定历史空间所寓意的精神原乡，展示超越具体空间的历史变迁，进一步展示出整个藏区甚至整个社会在历史洪流中的挣扎与错位，以点带面，体现出寓言与象征

---

① 　吴治平：《空间理论与文学的再现》，甘肃人民出版社 2008 版，第 3 页。

② 　爱德华·W·萨义德：《东方学》，生活·读书·新知三联书店 1999 年版，第 68 页。

的意味。

　　而与此同时，我们可以看到，机村这个藏族传统村落远离中原，偏僻封闭，处处透出藏民族原始文化的色彩，展示出民间的原初状态。在这样的状态下，权力意志对它的统治和改造都是缓慢且隐约的。这样一个有着顽强生命力的原生态文化空间，孕育了人们追求自由的理想品格，包容着被侮辱和损害的平凡大众。在这片空间之中，宏大历史都被淡化，权力人物都走下了神坛，其所呈现的自然、人文环境，都深深打上了民间的烙印。选取这样一个拥有特殊地理位置、风土人情、政治制度、文化观念的独特空间作为小说背景，表现出作者鲜明的民间立场。阿来曾说："我生于民间，长于民间，知道在藏民族的日常生活中，强大的官方话语、宗教话语并没有淹没一切。"① 故而他始终站在民间的立场，将目光放置在广阔的民间社会，致力于发掘历史中更为细微的一面，在小写的历史中追寻曾经被宏大叙事遮蔽的细微真实。他在对特定空间的描述与思考中获得一种超越权力局限的广阔民间思维，完成了对人类命运更加客观的整体性反思。

## 三、历史书写意义：从理性批判到人性反思

　　当历史在一片土地缓缓推进时，总是杂糅着进步与野蛮的印记。当代社会，科技的迅速发展和现代性思潮的弥漫让人类文明获得了物质的极大丰裕，从落后走向繁荣。但与此同时，人们被无穷的欲望驱使，渐渐不再满足于温饱，陷入对物质利益和感官刺激的疯狂追求，最终迷失在历史的洪流之中。自以为用"现在"代替了"过去"的人们为经济的发展而自豪，却忽视了历史的反复之性。一味追求物欲，减少对自然的敬畏，疏于对文化的保护，放弃对人性的追求，只会让人类自食恶果。而此时，文学作为反映现实的媒介，必须义不容辞地承担社会历史责任，直面社会现实，书写历史变革的潮流，用批判的眼光看待社会问题，努力唤起民众对于自然、文化与人性的重视。

　　阿来立足于当下社会，以一种人文主义的立场，在《蘑菇圈》中书写社会转型时期的藏地村落历史，记录着原生态文化的消亡和现代文明的侵袭，在这种反差中表现出其对现代化的批判与自然的关怀。人性的守望与欲望的迷失在自然之殇中交错纵横，读者从中看到了现代化洪流中原生态文化的隐痛和现代文化的野蛮与暴力。面对历史，阿来设身处地地思考与剖析，他用蘑菇圈的遭遇暗喻自然在当代社会的危险处境，用人们对蘑菇的态度暗喻人们在现代化浪潮下对自然资源的过度利用，表达对自然的未来深重的忧思。他认为，用破坏生态的代价推进的现代化实不可取，可以说是历史的畸形发展。历史必须顺应自然的规律稳步前行，否则未来很有可能出现资源的枯竭与社会的倒退。同时，阿来也对现代性浪潮下世风沦落、人心不古的境况痛心不已。他曾借斯炯之口说："谁能把人变好，那才是时代真的变了。"② 故而他立足当代社会，在小说中描绘了一系列物欲膨胀、人性迷失的众生面貌，揭示出曾经质朴的人性在金钱和权力的影响下的裂变与扭曲，透视出人类信仰缺失和文化衰落的问题。为了榨取一株蘑菇身上的所有

---

　　① 阿来：《文学表达的民间资源》，《民族文学研究》2000 年第 5 期。
　　② 阿来：《蘑菇圈》，人民文学出版社 2016 年版，第 171 页。

价值，人们甚至不惜打破生态平衡，这不仅是机村人的悲剧，也是时代的悲剧。当现代化的脚步不断向前迈进，自然生态和人性却在退化，这不得不说是现代文明的致命缺陷。如果现代化带来的只是利益最大化的野心、盲目夺取的贪婪和失去自我的追逐，那么其历史意义值得我们深思。

　　阿来自己说："我愿意写出生命所经历的磨难、罪过、悲苦，但我更愿意写出经历过这一切后，人性的温暖。即便看起来，这个世界还在向着贪婪与罪过滑行，但我还是愿意对人性保持温暖的向往。就像我的主人公所护持的生生不息的蘑菇圈。"① 故而《蘑菇圈》在对历史中的问题进行深刻批判的同时，也给出了作者对于这些问题的反思与回答。

　　阿来在对现代文明进行批判的同时，并没有忽视其进步的一面，也没有逃入历史之中。他清晰地认识到，蒙昧到文明的嬗变是必然的，也是不可或缺的，问题的关键在于我们如何克服现代化进程中的种种问题。首先他认为，我们必须发现现代化思潮中严峻的生态问题，在保持经济发展的同时，注重对资源与环境的保护。阿来用《蘑菇圈》这样一个充满寓言意味的小说，提醒着人们，我们与自然界中的万物别无二致，同呼吸共命运。唯有平等对待自然，认识到生命延续的可贵，人类才有可能在历史的长河里生生不息。其次，他发现在物欲横流的当下，仍旧有一部分人恪守着内心的准则，我们要做的，便是挖掘当今社会与历史中坚守的人格与善良的人性，以此守护人心的纯洁。斯炯是他笔下高尚人格的捍卫者：她一生恒久而细心地呵护着她的蘑菇圈，始终以一颗温柔的心善待生灵，在困难年代也尽力帮助别人，当人们都被物欲迷了眼时，她仍然坚守着心灵的准则，始终保持一种高洁的精神品格。对于她来说，评价时代不是只看经济与政治的发展，还更要看人心的好坏。在她的眼里，丹雅费尽心机培养的人工蘑菇因为染上了世俗的气息而显得丑陋无比，远远比不上野生的蘑菇洁净可爱……她对自然的亲近与尊重，对万物的悲悯与爱惜和对精神传统的坚持与守望都让读者看到人性的美好与希望。这种美好与希望只要还存在于一部分人的心中，那么总会在某个时刻滋长繁荣。作者期望通过这样一个人物，让处于现代化浪潮中的人们，都能够认识到高尚人格的可贵，洗涤自身灵魂的污浊，共同抵抗现代化浪潮下人性的异化。最后，作者希望，在现代化的历史潮流中，人们可以发现并保存本民族原生态文化传统的魅力，而非一刀切地否认所有传统的文化，造成文化的断裂与文化根基的松散。我们所要做的是，筛掉原生态文化中落后的元素，加快文化从前现代到现代的历史转身，使它能在市场化、全球化的现代化浪潮中稳步前行。

（作者单位：陕西师范大学文学院）

---

① 阿来：《河上柏影》，商务印书馆 2016 年版，第 3 页。

# 四川作家研究

## ［康若文琴小辑］

# "马尔康从不躲避欢乐"

### ——论康若文琴诗歌的地标意义

张叹凤

康若文琴是四川西北部岷江上游高山峡谷嘉绒藏族中涌现出来的一位女诗人，她与她的家乡马尔康，都有一定的知名度，且随着交通的便捷、资讯的发达以及生态美学日益聚焦，更颇受四方关注。康若文琴的诗歌就同她家乡马尔康的山涧青色一样，愈行愈远，平添生机活力，也更为外界所知。前不久，四川作家协会与阿坝州文联在成都联合召开了自治州少数民族作家作品研讨会，康若文琴的诗作于会上得到比较一致的好评。迄今为止，康若文琴出版了两部有代表性的诗集：《康若文琴的诗》（四川文艺出版社）、《马尔康，马尔康》（作家出版社），另还有不少创作散见报刊与电子栏目，拥有众多粉丝。毫无疑问，诗人带有鲜明地理标出意义的诗题诗歌，像是符号学理论一样，为其自然身份与文本身份都增添了特定的形式内容。"我们直观地感到，任何文本中都有形式因素与内容因素。……所谓'如其所是'（such as it is），就是事物面对意识呈现的本质。"[①] 对于已经成熟并于一方产生影响、形成自我特色的康若文琴的诗歌文本，有必要进行深入细致的学理探讨，以厘清"意识呈现的本质"。

康若文琴、诗、马尔康，这似乎成为一组旋律，又像一幅景物写生，组合彼此，形成一种关联效应，映衬、互文与推动，诗意往往简单明了，却又循环往复、意味深湛，就像马尔康梭磨河的流水一样，交映着风光奔流。特质鲜明浏亮、简约丰富，这本是藏族文艺比较共通的特点。康若文琴作为一名诗人，也即思想者、山谷大地的漫步者，显然她更愿意突出"本土特色"，也即地标意义符号，以表达她作为一名嘉绒藏族现代女性的感情与心声。她的同乡、男同胞、著名作家阿来对其诗作感受可称精妙："我是更喜欢她写梭磨河，写阿

---

① 赵毅衡：《哲学符号学——意义世界的形成》，四川大学出版社 2017 年版，第 336 页。

坝草原的那些篇章。虽然那些写远处的诗歌也有情感，也有恰当的修辞，但诗歌又不仅是情感和修辞，更重要的还是那份切身感。"① 阿来希望康若文琴"在其已经显露了才能与深情的领域中，再度深耕"。哪怕是《一米跋涉》，"在诗歌王国中，一米就是跋涉，而且往往等同于，甚至超过了一万米的跋涉"②。生态、人情、艺术、特色，这无疑是康若文琴诗歌文本比较得到公认的关键词，从符号学的标出意义出发，会令人直接想到、切入嘉绒藏族。

很显然，探讨康若文琴的诗作，会容易涉及文学的家园主题以及依存的亲密关系，尤其是地理建构与倾向性都比较明显的创作。这正如西方地理人文学者所论述那样："无论何时，特定空间和地理形势都与文化的维持关系密切。这些文化还不只牵涉明显可见的象征，也涉及了人群生活的方式。"③

康若文琴富有象征的诗歌要书写的，就是那一个高原峡谷、那一个民族、那一种来自生命体验（包括对历史的沉吟）的关爱与现代性的乡土考量。康若文琴是快乐的，她在《六月的马尔康》诗里描写和宣称："马尔康从不躲避欢乐"；她却又不免是忧郁的，同一首诗里，"夏风抚摸古碉的疼痛""蓝天下白塔托起千年凝重"。从康若文琴的诗歌文本里，我们可以发现这样一些显而易见甚至是形成规律的特点，即凡写到女性的生活，则往往集中于当下世界，形诸奔放与欢乐颂，象征意义往往轻快而丰饶；但凡写到男性世界的生活，则不免回归与聚焦于历史长空，时间的属性十分明显，往往表现凝重与哀痛，乃至沉闷、压抑。

毫无疑问，马尔康地区自古以来属于西南关防要塞、古战场，其历史因袭与记忆，烙印于民族记忆中，断难轻易抹去。马尔康又地属康藏边缘地带嘉绒藏族的"四土"藏区，按历史民族学者王明珂"羌在藏汉之间"的考察结论，嘉绒"四土"藏族也有颇多相似之处，王明珂甚至考察出岷江河谷嘉绒藏语可与部分羌语大致交流相通④。我们列举这些并非要混淆两者之间的族群区分，只是为了说明在民族长期融通过程中的互相影响，同时从岷江上游峡谷地带人文地理关系着眼，表现出历史上藏汉之间的某种特定的边缘意义。历史上从理县米亚罗北上翻越鹧鸪山到马尔康这一带峡谷中的嘉绒藏区，结构相对其他藏区更加单一、封闭，直到中华人民共和国成立前仍实行土司头人制度，在文化方面显然地属比较突出的边缘位置，也即说，那儿与青藏高原藏区与内地汉族中心区域，都相去甚为遥远，可称重山险水阻隔，故其自身发展有着相当的特殊性与自在性。中华人民共和国建立后，马尔康设为阿坝藏族羌族自治州的州政府所在地，由政治文化的长期边缘冷落地位一跃而成为有一定代表性的区域政治文化中心。随着现代化的快速发展与改革开放后人民生活质量的普遍提高，嘉绒藏区的生活自然多欢快明净。加之高山峡谷区域生态保护相对比较完好，风光秀丽，空气清新，地貌原初特征等极易于

---

① 阿来：《康若文琴的诗·序》，四川文艺出版社 2014 年版，第 5 页。

② 阿来：《康若文琴的诗·序》，四川文艺出版社 2014 年版，第 7 页。

③ 〔美〕Mike Krang：《文化地理学》，王志弘等译，台湾巨流图书股份有限公司 2008 年版，第 7 页。

④ 参见王明珂：《羌在汉藏之间》，中华书局 2008 年版，以及《华夏边缘——历史记忆与族群认同》，浙江人民出版社 2014 年版。关于这一点，我本人生长于岷江峡谷地带，略有所知，我近期又从文友嘉绒藏族作家索朗仁特口中得到印证。

联系历史记忆，这都自然地为诗人的着笔附丽，激发不竭灵感，提供了取之不尽的素材与养料。在康若文琴笔下，似乎男性世界多象征政治历史，他们自然不免多具象为牺牲者、奉献者、守护者，而女性则象征了繁育与生活、建设，多被男性世界呵护、爱惜，是幸存者。男性这个符号，在康若文琴笔下，倾向寓意坚守、付出、牺牲，我们不妨称之为碑铭化的处理与永生的象征符号；女性则倾向寓意现世的生活，奔放、自由、欢乐，我们姑且称之为生态化的象征，这似乎都形成诗人笔下比较明显的定格惯性、生命特征，我们以下不妨结合具体例子诗句来详察体味之。

# 一、一动一静，张弛有度

康若文琴诗歌总体属于抒情诗，有一些叙事的成分，但篇幅都比较短小凝练、隽永，她笔下的男女有不同的特征与形式，构织了历史地域文化的充分象征。这是她诗歌的"独一性""自在性"所在。在她诗作里，女性大多奔放快乐，往往以动态的结构表现，前述如梭磨河水自由奔流。而男性则大多沉默寡言，集中表现为静态结构，男性形象总是会与嘉绒藏地的碉楼、山峰、石础、炮台、猎枪等加以映衬、形容、借喻、互文。前者无疑被赋予更多的当代气息，后者无疑负载着某种经久的历史记忆与回味：

> 曾经的金戈铁马凝固成奇峰怪石
> 在心灵的家园
> 或站，或蹲，或卧
> 守护着比花岗岩更凝重的历史
> 　　　　——《莲宝叶则神山》[1]

> 还是这碉楼
> 汉子一样站着的石头的碉楼
> 在时光里打了一个盹
> 如今便走进了书本
> 与长城一起
> 像一位拖着长髯的老者
> 供人观瞻
> 却无言以对
> 　　　　——《有关碉楼》

> 时光一失守
> 官寨躲进光阴
> 灯光渐次熄灭

---

① 本辑所引诗文，均来自康若文琴的诗集《马尔康　马尔康》（中国文联出版社，2015 年版）和《康若文琴的诗》（四川文艺出版社，2014 年版），具体引文不一一标注。单独发表诗歌，则注明出处。

从此，碉楼害上了幻听
颓然站立

　　　　　　——《松岗碉楼》


你阳刚的身躯，因为思考
丢失了性别
却因思考
成了一尊神

　　　　　　——《洛格斯圣山》


三万块石头，三百年
穿风透雨
守卫一个名字，苍旺
镌刻在石缝间的名字

　　　　　　——《苍旺土司碉群》

　　像这样的摘录，可以轻而易举地取自康若文琴的两部诗集。那些内容韵律彼此呼应而又各自成篇的诗章中，但凡涉及历史记忆，男性刚强、冷峻、沉重的绘形就凸显出来，占据诗行，形成山谷静态雕塑，无可取代。如雪山、岩石、高墙、冰川、冰挂等，都是男性象征。

　　即便现实生活中处于恋爱中的男性，也并不奔放、活跃，仍然处于静态艺术之状中，如："他也在喝茶/杯中的绿叶/像目光的腰身一样舒展"（《记忆》）。另外还有如写马尔康街头的僧侣，静态的观望的姿态，仍像雕塑一样。分析起来，其中无疑有男性在历史社会中的责任担当，女性对男性奉献的崇拜与依从，尤其是英雄史诗般的崇拜情结这些社会属性，女性对男性英勇出征或献身所付出的，怀持不尽的哀挽之情与深长敬意。事实上，嘉绒藏区男性对女性的庇护、赞美与敬重也是比较突出的，爱的事例比比皆是，这从他们的民歌、民间故事以及流传于当今歌坛的对女性的赞美歌曲即可体会，如嘉绒藏族当代著名歌手容中尔甲的《慈祥的母亲》《高原红》《美人中的美人》《美丽姑娘卓玛拉》等许多歌曲。嘉绒男性往往将女性赞美为"白度母"，意即天上的女神，男性必要时会为女性牺牲自己的一切，视死如归，以呵护家园生命的摇篮。康若文琴作为这种文化传承者中的一员，自然在这种文化中长大，所以写起来往往是笔到意到，诗意盎然。在文本身份中，她就像历史上嘉绒藏族女性的化身，成为她们的代言者。关于这一点，康若文琴是明确书写出来，如《有关碉楼》："不错。是碉楼/是汉子们用石头垒起的碉楼/护住了/火塘上喷香的青稞/新娘耳边叮当的银饰/还有佛前不灭的酥油灯/以及灯下摇曳的合十的身影"。类似例子还多。也许在这一点上，民族艺术惯性的力量很大，重复稍多，会多少削弱康若文琴诗歌的现代性与开放性。但我们只要置身于历史上边疆少数民族尤其是相对比较游离于主流社会的比较弱小、被动的民族遭际语境中，就不难体会与理解。如边疆人类学者王明珂所指："广大青藏高原东缘之地与人不仅是'华夏边缘'，也是吐蕃与藏传佛教之边缘。有些区域人群又成为伊斯兰世界的边缘。许多今日问题都由此双重或多重边缘性产生，也可由此得到理解。"① 我无意去援引那些"征服"与"被征服"以及各类悲剧冲突，但仅从迄今仍遗留于嘉绒藏区的许多石碉楼、长城垣、寨堡、屯兵点、墓葬坑等遗址，就可以想见历史上和平的珍贵与稀有。例如公元 8 世纪中后期即安史之乱时大诗人杜甫就亲身遭遇川西北民族冲突，他有诗："黄河北岸海西军，椎鼓鸣钟天下闻。铁马长鸣不知数，胡人高鼻动成群。"（《黄河二首·其一》）"昔我去草堂，蛮夷塞成都。……到今用钺地，风雨闻号呼。"（《草堂》）交界越境时重演的杀伐与镇压，相对弱小乃至无辜民众所受到的夹击、挟裹、屠戮，无疑最为惨痛，故记忆也尤为深刻。除此之外，还有境域部落寨堡之间的内讧、械斗等。康若文琴诗作的历史积淀与心灵负载书写，也是一个较少迁徙的世代半农半牧定居生活的高原峡谷民族的集体记忆。她只是一个书写者，一个承传人，她由口传历史与讴歌进而表现汉语书写的历史反思以及展望，无疑是积极的、有意义的。"记忆是一种集体社会行为，……我们的许多社会活动，经常是为了强调某些集体记忆，以强化某一人群组合的凝聚。"②

对于当代女性自身的书写，也许更多是来自诗人自身的生命体验与在地感受，而不再单是"集体记忆"以及受限的符号概念。诗人往往写得更加生动活泼、饱满有力，如诗人自喻自况以及对当代女同胞的形容，多生机勃发、形容尽致，甚至更多可称刚健而清新：

> 我恣意吼着嗨士多
> 跳起卡斯达温，手持长剑
> 大声叫你：婴儿冰川
> 　　　　——《婴儿冰川》

> 阿妣说，她的头巾会燃成一朵花
> 来世，她还是一个女人
> 　　　　——《阿妣和火塘》

> 央金的笑声越来越响
> 好像根本没有一嫁再嫁
> 　　　　——《娜姆和央金》

> 梭磨河没有干枯的记忆
> 只有过瘦或肥的体会
> 星光是她顶上的宝石
> 即便沉睡
> 依然熠熠生辉
> 　　　　——《沉睡的星光》

---

① 　王明珂：《华夏边缘——历史记忆与族群认同》，浙江人民出版社，2013 年，第 19 页。
② 　王明珂：《华夏边缘——历史记忆与族群认同》，浙江人民出版社，2013 年，第 22 页。

　　　　大山放下心来
　　　　披散长发，歇下
　　　　像院里的女人
　　　　骄傲地挺起下巴
　　　　　　　　　　——《剑麻》

　　丰满，奔放，快乐，写意，类似诗例不胜枚举。就女性象征而言，康若文琴之笔触处生春，无不跃动生态自然美学与当下生活的自由真实境况；述及男性，不论长幼，多形于凝固沉思，以至石化。这从文本效果来说，强化与反衬了女性世界诗意的表现。

　　在生产力相对落后、处境危险的区域，男性的责任往往更重大，这也是父系氏族社会的指征。正因为如此，女性的家园作用与繁衍意义更得到提升。在暂时没有男性成员担当主宰的时候，女性就有必要成为主宰、支撑，需要坚强、果敢，妇女因之也需要具有英雄气节。嘉绒藏区主要以农牧业生产、定居生活为主，家园象征显然更有养育、承接、劳作的意义。女性的繁育不仅有自然属性，更是一种社会属性。能够养育一大群儿女的母亲，不啻族群中的英雄母亲，形同"白度母"（女神）。男性因此会更加勇敢地投入社会责任担当甚至是为族群牺牲中去。

　　　　毛瑟枪冒着青烟
　　　　疆域还在，主人和野心呢
　　　　　　　　——《午后的官寨》

　　历史虽然远去，但民族性与社会意义仍然存留。"毛瑟枪"似乎还"冒着青烟"。嘉绒藏族孩子往往受母亲的影响更多，所以从教育学角度来说，女性往往需要在温柔的另一面，表现更多的男性果决气概，从而填补男性成员时或不在身边的缺陷，进而给孩子更完整的教育熏陶，这也是维护家园完整生态资源的一项义务。这就需要女性更加坚强与聪明快乐，以及具有吃苦耐劳的精神。对有教育功效的文艺（传说、故事、民谣、锅庄、山歌、史诗等）的健康发展，女性亦在贡献。

　　康若文琴的诗如"抚摸山冈的呼吸/我和草原刹那生烟"（《刹那走过》）、"你高原的声音在天地间跌宕/甩动的牧鞭清脆地画着弧线"（《放牧的妹妹》）、"你的手是强悍的风/在大地上刮来刮去/滚石在心中碾来碾去"（《风从山谷来》）、"我是嘉绒的女儿/大山便是至柔的母亲"（《星光下的脚步》）、"手持利刃的女将军/冲刺杀伐/出手利落"（《女美发师》），女性世界需要温柔，似乎也需要勇敢甚至是剽悍。在弥补男性缺位的时候，大山的原型象征可以适时转化为"母亲"，包括斗志昂扬的"枪手"——"上天啊，如果必须捍卫那/一片和平/怕只好寄望那支生锈的猎枪了/它挂在墙上，沉默多年/还能响吗"（《如虎》），如果不是特定的家园文化责任与出于警惕的假设，女性对枪支的思想断不会如此深入细致。这是细节的胜利。

　　不少人文学者认为家园文化中女性的主体性更加明显，常态性也更充分，对后代的影响更为直接。① 人类最早源自母系社会，当时孑遗的一些因子在现代还见诸一些偏远的少数民族地区。东方学美国学者爱德华·萨义德认为："人类历史是被生育、生产以及再生产（繁殖）出来的，男人们和女人们通过生育和精心繁衍物种，来进行自我生产。部落史是氏族（gens）和部落（gentes）的历史，他们是随着时间的推移自然地生育并发展起来的；他们不是由某个矗立于历史之外的神圣力量一劳永逸地创造出来的。"② 这就是康若文琴《一米跋涉》那样的诗歌很具象、精微地展现出来的历史，有着精确的家园感。

男性与女性这两种特定象征与互补形象，是康若文琴诗中比较鲜明的一个特点与文化致因。这构成了她诗歌动静相宜、一张一弛的审美效果与书写惯性。

## 二、泛神化的抒情的气质描写

嘉绒藏族虽然大体信奉藏传佛教，但其寺庙规诫并不像青藏高原地区那么严格，僧俗两界之分并没有那么鲜明，其宗教信仰更多是得自心性修为与心灵膜拜，带有大乘小乘、出世入世兼修并采的杂合特征。也许这也是藏汉之间地区长年的过渡与融合，以及如前所述边缘化的明显特征的具体表现。而且在神祇崇拜的行为与感应中，显然都带有调子比较浓郁的明快的抒情气质以及泛神化、泛生活化的浪漫倾向。就像七字真言，有时是用于颂神祈祷，有时则纯为表达一种生命感情，具有惊讶、祝福、赞叹等自然语境，有崇拜的因子，也有生态的气息，以及民族史诗的许多隐喻，突出标示了岷江上游峡谷地带人民的地理文化走向取舍与鲜明的生存特征。从这方面来看，显然强化了诗歌比较空灵清新的人间气息，其在康若文琴诗集中，表现充分，可以信手拈来——

"马尔康街头，手持佛珠/可以不静心，不诵经"（《佛珠》）、"我在经幡的呼吸里逡巡/千百年来一直等待/触角伸向青稞的腹地/冻土带裸露紊乱和空白/我杂草丛生的家园啊/太阳的花蕊刺伤我"（《最初的守护》），在宗教和生态两相照耀互动下，生态显然更为泛神化，从而更加突出家园意义。康若文琴的诗歌里有真言的韵律与人间信仰气息，但并非单纯的神示与教谕，更像是生活气息馥郁的带有原初人神共舞的空间气息与抒情描写。这恰是高原峡谷如空谷幽兰的美妙启示所在。她这方面的诗题，令人联想到拉丁美洲民谣"穿过骨头抚摸你的灵魂"，神奇世界的诗化以及人间"魔幻现实"的渲染，往往恰到好处，并适可而止，以清纯的女低音讴歌人神高原的力量，时感天籁与生机并发。如诗集中的《真言》《大藏寺》《嘉莫墨尔多神山》《寺庙》《小嘉措的快乐》《色尔米的经幡》等诗作。如最后一首写道：

> 从天空到大地
> 真言只需静默
> 声音，自心里冒出苗头

① 参〔美〕Mike Krang：《文化地理学》，王志弘等译，台湾巨流图书股份有限公司 2008 年版。

② 爱德华·W. 萨义德：《世界·文本·批评家》，李自修译，生活·读书·新知三联书店 2009 年版，第 205页。

经幡无风自动

真言端坐
色尔米的长空往更深处蓝

"往更深处蓝"，这是诗人的美学追求，也是生活的写照寄寓，是满满的人间关爱精神与人生终极意义骋想的探寻。这一"蓝"已有"高原蓝""宝石蓝"的精纯度呈现，令人诵之、爱赏、沉吟、回味。

## 三、生态意义充足的马尔康

诗集命名《马尔康，马尔康》，更加体现了诗人对地理文化与族群关系的倾心，以及生态美学的体会。不一定是有意，但这是一种潜意识，一种感情的集合体与呈现。在《康若文琴的诗》中有一首《黄昏的梭磨峡谷》：

季候风吹来
溪水在狂奔后刹那跌落
在飞花的山涧摔得粉碎
却成就了瀑布的精彩
在倦意渐深的山谷走了很久
麦田流动的气息触手可及
田中的小路起伏着奔向远方
我们别无选择
只有投奔曙光而去

这是一首生态气息充足而颇有借喻象征的佳作。文本的细节令人如临其境，感受到充分的高原时空关系与人文自然。

地景标示的生态意义在世界文学中显然都有精神标出的示范作用，从这方面讲，康若文琴的诗体现出比较鲜明的现代性。因为"这种浪漫派的地景观点，找寻的是自然的庄严雄伟，亦即超越渺小人类的'崇高'。这些诗本身就是历史事件。"[1] 超现实的注意，是现代性诗歌的一个特征。康若文琴的诗作，无疑也是她自己所属民族、地景的一个"历史事件"。"马尔康"，据说在嘉绒藏语中意为火苗旺盛的地方，象征着生命力与家园文化的传递。我们读到，在康若文琴笔下，寺庙、碉楼、雪山、冰川、青稞、糌粑、僧俗两界的交融，都显得神奇美丽，有梦幻色彩。人们和平相处，追求进步发展的现实，像梭磨河长流不息，闪烁片片银光，又像是诗歌的碎片化写作。康若文琴的诗歌篇幅多短小、复沓、象征，表现"瞬间的美"，这正是现代诗碎片化处置的一种方式。每一个碎片却都照映着历史，反映着现代。

马尔康在康若文琴的手指抚摸与弹奏间，活泼、温润、清新、光明、欣欣向荣……

---

[1]　〔美〕Mike Krang：《文化地理学》，王志弘等译，台湾巨流图书股份有限公司2008年版，第61页。

四月初八
青稞拱出土地
一片金光
我们和树
站在阳光下
一起盛装

　　　　　　——《擦查》

目光伸得越来越远
山与山靠得越来越近
……
经典的红黄蓝
沉淀在嘉绒人的血脉中

　　　　　——《六月的马尔康》

荞麦茶成了一天不离口的药，淡淡的苦涩
喝一口，好像就离荞麦地近一点
　　　　　　　——《荞麦花》

阳光吹响法螺
马尔康、赞拉、促浸、丹巴
河流银光闪耀
一路南下
核桃树低垂时光
火塘与世无争

　　　　——《嘉莫墨尔多神山》

　　这些抒情的生态气息渲染描写，诗句如风铃叮当作响。海德格尔赞美特拉克尔的还乡诗"为人之本质寻觅居留之所"①，康若文琴的诗歌也是留意了这一宏大主题。即便历史的遗憾与痛苦，在诗歌光芒映衬下，如海德格尔赞赏"痛苦已把门槛化成石头"②。幸福自由的马尔康，"从不躲避欢乐"，这得自理想化的现实生活，也得自诗歌艺术的神奇再现，洋溢着民族"文化的亲亲性"（cultural nepotism）③，这样的地标元素气息，展现亲切、坚韧、交流、融合的优良质地。这是走向世界的前提，也是民族团结发展的必然趋势。

　　饱满不等于骄傲

---

①　〔德〕海德格尔：《在通向语言的途中》，孙周兴译，商务印书馆2004年版，第4页。
②　〔德〕海德格尔：《在通向语言的途中》，孙周兴译，商务印书馆2004年版，第9页。
③　王明珂：《华夏边缘——历史记忆与族群认同》，浙江人民出版社2013年版，第26页。

穗子忍不住发出光芒

于三千米的高度

——《海拔三千，青稞和麦子》

嘉绒藏族历史上没有署名的女诗人、作家，但新生代的少数民族文学创作，巾帼不让须眉（例如最新的"阿坝文学"丛书中女作家就居半数）。在表现民族区域性与当代女性的同时，更加强化现代性的书写，实现双语更加自然的互文，突破自己的重围以及惯有的模式（虽然已是特色，但创新应该始终不懈），使诗歌文本更加丰富，更富生命气息，如语句间的信息量、弹性、张力、创新意识等。这，也许不仅是当下康若文琴一个诗人所面临的高度挑战。

我们期待嘉绒藏族女诗人康若文琴这棵高海拔的"青稞麦子"，在马尔康的蓝天光照与山河岁月中，不断追求卓越，飞得更高。

（作者单位：四川大学文学与新闻学院）

# 康若文琴的"高原抒情"

李　怡

　　周文琴，一位来自四川马尔康的诗人，通常以"康若文琴"的笔名发表她的"高原抒情"，我不知道这个笔名的来由，斗胆凭直觉猜测，似乎暗含了民族与地域的几重指向——康藏人的族群身份，康巴高原的地域体验。这种大胆的猜测源于她的抒情为我们展示的世界：雪域、神山、高原、草原、酥油……

　　在我看来，重要的还不是诗人为我们描述了这样的高原世界，而是这种描绘的姿态不是内地人常有的那种无条件的惊叹、夸张的赞美与"中产阶级"式的故作神秘的想象。那种跨越地域的抒情越来越流于陈词滥调，从某种意义上说已经将高原的本色涂抹得斑斑驳驳了。进入康若文琴的高原，我们读到的是一种十分"日常"而"自然"的表情：

> 马尔康从不躲避欢乐
> 在河与山的背景上
> 祈福的三原色已经调匀
> 一笔抹在眼中
> 一笔写在心田
> 　　　　——《六月的马尔康》

　　马尔康的美不是意外的惊艳，而是来自心田般的自然而然。同样，她眼中的冰山也似乎不便用"壮丽"来形容（那样的惊诧只能属于第一次进入高原的人们）。你看，高远的它其实与普通的人建立着切近的精神联系：

> 你还将老去
> 老得让人越发信任
> 直到有一天
> 你成为一尊神
> 　　　　——《达古冰山》

　　在这里，高耸入云的冰山不再以高不可攀的雄姿令人震撼，它如此亲切，因为亲切而带给人们尘世的信赖，而所谓的"神性"也生发自这种由衷的信赖。没有将高原、神圣融入心灵的人，难以理解这种远与近、神圣与凡俗的自然联系。

　　这样融高远、神圣、永恒于世俗日常的体验方式、思想方式与表达方式可能是"最康藏"的。你看，连死亡和衰老也被写得如此的稀松平常：

风把我们吹老了

眼睛没了星光闪烁

都说这是永恒的旅程

从起点到起点

时光在一些脸上开成菊花

却凋零更多的心

······

风一天天吹我们

一些人老了

一些人却年轻

——《风一天天吹》

我赞赏这样的康巴抒情，因为它真正属于高原，属于这个地域和这个民族，当我们看惯了太多的"内地视角"的高原抒怀，难免开始质疑那些"惊艳"描绘的真实性。当然，远距离的夸张与想象自有其不可替代的权利，尽管如此，我们还是希望能够读到高原人自己的高原。

在这里，始终存在一个"西部民族视角"与"中原视角"的根本差异问题。

我曾经提出过一个观察、研讨西部民族文学的悖论：我们讨论的是西部的民族，而使用的却是东部（其实是中原中心）的眼睛。或者说是在东部命名的"时间意识"中描述西部独特的"空间"景象，这样的景象常常可能是"异样"的、"新奇"的，却可能是被扭曲了的，就像我们已经不能忍受西方人以奇观心态来打量中国一样，我们也当对中原心态的"西部奇观"保持警惕。

有时候，我们喜欢谈论所谓"全球化时代的中国西部文学"，谈来谈去，就似乎变成了一个局部空间的文学现象如何适应更有普遍意义的时代发展的要求的问题。其实，困惑一直都存在：我们究竟当如何在"或世界或民族"之间作出选择，或者说全球化时代的文学普遍意义与民族文学、地区文学之间的矛盾是否还存在？如果存在，我们又当如何解决？无论我们目前的议论如何竭力消解所谓二元对立的思维，其实在前些日子学术界讨论"全球化"与"民族性"的复杂关系时，我们都仿佛见到了当年世界性与民族性争论时的热烈。甚至，其基本的思维出发点也大致相似：全球化时代与世界化时代都代表了更广大而普遍的时代形象，而"中国"或"中国西部"则是一个局部的空间范围。这两个概念的连接，显然包含着一系列的空间开放与地域融合的问题，也就是说"中国西部"这个有限空间的韵律应该如何更好地汇入时代性的"合奏"。我们既需要"合奏"，又还要在"合奏"中听见不同的声部与乐器！这里有一个十分重要的理论假定：最终决定文化发展的是时间，是时间的流动推动了空间内部的变化——应当说，这是我们的到目前为止的社会史与文学史都十分习惯的一种思维方式，即我们都是在时代思潮的流变中来探求具体的空间（地域）范围的变化。首先是出现了时间意义的变革，然后才贯注到了不同的空间意义上，空间似乎就是时间的承载之物，而时间才是运动变化的根本源泉，我们的历史就是时间不断在空间上划出的道道痕迹。例如我们已经读过的文学史总先得有一章"五四新文化运动的发生"，然后才是"五四在北京""五四在上海"或者"五四新文化运动在诗歌领域里引发的革命""在小说领域里产生的推动""在戏剧中的反映"等等。这固然是合理的，但从另一方面来说，它所体现的也就是牛顿式的时空观念：将时间与空间分割开来，并将其各自绝对化。在这一问题上，爱因斯坦"相对论"从打破时空绝对性的立场深化了我们对于时间、空间及其相互关系的认识。在这方面，被誉为继爱因斯坦之后最伟大的科学家的史蒂芬·霍金有过深刻的论述：

> 相对论迫使我们从根本上改变了对时间和空间的观念。我们必须接受的观念是：时间不能完全脱离和独立于空间，而必须和空间结合在一起形成所谓的时空的客体。①

这是不是可以启发我们，在所有"时代思潮"推动的空间变革之中，其实都包含了空间自我变化的意义。在这个时候，时间的变革不仅不是与空间的变化相分离的，反而常常就是空间变化的某种表现。中国现当代文学决不仅仅是西方现代性思潮冲击与裹挟的结果，它同时更是中国现代知识分子立足于本民族与本地域特定空间范围的新选择。只有充分认识到了这一事实，我们才有可能走出今天"质疑现代性"的困境，为中国现当代文学寻找到合法性的证明。

在时间变迁的大潮中发现空间的本源性意义，这对我们重新读解西部文学，重新展开"全球化语境中的中国西部文学"这一命题也很有启发性。比如，当我们真正重视了空间生存的本源性地位，我们就会发现，从表面上看，这是一个普遍时间和一个特殊空间的问题，但在实质上来说，其实所包含的却是西部的"空间"与东部的"时间"的问题，关键之处在于"东部"与"西部"。所谓"全球化"，与其说是一个普遍的时代思潮，还不如说是东部人的生存感受，是东部的经济方式与生活方式在某种意义上汇入了"全球性"的漩流之中。于是，他们将这一感受作为问题对包括西部人在内的其他人提了出来。自然，西部人对此也并非全然是被动地对于外来"时间"作反应，他们同样也在思考，同样也在感受，但他们感受与思考的本质是什么呢？仅仅是在"领会"外来的思潮吗？当西部大开发的铁流滚滚而来，当东部的经济力量四处施展，当外来的异乡人纷至沓来，当接受和不能接受、理解和不能理解的文化方式与宗教方式，生活方式与语言方式都前所未有地汹涌扑来，西部的精神世界是怎样的，西部的文学又是怎样的？很明显，在贯通东部与西部、全球与中国的"时代共同性"的底部，还是一个人类与民族"各自生存"的问题，是一个在各自具体的空间范围内自我感知的问题。

理解中国西部文学，归根结底还是要理解西部自己的感受。这里的"全球化"与其说更具有普遍性还不如说更具有生存的具体性，与其说可能更具有跨地域认同性还不如说可能包含了更多的地域分歧与冲突，当然，也有融合。既然今天的西方人都可以在连续不断的抗议和攻击中走向全球化，那么，我们为什么不能？所要指出的是，在文学创造的意义上，这里的抗议与拒绝并非简单的守旧与停滞，它本身就是一种有意味的姿态，或者，它本身也构成了全球化的一部分。

如果说康若文琴的高原抒情具有什么样的特色的话，那么就是她努力用西部高原人

---

① 〔美〕史蒂芬·霍金：《时间简史》，湖南科学技术出版社 2002 年版，第 21 页。

的眼睛讲述他们日常生活中的高原，这是西部人自己的高原，自己的空间景观！虽然这些诗歌还不能说多么完美，多么深刻，但是能够遵从自己的内心，没有在东部文化主流的大潮中迷失自我，这本身就是重要的起点，一切所谓的完美和深刻都必须从这个起点展开。

（作者单位：四川大学文学与新闻学院）

# 康若文琴：从"世界"的方向看

段从学

一

不管有意还是无意，诗集《马尔康　马尔康》的开篇之作《寺庙》，都可以看作是"序诗"，一个理解康若文琴的"引子"：

> 门洞开
> 除了尘封已久的光影
> 谁一头撞来
>
> 喇嘛坐进经卷
> 把时光捻成珠子
> 小和尚，跑进跑出
> 风掠起衣角
>
> 净水。供台。尘埃
> 起起落落
>
> 禅房的窗台
> 吱嘎作响的牙床
> 谁来过
> 又走了

对于习惯了从作者，也就是从"人"的方向来看待"世界"，理解并书写万物的现代诗学观来说，这里隐含着一个根本性的"倒转"。偶然走进寺庙——让我们假定有这么回事——的诗人，就像那个"一头撞来"的闯入者一样，不过是被寺庙召唤和聚集而成的"世界"中的一个片段，无数"起起落落"中一次短暂的纷扰，一次必将重归于宁静，又重归于"起起落落"的纷扰。"一头撞来"，以及"谁来过/又走了"的两个"来"字，以及"跑进跑出"等语，不动声色但却无可置疑地袒露了这样的事实：康若文琴不是从"人"，而是从"世界"的方向来看待一切，理解万物。

　　如果有，而且必须用我们熟悉的"主体"这个词的话，康若文琴诗歌的主体也不是"人"，不是"人类"，而是"世界"，是人类诞生、死亡和栖息于其中，让"人"成为"人"的"世界"。不是题材，也不是什么文化，而是这种独特的世界观，让康若文琴成为康若文琴。一般人所说的"文化"，在她这里，也是从"世界"生长出来，最终又将复归于"世界"的事物。

　　"跑进跑出"，"来过又走了"的，是这样那样的事物。不变的是"世界"，永远在等待着"谁一头撞来"，包容并孕育了万物的升腾与喧嚣，最终又将万物归闭于自身，等待着任何一个"谁"以他自己的方式"撞来"，筑造并承担他自己的命运的"世界"。

## 二

　　一望而知的是，这个独特的"世界"观扭转了我们熟知的人与世界的关系。略带嘲讽，也因为这种嘲讽而稍嫌直露的《周末，与一群人爬山》道出了这一点：

> 一群人登上山顶
> 把这看作是一次征服
> 山把一群人捧成了英雄，却默然
> 将人洒落的虚汗吮吸，一干二净

《梭磨河谷的绿》，同样道出了这一点：

> 扶绿坐上时光的船
> 随从的是梭磨河
> 枯萎和成熟如影相随
> 河床的包容让梭磨河常绿
> 春风一开放绿就青葱
> 掩映的碉楼越发老了
>
> 梭磨河峡谷的瞩望中
> 每个人都是小蚂蚁
> 来去匆忙
> 不老的却是绿

　　把人当作"世界"的主体，把"世界"当作人的客体的现代人，从浪漫主义者到现代主义者，再到名目杂乱而喧扰的后现代之类的主义者，也曾反复写过类似的感觉，抗议过"世界"对作为主体的人的超然和冷漠。比如穆旦，就曾在《城市的街心》中，发出过这样的抗议和感叹：

> 大街延伸着像乐曲的五线谱，
> 人的符号，车的符号，房子的符号，
> 密密的排列着在我的心上流过去，

起伏的欲望啊，唱一串什么曲调？——

不管我是悲哀，不管你是欢乐，

也不管谁明天再也不会走来了，

它只唱着超时间的冷漠的歌，

从早晨的匆忙，到午夜的寂寥，

一年又一年，使人生底过客，

感到自己的心比街心更老。

只除了有时候，在雷电的闪射下

我见它对我发出抗议的大笑。①

这样的书写，在相当长的历史时期里，曾赢得了反抗异化，彰显据说不可或缺的主体性精神的文学史和思想史意义。但从"世界"，而不是从作为主体的人的方向来看，问题显然不一样。现代主义者的抗议，正如我们熟知的那样，是立足于"人"，从"人"对世界的主体性权利出发，要求"世界"成为"人的世界"，成为"人"兑现和满足他任性而自私的权利欲望的场所。这是一种观念性质的幻象，一种"主体性精神"——请注意"精神"这个词。

而"精神"之所以为"精神"，乃在于它不是"事实"，正如"事实"之所以为"事实"，就在于它不是"精神"。所以，这种任性而自私的"主体性精神"，从诞生之日起就注定了必然要遭到"事实性世界"的抵制。反过来，"主体性精神"也因此而注定了只能在抗议性的批评中，或者独白式的自言自语中来展示自己的存在。感伤主义和批判性的先锋姿态，就是"主体性精神"的文学形式。幻想着"事实性世界"是被征服、被使用的客体和对象的时候，任性而自私的"主体性精神"就现身而为反抗和批判的先锋姿态。意识到了但又拒绝承认"事实性世界"就是"事实性世界"的时候，任性而自私的"主体性精神"，就现身而为不被理解、不被接受，因而未能获得本来应有的主体性支配地位的孤独者、受伤害者。

康若文琴从"世界"出发看待万物的姿态，恰好解开了"主体性精神"和"世界性事实"构成的这个结构性困境。把人从他任性而自私的"主体性精神"中解放出来，转而从"世界"的方向看待万物，理解包括人类在内的"世界性事实"，这样的方式当然会让把"人"理解为"主体性精神"，而不是事实性存在的"人"感到沮丧。就像那些自以为征服了高山的登山者，会对诗人的《周末，与一群人爬山》感到不快一样。

把"人"从他任性而自私的"主体性精神"中解放出来，意味着"人"不再享有近代以来突然之间获得的崇高地位和支配万物的特权。他从站在地球之外，从宇宙的角度俯瞰地球，君临万物的主体，变成了"世界"之中的存在，变成了"世界"的一部分。"世界"给他生命，也给他命运。没有这种命运，他就只能是一个抽象的"精神"，一个虽然享有崇高地位和支配万物的特权，但事实上却空洞无物的"主体性精神"。这样的"主体性精神"，对宇宙、对人类来说或许的确有无可否认的重要性，但对时间中

① 穆旦：《城市的街心》，《穆旦诗文集》（第一卷），人民文学出版社 2006 年版，第 322 页。

的个体来说，却只能意味着对真实性的不断剥夺。一个人获得自身真实性的必要前提，只能是从虚幻的高处走出来，回到"事实性世界"之中，接受并享用它自己的命运。同样在高原写作的于坚就曾说过：

> 一千多年了，上帝一直站在高处。仰头看他的人，脖子都疼了，他不觉得累吗？不觉得太孤单吗？其实他只要到山顶，就往下走，他就回到家里。在我故乡云南高原的群山中，这是每一个普通人的常识。①

如果我们根据特定语境，把于坚这里的"他"直接还原为"主体性精神"的话，意思就更清楚了：被固定在崇高的主体性特权上，和被固定在被支配的客体地位一样，都是一种受奴役的不自由状态。问题不在于位置，而在于被固定、被摆置的不自由。所以，康若文琴循着"世界"的节奏和方向，回到"世界"，恰好是对人的一种解放，让他从任性而自私的"主体性精神"囚笼中走出来，获得了自由和解放。《因为高原》，就是这种命运，这种自由和解放的见证：

> 因为高原
> 天地的杯盏盛满阳光
> 余晖刺漏云层
> 月亮湾一下悬在天上
>
> 因为高原
> 月亮湾也躺在草地上
> 空气稀薄也可以营养丰富
> 喂养牦牛，体格健壮但不影响发呆
> 喂养河曲马，不俊但不影响成为好马
> 花朵由着性子开放
>
> 因为高原
> 扎西和卓玛透明没有尘埃
> 可以坐在月亮湾边
> 也可以坐在月亮之上

康若文琴这种从"世界"来看待万物，在命运中获得自由和解放的姿态背后，潜含着一个隐而不显的无意识前提，那就是："世界"究竟是黑暗的囚牢，还是生命的家园？

## 三

在宁可抛弃自身的真实性也要逗留在他任性而自私的"主体性精神"里的现代人看

---

① 于坚：《棕皮手记·1982—1989》，《于坚集》（第五卷），云南人民出版社2004年版，第4页。

来，"事实性世界"就是囚牢的同义词。不惜冒着毁灭自然的风险也要征服自然的决心背后，隐含着现代人对自然的新看法："自然是敌人，是一种要被规约到秩序上去的混沌（chaos）。"① 美好的事物、自由的命运只能出自作为"主体性精神"的人的设计和创造。

康若文琴的立场与此相反。在她笔下，自然不是敌人，"世界"更不是囚牢。《放蜂人》以朴素、实在而直接的形式，表达了她对"世界"与"人"之间亲密关系的领悟与理解：

> 天南地北
> 逐花而走
> 心里永远装着春天
> 如同一个触手可及的梦
>
> 一路怂恿蜜蜂
> 一路打探春风
> 所有甜蜜的前程
> 由花确定
> 由蜂达成

不是早已经沦为教科书常识的改造和征服，而是对"世界"的依从和追逐，筑造了放蜂人的命运，完成了养蜂人的生活。为了浅薄之徒不至于把放蜂人的生活定义为农牧业社会或前现代社会所特有的诗意的或落后的生活方式，这里或许有必要提醒一下："甜蜜"这个词语，在不同类型的文明中，都具有原始词根的奠基性意义。

循着这种独特的"世界"观，也就不难理解为什么《康若文琴的诗》《马尔康　马尔康》两部诗集中，随处可见的都是事物和世界，而不是诗人和她的感情。尤其是后者，几乎就是一部用诗写成的地理志和风物志。如果我们事先不知道这是一部诗集，也不知道作者是一位诗人的话，即便不考虑"边界——从蒲尔玛启程"这个带有极大提示性和引导性的标题，我相信绝大部分读者把《午后的官寨》《嘉莫墨尔多神山》《蒲尔玛的雨》《六月的马尔康》《松岗碉楼》《冰挂》等看作地理游记的可能性，也会远远高于把其看作是诗的可能性。

她的诗中起伏着不安和躁动，也潜含着焦虑。这种焦虑和躁动，更多地来自一种想要穷尽万物、触摸万物，甚至是拥抱万物的母性冲动。这些事物，包括了刚刚提到的官寨、碉楼之类的历史存在，也包括了一般"藏地诗歌"中照例必有的阳光、高原、神山、岩石之类的自然之物。诗集《马尔康　马尔康》第四辑，干脆就被诗人命名为"隐约的万物，低语"。在这里，万物就是一切，一切就是万物，而诗人则是倾听者、观察者、凝视者。经历了阳光、高原、神山等大世界的诗人，转而向《蒲尔玛的果树》《一

---

① 〔美〕列奥·施特劳斯：《现代性的三次浪潮》，彭磊、丁耘等译，《苏格拉底问题与现代性》，华夏出版社2008年版，第38页。

株草》《一树梨花》《一株桃》之类的细微之物，用同样的姿态、同样的感情，献上了自己的低语。考虑到已经有太多的"藏地诗歌"写过阳光和天空，康若文琴自己也刚刚从同样的方向退回来等不言而喻的事实，我愿意把《蒲尔玛的果树》看作她从"世界"的方向看待万物，从最低处抵达最高处，从最直观的写实抵达最抽象的象征之境的隐喻：

> 从河谷，爬上山顶
> 离太阳越近，苹果树越低调
> 恨不得匍匐前行
> 果子能小就小，小小的灯笼
> 看清眼前就好
>
> 花红树生来不招摇
> 小小的果子害羞，躲在树叶间
> 也没躲过鸟的眼睛
>
> 红彤彤的太阳，像只
> 大苹果，挂在村口
> 等着一只巨大的夜鸟啄食

或许正因为世界和事物，而不是诗人和她的感情筑造了她的诗歌世界，康若文琴的语言和节奏，也显得那样简洁、凝练，甚至简洁、凝练得有些硬、冷。相当一部分诗行，直接就是方正、整齐、干脆的短语，就像裸露在高原的岩石。随着她的诗，行走在河谷的时候，你分明能感受到来自高处的带着寒气的阳光；站在高处的时候，她又会提醒你河谷深处的河流、石头和草木。事物在"世界"的整体性关系中，彼此安于自身的位置，那样和谐，那样宁静。即便是草木在春天发出的呐喊，你也会意识到这是一种绿色的、冷色调的生命的呐喊，而不是我们熟悉的那种忘乎所以的、热血沸腾的——自然往往也就是空洞的呐喊。

她写过一首《夯土谣》，气氛热烈，阳光恣肆，人们在劳作中"大声歌唱"。但这种热烈、恣肆的歌唱，并没有如一般人想象的那样，成为一种泛滥成灾的浪漫主义感伤。阳光的恣肆把绿色注入草木，人类的劳作把松散的泥土夯成结结实实的土墙，结结实实的土墙四面围拢，把开阔挤压为人类的居所。而康若文琴的写作，则把热烈的气氛、恣肆的阳光和人类大声的歌唱，统统装进了简洁、凝练而冷硬的诗行：

> 把丰收交给时光
> 夯土时，一定要大声唱歌
> 歌声夯进土墙
> 新房才温暖
>
> 唱一回夯土谣
> 寨子，就恋爱一次

人就年轻一回

阳光，为土墙的封面

镀上一层金

目前看，这种简洁、冷硬的语言，加上地理志和风物志的写实，的确构成了康若文琴的诗歌风格，也在很大程度上，满足了一般人对"藏地诗歌"的想象。但习惯了从"人"的方向来思考和写作的我们，仍然禁不住会想：要是阳光再恣肆一点，气氛再热烈一点，诗意又会是怎样一种景象？会不会因此而漫过看起来不可逾越的高度和界限，在另一种形式中找到自身？

土墙筑成的居所，在庇护人类，把一切纳入自身的同时，也提供了启程和出发的力量。那些被夯进去的阳光和热情高昂的歌唱，注定要化成人类的梦想，化成我们再出发的力量。就此而言，我们有理由相信《康若文琴的诗》和《马尔康　马尔康》两部诗集，是她旅途中停下来，汲取梦想的力量，汲取阳光的力量，准备再一次出发的地方。毕竟，对一个创作力旺盛的生命来说，一切都值得遐想，值得期待。

（作者单位：西南交通大学中文系）

# 诗：个体、现代性与族性

## ——读《康若文琴的诗》

姚新勇

一

面对一个具有少数族裔身份的诗人，我们很容易从他或她的族裔身份出发去阅读她或他的诗作，而且所打开的诗集也往往会满足我们的期待，敞开诗人、诗作的族裔性，从而得出族性充沛的阐释。《康若文琴的诗》似乎将再次证明这一点，如果我们按照诗集所安排的顺序从前往后地展开诗卷。

请看它的开卷：

在高原
心一下子放低了
由不得自己

天近了
人静了
望一眼
便蓝得通体透明

云朵还是高高在上
手不可摘
却能听见它的呼吸
自由自在
　　　　——《在高原》

高原、蓝天、白云，将整个身心沉浸于其间的人，从而自在徜徉。这是多么典型的高原书写、藏族诗情呀！

然而幸好我不是按照诗集的排序从前到后地阅读，而是从最后一页开始阅读。《康若文琴的诗》的排序与写作的时间恰好相反，以成长或发展来审视事物演变的思维惯性，让我从最后一页开始阅读，这带来了一个超乎预料的发现——一位女性视角不亚于族性色彩的诗人，一位诗性相当纯粹的女性诗人。

# 二

按照《康若文琴的诗》的排列顺序，第一首是《在高原》，而排在诗集末尾的却是写作时间最早的《落叶》，诗人从对落叶的细腻观察，来张开她的诗眼：

## 落　叶

落叶如伞
太阳影子的斑点
是你的梦想
大地的裙子
因为曾经的思绪
光怪陆离

大雁并不在意
这一寸绿色的丢失
携眷南飞
笑容随季节脱离枝条
融在枯叶里

1988 年 10 月

短短的诗篇，两节，不过 11 行，却既有着敏锐细腻的捕捉，又富于含蓄阔大的达观。如伞的落叶、太阳的斑点与梦想跳跃，绿叶、大雁、远方、枯叶，季节转换在一笑间完成。这究竟是女性诗人独具慧眼的发现，还是拈花观物的菩萨之慧根？若以《秋日小憩》《黑夜之约》等诗作来看，答案似乎是后者，或许可以把这归之为细腻的女性诗眼与藏传佛教文化的自然融汇。这当然不只属于藏传佛教，还是历史久远的与佛教信仰相关的跨族裔性的诗歌传统，比如《秋日小憩》《阳光下的雨滴》读来都有王维诗的意境，某种程度上甚至也可以让人联想到李白的《独坐敬亭山》。但不管是我们更看重细腻的女性诗眼还是佛教文化的自然熏陶，康若文琴的早期诗歌都表现出女性细腻的观察与大的时空视野有机融合的特点，或者更为准确地说，其创作从早期起，就呈现出这样一种结构特色：诗歌的篇章都比较短小，常常是两到三节，分为两个部分，前一部分常以细腻的笔触半观察、半想象地捕捉某种物象或景致，而后一部分，则将诗行从眼前的观察或联想转移开来，进入更为阔大的时空意境中。比如下面这首：

## 愁如细雨

愁如细雨
在山腰处蹑足走来
雨脚

踩出一条小径
走来远山渐渐清晰的身影
时断时续的雨声
是夜的阴霾
打湿路灯间的昏黄

手握细雨
树叶上舞动唐代胡旋
激情暗涌
击碎蓬草窄窄的梦

1990 年 7 月

的确是一首极妙的诗，其妙所在，不仅仅是化细雨为轻蹑的脚步，穿行、敞开空间，还是纤细之手握住这细雨的脚步而旋转历史的画卷。

再来看下面这首：

### 秋风的补丁

只要还看见我的眼
便会记住这个秋天
你手指划过的那丝颤抖
从风里走向风里

荡漾的时光
把贫瘠的思念养肥
无须用秋的声音
向我诉说一片飘忽的云
一双在秋风中颤抖的手
更无须用飘零的黄叶
给曾经的记忆打上补丁

一缕秋阳
从你的眼中溢出
秋风中满山的白桦
变成古老的手指
将秋风的丝絮
编织成一件失意的背心
等待即将抵达的冬寒

1991 年 11 月

一如既往的细腻之感，敏锐地捕捉住细若游丝的颤动，一种莫名的心悸渗出诗行，又被从眼中溢出的满山白桦收容。

## 三

细腻，尤其是细腻而沉浸性的抒情，往往是现代女性诗歌的共同特点，比如写下《死》《舞蹈》《静夜》等诗作的郑敏，再如以组诗《女人》著称的翟永明，两人诗歌的规模虽然差别甚大，但细腻的又具有内倾性沉浸抒情的特点，是颇为相通的。当然，更为相通的是两者共有的"黑暗中凝视的意识"或"凝视黑暗的意识"，那是由鲁迅的创作所确定的现代性的意识。将康若文琴的早期诗歌放在中国现代女性诗歌的谱系中加以比较，不难发现共同的抒情、感知之眼的细腻，但是郑敏、翟永明的细腻有着极强的往下往深往内心往灵魂乃至往肉体的渗入感，而且伴随着不断的内在性的渗入，惊悸、黑暗的意识也在不断地淤积，扩大，加厚。而从康若文琴早期诗歌的细腻之笔中，虽然有时也会渗透出几缕惊悸之感，但它们不是淤积性、渐增性的，更没有与存在的黑暗意识接通。相反，它们是化解性的，或转换性的。如果说康若文琴早期的细腻、精致之笔触，不时会渗出几缕令人心悸的感觉的话，它们也马上就会被转向阔大时空的笔触而消融。这不仅是因为诗歌前半部分的紧张或心悸，本身就不是很突出，往往只是微微地渗溢，更是因为那些阔大的时空，往往空间性更为突出，且往往是与季节转换、自然山水相关的空间。季节转换的亘古不变，自然山水的"自在""永恒"，就为诗人，也为读者提供了情感、身体、灵魂的慰藉之所。或许《放飞日子》是少有的例外。就此而言，即便早期康若文琴的诗是更为个体性的，但藏地文化对它们的影响，也是内敛而深厚的。

后来这种内敛性的文化因素，就逐渐成为主导性的诗歌之眼，让"她的诗"，逐渐变为了"我们的诗"。

## 四

《康若文琴的诗》收录了1988年10月到2013年7月25年间创作的88首诗，平均下来每年所收录的还不到4首，因此，我们自然不好轻易依照这本诗集来断定诗人诗歌创作的变化，不过如果不是那么严格的话，从中还是可以看出一些变化的节奏。粗略地说，或许1994年9月到1995年底，是康若文琴诗歌创作的一个比较重要的变化节点。从分别创作于1994年9月和1995年1月的两首诗——《最初的守护》《开放在刀刃的菊》——可以感觉到诗歌明显地从女性个体的抒情，转向了族裔性情感的表达，观念性书写的意味增强。我不清楚在这样的转换中，诗人究竟经历了什么，但创作于1995年4月的《寻绎》却透露了一些信息。

《寻绎》含有寻找的意思，但它更强调的是"抽引推求""追思"，即对普遍性、规律性的寻找，或通过追思去理出过往生命的头绪或轨迹。当然，这是就一般性的意义而言的。但对于一个诗歌写作者来说，对于一个对语言有着细腻的体验与敏感的诗人来说，"寻绎"自然更应该具有"语言"的隐喻及本意的共在性，对存在的寻绎而言，语言自然应该本体性、隐喻性地出场：

> 我蜷缩在语言的巢中
> 风和日丽中一股暗流汹涌
> 蚂蚁成群结队地迁徙
> 辨不清绿叶后的躁动
> 结籽的蒲公英十面埋伏
> 沙砾掩盖了曾经
> 目光翻不过记忆的崇山峻岭
>
> 　　　　　——《寻绎》

　　探寻、彷徨、突围、困陷的焦灼与挣扎跃然纸面。假想，如果康若文琴有足够的耐力、足够的勇气长久地沉浸于这样的"语言突围之阵"中，将会写出怎样的诗篇，将会形成何种新颖的风格？她的诗是否可能真正汇入主流汉语现代诗歌的谱系，在高原边地/中心绽放独特的诗情？

　　当然，这只是猜想，一个更看重现代性个人书写者的猜想。或许这种猜想只是一个外来者的遐想，其实对于生活于高原中心的诗人来说，事情无需那么复杂，亘古的高原、厚积的雪山、无边的草原、徜徉的羊群、舒卷的白云、代复一代的转经人，都一齐向诗人昭示着方向，显现着奥秘——平凡而厚重且沉默的奥秘。于是我们看到，成群结队的语言之蚁，幻化成了高原的《星星雨》；困陷的焦虑，也被"不经意"的"捕捉"、"行云流水"般"柔曼的手指"所替代。

　　然而，将自己毫无保留地交出去，交给高原，交给雪山，交给草原，交给煨桑的轻烟，就可以得到终极的答案或一劳永逸的自在吗？翻看整本《康若文琴的诗》，感觉诗人是有这样的想法，似乎也在不断地朝着这个方向前行。不过，对于我来说，对于我这样一个更靠近鲁迅，更时常沉浸于现代性焦虑的个体来说，我还是更喜欢一种未完成的中介性的状态——

> 风吹凉了我的背影
> 月色穿过我的头发
> 你游弋的思绪随晚香玉的叹息若隐若现
>
> 绕梁的曲子如猫咬人们千年的听觉之鼠
> 高踞在空中的是风源
> 吹音符上下左右窜动
>
> 　　　　　——《星星雨》

　　当然这主要是我的阅读感受，当然这也不纯然是我的阅读感受，可能也是诗人的比一个漫长的冬季还要漫长的交出、托付自我的隐隐的挣扎——

**冬　夜**

冬夜阴冷着脸

撒满天空的星星都在颤抖
炉火和壶水在身旁歌唱
为远方唱歌

远方的夜空是否闪烁着一样的眼睛
你说月亮挽弓射冷冷的箭
日历的呼吸比数九的泥土还要厚重

时钟的背后出门
心情是路标
日出催花草发芽青稞饱满
日落吹云聚云散风雨雷霆
用眼睛追逐闪电的心情
我看见时针追赶分针

霜的长矛刺向了小草
我的歌声在每户人家的烟囱中弥漫开来
可远方的人们没有炉火

经过了这长长一年的寻绎——

蓦然
我找到了你，千万里
你知道吗
你看到的都是笑意

我走过电闪雷鸣
时光的刀剑中保留着微笑
只为了与你相见

你的笑隔着瀑布与深潭
战火风驰电掣
太极的漩涡吞没过火的楼群
暴雨的引擎消匿在铅静的湖面
雪霁后无声的鸦雀
四处觅食
导火索如影随形

然而，

我们的时光就在今天

今天上午
这样的上午根本没法预约
也没法预见
更看不清明天
————《早餐后的上午》

这仿佛是穆旦的诗《我》的遥远的回响。

或许只有真正注意到了处于这种中介状态的康若文琴，才能更好地体味、欣赏她后来诗作的托付、优秀与独特，也才能看到那"平静后仍是混浊的河水"（《阅读河水，雨后》）。

（作者单位：暨南大学文学院）

# 文化地域视野下康若文琴的诗

栗 军

　　读当代藏族诗人康若文琴的诗，一种清新的感受扑面而来。她的诗有明显的地域性特征，有浓郁的民族风情，在文化地域视野下，其作品呈现出现代诗作中的婉约和柔美，以及对日常生活情感的表达，甚至是对时空感知以及对世界的认知和看法，都让人钦佩、深思，回味无穷。

## 一、文化地域性中的诗性表达

　　康若文琴是四川阿坝的诗人。在文化地域性视野下的诗性表达，是其诗歌最突出、最鲜明的特色。从 1991 年发表诗歌以来，康若文琴作品散见于全国各级报刊，入选多种文集，到目前为止，结集出版有《康若文琴的诗》《马尔康 马尔康》。四川阿坝马尔康，这个名不见经传的小城，一个颇具特色的小城，给予了诗人信手拈来的文化地域材料。

　　诗集《马尔康 马尔康》就是作为 "阿坝作家书系" 之一呈现的。该作分为五辑，其中第一辑名为 "边界——从蒲尔玛启程"，第二辑名为 "嘉绒——关于自己的颂词"，第三辑名为 "叫出你的名字，纳凉的盛典"，第四辑名为 "隐约的万物，低语"，第五辑名为 "风吹门"。前两辑都是从地域角度入手来选篇的，第一辑里的诗作有《嘉莫墨尔多神山》《茸岗甘恰》《蒲尔玛的雨》《莫斯都岩画》《六月的马尔康》《梭磨峡谷的绿》等，是从地域角度命名诗歌的；第二辑也以地域入题，中心大多都是这一地域的人；第三辑多是藏地的事物、风俗，如 "佛珠" "酥油" "藏靴" 等等；第四辑主题虽是大自然的景物，但也有 "青稞" "羊" 这些高原特色；第五辑从标题看地域性不甚明显。

　　而在诗集《康若文琴的诗》中，其诗作的标题，青藏高原地域性特点也十分鲜明，如《在高原》《达谷冰山》《六月的马尔康》《阿坝高原的雨》《梭磨峡谷的绿》《阿坝草原的风》《初春，日干乔草原》《热尔大草原》《米亚罗的泥石流》《莲宝叶则神山》等，都是以地名来命名的；而 "云" "冰山" "神山" "草原" "瀑布" "泥石流" "雪" 这些阿坝高原特有的自然景观也都进入诗作的标题。如《阿吾的目光》《致阿芯》《有关碉楼》《黑虎羌寨的下午》《母亲节，看见一群尼姑》《放牧的妹妹》《酥油》等中，有以地方特有的称呼入题，如嘉绒藏语 "阿吾" 指爷爷，"阿芯" 指外婆；也有以地方特色建筑入题，如阿坝最常见碉楼、羌寨；有藏地路途中最常见的尼姑、草原放牧的妹妹；还有人们日常饮食生活中的"酥油"等，大多数诗作都能从文化地域上展现其独特的诗性。

作者写过多首关于故乡马尔康的诗，其中的《六月的马尔康》就是描写故乡马尔康的经典：

> 你和太阳一起到达
> 夏至的清晨
> 马尔康早早醒来
> 夜雨催欢了梭磨河
> 在熹微中抛尽眼波
> 碉楼低垂长影的睫毛
> 回味昨夜湿漉的梦
>
> 梭磨河沿着峡谷一路奔跑
> 在阿底追上新架的桥
> 晨光中的马尔康
> 挽着河床自在地伸展腰身
> 婀娜却不妖媚
>
> 目光伸得越来越远
> 山与山靠得越来越近
> 夏风抚摸古碉的疼痛
> 经典的红黄蓝
> 沉淀在嘉绒人的血脉中
> 蓝天下白塔托起千年凝重
> 马尔康从不躲避欢乐
> 在河与山的背景上
> 祈福的三原色已经调匀

马尔康夏日最美，诗人的拟人化手法，让马尔康马上活灵活现出来。"碉楼""经典的红黄蓝"这些鲜明的藏区建筑和风景，点明了马尔康就是藏区。但诗人并没有局限于描写藏区风物，而是在"千年凝重"中深入到悠远而厚重的历史，又从"祈福的三原色"回到现实中人民对幸福的渴望。一首《在高原》，干净、纯粹的文字中地域性极为明显，"高原""蓝天""云朵"，高原上离天很近的直观感受都显现于诗作中：

> 在高原
> 心一下子放低了
> 由不得自己
>
> 天近了
> 人静了

望一眼
便蓝得通体透明

云朵还是高高在上
手不可摘
却能听见它的呼吸
自由自在

《高原：客人》把阳光对于高原的重要写得极为深刻：

阳光，来到院内，薄薄的敷上土墙
阳关每进一步，阴影就退一步
风想了又想，奔向故乡的方向

我们一生奔波，是不是刺向大地的一根根刺
阳光下，影子发黑，就像陈年的血迹
于是，天地间，人来人往①

当然，作为现代诗人，其诗歌也不仅仅局限于一域，诗人的地域性表达也会延伸到其所到之处。如"西安""统万城"（位于陕西榆林）、"西江苗寨""甲骨文"（出土于河南安阳殷墟）、"玄武湖"（南京）、"景德镇"（江西景德镇）。这里有诗人的脚步，诗人的地域性延展，也有诗人独特的思考。如《西安的肥》：

肥曾是西安的时尚
那时西安还叫长安
有个叫玉环的杨家女娃
把她的胸脯一挺
唐朝的世界就变了

在更早的时候
肥也是西安的一段悲伤
那个叫孟姜的婆姨
寻夫未果
一屁股坐在国家的建筑工地上死哭
泪眼之中，秦时的月亮又白又胖

现在，因为春天
西安又肥了

---

① 康若文琴：《高原：客人》，《山东诗人》2017 年夏季号。

> 各色游人从不把自己当客
> 动不动就使钱，把西安的历史蹭得油光
> 乍一看，肥成那怂样

这首诗借用了个别方言词语，如"女娃""婆姨""怂"等，是颇有幽默感的诗作。诗歌围绕西安这座城市，抒写了不同历史时段的人物，最后落笔到今天，颇具反讽意味。

## 二、藏民族特色的诗意表现

阿坝虽然行政区划属于四川，但族源上属于康巴藏区，虽然这里和卫藏、安多等藏地的风俗稍稍不同，但也有自己的藏族特色。康若文琴生活在阿坝，她诗作中表现出极为浓郁的藏族特色。康若文琴的诗首先能呈现出一种浓郁的高原风光，如《尕里台景语》：

> 把羊群撒上草原，孩子喊叫母亲
> 黑帐篷以外，牦牛是人的亲戚
> 人是神的亲戚
>
> 此时的泽多，牵着孙儿
> 跟着青草以上的牛羊
> 走上山去，她的身影发黑
> 似乎大地的伤疤
>
> 骑马的男人掉头
> 村庄扭动腰身。日光下的寺庙
> 喇嘛安详，诵经的大地
> 充满神谕
>
> 在大地上，村庄始终躬身
> 炊烟携带它们的内心
> 好像有人呼唤
>
> 哦，树林里的喧哗
> 正好对应人心，尤其是在这
> 趋近正午的时分①

诗作呈现了一幅安静、平和的美景，有马尔康特有的"黑帐篷"，有草原、羊群，

---

① 康若文琴：《尕里台景语》，《民族文学》2017 年第 5 期。

有骑马的人，有安详的喇嘛、寺庙，还有人家的炊烟袅袅。再如一首《俄尔模塘草原》：

> 俄尔模塘草原从容地在天边躺下
> 白云大口大口地喘息落了下来
> 道路追逐车轮
> 俄尔模塘草原飞旋绿袍
> 在我们眼前张扬
> 花朵熙熙攘攘地和我们赛跑
> 花的呼吸酿成蜂蜜
> 月白色的羊群就醉成亘古的玛尼石
>
> 云朵守候草原
> 红脸高原骑云彩飞奔
> 高亢的吆喝滚动黑色牦牛群
> 滚动在心中碾来踱去
>
> 俄尔模塘草原啊
> 你的小山随呼吸如波浪缓缓起伏
> 一伸手就可触及
>
> 云来
> 月往
> 谁也握不住你的手

绿袍状的草原，草原中的山岗、各色的花朵、玛尼石、黑牦牛，这些意象无一不具有高原藏区特色。

康若文琴的诗也具有浓郁的高原民族生活特色。这里有人们常见的宗教生活，也有人们最自然，最贴近真实、原生态的生活状态。藏地的人们笃信藏传佛教，因而康若文琴的诗作《色尔米的经幡》《擦查》《风马》《佛珠》《沙画》《藏历年》《燃灯节》等都以藏传佛教相关物象入题。而民俗生活也呈现在诗人的诗作中，如《箭台》《酥油》《说给火镰》《阿妈的花腰带》《藏靴》《卡普》（嘉绒藏语，火塘正对大门的座位）、《普吉》（嘉绒藏语，打土块的长柄木槌）等。同时，康若文琴的诗中也有生活在这片藏区的人，既有宗教人物，历史人物，也有自己身边的亲人，甚至是周围为人服务的人，如"毗卢遮那大师""阿吾云旦嘉措""梭磨女土司""阿姑""银匠""画师""放蜂人""女美发师"等。如这首《佛珠》：

> 马尔康街头，手持佛珠
> 可以不静心，不诵经
>
> 佛珠，在闹市

如老马识途
与捻羊毛线的阿妈重逢
捻搓年轮是门绝技

走一年捻一圈
曾经闪光的年华
在蓝天下迷了路
老阿妈腰身伛偻
就找到了路

佛珠
有时从众，有时引路

佛珠在藏地是最常见的事物，它可以是商品在闹市售卖，也可以是一位老阿妈随时随地拿在手上伴着诵经之物。"佛珠/有时从众，有时引路"，意蕴深厚。

康若文琴的诗的藏民族特色，还指她的诗承载了很多藏族民间文化意味。如这首《有关碉楼》：

汉子们想出的主意
汉子们用心垒起
汉子一样站在寨子旁
嘉绒人的故事里
这个粗壮的感叹号
永远掩护着谜底

遥想当年
月黑风高之夜
面对碉楼
敌人的火枪哑了
汉子们坦然地笑了
胆怯的女人闻到
怀中孩子的梦又香了

不错。是碉楼
是汉子们用石头垒起的碉楼
护住了
火塘上喷香的青稞
新娘耳边叮当的银饰
还有佛前不灭的酥油灯

以及灯下摇曳的合十的身影

还是这碉楼
汉子一样站着的石头的碉楼
在时光里打了一个盹
如今便走进了书本
与长城一起
像一位拖着长髯的老者
供人观瞻
却无言以对

这首诗呈现了碉楼的民间历史，碉楼在今天则作为有藏民族特色的建筑供人游览。

在《莲宝叶则神山》一诗中则有对藏族史诗《格萨尔王传》的描述，莲宝叶则据传是格萨尔曾经征战的古战场。诗歌是这样写的：

莲宝叶则
格萨尔曾在这里拴住太阳下棋
兵器一次次从火中抽出
让铁砧胆寒
珠姆一转眸
时光就隐匿在粼粼的波光里
往事鸟一般飞走
曾经的金戈铁马凝固成奇峰怪石
在心灵的家园
或站，或蹲，或卧
守护着比花岗岩更凝重的历史

历史文化是需要诗人来传承的，在本诗中，诗人仿佛从奇形怪状的石峰中看到了当初的金戈铁马，也想到了格萨尔用兵的从容，以及格萨尔王妃珠姆的明眸。

## 三、马尔康女诗人的别样抒情

王国维在评价中国古代诗词时曾说："昔人论诗词，有景语情语之别。不知一切景语，皆情语也。"[1] 康若文琴的诗以地域为中心，用诗歌的形式书写藏民族生活的方方面面，但诗歌毕竟是具有抒情性的，如果说马尔康的地理风貌、民族风俗呈现的是景语，那么诗歌本身则表达了情语。康若文琴的诗在文化地域视野下有其特有的女性的柔美和婉约，也能显现女诗人母性博爱的一面。

康若文琴的有些诗就是以女性为中心的，如《致阿苁》《阿妣和火塘》《梭磨女土

---

① 王国维：《人间词话》，中华书局 2009 年版，第 45 页。

司》《茶堡女人》《荞麦花》《娜姆和央金》《俄玛》《素晓》《女美发师》《五月十二日，陪朵朵吃饭》等，其中写"阿苾"（嘉绒藏语，外婆）的极多。在这些以女性为中心的诗作中，诗人以马尔康特有的民族风情来抒怀。如《致阿苾》：

> 酥油灯亮起来
> 阿苾坐在岁月的火塘边
> 故事说了一遍又一遍
> 歌谣唱了一曲又一曲
> 青稞醉红了脸
> 阿苾捻着时光
>
> 下雪了
> 牦牛都回家了
> 春风只轻轻一吹
> 阿苾的故事就融化
> 记忆收入了布满皱纹的壁柜
> 打火石一次比一次走得更远
> 风景便翻山越岭
> 高原啜饮着龙井和咖啡
> 沙砾也硌痛天空
>
> 阿苾日夜捻着羊毛
> 下雪了
> 回来吧
> 青稞酒浅回低唱拉伊
> 捎回的茶叶也熬成了酥油茶

诗歌以藏地特有的风景作为阿苾的背景，委婉地讲述了老阿苾一生的故事，极有沧桑感。

康若文琴的一些诗是特别具有女性特色的。如《母亲节，看见一群尼姑》：

> 母亲节看见你们
> 这个事实非常残酷
> 你们都有做母亲的天赋
>
> 康乃馨和莲花，美丽的植物
> 你们选择后者
> 莲从污浊中走出
> 呈现给天空是圣洁

街道上少不了赞颂母亲的欢呼

你们的心里也有

因为你可以不做母亲

而你一定来自一个叫母亲的女人


可以和你说几句话吗

在这个俗世里，语言是母亲给的

一点也不俗气，就像

母亲节里，母亲们坦然的笑意


在母亲节，看见你们

作为母亲，我打算去高高的寺庙焚香

求佛保佑

你们这些母亲的孩子们

这首诗颇有佛教意味，更显示出诗人母性的意味。

康若文琴的诗，能体现女性特有的婉约式的美，是因为诗人特别喜欢用拟人的手法，让诗歌显得灵动而富有诗意。如《风儿吹来》这首：

风儿吹来

花儿会点头

月光脉脉

树叶会弄影

水流走

河床心痛


水千年地来回

河床笑了

河床千年的沉思

拈花微笑了

鱼儿失眠

水草恼了


水流去

不再回头

风吹过

还会来吗

康若文琴的诗特别喜欢使用拟人手法，这拟人化的风格特别像冰心的小诗，其中婉约地表达出的哲理，也让人觉得意味深长。能够表现地域性的拟人化诗作，在康若文琴的创作中比比皆是，如《梭磨峡谷的绿》：

> 绿是九岁的小姑娘
> 春天一到就笑
> 漫山的羊角花就坐上叶的缎面
> 渐次开放
>
> 推窗，眼睛洗得波光潋滟
> 高原蓝祥云白倚在群山之巅
> 经幡用六字真言随风
> 为碉楼的炊烟祈福
> 阳光照亮嘉绒人的胸膛
>
> 扶绿坐上时光的船
> 随从的是梭磨河
> 枯萎和成熟如影相随
> 河床的包容让梭磨河常绿
> 春风一开放绿就青葱
> 掩映的碉楼越发老了
>
> 梭磨峡谷的瞩望中
> 每个人都是小蚂蚁
> 来去匆忙
> 不老的却是绿

　　诗歌将特定地域"梭磨峡谷的绿"比作一个"九岁的小姑娘"，而峡谷中的景色：蓝天、白云、经幡、六字真言、碉楼，在春来临之际，总是"一到就笑"，其中却又蕴含着历史沧桑感，"每个人都是小蚂蚁"所喻指的普通人渺小的感觉，极为真实，颇具哲理韵味。

## 四、时间空间的阔达呈现

　　历史是一条时间长河，空间是我们生存的世界。在文化地域视野下，康若文琴的诗展示了空间中历史长河的流淌。康若文琴的很多诗，都是以地名来命名的，如《嘉莫墨尔多神山》《茸岗甘恰》《莲宝叶则神山》等；也有很多诗题是某地的事物、某地的状态，如《莫斯都岩画》《蒲尔玛的雨》《梭磨峡谷的绿》等。以某地这样一个空间来写诗时，诗人并不单单是描摹，而是常常把思索深入到历史的隧洞中，如《梭磨峡谷的绿》写自然景物，但诗作中的流水却好像是时间的大河，而"每个人都是小蚂蚁/来去匆忙/不老的却是绿"，则有一种回到最底层生活的民间感和宇宙时空不变的阔达。空间和时间都在康若文琴的这类诗作中体现，如《嘉莫墨尔多神山》：

> 阳光吹响法螺
> 马尔康、赞拉、促浸、丹巴
> 河流银光闪耀
> 一路南下
> 核桃树低垂时光
> 火塘与世无争
>
> 万山莲花般旋转
> 您在群山之巅
> 四野屏气凝神
> 冰雪的桂冠升起来，升起来
> 照亮的地方就是王土
>
> 云雾从来想吞噬您
> 嘉绒人为您备好风马
> 经幡过处
> 青稞布满光芒
>
> 从海底到雪山巅
> 喇嘛苦苦寻觅伏藏
> ——天地血汗泡软的秘密
> 风马御风而来
> 杂谷、瓦寺、鱼通、冷边、打箭炉
> 刹那间，栅栏内外回声细密

诗作在"嘉莫墨尔多神山"这座屹立的神山空间中展开，"马尔康、赞拉、促浸、丹巴"，"杂谷、瓦寺、鱼通、冷边、打箭炉"涉及一系列地方。除了表现对神山独特的敬畏，还表现出颇为浓烈的历史感，历史中不仅有"喇嘛苦苦寻觅伏藏"，也有民间的"核桃树"与"火塘"，精神世界和现实生活都在神山这个空间框架下，得到诗意的抒写。

康若文琴还有一些诗作并没有直接点明空间，比如写到人物的《毗卢遮那大师》《阿吾云旦嘉措》《梭磨女土司》《阿措阿姚》等；也有一些写某种具体事物的，如《箭台》《酥油》；还有写自然万物的，如《一株草》《一株桃》《人和羊》。细读每首诗，可以发现诗人总是给我们打开了一种空间，在定格的空间中任时间慢慢回溯。如《阿吾的目光》：

> 阿吾坐在门前眺望
> 这是祖先留给他的习惯

那时候，对面的山上没有路
缕缕青雾跨上他浑浊的目光
艰难地攀登

阿吾的目光累了
栖息在碉楼的石墙上
一片猩红。侧耳倾听
崖壁上传来斧凿之声
铿锵，如苍老咳嗽

獒在风中狂吠
炊烟驮着糌粑的清香迤逦而来
阿吾的目光拐了三道弯
乘坐山尖上的第一道阳光
惺忪滑落了下来

新娘远在圣山的深处
步子比阿吾的目光还沉重
她双手合十
把前世今生庄严地捧上额头
仿佛托起一座山

尽管只是写爷爷阿吾，但我们通过他的眼光却能看到阿坝藏地的历史，有碉楼、糌粑，还有曾经的新娘，历史感在一幅幅画面中被徐徐带入，意味深邃。

阿来在为《康若文琴的诗》作序时曾说过，他年轻时候起，喜欢把诗人划为两个类型，一类是宽广的诗人，他们视野宽阔，精神强健，神话、历史、政治、地理无一不可入诗；另一类是待在一个地方不动，把自己的内心当作一个深不见底的井来不停挖掘，总能把复杂的幽暗不明的心绪点染出诗意的光芒的诗人。而康若文琴正是在这两类诗人的中间地带往返。阿来说她既能写出"阔达的诗"，也能够对现实和历史进行回溯。[①]康若文琴正是在这种文化地域视野中把自己对历史的看法，把自己对世界的感悟融入诗歌的，她的每首诗几乎都有一种时间和空间的阔达呈现，尽管诗人的诗风是清新的，而其诗大多都能从阿坝马尔康这座最淳朴的藏地小城入手，把诗歌丰富深邃的意蕴呈现出来。

（作者单位：西藏民族大学文学院）

---

① 康若文琴：《康若文琴的诗》，四川文艺出版社2014年版，阿来序，第1—7页。

# 自然、神性和地方

—— 康若文琴的诗与情*

谢尚发

以诗意的语言描摹自然风物，在文字背后浸濡着它们的灵性与情愫，再以地方作为搁置的神龛，虔诚而庄重地供奉着神明、祈愿和慰藉，从而召唤并吁请苍穹的光辉普照平凡的人间，把物、人与神合而为一地编织在文本之中，串成一颗素净而雅洁的心，并于这心上镌刻一己的款款深情与淡淡意绪，邈远又切近，朦胧而通透，如玉般温润着魂灵，是康若文琴的诗。柔情伴着浅吟低唱，触及心弦后奏出深潭古调，言语的曼妙身姿映衬出旖旎婉转的意绪，悠远散淡，却总携带着眷恋、怀念或痴心，似燕翅掠过水面后荡漾夕阳余晖，呈现出一种静好寂谧又不乏缠绵悱恻的意境，令人慨叹欷歔着执手契阔与岁月不老，是康若文琴诗行间播撒的情。山与天相连，微风过处吹散积雪飘舞如柳絮；寺庙隐现其间，经幡招摇如深情诉说，诵经声伴随着风声、雨声、水流声和鸟鸣声回荡于山涧屋角；酥油茶、土司、油灯、羊群、神鹰、高原，以及穿梭行走于热闹集市的央金和卓玛，都属于康若文琴的故乡马尔康。阅读康若文琴的诗，不是单向度的倾听或默语，而是在夜深人静之时心灵间的对话与叙谈。她总袒露着赤诚的灵魂，期待远方行人的驻足，在一瞥中震颤于她诗的纯净与质朴。对于康若文琴来说，诗歌只是千百万种心绪袒露、灵魂赋形中的一种，她之所以选择诗，是因为诗足够隽永、凝练、敞亮，契合了她所倾诉的情感的淡泊与清明。这或许是进入康若文琴诗歌文本的最佳路径之一。

## 一、自然，沉寂的无语者

在《齐物论》的一开头，庄子就把"物化"的哲学状态交付给南郭子綦，描摹了他"隐机而坐，仰天而嘘，荅焉似丧其耦"的"神游状态"，或"自然自在的状态"。为了给这种"物化的逍遥自在境界"以说明，庄子又故意打哑谜一般让憨厚又略带呆笨的颜成子傻傻地问了那么一下，以此来借助南郭子綦的话语说出自己所谓的"齐物论"高调。"吾丧我"的不同指代标识着红尘世故的"我"的隐匿与自然本质"吾"的复归，为了将这种吾与我的状态区分，他还特意强调了"人籁""地籁"和"天籁"的不同层次。"天籁"自然是他所

* 本文系中国人民大学 2016 年度拔尖创新人才培育资助计划成果。

要解说的"齐物状态"："夫吹万不同，而使其自己也，咸其自取，怒者其谁邪？""使其自己"，正是"如其所是地是其所是"的本性归返及其自然状态。无独有偶，千百年后，海德格尔在解读特拉克尔《冬夜》一诗时，提炼出了"语言作为寂静之音说话"[①] 的哲学命题。而这语言，也便有庄子所谓的"天籁"之意，这"天籁"与其说是声响或言说，不如说是"寂静之音"。按照海德格尔的解释，"寂静绝非只是无声。在无声中保持的不过是声响的不动。而不动既不是作为对发声的消除而仅仅限于发声，不动本身也并不就是真正的宁静。……宁静之本质乃在于它静默。严格看来，作为寂静之静默，宁静总是比一切运动更动荡，比任何活动更活跃"。进一步的解释，则是"寂静静默，因为寂静分解世界与物入于其本质"[②]。尽管海德格尔所谓的"世界"与庄子所说"齐物"的"物"有着根本性的差别，但一点是可以肯定的：作为对自然万物的体味，他们都把静默作为一种存在的状态，即"如其所是地是其所是"。而这一种"静默"却并非是无声、不动，实则是充满了躁动与声响。这躁动太过于静谧以至于它们显得几乎不存在，自然而然而又无不然；这静默太过于响亮以至于寂静无声，无声又无不发出天籁。在康若文琴的诗中，淡然与散漫恰好是诠释自然万物存在状态的一种"作为寂静之音说话"的方式。也是在这一层面，康若文琴的诗可谓是"天籁之音"的诗性呈现了。

　　在标识自然万物之时，康若文琴经常不着意地点化着静默者，以使其用寂静的方式来呈现自己，这呈现的过程和南郭子綦的"吾丧我"采用的几乎是同样的方式。她说："让我成一枚果实吧／风的嘴吹落秋意／让我成一方天的蓝吧／天际又风起云涌"（《深秋》）。"丧"与"成"的逻辑，在诗歌语言中哪怕存在着"描述"与"吁请"的差别，但诗意中所呈现的归于自然，而后在无声中聆听静默之音，从而把无语者的沉默以寂静之音说出，便成了康若文琴许多文本的诉求。在对"作诗"的理解中，康若文琴发出这样的期待："我等着明天／照亮或黯淡的日子／然后／坠入神秘／又潜行于无言"（《心迹》）。在这样的诉求中，诗便是"潜行于无言"的静默之音，也难怪哪怕康若文琴的诗着眼于声音或响动，也总是透着一股寂静的气息。因为最理解自然的作诗者，明白"音乐让人静默／自己却永远不停止歌唱"（《有风抚过》）的道理。说来巧合，与特拉克尔一样，康若文琴也有一首名为《冬夜》的诗，其中有言称："炉火和壶水在身旁歌唱／为远方歌唱""时钟的背后出门／心情是路标""可远方的人们没有炉火"。她或许不知道，特拉克尔的《冬夜》同样地，"屋子已准备完好／餐桌上为众人摆下了盛筵""只有少量漫游者／从幽暗路径走向大门""痛苦已把门槛化为石头"。这并非是要用文本的对照来给康若文琴的诗歌带上"海德格尔阐释的特拉克尔的神秘哲思"的高帽，而是要指出，在理解康若文琴的这类"自然之诗"的时候，需要明白她所刻意营造的"无言""静默"，实际上乃是一种"歌唱"，既为切身的居留者，也为远方的漫游人，哪怕远方不存在漫游人，但自然的万物已经被诗人召唤入她的诗行。

　　将自然入诗，康若文琴擅长的手法是描摹万物的形状；把捉这些形状的方式，则是直奔它们的灵魂，在灵性的拟人化言辞中，让万物"说话"，作为寂静之音，也作为静默者

---

① 〔德〕海德格尔：《在通向语言的途中》，孙周兴译，商务印书馆 2015 年版，第 23 页。
② 〔德〕海德格尔：《在通向语言的途中》，孙周兴译，商务印书馆 2015 年版，第 22、23 页。

的无语。"天上只有一片云/淡淡的，很近很近/带给我一缕月光/一弯树影"（《手心里的无奈》）①，这种带着浓重古典诗学气息的修辞和意象，在"淡然"与"静默"中，逐渐接近了灵魂的自性之达成，作为观看者的诗人，都退避一旁，成全自然万物的交谈和它们的自言自语。于是，形状本身或许可以描述，但形状背后的自然的灵性，则在形状的摹写中被拓印了下来，成为无言的言说、寂寞的喧闹。以至于在某种特定情境，作为居留者的人也呈现出他/她作为自然万物之一的静默状态，这恰是庄子所言的"吾丧我"的"齐物境界"之达成："这么多年/俄玛学会了与内心和平相处/刀剑越喧嚣/俄玛越沉默"（《俄玛》）。这无异于在说，人世多喧嚣，自然就有多沉默，万物就有多寂静。自然万物以灵性自足的方式展现自我，而人作为大地的居留者，同样复归于自然，作为物之一种而自洽地存在。在许多诗作中，康若文琴甚至让充满灵性的自然物事甩掉静默的表象，进而将静默内在"更动荡""更活跃"的一面具体化，《行走的桃树》《麦子在奔跑》《咳嗽的树叶》《想过河的树》等，便是这方面的代表。尤其是《想过河的树》：

> 一棵棵树
> 想到彼岸，伸出手臂去
>
> 一棵棵树
> 想到此岸，伸过手臂来
>
> 风光在上面往返
> 不分彼此
>
> 一座桥落成
> 再也没人看树一眼

作为风景，树存在。作为树，风景不一定存在。但对于自然沉默的无语者而言，从树到桥的让渡，在枝杈的对于此岸和彼岸的渴求中，一种动的静，或者一种"更动荡""更活跃"的沉默，在诗中自行言说。只不过桥最终取代树成为景观，这让树成为"沉默的无语者"，归于自然和本性。但桥本身也同样静默无语，景观不说话，然而景观却在自然中，无声地聚集着。这或许也可以解释，海德格尔为何对桥有着那么情有独钟的分析——"桥把大地聚集为河流四周的风景……桥让河流自行其道，同时也为终有一死的人提供了道路，使他们得以往来于两岸……终有一死的人，总是已经在走向最后一座桥的途中的终有一死者，从根本上都力求超越他们的习惯和不妙，从而把自己带到诸神的美妙面前。"② 因此，面对自然万物，把它们的静默作为言说之声，诗就成为"作为

---

① 在康若文琴的诗作中，这类例子很多，尤其是拟人化的例子。限于篇幅，不一一列举，仅摘取更具解释价值的诗句。如"风赤条条地来去/雨孤独地下"（《雨中的兄弟》）；"这里古树参天/雨滴洗过叶子的茸毛/一遍遍"（《走失的伞》）；"把记忆烹煮一下吧/天空湛蓝，风也柔/没有第三人称打扰/正好喝茶"（《记忆》）；"落叶如伞/太阳影子的斑点"，"大雁并不在意/这一寸绿色的丢失"（《落叶》）；"雨珠在枝头领路/雨点蹑足成行"（《相逢》）；等等。

② 〔德〕海德格尔：《演讲与论文集》，孙周兴译，生活·读书·新知三联书店 2005 年版，第 160—161 页。

寂静之音说话"的存在，并进而将"世界与物入于其本质"。从而，康若文琴的诗并非"取材"于自然，而只是"把万物归于自然"，这万物不仅仅包括她诗作中常出现的风、雨、桃树、青稞、麦子、叶子、树、候鸟、露珠、阳光、花朵等意象，也同样包括作为居留者的人，或者甚至可以说，尤其是终有一死者的人，其领悟沉默、归于静寂，与其说是一种境界的达成，不如说是向自然本性的归返。只是，在这归返的路途中，神性的存在使康若文琴的诗多了一层别样的色彩罢了。

## 二、神性，具象化与吁请

将万物作为静默之物，使之入于"自然之途"，这一归返之旅并非毫无征兆，只不过康若文琴的诗把"归返"同样作为自然而然的存在来加以抒写。她或许根本不在意诗本身如何"以思的方式"来"使之归返"，她在意的也许只是在具象化的描摹中，倾听沉默者的声音。这种书写方式，同样运用于她关于神性的表达上，甚至可以说，神性作为一种精神指向，在康若文琴的诗中，被"集置"于万物的表象上。诚如海德格尔所言，"诸神是有所暗示的神性使者。从神性那神圣的支配作用中，神显现而入于当前，或者自行隐匿而入于其掩蔽"①。只不过在事实上而言，"当前"的"掩蔽"本身就意味着神性"有所暗示"的"显现"，这"显现"需要领悟、倾听，因为它"显现"而为一种召唤，一种沉默的言说。在沉默的意味上，康若文琴的诗所叙述的神性，沟通着自然万物，或者就径直作为自然万物之一种，静默着作为寂静的无语者。它言说，不以声响被倾听；它沉默，却作为寂静而言语。这便是康若文琴的诗总以具象化的方式来达成对神性的吁请与呼唤的原因。

> 黄昏后
> 那些面孔，以及
> 眼睛后的灵魂
> 默不作声
> 安放心灵需要静默
> 还需要擦查
> 不然会被自己惊扰
>
> ——《擦查》

> 从天空到大地
> 真言只需静默
> 声音，自心里冒出苗头
> 经幡无风自动
>
> ——《色尔米的经幡》

---

① 〔德〕海德格尔：《演讲与论文集》，孙周兴译，生活·读书·新知三联书店 2005 年版，第 157 页。

　　如果说经幡、寺庙、佛珠、喇嘛等便是神性"自行隐匿而入于其掩蔽"的具象化所在的话，那么这些物事基本上自带着其神性而入于自然的静默。因此，领悟神性、倾听神示，便是人世间"擦"与"查"的本事——经由众生万物的表象，体味神性自然的浸润，不是作为布道的言说，更不是作为传经的耳提面命，而是以无声对无语，以无语做交谈。唯独如此，才能"无风自动"，心性了然。因为在神性的存在中，"真言只需静默"。静默是一种功夫，是一种体悟神性存在的修行，也是神性彰显自我的独特方式。因此，自然的沉默的无语者，以其沉默而自性清净，恰是这种自性清净，呈露着神性的天启、开悟或醍醐灌顶。倘若把康若文琴的诗定位于一种布道的说教或絮叨，不如更贴切地将之称为聆听后的吁请与叙谈，乃至于这种吁请与叙谈也是静默之一种。这静默，往往被标注为散淡、素净或雅洁。在康若文琴的诗中，经幡、寺庙、佛珠、喇嘛等如果说还是十分明显的神性召唤的物事的话，那么自然万物如风云雷电、花草树木、山水溪流等，作为普遍而平凡的事物，经过康若文琴的笔墨点染，神性如苍穹之光，普照在这些被熟视无睹的物事之上，从而使之带有指向神性的力量。于是，诗中才会有"人到中年/才发现你已枯坐万年"（《洛格斯圣山》）的醒悟，"泥土有菩萨心肠/早来与迟到/一样超度"（《落叶的信仰》）的豁达，以及"岂不知如果放不下/哪里都是人间"（《云镜》）的从容。

　　不唯此，在诗的构境中，康若文琴时常把神性"隐匿"着入于其中的"掩蔽"本身，作为神性的直接呈现而静默化地烘托出来，使神性的"隐匿"显示为一种开敞，让"掩蔽"本身即成一种无蔽。因此，才会有这样的诗句："推窗，眼睛洗得波光潋滟/高原蓝祥云白倚在群山之巅/经幡用六字真言随风/为碉楼的炊烟祈福/阳光照亮嘉绒人的胸膛"（《梭磨峡谷的绿》）。不管是高原蓝，还是祥云白，群山之巅的万物，乃至于碉楼、炊烟，都带着来自苍穹的神性之光，暗自入于栖居于大地之上的众生的生命之中。这已经不再是千呼万唤的"使之聆听"，而是在静默的万物中，开敞出神性的光辉。或者说，神性的光辉本身便是一种敞亮，借助自然万物而显露自身。那么，再一次地，康若文琴所说的"真言只需静默"便不是顿悟的教条，也不是布道的说辞，它本身毋宁便是一种对神性敞亮的"进入"。

## 寺　庙

门洞开
除了尘封已久的光影
谁一头撞来

喇嘛坐进经卷
把时光捻成珠子
小和尚，跑进跑出
风掠起衣角

净水。供台。尘埃
起起落落

禅房的窗台
吱嘎作响的牙床
谁来过
又走了

这种近乎白描的"开敞"，与其说是对寺庙物事的原封不动的展示，不如说是对神性本身的透视，注目本身便已经是聆听、领悟，因此神性所"隐匿"而入的"掩蔽"，在康若文琴的诗中，毋宁说始终都是一种"光照"。在光照中，神性的使者不再是诸神，而径直是这些被具象化了的物事，洞开的门、尘封已久的光影、经卷、珠子、衣角、掠起衣角的风、尘埃、窗台、牙床……为了开敞出神性的这种光照，康若文琴不惜在一首只有 13 行的文本中，置入了如此众多的意象，繁复绵密又秩序规整，在看似芜杂的眼花缭乱中，深藏着并不难以理解和接受的神性的馈赠。但这一切并不喧嚣，只是作为平凡普通的自然的沉默的无语者出现，它仍旧"一如其所是地是其所是"，似乎并不揭示着什么，也不宣称解蔽的存在。因为遮蔽已经无所遮蔽，遮蔽本身便显示而为敞亮。同样地，隐匿只不过是开敞的同义替换，掩蔽只不过是光照的返身一面。于此，哪怕"马尔康街头，手持佛珠/可以不静心，不诵经"，但一样"如老马识途/与捻羊毛线的阿妈重逢/捻搓年轮是门绝技"（《佛珠》）。这样，便有了生活，便有了充满神性的众生与人间：

马尔康把山撑开，让河水慢下来
河水慢了，时光自然慢了

……

心有多静，时光就有多慢
两座寺庙，格鲁
和雍仲本毗邻，居山腰
其中一座叫马尔康[①]

## 三、地方：集置、庇护或开敞

马尔康，作为一个地方，既是康若文琴的故乡，也在她的诗中获得了"大地"的意义。因为不管是状摹自然万物的相貌、心性、灵魂，还是吁请神性的降临及其具象化的存在，马尔康都在一定程度上起着"集置"的作用，或者马尔康作为地方，承载着自然万物、众生与神性的开敞。在《马尔康，慢时光》《六月的马尔康》《阿坝草原的风》《我的阿坝草原》《马尔康城里的阿姎》《尕里台景语》等中，地方获得了其自主性，从

---

① 康若文琴：《马尔康，慢时光》，《零度诗刊》2017 年第 2 期。

而彰显自身为独一无二的所在。尤其是《尕里台景语》：

> 把羊群撒上草原，孩子喊叫母亲
> 黑帐篷以外，牦牛是人的亲戚
> 人是神的亲戚
>
> 此时的泽多，牵着孙儿
> 跟着青草以上的牛羊
> 走上山去，她的身影发黑
> 似乎大地的伤疤
>
> 骑马的男人掉头
> 村庄扭动腰身。日光下的寺庙
> 喇嘛安详，诵经的大地
> 充满神谕
>
> 在大地上，村庄始终躬身
> 炊烟携带它们的内心
> 好像有人呼唤
>
> 哦，树林里的喧哗
> 正好对应人心，尤其是在这
> 趋近正午的时分①

　　一如既往地，康若文琴编织着繁复绵密的意象，羊群、草原、母亲、帐篷、牦牛、青草、大地、伤疤、村庄、寺庙、炊烟、树林……最为关键的是，这些意象之间看上去并没有直接或内在的关联，如此被并置在一起，初看上去令人觉得凌乱芜杂，但细细品味即可看出，这恰恰是康若文琴所要追求的效果。因为在她的诗学观念中，这种种一切并不需要一个关联的机制将之缝缀在一起，因为它们已经彰显为自然的存在，早就充满了统一性与意义的勾连。这种统一性与意义的勾连，借用海德格尔的话来说，便是"诗的命名"，或"作为命名的诗"的本真呈露形式。与此同时，"命名是一种道说，亦即一种显示，它把那个可以在其在场状态中如其所是地得到经验和保持的东西开启出来。命名有所揭露、有所解蔽。命名乃是让……得到经验的显示"②。如此，《尕里台景语》与其说是一种诗意的言说，不如说是对马尔康这一地方的命名，而这一命名本身，即意味着对这一地方的"显示"，是马尔康的开敞，更是它的集置与承载的展示。所以在被开启的这些"得到经验和保持的东西"中，内里所包含着的，便是诗歌对地方的揭露、解

① 康若文琴：《尕里台景语》，《民族文学》2017年第5期。入选《诗选刊》2017年第3期，《2016年中国网络诗歌精选》《诗歌风赏》等选本。
② 〔德〕海德格尔：《荷尔德林诗的阐释》，孙周兴译，商务印书馆2014年版，第232页。

蔽，独特地属于马尔康这一地方，成为这些意象被命名的共性。也可以说，这一地方，同时具有了大地和世界的功能，只有地方存在，自然风物、神性的具象化才能被集置，才能得到庇护，从而在诗中开敞出"如其所是"与"是其所是"的存在，不但成为它们自己，还从更为本源的意义上"返归于它自己"。

马尔康作为地方，时常以大地作其称呼。《尕里台景语》与其说是对马尔康地方性物事的名状，不如说乃是对大地的集中界说。众生在大地上，凸显为其"伤疤"；在充满神性的聆听和吁请中，大地涌现而为"诵经的大地"，从而"充满神谕"；大地上，承载着的村庄和众生，以及他们的人间烟火气，这正是诗意所诉求的方向——"终有一死者栖居着，因为他们拯救大地……拯救不仅是使某物摆脱危险；拯救的真正意思是把某物释放到它本己的本质之中。"[①] 因此，诸多并置的意象，就成为"把大地释放到它本己的本质之中"的要素与力量。在康若文琴的诗句中，大地逐渐成为大地本身——"大地隆起乳房/喂养千户苗寨的炊烟"（《西江苗寨》），"时间像青瓷一样容易受伤/哪怕一秒，一碰就碎/大地从容消匿一切"（《乍暖》），"一想到六月，泥土就会流泪/汗水犁过的大地/噗噜噗噜/泛着浸油的春光"（《米罗亚的泥石流》），"草原在广袤中疾驰/大地袒露她的所有/时而有悲凉之声抨击她的胸房"（《黑夜在手中开放》）……理解大地，就成了理解马尔康的关键，而理解马尔康的过程，便是体味大地含义的过程。

由是，也就不用惊诧于康若文琴慌不择路地将那么多意象并置在一起，因为作为承载者的大地，时刻开敞着作为自然万物的存在，也同时将之集置于大地之上。高山、草原、村庄、河流等，有时径直就是大地；而众生，则是"匍匐于地/身子是一把肉做的尺子/丈量与神的距离"（《匍匐于地》）的性灵；风吹过大地，雨落入大地，作为归返者，融入大地；花草树木、飞禽走兽等，无一例外作为大地的附属物，享用着大地，也同时眷恋、居留于大地。正因为此，海德格尔强调："大地是一切涌现者的返身隐匿之所，并且是作为这样一种把一切涌现者返身隐匿起来的涌现。在涌现者中，大地现身而为庇护者。"而诗歌作为作品，某种意义上，"作品回归之处，作品在这种自身回归中让其出现的东西，我们曾称之为大地。大地乃涌现着－庇护着的东西。大地是无所促迫的无碍无累和不屈不挠的东西。立于大地之上并在大地之中，历史性的人类建立了他们在世界之中的栖居"[②] 以此来理解康若文琴的诗作，那么大地就直接成为一个世界，在这个世界中，不但大地集置着自然万物、具象化的神性存在，就连大地本身，也是作为涌现者涌现着的，从而让自然、神性与地方，获得了完整的统一。因此，"大地是一切涌现者的返身隐匿之所，并且是作为这样一种把一切涌现者返身隐匿起来的涌现"所言说的，正是马尔康作为地方所具有的形而上学的意义。也是在这个层面上，康若文琴的马尔康，作为一个地方，获得了"大地的诗学意义"。

不仅如此，康若文琴并未在作为地方的马尔康停止，因为在赋予其"大地的诗学意义"的同时，她还要将生活，或者向死而生，交付给这个叫作马尔康的地方，这一片大

---

① 〔德〕海德格尔：《演讲与论文集》，孙周兴译，生活·读书·新知三联书店 2005 年版，第 158 页。
② 〔德〕海德格尔：《依于本源而居——海德格尔艺术现象学文选》，孙周兴译，中国美术学院出版社 2010 年版，第 31、33 页。

地。这在《高原：客人》中最为明显：

> 阳光，来到院内，薄薄的敷上土墙
> 阳光每进一步，阴影就退一步
> 风想了又想，奔向故乡的方向
>
> 我们一生奔波，是不是刺向大地的一根根刺
> 阳光下，影子发黑，就像陈年的血迹
> 于是，天地间，人来人往
>
> 在高原，我们把阳光当作了家
> 低眉贴耳，交出奔跑
> 疼痛，躲进村庄的皱纹
>
> 万幸啊，在高原
> 在这万物消瘦的季节
> 我们是阳光的客人
> 村庄，是大地上的客房
> 我们整天吵吵嚷嚷，从不拘礼
> 阳光一直沉默，一再宽容①

自天宇苍穹而来的阳光，具有了神性的具象化功能，故乡作为地方的眷恋，在奔波的众生心目中，并不陈旧。而真正的栖居，对于众生而言，是一次逗留。"栖居，即被带向和平，意味着：始终处于自由之中，这种自由把一切都保护在其本质之中。栖居的基本特征就是这样一种保护。"② 对于"交出奔跑"的众生而言，居留于大地上，将自我"保护在其本质之中"意味着获得"自由"，这"自由"毋宁说正是"整天吵吵嚷嚷，从不拘礼"。即便如此，自天宇苍穹而来的阳光，神性的具象化所在，却保持着"一直沉默，一再宽容"——是又一次的对于神性的吁请，也是再一次的对于大地作为庇护者的确认。因此，马尔康涌现而为地方，地方涌现而为大地，大地涌现自身作为庇护者，庇护即是对众生的保护，"把一切都保护在其本质之中"，是自然万物的静默，也是无语者所领命如斯的生活。

当然，康若文琴的诗歌有它自身的问题。最要命的一点是，诗歌取材的狭小，造成了诗歌意象与句式、修辞等上的大量重复。"脚印烙伤田野和村庄"（《星星雨》），"你烙伤我的心"（《寻绎》），"黄叶倦了"（《云天》），"风翻阅的景色"（《月光如潮》），"冬夜阴冷着脸"（《冬夜》），"栀子花睡眼惺忪"（《栀子花》）……大量自然物事的拟人化书写，导致的审美疲劳一步步侵蚀着诗的独创性和新颖性，更不要说四处使用的"肥"

---

① 康若文琴：《高原：客人》，《山东诗人》2017 年夏季号。
② 〔德〕海德格尔：《演讲与论文集》，孙周兴译，生活·读书·新知三联书店 2005 年版，第 156 页。

字："叶尖上露滴肥了"（《捕梦》），"西安又肥了"（《西安的肥》）；甚至是"假如河水不再流浪/雪也将腐烂"（《风从山谷来》），与"假如水不再流浪/那雪也将腐烂"（《雪夜》），几乎是完全一样的句式和修辞。再加上意象的重复性，就显得格局狭小了。不过，这些年的诗作，逐渐显得开阔，静默之音天籁般播撒，逐渐取代这种单一与枯燥。尽管如此，哪怕冒着"强制阐释"的危险，我仍愿意以她的一首诗作为结尾，这首诗共四节，把"拯救大地""接受天空""期待诸神"与"护送终有一死者"入于诗中①。大地向上而朝着天空，天空俯瞰大地，一如菩萨作为诸神之一审视众生，终有一死者在诞生与死亡之间，匆忙完成一生。

### 归　来

撞上一座山
头顶还是山

梦里，回到蒲尔玛
山梁站着一列列树
整装待发，土里萌芽
急冲冲奔向天空
一眨眼，光着身子走回

阿妣站在碉房，菩萨在上
匍匐，站立，匍匐
用身子丈量圆满

阿妣说，只要用心
时光会醒来
离开是另一种归来

天空、大地、诸神与终有一死者，圆融地被摆置在诗作中。但一切静默如初，寂静的无语者站立于天空之下、大地之上，神性的具象化存在，导引着尘世众生前行，走向圆满，也走向使其成为自己的那个本真的"吾"，而"丧"去那个俗世的"我"。我们说这样的诗作是一种提醒，让自然万物"如其所是地是其所是"；我们说："歌者的召唤乃是一种向着不朽的观望，也即向着那种隐蔽入神圣者之中的神性的观望。"②

（作者单位：中国人民大学文学院）

---

① 〔德〕海德格尔：《演讲与论文集》，孙周兴译，生活·读书·新知三联书店2005年版，第159页。
② 〔德〕海德格尔：《荷尔德林诗的阐释》，孙周兴译，商务印书馆，2014年版，第204页。

# 关切民生福祉的大爱情怀

## ——康若文琴诗歌主题探析

孔占芳

孔子曰：诗无邪。诗歌是由人类心灵情感酿就的美酒，一杯一盏，从亘古传递至今，香飘来世。它在酿造的过程中剔去了低级的有害人类心灵的杂质，以晶莹剔透的形态和沁人心脾的醇香滋润人类心田。康若文琴的诗歌就是这样一杯美酒，让人沉醉在自由自在的生活里。康若文琴的诗正如其名，呈现出内容健康，文化底蕴深厚，韵律谐、意境美、诗韵足的特色。

诗集《康若文琴的诗》选收了诗人自 1988 年至 2013 年 25 年间的 118 首诗，是诗人诗歌写作历程的展示，清晰地呈现诗人从最初零星的写作到后期诗歌创作的井喷的变化历程，写作的题材也由最初对花草世界的观瞻到后期历史风土人情的钟情，由单纯的自我抒情逐渐走向群体的厚重成熟。因并不负载民族历史书写的重任，反而写出日常生活的轻松随意和常态，这是她的诗歌的个性特征。诗集《马尔康　马尔康》诗笔写诗人的故土家园，写尽山川河谷，写尽风华人物，饱含对家乡的热爱之情和对深幽历史的探寻之思。

康若文琴的诗歌从创作伊始就关注故乡康巴藏区普通民众的喜怒哀乐与日常生活，关注现实，关心百姓福祉，具有大境界与大情怀，因此其诗歌接地气，生活细节如画卷徐徐展开。她的诗歌向 21 世纪中国诗歌文坛上吹来了健康、清新、明朗的文风，这是非常可贵的诗歌品质，与《诗经·国风》、建安风骨、五四时期关注民生的新文学精神一脉相承，回归了诗歌引导人们追求真善美的本质。这是用汉语创作的藏族诗人对当下文坛的可喜贡献。本文仅就康若文琴的诗歌主题进行探析。

## 一、以开阔的胸襟与视野关注康巴大地上的风土人物和民生情怀

在诗歌的主题上，康若文琴关注故乡大地上的生灵，关注民生，歌颂劳动者，赞扬有手艺的工匠精神，表现康巴民众的幸福生活，关注藏民族历史文化和民间智慧。其根源皆在于她眼中有民生，心中有大爱，故而胸襟宏大，视野开阔。

### （一）对工匠精神的赞美

悉心观察各行各业各色人等，将他们引入诗歌殿堂，这是康若文琴心怀民生的大胸襟、大情怀的展露。

于是我们在她的诗歌里看到，银匠心中有日月，头顶有菩萨，充实而幸福；放蜂人"逐花而走/心里永远装着春天"；女美发师是"手持利刃的女将军/冲刺杀伐/出手利落"，有手艺就能有幸福生活；画龄 42 年的唐卡画师，因为一支毛笔，成为生产作品的"母亲"，他的"儿女"遍布天涯，辉耀着唐卡艺术生命力；牙医"时刻打磨快刀……却总被食物击倒"；阿妈编织花腰带，"穿梭乱哄哄的丝线/阿妈稔熟地分拣……经纬交织/左手捋顺日子/右手抚慰记忆"的高超技艺；茶堡女人的"独木梯/爬一步就少一条退路"。

于是茶堡女人、银匠、放蜂人、女美发师、牙医、唐卡画师、编织艺人等尽在她的笔下升华，马尔康也因为这些风土人物的诗意描写显出全貌：茶马古道上那道衔接历史与现实的风景，锻造藏饰银器的手工艺人的幸福生活，唐卡艺人传承手艺的精神烛照，阿妈们编织生活织品的日常劳作，现代的美发师、牙医们美化、疗救民众的不凡。

于是，我们在文学中看到了一个与众不同的藏区，即有手艺人的藏区。在藏族作家中，安多作家描写牧业生活的居多，卫藏作家展现拉萨的城镇文化和农牧业生活的居多，只有康巴作家的作品里有对农、牧、狩猎、手工艺的全面展现。比如，阿来的《尘埃落定》中有银匠、行刑人，泽仁达娃的长篇小说《雪山的话语》中有裁缝、编织匠，这跟青藏高原藏域的地理环境密不可分。但很少有人像康若文琴这般，以这些手艺人入诗，更鲜有对工匠精神的赞美。这些手艺人心中有信仰，手艺又精湛，康若文琴的诗正是对这片康巴土地上的手艺人的礼赞。

### （二）对普通民众生活的描摹与赞美

《小嘉措的快乐》是"自从走出阿妈的怀抱……骑上自行车/与风赛跑……一门心思/做自己喜欢的事"。《马尔康城里的阿姎》"在午后的广场/翻晒家常/一地瓜子皮/农具高悬屋檐/阿吾留守，阿姎服侍城里的儿孙"，勤劳的阿姎们在城里闲得发慌、思乡、思念老伴儿的情愫都被诗人传神地写出。《雨中的兄弟》抒写了对风雨中牧放牛羊的兄弟的爱怜与赞美："风赤条条地来去/雨孤独地下/你用眼睛咀嚼草根/吧唧作响……为姐姐缝补雨衣吧/无须点灯/你额头的佛光/已把我的路照亮。"《放牧的妹妹》总被阳光"亲热"而"晒黑"，"这样的雨天/我放牧的妹妹/心，还在草地上流浪"。尼姑们放弃了做母亲的权力，选择了莲花，"从污浊中走出/呈现给天空圣洁"。《风中的侏儒女郎》是对在高原上以唱歌为生的侏儒姑娘生活的记录，诗中描摹了其生活的艰辛和信仰的虔诚："侏儒女郎站在沙哑的菜市口/用沾满尘土的嗓音……为别人的爱情天天歌唱/把晨光缝到晚霞上/硬币在易拉罐中零星作响"，也表达了对侏儒姑娘的由衷赞美："唉，侏儒女郎/生命其实都一样/巨人走到太阳下面/影子也和你一样"。

从孩子到老人，从牧牛羊的兄弟到以唱歌谋生的侏儒姑娘，乃至皈依佛教的尼姑，他们或追求快乐自由，或吃苦耐劳，或发挥余热，或自力更生，或追求圣洁，虽极为普通，却活得有尊严、有意义。即便是城镇化过程中与乡土、亲人的痛苦别离，也以巨大的忍耐应对。这些普通民众是中国广袤大地上芸芸众生的缩影，他们贴近底层，却散发着坚韧的生命力和最有价值的人性光芒。这是诗人体验并传达出来的民生情怀，诗歌是情感的产物，如若对普通民众没有关切，这些意象就不会入眼，更别说入诗了。

（三）节日风俗与历史风物的诗意表达

康若文琴关注马尔康大地上的节日、祭祀、风俗，在沉思审美中挖掘出蕴含的意蕴，抒发自己独特的哲思和情蕴，别具风味。或目力所及，或躬身亲历，皆入于笔下，端坐诗台。

《马尔康　马尔康》几乎就是一部青藏高原风物汇集，寺庙、宫寨、神山、圣水、箭台、经幡、风马、佛珠、酥油、沙画、碗、火镰、花头帕、麦垛、连枷、阿妈的花腰带、牦牛皮藏靴都经过了诗人独特的审美加工，连火塘边正对大门的座位"卡普"都入了诗歌的世界。而那些年节风俗也进入诗歌的圣殿，比如擦查、藏历年、燃灯节、若木纽节、松岗的清明节等。

《春天的盛典》具有民歌的节奏和韵律，将春天开犁播种不停歇的勃勃生机和气象描写了出来。《夯土谣》的功用是"歌声夯进土墙/新房才温暖"。藏族《拉伊》情歌"跋涉雪线""放牧高原/天地在卓玛眼中/比牛奶还温润""唱着拉伊/夜失眠了"。

康巴大地上最具特色的历史建筑物、历史人物等各种风物也是诗集重要的描写对象。碉楼、统万城、黑虎羌寨、莫斯都岩画、大藏寺、毗卢遮那大师、梭磨女土司、阿坝高原、草原、神山、圣湖、青稞、风、绿，等等，都进入了诗歌。

诗人关注的是人民群众创造历史文化的聪明才智和保卫家园的勇敢担当。其中碉楼是康巴藏区地理环境与军事防御相结合的产物，《有关碉楼》里康若文琴诗意地呈现了碉楼与汉子的关系："汉子们想出的主意/汉子们用心垒起/汉子一样站在寨子旁/从古至今。"碉楼御敌的功能与汉子们保家护园的英雄事迹为村寨人所膜拜。

《莲宝叶则神山》因"格萨尔曾在这里拴住太阳下棋……珠姆一转眼/时光就隐匿在粼粼的波光里"而成为历史的承载，诗人感慨英雄历史的远去与草原儿女祥和的生活："一匹马就是一片飞奔的草原/一顶帐篷就是一个家/帐篷没有门锁/糌粑和着干牛粪燃烧的滋味/葵守护着羊皮袄中婴儿的奶香/小马驹跟着母亲来来往往/牧歌被传唱成串串玛尼珠/格桑花就开放了/草原没有门锁/只有花香拦路""我打马走来/莲宝叶则/你有颗不设防的心"。一个美丽、安谧、祥和、温馨、天人合一的家园呈现在我们眼前，这不就是人们追求的"路不拾遗，夜不闭户"的世外桃源吗？这样的家园在青藏高原自古存在，而今被审美主体"发现"，"照亮"审美客体，也唤起了读者对和谐家园的感受和向往。

## 二、歌颂康巴大地上民众生活的幸福快乐

康若文琴诗歌的基调是娴静恬淡的，甚至是快乐的。她用诗人的眼睛审美式地书写故乡大地上的风土人情、日月流转、时代变迁，将欢乐传递给读者。

"十年一定圆满了许多因与果/一如春华寻找秋实的承诺/出发时笑，到达时也笑"（《十年以来》），对理想境界的追求，在十年里一定会有艰辛、坎坷、疲惫，但诗人注重开始的快乐与抵达的开心，过程因期待而美好。一种追求美好的心态在诗歌中的自然流淌。《阿依拉山》"雪光在这里驻足/洁白是微笑"。皑皑白雪竟然是洁白的微笑！这样的想象力，这样的诗心，不能不令读者感慨：康若文琴的心中一定储满欣悦，才能把微笑献给诗歌，因为自己有什么，才能给予什么。微笑还迷失在"九寨沟，海子的倒影里""云和风是最后的怂恿者"能找到的地方在"记忆深处，那个叫往事的村庄"（《迷失的微笑》）。微笑竟"迷失"于故乡峻美的山水里！这真是"除却巫山不是云"啊！如果不是对故乡有深切的眷恋，对故土有深沉的爱，断难雕出如此玲珑的诗心。

对故乡的爱，是康若文琴诗歌基调明亮的源泉，她感悟"藏羚羊走过的地方/笑容溅得酥油草一地/花朵熙来攘往/拉伊嚼咬得草原晃晃悠悠"（《我的阿坝草原》）。故乡阿坝草原花海点缀，酥油草油绿肥美，牧人情歌飘飞，特有物种藏羚羊自由漫步，这一切是如此惹人喜爱，快乐感染得静态的草原都变成了动态，当然也感染了读者。

同样，草原上海子的波浪也是"快乐出没于海子的裙袂/身后留下波涛翻滚/流云从耳旁匆匆掠过/风儿的歌声是珠链断了线/一粒粒圆圆亮亮"（《长海》），这样的诗句将风的快乐歌唱这一听觉感知，转换为断线项链的形状视觉，使读者读来仿佛即听到项链珠串洒落弹跳的清晰、间歇的声音，也看到圆圆亮亮的珠子，这就是快乐的节奏和形状，展示了康若文琴细腻的感觉表达能力。

对故乡的深切热爱与依恋，使她情不自禁地皈依于故乡："我是嘉绒的女儿/大山便是至柔的母亲/和夜拥抱/梭磨河哼唱一支摇篮曲/峡谷间流淌梦的香甜"（《星光下的脚步》）。所以，在她眼里，"刈麦人从春天走来/幸福把汗水染上麦色"（《幸福》），滴下辛勤的汗水，以勤劳酿造幸福。

家乡以外的世界也在欢笑："酱香的酒摇曳水稻的金光/晃晃悠悠/白水河赤脚走过/溅一地银光/大地隆起乳房/喂养千户苗寨的炊烟/鳞次栉比/大山是笑着的父亲"（《西江苗寨》）。发着金光的水稻、欢腾着银光的白水河、隆起的肥沃的大地、鳞次栉比排列的千户苗寨，都经过诗人的审美，酝酿出一个笑着的父亲似的大山！在中华文化中大山以沉稳、蕴藏万物而成为承担苦难、坚韧沉稳的父亲的形象，是严肃、令人尊敬的。诗人一改这一定式，以快乐的琼浆，让大山成为笑着的父亲，如若没有内心的快乐，是不能有此想象的。全诗用短句和动词表达了欢快的情感，想象丰富！

# 结　语

康若文琴的诗歌关注民生，贴近民众的日常生活，反映普通民众情趣、信仰，赞扬藏族民众坚韧、善良、慈悲、向上和追求幸福的精神品质，歌颂自古以来生活在青藏高原这片土地的民众的智慧、才华、勇气。因为贴近民众，她熟稔并表现民众的喜怒哀乐，这样接地气的文艺自然能表现民众的真实情感。在康若文琴的诗集里，我们感受到的民众生活是健康、快乐、充实、幸福的。他们心中有信仰，有慈悲，脚踏实地，感受着幸福，憧憬着更加美好的未来。虽然农牧区生活艰辛，但他们用勤劳、歌声酿造生活的甜美；虽然城镇化进程使进城看孩子们的阿姆们思念着留守农牧区的老伴，但他们也享受着城镇化生活的方便、舒适。

历史文化在她的诗歌中流淌，现实生活在她的诗歌中吟唱，民众和民众创造的历史是她歌咏的最为重要的主题。为人民群众而歌，接地气，有底气。在日常生活中的沉淀能够启发心智的哲理思考，隽永俊秀的语言与富于韵律的节奏合奏出优美的篇章，这些使康若文琴的诗歌绽放出健康、向上和旺盛的生命力。

"功夫在诗外"，康若文琴心怀民生的大爱，热爱家乡、热爱自然的胸襟和情怀，是她诗歌的根与魂。加之藏文化的濡养和中华文化的浸润，使她的创作摆脱了"小我"，走向广阔的天地，胸襟宏大，视野开阔，在优美的诗歌语言与意境中给人以知识的累积与智慧的启迪。

康若文琴等藏族作家的汉语诗歌创作在当代中国诗歌文坛上刮起一股健康、清新、明朗的诗风，回归至纯的诗歌韵味，令读者欣喜，这无疑是藏族诗人们对中国当代诗歌独特的贡献。康若文琴近两年的诗歌在题材的开拓和艺术的处理上更趋精湛，几乎首首口吐莲花，句句摇曳生姿。可以预期，她的下一集诗歌集会更加令人惊喜。期待康若文琴继续保持亲民的情怀与清新的文风，创作出更加迷人的诗篇。

（作者单位：青海师范大学民族师范学院）

# 高原万物燃成的心

## ——读康若文琴的诗

刘　莉

俄国诗人奥西普·曼杰施塔姆对他所认为的诗歌有一个很简短的定义："黄金在天空舞蹈"[①]。20 世纪美国最杰出的诗人之一罗伯特·弗罗斯特提出："诗始于喜悦，止于智慧"（It begins in delight and ends in wisdom）[②]，认为诗歌是散文言所未尽处，人有所怀疑，在用语言（散文）去解释后，尚需进一步解释的，则要由诗歌来完成。这两种对诗歌的不同看法正好印证着我国古人所谓"诗无达诂"，读诗之美感正在于可各随其所、别有激发，每人各以其情而自得。由此看来，真正热爱语言的人，其爱好是写诗和读诗。因诗人能以才情外溢而感怀世界，因同声相契而唤得知音；读诗，美好在于神游与想象创造的艺境。当藏族诗人康若文琴在出版了一本以美丽的诗人之名命名的诗集后，名叫《马尔康　马尔康》的第二本诗集又出现在大众视野，激发了我对那片土地的神秘好奇和强烈的阅读愿望。正如诗人自己曾向朋友袒露过的："为心灵与阳光写作，为阳光与心灵唱诗。"[③]　相信读罢这些诗集，属于高原的灿烂阳光会将我们的全身照耀，我们沐浴在宗教神性的光辉里，心灵和诗人一起安宁而喜悦。

## 一、高原万物的心："盛满阳光的杯盏""把时光捻成佛珠"

马尔康是四川阿坝藏族羌族自治州下辖的一个县级市，藏语意为"火苗旺盛的地方"。这位出版过两部诗集的藏族女诗人首先用诗歌给我们呈现了川西高原独特的地域风情，那就是"黄金在天空的舞蹈"一般的高远缤纷和绚丽。有人认为：当人心与世俗相隔遥远时，就会与自然接近。而我们是不是也可以这样认为：当人心与大自然接近时，自然就划清了与凡俗尘世的距离，于是在渴求中升起了仰望的心，就拥有了舞蹈般和谐有韵的语言，那便是诗——教人热爱，引人无限遐思。翻开《康若文琴的诗》，第一首就是《在高原》："所有的花涌上高原/寻找同一个绽放的梦……在高原，接受太阳的蛊惑/像阳光一样

---

① 蔡天新主编：《现代诗 110 首》，生活·读书·新知三联书店 2014 年版，第 5 页
② 转引自廖雷朝：《"起于喜悦，止于智慧"——评弗罗斯特的诗歌"雪夜林边小驻"》，《安徽文学》2010 年第 7 期。
③ 唐远勤：《站在春天的阳光下为心灵唱诗》，《草地》2014 年第 3 期。

爱一回/直接。纯粹。灼热。"在这一方高寒且紫外线强烈的土地，诗人为我们捧出了盛满阳光的杯盏，描画了一个"风是勤勉的信使/蓝是天空的供奉"（《色尔米的经幡》）的美丽自然，让我们畅享一个孕育了神山和长河的、骏马可以放蹄奔驰的平原之上的"天城"：那可以"抓住雪线上滚动的太阳""草原奔腾"而成就的高原（《高原的高度》）；还有那高原的深度——"因为高原/天地的杯盏盛满阳光/因为高原/月亮湾也躺在草地上/空气稀薄也可以营养丰富/喂养牛，喂养马/花朵由着性子开放"（《因为高原》），那一个"风霜不老""洞穿千年目光"而穿越广袤的高原，纵深入历史、入时光、入梦境，更入人心，她用独有的高原阳光之经线，深情地密织着对故土和家乡文化传统的热爱及对自然的敬畏与朝拜："拉伊放牧高原，天地在卓玛的眼中，比牛奶还温润"（《拉伊》）；"藏羚羊走过的地方/笑容溅得酥油草一地……跌宕在梦与非梦之间"（《我的阿坝草原》）；"梭磨河这首别裁的唐诗/直流进梦中"（《捕梦》）……这一位将星空看成是"枕边的一本书/一枚枚往事闪烁其中"，并在《星光下的脚步》中自称"我是嘉绒的女儿"的诗人，用藏民族至高至纯的心灵在吟唱。她吟唱"秋风的珍藏"（《幸福》）和"自由来去的是风"（《云天》），吟唱"鸣声翠了高山流云"（《月光如潮》），吟唱目之所见的"大自然的颂词"和可感的"每一寸阳光，每一寸色彩"（《心迹》）。这川藏高原的一切都仿佛作用于她诗里的浑然天成与得心应手。于是我们看见了诗人二十多年坚持用汉语写诗的心路：从高原的天空大地、山川河流等自然因素中捕捉诗意的灵感元素，听风、听溪、听雪、听松涛林音，想象力来自神奇的大自然，这是当今大多数都市人奢侈的向往（抑或早已绝迹了的奢望）。尽管"酥油草带着茂盛的注脚，转眼凋零瞬间又盛开"（《阿坝草原的风》），尽管"时光在一些脸上开成菊花，却凋零更多的心"（《风一天天吹》），尽管我们无法看见风，但诗人可以，康若文琴有关于那世界屋脊的非凡的感受力与想象力。她启发着我们，她写下了自己关爱的藏区风情的点点滴滴，她让我们知道了读诗除了使我们知道诗人笔下的那片神山圣水、麦田村落、人性人情，更重要的在于对我们想象力和探索精神的启发和培育。其诗歌在汉藏语言文化中去探索看不见的颜色或听不到的声音，这样的探索也是一种哲学思考，本身就显示出了意义。"此时水声升起/星星成河/隔着星河无言"（《一米跋涉》）。无言是对的，因为"音声稀、大象无形"，而——大爱无言，诗有韵。

高原是诗人讴歌的家乡，她将自己真挚的爱写进诗里，让我们与她一同沉醉于这一片高原。所幸的是，热爱诗歌的人绝不会眩晕——这是诗歌开给现代人的精神的、滋养的"药方"，够纯粹与淳厚。诗人笔下嘉绒藏族高原的地域风采和贴近自然的"慢生活"诱惑着我们。

还诱惑我们的是她笔下的高原万物，马尔康的风俗风物，藏民们独特的民情民意。在诗集《马尔康　马尔康》中，不论是从第一辑"边界——从蒲尔玛启程"，第二辑"嘉绒，关于自己的颂词"，还是第三辑"叫出你的名字，纳凉的盛典"，抑或是第四、第五辑"隐约的万物，低语"与"风吹门"，我们都可以读到箭台、经幡、擦查、风马、沙画、酥油、藏靴、会唱歌的碗火镰；读到麦垛、晾架、荒草、剑麻、果树、一株草、一树梨花、落叶的信仰和孤寂的鱼干……在《大藏寺》中，她仿佛是看见天地间涟漪般的莲花，要"将群山捻成佛珠"，她写出了"如这一刻，寺庙静穆，群山回响"的神圣时刻，"停顿，为了回忆/更为了出发"。诗人对每个季节的马尔康生活予以细密观照，在山与河的背景上，在六字真言经幡的随风飘动中，调匀她祈福的色彩，以经典的红黄蓝和五颜六色画出了从白塔到冰川、从城堡到遗址、从梭磨河峡谷到碉楼炊烟中她的瞩望："每个人都是小蚂蚁/来去匆忙/不老的却是绿"（《梭磨峡谷的绿》）。她也回顾了梭磨河流经的洪州、都护府、婆陵甲萨，历经西戎、哥邻到嘉绒的历史沧桑变迁，写下"（圣山）却因思考/成了一尊神"（《洛格斯圣山》）的轨迹和哲学。她用诗画下藏地无数岩石、神山、树木和古文——

> 几千年如此/岩石生来就没挪过窝/看惯了日出，日落/岩石没动/坐在石头上的人动了心思/风整天呼呼啦啦/河水日夜奔跑……/待回头时，已不是今天/岩石注定永世沉默/在时光面前，保守秘密/比秘密本身更重要（《沉默》）
>
> 雪光在这里驻足，洁白是微笑，后一个脚印会将前一个脚印/遗忘（《阿依拉山》）
>
> 在老麦芒的故乡，这个春天，这一时刻，所有的桃树业已姹紫嫣红（《行走的桃树》）
>
> 符号和象征，比生命更为长寿，只要去认识（《甲骨文》）

对脱胎于藏族山歌，在安多藏区广为流播几个世纪并被列入第一批国家级非物质文化遗产的"拉伊"，诗人用意味深长的诗句赞颂并致敬这"跋涉高原雪域"的歌声："跋涉雪线的拉伊中/寨子是十月的青稞/和寨子一起丰盈的/是卓玛的歌喉……放牧高原/笑声瘦了夜晚/唱着拉伊/夜失眠了"（《拉伊》）。正如作家阿来在《康若文琴的诗》序言中所说："一个成长中的诗人，对于日常生活情境中隐藏的诗意的执着寻找。因为这种寻找，她必然要在内心与外部世界这两极间不断往返……往返就是寻找。"诗人用她二十多年在家乡故土不断寻找和写作之路，告诉我们诗不在远方，就在当下，就在日常生活中。诗是"盛满阳光的杯盏"，是"黄金在天空舞蹈"，是"把时光捻成佛珠"的光亮和浑圆。

## 二、燃成欢喜之心："养育一个民族的微笑""时光缝隙生出花朵"

康若文琴在《阿妈的花腰带》里说："把日子织进腰带……/时光的缝隙生出花朵"。在那片天地融合的阔土，人就是自然的一部分，人就是万物中的一个动景，漫山遍野的笑容开放在最蓝的天空下，喝着美酒跳起藏族舞蹈，歌声穿越雪域高原，这是一个幸福欢乐的民族，这个民族的微笑是最自然的风景。"在那里，即使捡起一块石头，上面都刻有六字真言，很多很多人穷其一生都在做一件事，煨桑、转经、朝圣，那么的虔诚，就像文琴，就像文琴和她的诗歌，诗歌就是她心中的佛，有她的爱，她的眷恋、她的悲悯、她的呼唤……"① 所以诗人在《六月的马尔康》里吟唱："经典的红黄蓝/沉淀在嘉绒人的血脉中/蓝天下白塔托起千年凝重/马尔康从不躲避欢乐……"

---

① 史映红：《浅谈康若文琴的诗》，《草地》2015 年第 5 期。

有人说如果去藏区旅游，应该去找一种叫作"笑容"的花儿，多多采撷，它们值得在灵魂深处珍藏。读罢诗集，我想说，要认识嘉绒藏民的生活，就去读康若文琴的诗吧，你会发现尽管"时间一直在策划/吞噬你"（《听时间》），但藏族的微笑面容，会以一种"欢喜"的柔软舒缓我们一直绷紧的心弦。

这"欢喜"用爱燃成。燃，有生命燃烧之灼热，是她的诗句传达的一种生存方式，可能短暂，但亮丽无愧，是轮回流转中无忧的坦荡。这在以嘉绒藏语"阿姆"（意为外婆、婆婆）命名的诗《阿姆和火塘》中有集中表现——

青枫柴满头大汗/使劲燃烧/生命，四处打探出路/逼退屋外的漫天飞雪/生死，一瞬间//

阿姆火塘边生/青烟一眨眼就追到了头/也没走出寨子/坐下，站起/有一天，不用再起来/阿姆说，她的头巾会燃成一朵花/来世，她还是一个女人

不管今生还是来世，有一天女人美丽的头巾会和身躯一同燃烧成烬，但此刻的瞬间还是心存着欢喜，这"欢喜"燃成女人花。它有身份的认同和传统的担当。藏传佛教中对生命之苦的通达认知和对时光无常的敏感与珍视，我们在诗中都可以读得到。女人的一生，可以孤独，可以限制，可以高寒，可以匮乏，但女人的安忍、温存和坚强足以抵挡异域的风霜。她们毫无退路，也无怨无悔，心灵燃起的高度要用云梯来丈量，就如另一首诗中描写的独木梯："独木梯/爬一步就少一条退路/弓身入门/围坐火塘，温一壶青稞酒/北风就关在了门外//冰凉的月光下/要再次跨过碉房的影子/打开房门，放下云梯/需要花去一生的月光"（《茶堡女人》）。

这欢喜，似佛家的偈语，让众生欢喜，岂止一份呈现，更达一种境界，是弗罗斯特"诗始于喜悦，止于智慧"的喜悦收获与智慧参悟。如这首回忆有"像大海一样的功德"的名字的云旦嘉措阿吾（嘉绒藏语，爷爷之意）的诗，叙写爷爷老了，"不能再诵读经卷"的午后，却"把时光捻成佛珠/光亮，浑圆"：

昨天，仿佛昨天/您背着我/一整天走在风前/我烫伤的脚/荡在空中/感受到您袍边一丝清凉

您不再是大喇嘛/不再是土司的老师和管家/只是小女孩的舅爷/1970年，您70岁/成了我的保姆

1972年，您卧在病榻/我用您刚教会的话说，造业呀/您说，小孙女/我造业，你也造业/一个人走在路上哪能不造业/如今，隔着四十年光阴/回忆慢慢醒来/却一下暗到心里/那个热乎乎的背影/模糊成一片云

淡忘也会传承/就像将来，我的背影/会被孙子淡忘一样（《阿吾云旦嘉措》）

欢喜是诗中"佛法在人间"的清凉意，是隔着四十年光阴初识"造业"的醒悟，是回忆的苏醒和热乎乎的阿吾背影，还有这背影升腾幻化出的慈祥的云朵，是一代代在高原传承着的不惧燃烧的心。

在一首名为《酥油》的诗中，弥漫的欢喜是"在帐篷，在佛前怒放/以花的形式"，是面对"冷藏着命运给予的冰粒/和冻土/遇到微笑/春天就融化/微笑就养育一个民族"

的佛前供奉，是在"牛羊眷念/酥油河流经的地方"的每个生命的蓬勃生长：小至草原上一株叫酥油草的植物，大至万物勃发的整个草原。诗人用高原生活的美好场景象征并礼赞了藏民族精神深处盛放的信仰之花。

这欢喜也是因和果，"十年一定圆满了许多因与果/一如春华寻找秋实的承诺/出发时笑，到达时也笑……回去看看/假设出发的坛上/那一炷檀香，依然袅袅"（《十年以来》）；欢喜是放蜂人——"心里永远装着春天/如同一个触手可及的梦……所有甜蜜的前程/由花确定/由蜂达成"（《放蜂人》）；欢喜是"做梦是玫瑰的权利/能做一个美好的梦/比美丽一生更有意义"（《捕梦》）。欢喜在《麦子在奔跑》："阳光倾泻而下……风经过时知道/太阳西落时知道/此时，我也知道。"欢喜在《感念如水》："河水淌过时光/水草听到……思念/一种温暖/被思念，一种幸福"。欢喜《如虎》："你知道平静多么难得/月光/清风/虫鸣/以及/带着露滴的梦啊/都被那家伙吓跑了。"欢喜就是"泥土有菩萨心肠/早来与迟到/一样超度"（《落叶的信仰》）；是"一只叫央金的笛子/声音一出口/就融化，五花海和天相连/蓝得没有道理"①；是"当风的影子印满山丘/我就落入深不见底的蓝/不再孤独"②。

　　　　嘉绒人的故事里/这个粗壮的感叹号/永远掩护着谜底……是汉子们用石头垒起的碉楼/护住了/火塘上喷香的青稞/新娘耳边叮当的银饰/还有佛前不灭的酥油灯/以及灯下摇曳的合十的身影。（《有关碉楼》）

欢喜还在每个作为个体的人，是藏族同胞的日常生活状态，是她画下的"阿姚坐在暗影中/闭目颂经"（《松岗碉楼》）的侧影，更是佛菩萨的慈悲情怀，是回旋在藏地的藏语六字真言。

又如这首《母亲节，看见一群尼姑》写道："母亲节，看见你们/作为母亲，我想去高高的寺庙焚香/求佛保佑/母亲的孩子们"。诗歌赞美了选择不做母亲而献身修行的尼姑们的无私精神——"莲从污浊中走出/呈现给天空是圣洁"，并带给人对奉献世俗生命、精进修行佛法的意义的思考。

在今天，许多人也许都认同：在当代民间汉语文学各体裁中，诗歌是最接近世界高度的文体。女性诗人或写作者的诗中的主体精神的张扬，是通过解构主流文化、向男权文化宣战的方式完成的；或是放弃故乡游走、栖息于他乡的闹市，以心灵飞抵佛陀抑或众神之所，用撕裂的肉身来展示世界的繁复、语言技艺的纯美。而出生并久居于马尔康的康若文琴，其写作与热爱的生活是和谐统一的，她一直在藏民族语言丰富聚集的地方，坚持用汉语抒写着属于人类的美好，她的诗歌在确立女性主体时，没有失去温婉、细腻等柔美的特质，这也是她能被众多深受传统审美意识熏陶的读者喜爱的原因。她讲述的藏地故事可能单一，叙述可以平淡（下文还将论述这平淡之原因与意义），但她的没有撕裂感的纯粹更存一种美丽。她善于捕捉生活中极平常又细微的感人物象，集束式地加以表现，使诗歌内蕴的情感更具张力，其中，有能让这嘈杂世界安静下来的神奇力

---

① 康若文琴：《诺日朗，想飞的水滴》，《星星诗刊》2017 第 1 期。
② 康若文琴：《海拔三千，深不见底的蓝》，《民族文学》2017 年第 5 期。

量。读她的诗，不能不欢喜和赞叹这样的坚持和力量，赞叹这样的呵护和守候，它源自高原，源自万物，源自不赴远方的于当下修行的心。

# 三、禅者的初心：拈花微笑了

其实，人们是可以通过诗中的高原与万物、人情与心境，来参诗人这颗心的。

康若文琴的诗中不是没有苦难，没有忧伤。甚至可以说生活之苦与难，使得这片被藏传佛教浸润的高原上，一定有着比我们更深谙命运无常之苦的心灵。

"四季是田野中游走的刺客/匆匆击伤过客的心房/羸弱每每滋养剑锋……我杂草丛生的家园啊/太阳的花蕊刺伤我……"这首《最初的守护》写于1994年，诗人创作初期的诗作以这样的开头报告了时光的残酷、人心的脆弱，诉说"雪水浸润词汇在瞳仁中开放"，表达要"在经幡的呼吸里逡巡……用布满老人斑的手守护转经筒/犹如呵护来生"的心愿，这是抵御苦难的信仰和信仰所唤醒的情思；2006年她有首诗得到作家阿来的赞赏，并被认为是社会性题材中他最喜欢的一首诗，叫《莲宝叶则神山》，描写青藏高原东面部安多地区众神山之首的莲宝叶则历史，传说这里曾是格萨尔王征战的古战场：

圣洁的雪莲便开放了/在雪域高原的深处/石头的花瓣湖水的叶子……

世界已把莲宝叶则的历史遗忘/只有雪山多褶的皱纹记得/只有石砧台斑驳
的沟壑记得/世界在互联网上奔腾

一回头/莲宝叶则/牛羊起伏在绿浪之间

这首作于十多年前的诗歌告诉我们，诗人已敏锐地意识到科技时代奔腾发展的世界会将莲宝叶则神山的历史遗忘，而她不能不发出疑问："草原就这样悄无声息了吗？/时光昏黄在酥油灯前，诵经声中/等待，还是艰难地跋涉？"她继而在诗中塑造了一位在草原没有人心藩篱隔阂、只闻花香飘溢的大自然中频频回望这段历史的怀揣初心踟蹰的孤独者。精湛的构思中包含着浓郁而复杂的感情，既灌注着辉煌不再而心灵家园没落的悲怆、感慨和留恋，也流露了"一顶帐篷就是一个家"、格桑花会盛放草原的希望。诗中潜伏着一种文化嬗变的历史悲凉感和向文化深处寻求解惑的线索。

2015年她写下一首诗，叫《色尔米的经幡》："从天空到大地/真言只需静默/声音，自心里冒出苗头/经幡无风自动/真言端坐/色米尔的长空往更深处蓝"。可以看到，这二十年来诗人所有的体悟是顾及大自然与其他生命的，在诗的背后是有她的藏文化哲学的。它聚集着佛教文化中破除我执的融化力，是她诗歌过滤苦难后的魅力和纯粹的精神呼唤散发的力量。就像有些征服是靠武力强制干预的，而康若文琴文字的征服是文质彬彬的调和下细腻地逡巡带动的，从容舒缓，分寸得当，不激烈，不强迫读者进入她的视域，只是用文火精心烹调着滋养心灵之汤。她将藏传佛教文化溶化于女性视阈的生活的感悟里，或在川西高原藏传佛教无处不可体会的"法布施"里安放一位禅者的初心。

从20世纪90年代初次结下情缘的玄思，到对禅意境界渐入深处的传递，可见康若文琴的诗歌是和博大精深的藏文化一同生长和被发现的。也可以说，她的文字是带着宗教意识的，藏传佛教中积淀的文化之因已将一切之忧伤化解为寻常，那种深刻的平常，如盐水化入溪流的轻盈，让人在产生惆怅感的同时，又沉静和安心于悠长的低语和沉稳的力量，这力量来自高原大地和佛教文化的濡染，她是要在诗歌里供奉上"佛前不灭的酥油灯以及灯下摇曳的合十的身影"（《有关碉楼》）。这些民族的、宗教的生活方式就是她诗歌抒写的中心，我们也可在其中体味到诗人自己以写诗为修行功课的点滴感怀与进步成长。二十多年的写诗过程也如参禅悟道者的每一段行程，她对青藏高原时间感的把握和别有禅意的描绘将是有待要进一步探讨的内容。

清人袁枚有著名的《随园诗话》，其中引《漫斋语录》说："诗用意要精深，下语要平淡。余爱其言，每作一诗，往往改至三五日，或过时而又改。何也？求其精深，是一半工夫；求其平淡，又是一半工夫。非精深不能超超独先，非平淡不能人人领解。"[1]所以要做一首好诗，一半功夫在精深，一半功夫在平淡。这平淡，和作者一颗超然物外的心相关联，和禅者追求的"不言而中"的意境相得益彰，值得推究。总之，在康若文琴的笔下，这"平淡"仿佛得来"非功夫"。我们是不是也可以说，它得益于川西高原独特的自然风貌和文化——转山转水转经轮，凭借藏区好风情，融化高原万物心。当细读完她的两本诗集所选的两百多首诗歌，凭着对藏族生活的厚土和文化的热爱，读者很容易找到这种平淡中蕴含着的诗意和情味，"河水千年的沉思/拈花微笑了"（《风儿吹来》）。这大概也如禅，不可说，一旦坐实于语言就难免有失精深。

那就让我们读诗，并以会心的笑容领受吧。"当代藏族诗人的汉语写作，超越了语言和文化的束缚，宗教神性光辉与自由浪漫的情怀、以及对生命意识的探寻构筑了藏族当代汉语诗歌的基调和内核。"[2] 康若文琴，以自己二十年来的抒写实践，为当代汉语诗歌的品质提升融入且丰富了新的写作经验和诗歌蕴涵。读她的诗，感受在生命的起伏过程中心里的暖热和喜悦，那是人情的味道被太阳与智慧点燃，也是人性释放出的本体真实，不说升华，亦不言回归，是被唤醒和觉悟的启蒙与沟通。只有在藏地，"从来都是这样"（《从来》），人间的一方净土，"马尔康，慢时光"[3]。感谢康若文琴以诗心拈花且微笑着，属于高原的阳光会奔波递达有缘人。

（作者单位：江南大学人文学院）

---

① 〔清〕袁枚：《随园诗话》，哈尔滨出版社 2004 年版，第 121—122 页
② 周鸿彦：《当代藏族汉语诗歌的诗性特质》，《青年作家》2014 年第 24 期。
③ 康若文琴：《马尔康，慢时光》，《零度诗刊》2017 年第 2 期。

# 叙述与呈现：诗性表达的真正可能

## ——康若文琴诗歌创作简评

欧阳美书

  一个诗人的成长，必定受到其族群文化、地域风物的深刻影响，特别是各人口相对较少、地域相对偏远，传统文化相对完整的族群，譬如藏族诗人受到的族群文化的影响完全称得上"文化铀矿"，"对汉人或外族作家而言，这座铀矿比较像是文化猎奇的雄厚筹码，到了藏族血缘作家的手里，则多了一层无从模仿、复制的，对族群、母土与传统文化的认同"①。

  康若文琴生长的马尔康，属于嘉绒藏族的祖居之地，康若文琴的藏族身份，前面还应加上"嘉绒"二字。这一地区，处于"青藏高原的东部边沿与成都平原之间的过渡地带"，森林茂密，雪山高耸，峡谷幽深，大河奔涌，再加上藏民族特有的神山圣湖崇拜，构成了极为神秘而旖旎的风光，这些大异于内地的神奇风光与藏区独有的宗教、文化水乳交融，形成了嘉绒藏区特有的文化氛围。受此等因素的影响，康若文琴的诗作呈现出与内地汉语诗歌明显不同的美学意趣。

## 一、叙述与呈现：理智而冷静的诗性自觉

  2016 年 10 月 14 日，藏人文化网（微信公众号）在"唯美诗歌"栏目推出了康若文琴的组诗《栖息在碉楼的石墙上》，开篇一句"黑帐篷以外，牦牛是人和神的亲戚"，顿时将笔者的心给抓住了。于是在读完那组诗后，笔者留下了几句评语："面对生活的高远与厚重，惊喜与激情显得幼稚，赞美与膜拜亦十分肤浅。惟叙述与呈现，才是理智而冷静的诗歌方式。无疑，马尔康的康若文琴已经获得这种自觉。"

  是的，那句"黑帐篷以外，牦牛是人和神的亲戚"，貌似让笔者猛然间抓住想说和要说的词汇：叙述与呈现！是的，叙述与呈现，是康若文琴诗歌创作中，最基本的、始终如一的态度、方法与风格。亚里士多德在他的《诗学》中谈道，描写人有两种方法，一种是"按照人本来的样子描写"，一种是"按照人应当有的样子描写"。因为"描写"本身就是一种创作方法，所以笔者暂且以"写作"二字代替"描写"，于是，前一种方法就变成了"按照人本来的样

---

① 陈大为：《玛尼石上的行书——当代藏族汉语诗歌的原乡书写》，《诗探索》2015 年第 3 期。

子写作"，而这一方法，正是歌德的诗学主张"诗应采取从客观世界出发的原则"的理论源流。

在笔者看来，亚里士多德与歌德的诗学理念，放在当下语境，就是"叙述"。通常理解的所谓叙述就是将事情的经过（本来面貌）记载下来或说出来。在诗歌创作中，叙述就是把诗人所见、所闻、所思、所悟的形象（意象）原原本本地记载下来，不需要诗人添加任何个人的、主观的情绪，即不要在创作中出现那些"人应当有的样子"的想法与笔法，即便是诗歌本身要表达诗人的某种未知情绪时，诗人的笔触也要尽量做到准确、理智、冷静、客观。如果以方法论而言，这种诗学乃是现实主义诗学而非浪漫主义诗学。所谓的超现实主义、现代主义以及其他相类似的主义，其实都是现实主义的枝丫。但是，浪漫主义不在此列。浪漫主义诗学原则观照下的诗歌，就是传统意义上的抒情诗，它以情绪饱满、情感浓烈为特征，它总是极尽所能地夸张与赞美描写对象，人物必"高大上"，风景必"美如画"，特别注重渲染。当下流行的诗歌，外表是现代主义的（但真正具有现代意识并符合现代派主张的诗作并不多），拥有着各种各样的最新诗歌创作技法与理念，但它们骨子里却是传统的浪漫主义，因为它们为了语言的鲜活或陌生化效果而耗死了无数的脑细胞，譬如那句最著名的"我穿越大半个中国去睡你"，实际不过是以"极度夸张的空间距离感"去经营一个平凡而渺小的"睡"字，一个大而远，一个小且凡，所谓张力，由此出现。但如果仔细去研读一些很有名的流行诗歌，除了语汇的新鲜感外，本身的美学意蕴却十分有限。诗歌界有名句言，"诗到语言为止"，这话在一定程度上是正确的，因为诗歌是语言的艺术，自然应该把语言弄得雅一些，新一些，美一些，甚至奇一些。但同样，也有"语言不过是符号"的理论，作为符号的语言，最终也必须表达内容，不管这内容是纪实的还是审美的，不管这内容是现实的物质存在，还是人类的精神、情感与理念。艾略特在他的长篇论文《批评家和诗人约翰逊》中指出，"怪癖的或粗鲁的应该受到谴责：一个诗人被褒奖，并不是因为他创新了语言形式，而是由于他对共同的语言作出了贡献"①。艾略特说的这个"贡献"，应该是指对人类最新感觉经验的书写，而不是书写这种最新感觉经验的语言形式。当然，这并不是说语言不重要，当诗歌发展遇到瓶颈时，突破往往是由语言开始的。

当今诗坛有一个不好的倾向，就是一切都倾于浮泛。最近涌现出来的诗歌热不过是"诗人热"罢了。诗歌，愿读的在读，不愿读的依然不读。少数民族诗人大多居于偏远苦寒之地，在他（她）们身边，关注的人少，阅读的人少，所以他们大多在默默写作而不被人注意，唯有那些真正关注诗歌而不是关注诗人的人，才会注意到，在主流汉语诗歌之外，还有一些重要的族群或地域的诗歌版块。

再说呈现。呈现，就是显示、展现、显现，有如餐厅里的传菜员，其任务就是把厨房大师烹饪的美味给端到桌面上来。在这里，诗人不是厨房大师，而是传菜员。诗人的任务，就是把自然的、生活的、心灵的美味，一一呈现出来，不需要对美味进行再加工，譬如撒点葱花、花椒面什么的。当然这话有些绝对。笔者是想说，生活是异常丰富、厚重与高远的，语言表述往往难及万一。而我们经常说的"艺术高于生活"，更多

---

① 王恩衷：《艾略特诗学文集》，国际文化出版公司 1989 年版，第 209 页。

时候是我们的主观愿望，而不是客观真实。譬如我们有关色彩的词汇，就远远不及宇宙中的自然色彩与光谱丰富；我们有关人类心灵的描写，同样不足以表现人类心灵的复杂与幽微。

因此，笔者以为，一个真正的诗人，应该放下自以为是，认真地生活，认真地研读与考察每一个形象/对象。可以说，大自然中的任何物什，譬如一片绿叶，都呈现出一种完美状态、一种理想状态的美好。但是，以笔者所见，并没有多少诗人对树叶进行过伏下身子的认真考察与真诚关注。或许，有"落叶诗人"之称的成都诗人山鸿，会对笔者这一论点持肯定态度。新世纪诗歌中大量诗歌意象的重复与诗意的彼此覆盖，正说明了这种关注与观察的缺失。

康若文琴诗歌创作中的叙述与呈现的态度、方法与风格，基本可以涵盖她两本诗集中的全部诗作。随意拈来一首《梭磨峡谷的绿》："绿是九岁的小姑娘/春天一到就笑/漫山的羊角花就坐上叶的缎面/渐次开放""推窗，眼睛洗得波光潋滟/高原蓝祥云白倚在群山之巅"。这些句子语调平静，叙述客观，呈现干净，就像在叙述一个事实或讲述一次经历一般，将梭磨峡谷的美娓娓道来。对于生活于喧嚣与雾霾之中的城市人而言，对这样清凉而干净的诗歌意象，没有不喜欢的道理。

康若文琴的诗，大多较短，而且诗句"苗条"，或许这与康若文琴是一个女诗人有关，因为短小而轻盈，因为苗条而清爽。如这首《夯土谣》：

> 把丰收交给时光
> 夯土时，一定要大声唱歌
> 歌声夯进土墙
> 新房才温暖
>
> 唱一回夯土谣
> 寨子，就恋爱一次
> 人就年轻一回
> 阳光，为土墙的封面
> 镀上一层金

上面的诗句，是康若文琴短诗《夯土谣》的全部，只有9行，写的什么，读者也看得懂。换其他诗人来作同题诗，可能会写得非常鲜艳、热烈，甚至特别巧妙新奇，但在康若文琴笔下，新房、新人、恋爱这些令人喜悦的事情，有如日常生活一样平常而宁静。在嘉绒藏寨，夯土筑房、恋爱结婚确实是生活的日常，差不多每个寨子每年都能见到，但城市人却没那个筑新房的经历，也没那样的感受了，恋爱结婚，只要有钱买房，一切都不是问题。但在藏寨，新房得自己夯土建筑，这样的房屋即便有钱也是买不到的。而这个夯土筑墙的过程，既是现实的新房的筑造过程，也是恋爱婚姻的筑造过程，更是未来美好生活的筑造过程。唯有真实付出的爱情，才能爱到骨髓里，才懂得爱的真谛。所以，连上天都要祝贺，"阳光，为土墙的封面/镀上一层金"。

之所以说叙述与呈现，是诗人的"诗性自觉"，盖因这个时代，喧嚣的多了，激情的甚至声嘶力竭的多了，到处都在滥情，到处都在炒作与哗众取宠，即便最肤浅的诗句，竟然也可以被吹捧"惊若天人"。而人类全部的艺术史都证明，那种处于热闹中心或世俗献媚状态的作品，要不了多久就会成为人们眼中的庸常之作。"因为太流行了，所以短命。"这句话是笔者早年的诗观，大约是讲到某名人，其诗作有如心灵鸡汤一般被一代人猛喝，但真实的情况是，真正的诗人的案头上，是不屑于摆放那人的诗作的，人们在谈论一个时代的诗歌时，也不会提及他的名字。当然，也有人怀念他，并羡慕他的成功，但那是因他娱乐人物的身份，而不是诗人的身份。

作为"诗性自觉"的叙述与呈现，首先要求诗人校正自己的诗歌态度。诗歌是少数人的事业，诗歌是孤独者的事业，不应与名利有太大的关联。如果说数百年前的世界中诗歌还是以浪漫抒情为潮流，以情感"喷射"为特征，那么到了今天，可以毫不客气地说，那种诗作已经落后了，或已经"江郎才尽"了。诗人对自然、亲人、爱人或家乡的情感，虽然丰富，却也是有限制的，这种限制来自人类情感的共通性——别人已经"那样写了"，你就不能重复。而随着现代工业社会人们生活节奏的明显加快，人们所面临的各类问题也远超前人与古人，与此同时，因为新事物层出不穷，人类的情感与情绪也呈现爆发增长的态势。过去的社会与事物，非"善"即"恶"，但工业社会以降，那种简单的非此即彼的善恶观已明显不足以观照人类心灵。

其次，诗人应该认识到，采用何种诗歌态度或方法能够有利于抵达诗歌的"真意"。在此，完全可以把诗歌的"真意"与诗本身的"诗意"整合起来。真正的好的诗歌，是真意与诗意的统一。而叙述与呈现，显然是最容易抵达真意与诗意的方式。因为叙述与呈现的最好状态是冷静与理智。唯有冷静与理智，才能辨识生活的复杂性，才能"由表及里，去伪存真"。仔细研读诗歌史上的那些经典之作，其诗人都有强大而又能自我控制的心灵。任由心灵或情感泛滥，虽然有可能出现惊艳之作，但在这样的作品中，我们也会发现诗人在写作过程中那种强大的自我节制。康若文琴的另一首只有 7 行的短诗《蒲尔玛的雨》，同样是这样的叙述与呈现之作，从中完全能读出诗人的冷静与节制：

> 这些孩子，因为生在高原
> 天空是他们的栈道，命运陡然
>
> 大地和青草，或者再向下三千米
> 才是它们最终的家
> 事实上，万物都在用花草交换
> 如黑帐篷上的一柱炊烟，驮着薄暮回来的牦牛
>
> 酥油茶开了，卓玛的心也香了

但是，冷静与节制，并不是说现代诗歌中就不能隐含激情，就不能有浩荡起伏的情绪，而是作者在创作过程中懂得如何处理情感与理智的冲突。在《蒲尔玛的雨》中，"命运陡然"半句诗，就营造了这种收敛而又情感浩荡的特殊效果。而"万物都在用花草交换"一句，更是隐约地道出了高原的秘密。"交换"一词，并不是指世俗的商业或

人际行为，而是寓指"生命大道"，譬如叶落归根、好雨当春这类情形，它们都是通过"交换"而发生的。有如一句话："世界上没有无缘无故的爱，也没有无缘无故的恨。"没有付出，哪有收获？天地万物，皆有其根据。所以，即便"命运陡然"，我们也会看到或迎来"酥油茶开了，卓玛的心也香了"的美好结局。显然，这首诗可以理解为诗人对高原或高原精神的一种态度。

## 二、佛性智慧：以诗歌点亮诗性人生

"佛性"二字，按《中国大百科全书》解释：佛，指觉悟；性，意为不变。大乘佛教认为一切众生皆有佛性，即众生都有觉悟成佛的可能。诸家依《涅槃经》一般说有三因佛性：其一，正因佛性，即中道实相、真如法性的理性；其二，了因佛性，即照了二谛的般若智慧；其三，缘因佛性，则是配合了因智慧开发正因的六度万行的功德行愿。① 因着这一阐释，笔者便将佛性与智慧两个词糅合起来，以"佛性智慧"来表达康若文琴诗歌中的某种特质。

诚然，将佛性或佛性智慧引入诗歌，并不是康若文琴的首创。随意翻开一本当代藏族诗人诗歌选，我们都能从中找到闪耀着佛性智慧光芒的篇什。只是相对而言，在这一点上康若文琴比别人走得更远一些罢了。又及，康若文琴或其他藏族诗人能够将佛性智慧引入诗歌，或以诗歌表达佛性，与诗人的自身才华并无多大关联，而是因为诗人们长期生活在一种浓厚的佛教氛围里，周围的人物、事件，无不闪现着佛性与智慧的光芒。这种与觉悟同一境界的智慧，引领着他们的人生，指导着他们看待这个世界，当然，也深刻地影响着诗人们的诗歌表达。

先来欣赏一首名叫《寺庙》的诗："门洞开/除了尘封已久的光影/谁一头撞来//喇嘛坐进经卷/把时光捻成珠子/小和尚，跑进跑出/风掠起衣角//净水。供台。尘埃/起起落落//禅房的窗台/吱嘎作响的牙床/谁来过/又走了"。这首诗共有四节13行，而且诗句同样很"瘦"，显得轻灵、轻盈、干净，不惹一丝尘埃。初读《寺庙》，人们会注意到"谁一头撞来""谁来过/又走了"这样充满禅味的句子。事实上，类似的禅味在主流汉语诗歌中也不少见，但是，这首《寺庙》真正的秘密在于"喇嘛坐进经卷/把时光捻成珠子/小和尚，跑进跑出/风掠起衣角"一节4句。限于篇幅，笔者在此不解释，读者只要把喇嘛想象成"高僧大德"，而将小和尚理解成"世俗之人"即可。至于"经卷""珠子"，以及"时光"的意象，本身也有着丰富的隐喻，但在这里不过起着锦上添花的作用罢了。

《寺庙》这首诗，排在诗人新近出版的《马尔康 马尔康》这本集子的第一首，这说明诗人对她的这首《寺庙》也抱有某种希望，或许也可以说明，诗人对"佛性"与诗性的关系的领悟，已经进入了某种自觉状态。这类充满佛性智慧的诗作与诗句，在诗人的两本诗集里几乎俯拾即是。"吊桥在花的背后指向天上/也连着人间"（《云境》）；"你走过我身旁/青草挂着露滴"（《母亲节》）；"光阴是最古老的谜语"（《十年以来》）；"没

---

① 参百度百科中"佛性"相关解释，http://baike.so.com/doc/6643558-6857373.html

有谁能把玫瑰叫醒"（《捕梦》）；"只要行走就清晰可见"（《阿依拉山》）；"再洁白的浪花/平静后仍是混浊的河水"（《阅读河水，雨后》）；"水在生活的真实中险象环生/左躲右藏，顾此失彼"（《漫步扎嘎瀑布》）；"有些事不用急的/坐着和走着都一样能到达"（《秋叶》）。这些诗句所蕴含的佛性、智慧、哲思，直指人的心灵。面对纷繁复杂的生活时，佛性智慧明显提供了另一种可能。

在康若文琴两本诗集大约 220 首诗歌里，像这种明显带有佛性智慧的诗歌，至少 30 首以上，大约占诗集的七分之一左右，由此亦能大体上看出诗人对佛性这一诗学理念的探索。不过，诗人亦可能最近才关注到这一理念，因为在一些明显是佛教题材的诗作中，佛性之光却相对暗弱。这一方面说明诗人还在探索的路上，另一方面更说明，佛性难得，它不是唾手可得的物件。

笔者之所以如此推崇佛性与佛性智慧，是因为佛性与神性一样，是"人应当有的样子"，是高于现实的人的理想的存在。于心灵，是一种引领；于生活，是一种觉悟和完美。有人或许会认为，你所说的佛性与佛性智慧，不就是要人懂得放弃吗？这样能理解，距佛性还远。如果佛真是这样的话，那佛教还有谁信呢？佛性与佛性智慧，并不以解决现实冲突为目的，而是要解决内心的焦灼与忧虑，要解决"心安何处"的问题。而对于藏族诗人而言，佛性智慧显然是他们的优势和"文化铀矿"，值得其花费更多的心血。

诗歌作为人类最富有理想气质的文体，理当烛照与关怀人类心灵，在比现实更高的层面上引领人生、追问人生，并由此拷问人类灵魂。从这个意义上讲，康若文琴诗歌中那些充满佛性智慧的篇什，无疑是汉语诗歌园地里的重要收获。

## 三、高原乡愁：自恋饱含自重，忧愁隐藏期许

康若文琴的诗歌，除了前面述的特征外，还流露出浓郁的乡愁。甚至可以说，在她的佛性禅味十足的诗歌里，同样渗透着乡愁。

在题材上，康若文琴的乡愁，以家乡的物象呈现，除了她的诗集名《马尔康 马尔康》之外，经常出现的意象有：风、雪、草、梭磨河、碉楼、寨子、蒲尔玛、树叶、草原、节日、马、牦牛、星光、花朵、酥油茶、火塘、火镰、青稞、麦子、寺庙、喇嘛、古镇等。有过藏东高原生活经历的人就会明白，这些意象，都是高原常见的物事，如果再加上学校、银行、商场、医院等，几乎就是人们世俗与精神生活的全部。

康若文琴笔下的乡愁，呈现出另外一种情态。笔者把这另一种情态的乡愁，以"高原乡愁"四字概括。高原乡愁，是一种新乡愁。这种乡愁，既有对家园、土地、故乡、亲人的传统思念之情，同时又包含以现代意识对家园意象的重新审视。它在传统乡愁的思念与愁绪里，倾注了新的情感元素，这种新的情感元素，可以以"自恋饱含自重，忧愁隐藏期许"两句进行表述。

自恋，是传统乡愁中相对隐秘的情感，因为没有谁愿意承认自己"自恋"。但是，"谁不说俺家乡好"一句，却正是这种对故土、家园的"自恋"之情。在这种"自恋"心态下，家乡的一切都是好的，哪怕平平淡淡，也一定是好的，甚或落后的现象，在作

者笔下也是好的。康若文琴的诗歌中，也有这种"自恋"。只不过，因为"高原乡愁"是20世纪80年代以来才滋生的诗歌情怀，所以它不可避免地吸收了人类关于家园、故土的最新理念，特别是现代西方理念，因而又呈现出一种"自重"的情感特征。

康若文琴是马尔康人，现在马尔康工作。除了求学、开会、旅游等必须外出的时候，康若文琴一直待在她的家乡。这与转型期以来，大多数汉地诗人走南闯北的情形颇为不同。但康若文琴对家园、故土的"自重"，也不仅仅基于此。随着城市化的推进，汉地的乡村，整体上陷入一种凋敝与萎缩状态，土地时有抛荒，村中只余老人、儿童，年轻人已经进城，即使没在城里扎下根来，他们的梦也在城市，至于乡村的"根"，在他们内心里的价值甚低。尽管也有一些优秀的汉地诗人关注着这一景象，但即便这些优秀的诗人，也同样难以回到故乡。与之相反，在藏区或嘉绒藏区，家园不但没有凋敝，反而以极美、极富性灵的方式呈现在世人面前，它的自然、文化、习俗，无不具有原生态价值，是现实的世外桃源与精神家园。

在康若文琴自己很重视的一首《茸岗甘洽》（其诗句用于《马尔康　马尔康》封底）里，读者或许能体悟到这种"自恋饱含自重"的情感：

记忆挤满茸岗甘洽
走在山梁，一抬头会撞落星星
月亮抱着碉楼

推开花格窗，就能看到你
窄街上歌声蜿蜒，牵出那么多孩子
门从不上锁，鸡犬自由

今夜，茸岗甘洽的芳草
在风中称王，想挤走一街落魄的记忆
摩挲石头的余温，我一直想说
我爱茸岗甘洽，人间天上的寨子
却已不能够

这首《茸岗甘洽》也不用过多解读，笔触由远及近，意象美不胜收，一句"门从不上锁，鸡犬自由"意象万千，让人顿生无尽感慨。至于最后两句"我爱茸岗甘洽，人间天上的寨子／却已不能够"，笔者却因未去过松岗（茸岗）土司官寨而不知具体情况。但无论诗人所要表达的是对鼎盛时期的松岗的爱，以及对自己因未生于其时而"不能够"的遗憾，还是对松岗此时的遗迹的爱，以及对自己因世俗生活而"不能够"失落，无论诗人处于哪种心绪之下，她都将由"松岗"这一名称带来的丰富而美好的意象，珍藏在心灵的某个高度，以表达自己的敬重和敬意。

高原乡愁最重要的情绪，不是自恋、自重，也不是忧愁，而是饱含着一种期许，一种关怀，一种真爱。在高原乡愁情绪之下，家园并不是过去旧时光的体现，家园是一种现实的生活，它还需要运转。在诗人笔下，虽然她（他）们也有些担心（忧虑、忧愁）

工业化对家园带来更大的破坏性影响，但同时也充满着期许，希望家园由此变得更好一些，譬如学校更多一些，农牧民的房子更亮堂一些。也就是说，如果传统乡愁是"向后看"的，是说"过去更好"，那么，高原乡愁则是"向前看"的，它是"现在很好"以及"希望更好"。不了解藏区的人以为藏区的民众不但经济落后，甚至观念也很落后，这种认知是片面的。笔者曾经在 90 年代接触过几名喇嘛，他们在当时就用上了电脑与手机，比很多汉地和尚更为先进与时尚。

这种乡愁中隐含期许的情绪，可以《一株草》为例：

> 一株草除了邻居，谁也不认识
> 风吹过，想打打招呼
> 却叫不出名字
> 哪里都走不了
> 根是草的牵绊
>
> 每天的劳作就是等待
> 一天，等阳光抚摸
> 一百天，等雨落下
> 一千天，等云朵撑起遮阳伞
> 一万天，等牦牛热乎乎的嘴唇
> 不知牧人走过，是否要一万年
>
> 整天，我都沉默
> 在另一片草地被牦牛放牧

康若文琴大多数诗歌，都没有设置过多的诗意迷宫，所以，她的诗，属于能够读懂的诗。在这首《一株草》中，一株草整天的"沉默"与"等待"，与整个草原的"沉默"与"等待"被诗人隐蔽地同一，整个草原、高原，或整个族群，都处于"沉默"与"等待"的状态。为什么会是这样一种状态？自有自然、历史、现实的原因。"沉默"与"等待"中，也有"不知牧人走过，是否要一万年"的期盼，想象着"在另一片草地被牦牛放牧"的美好情景。这种情绪，显然是有关土地、家园或乡愁诗歌中的一股新风，一股"向前看"的风尚。一种新的乡愁情感油然而生。

诗人除了上述方面的诗作外，有些诗表达了对平凡生命的关注，譬如有关画师、牙医、放蜂人、银匠、美发师、尼姑、侏儒的诗篇，更有一些诗，表达着岁月的沧桑与时空的辽远，譬如《阿姚和火塘》《有关碉楼》《十年以来》《坐在岩石上》《阿吾的目光》等。在这些诗里，甚至还隐藏着生死的真意。此外，诗人的作品里，也有相当部分的诗作，采用了隐喻、象征等现代诗歌技法，其诗句充满着现代的诗歌意象，譬如《麦子在奔跑》《行走的桃树》《另一种到达》《鲸鱼骨卡在了时光的喉头》《开放在刀刃的菊》。但这类诗的数量并不太多，只占总量的不到百分之十，且最重要的现象是，这些具有现代晦涩意象的诗作，大多集中于诗人早期的创作，模仿与探索的意味十分明显。

　　有一个现象也值得注意，即康若文琴的诗，与其他几乎全部女诗人的最大分野在于：其他女诗人都从个人的内心经验与个体情感出发，不管诗作好坏，不管涉及什么样的题材，都尽可能与个人的某些情感经历相连，大曝个人隐私，沉湎于对自我的自恋之中，特别是"身体写作"的一代诗人，在这方面似乎走得特别远；但康若文琴的诗，涉及自身经历与个人情感的篇什却相当少，如不特别注意，甚至难以在其诗中发现其性别特征。然而，康若文琴的诗中却不缺悲悯与爱，或许，这与康若文琴是一个藏人的身份有关。

　　掩卷而思，两百余诗篇历历在目。客观地说，康若文琴是一个充满着才情的诗人，她找到了一种最恰当的，也是最有力量的语言，来构建她的充满诗意的精神世界。但是，"在我们这种没有共同标准的时代，诗人需要提醒自己，单凭他可以得心应手地运用的天赋是不够的"[①]。艾略特的这一提醒，对康若文琴也是必要的，因为两本诗集，包括近期创作的少量诗歌，也存在着文字意象较为随意，诗意较为浅淡的问题。其实，她是可以让诗意更厚重一些的。

（作者单位：四川省甘孜卫生学校）

---

　　① 〔英〕Ｔ·Ｓ·艾略特：《艾略特诗学文集》，王恩衷编译，国际文化出版公司 1989 年版，第 235—236 页。

# 马尔康大地的低吟高歌

## ——性别视角下的康若文琴诗歌研究*

徐　寅

　　海德格尔对德国诗人荷尔德林的《人，诗意地栖居》中的经典哲学阐释"诗意的栖居在这片大地上"，几乎成了所有诗人创作追求的终极目标。当海氏提出的"此在"到来时，诗人们窥探到诗歌中的物质存在已经难以满足精神需求，于是思考如何让诗意在大地上绵延开来，成了"栖居"的前提。

　　有这样一群诗人，他们原本就生活在离天空最近的那片大地之上，对天的景仰、对地的敬畏、对人的尊重，形成了他们创作的诗意特征。我们知道，藏族的诗歌传统古已有之，而他们用身体丈量过的土地正好孕育了这一文学活动，恰如藏族诗人才旺瑙乳和旺秀才丹在《藏族当代诗人诗选（汉文卷）》前言中指出的，"藏民族可以说是一个诗意地栖居在此神性大地上的民族"①。藏族诗歌由古代的民间诗歌、作家诗歌发展至今，在意象选择、韵律结构、情感表现方面形成了独具特色之处，进入当代以后的汉语诗歌写作，更是呈现出百花齐放的景象。

　　康若文琴便是颇具代表性的一位从事汉语写作的藏族女诗人。她从 20 世纪 90 年代就开始了诗歌、散文的创作，与人合著有民间故事集《三江的传说》、旅行书籍《走进旅游圣地阿坝》，主编散文小说集《山情》、旅游丛书《九寨沟游》，她的诗作大多数收录于《康若文琴的诗》和《马尔康　马尔康》两部诗集之中。作为藏族诗坛近些年崛起的女诗人，她一面肩负着自己阿坝州文联主席的工作，一面笔耕不辍地从事她心爱的诗歌创作，她的汉语诗歌也散见于全国各级报刊，相应地入选了多种文集。正如她第二部诗集的名字一样，康若文琴的诗歌创作植根于马尔康大地之上，投射出嘉绒藏族对这片土地深沉的爱。

　　提到嘉绒藏族，提到马尔康及其所在的阿坝藏族羌族自治州，我们很容易便会想到在这里受到滋养成长的藏族著名作家阿来。马尔康在藏语中意为"火苗旺盛的地方"，本就是生命力和地方文化的饱满象征，这一切在当代藏族文学中向我们充分展现。康若文琴的诗歌无疑为这束火堆添了一把干柴，就像阿

---

　　* 本文系 2017 年度天津市教委高校人文社科研究一般项目"当代中国藏族女作家汉语创作文体研究"（2017SK119）阶段性成果。

　　① 才旺瑙乳，旺秀才丹：《藏族当代诗人诗选（汉文卷）》，青海人民出版社 1997 年版，第 5 页。

来在为《康若文琴的诗》作的序中所写："我想，从莲宝叶则神山，到这个在内心里映现老大哥教训的时刻，其实也就划定了文琴作为一个诗人最为稔熟、最能举重若轻的疆域。"[①] 阿来对康若文琴的解读没有错，她的诗歌无不在告诉我们，立足于沃土之上的女诗人已经形成了自己独特的写作风格。

一

作为一名藏族女诗人，族裔和性别成了康若文琴天然关注的对象。她在《尕里台景语》获奖接受采访时讲道："作为一名少数民族写作者，我的故乡阿坝高原，给了我创作的养分和素材。我的外婆给了我文学的启蒙，虽然她不会说汉语，更不会汉字书写，但她用嘉绒藏族的民间故事和传说给了我精神滋养和想象力，这种传承，成了我文学创作的重要支撑。"[②] 一方面，外婆作为女性，通过母语口耳相传的方式，启迪了女诗人的灵感和她对自身性别的认知；另一方面，我们很容易发现女诗人借助外婆的启蒙暗示出关于藏族，具体到嘉绒藏族的遥远历史及族群传承中的文化滋养。这首诗可以看成是康若文琴整个诗歌创作的一个缩影，女诗人用类似电影剪辑的方式为我们呈现出了这样一副生机大地的模样：炊烟袅袅的村庄、撒在草原上的羊群、黑帐篷外的牦牛、牵着儿孙的族人、安详诵经的喇嘛。这是康若文琴自在生活的地方，也是她心灵畅快呼吸的地方，一句"人是神的亲戚"，让我们仿佛回到了遥远的古希腊神话时期，这种人神之间如此近距离的交流，在当下中国，我们也只能从这样一个充满信仰与信念的民族中阅读出来。

黑格尔说过："每种艺术作品都属于它的时代和民族，各有特殊的环境，依存于特殊的历史的和其他的观念和目的……"[③] 当代藏族作家的汉语写作，正是基于当代的文化语境，结合着本民族所因袭的特征，用极具标志性的创作手法来展现民族的烙印。康若文琴的诗歌在这方面最直接的体现就是通过意象的提炼来对家园进行反复标记。以诗集《马尔康　马尔康》为例来看，整部诗集分为五辑，可以概括为马尔康的风物、马尔康的人、马尔康的文化、马尔康的生态、马尔康的生活，虽然与第一部诗集《康若文琴的诗》有部分诗歌重复，但是较之于前部诗集在排版上简单按照创作时间的先后顺序排列，第二部诗集明显经过了仔细的推敲与打磨，诗人将相近或相同的意象放置到同一辑中，例如第三辑中出现的"经幡""风马""佛珠""酥油""藏靴"等意象，综合来看，都属于典型的藏族文化的物化呈现。关于诗歌意象的选择与理解，于宏指出，当代藏族诗人汉语写作中的诗歌意象集中在"牦牛""石头""群峰和大山""草原""雄鹰"这五类中[④]，每类意象都分别代表着族裔文化的不同体现。这一情况具体到康若文琴笔下，又发生了变化。女诗人并不是一味着眼于高山大川，她更多地将眼光投射到具体事物上——那些与藏族人生活中息息相关、密不可分的物象，利用极具族裔特色或是能充分

①　康若文琴：《康若文琴的诗》，四川文艺出版社 2014 年版，第 6 页。
②　《这个家不大，像一颗樱桃，只有一颗心的跳》，《成都商报》2016 年 11 月 27 日。
③　〔德〕黑格尔：《美学》（第一卷），朱光潜译，商务印书馆 1986 年版，第 19 页。
④　参见于宏：《论当代藏族诗歌的主要意象及文化和审美特征》，《西藏民族学院学报》2008 年第 3 期。

表现族裔特征的物象，凸显自身的藏族属性。典型的像"佛珠"，汉族人将其作为一种文玩摆件，摩挲于指尖，而藏族人则赋予了它更多宗教的意义，甚至关乎对于生命的指引："马尔康街头，手持佛珠/可以不静心，不诵经//佛珠，在闹市/如老马识途/与捻羊毛线的阿妈重逢/捻搓年轮是门绝技//走一年捻一圈/曾经闪光的年华/在蓝天下迷了路/老阿妈腰身佝偻/就找到了路/佛珠/有时从众，有时引路"（《佛珠》）。同样指引路途的还有"藏靴"，你看那"牦牛皮的质地/让春天柔软/在脚下拱来拱去/青稞秆的鞋垫/因为急着长大/一天一换也不硌脚"，正是这样，"藏靴在我脚下/一走，就走到了今天"（《藏靴》），女诗人从细微处着眼，把握生活中每一个细节，即便是穿在脚上的一双普通藏靴，也被赋予了生命的内涵，这都与她身处的家园所带来的生命体验密不可分。再如第一辑"边界——从蒲尔玛启程"，集中了有关"碉楼"意象的六首诗作，如果说前面出现的意象还具有藏族文化的共性特征，那么碉楼，这个阿坝州世代生存的藏族流传下来的古老建筑，在这里成为鲜明的地域能指，"碉群没有什么不同/就是一列卫兵//三十年征战，三千里疆域/拴不住一地月光//三万块石头，三百年/穿风透雨/守卫一个名字，苍旺/镌刻在石缝间的名字//土司没在意这群卫兵/月光也没记住苍旺"（《苍旺土司碉群》）。这首诗中提到的苍旺土司据史料记载属嘉绒十八土司之一，坊间传说更是将其奉为半人半神的英雄，他所建立的官寨也在川西一带称霸。康若文琴借助"碉楼"意象来重新探寻嘉绒藏族的历史，以此挖掘"碉楼"这一能指背后的意义，因此当我们读罢这首诗后，感受到的是历史面前"铁打的营盘，流水的兵"的残酷，土司、卫兵都没有留下来，而只有屹立不倒的三万块石头堆砌的碉楼至今犹在。如若按照藏羌同源的说法，女诗人其实就是借机返回那熟悉的家园，"还是这碉楼/汉子一样站着的石头的碉楼/在时光里打了一个盹/如今便走进了书本/与长城一起/像一位拖着长髯的老者/供人观瞻/却无言以对"（《有关碉楼》）。碉楼离开了赋予它特殊使命的年代，便成为一个历史的忠实记录者，就如今天的长城已不再是抵御外侵的防御工事，而演变成为中华民族的伟大象征一样。这首诗和前面那首一样，其中"碉楼"所指的意义在女诗人看来就是一个民族的历史和曾经有过的辉煌，她也因此在这里标记出属于自己的物质家园。

二

"新乡愁诗"写作成为主流文坛近些年来必不可少的构成，它逐渐取代了 20 世纪七八十年代以"国家"为主的"乡土中国"的诗歌创作主题。我们发现，在少数族裔作家诗歌创作的主题中，地域家乡始终同精神原乡紧密关联着。他们一方面身处并且不断展现物质家园，另一方面，也是更重要的，也对精神家园作进一步挖掘，以此确立起一种"族群共同体"。马克思在谈到民族特点问题时提过，每个民族都有"优越于"其他民族的地方，这个"优越"之所在，就天然地构成了我们今天能够看到或读到的族裔文化特征所构建的精神内核。这也势必影响到女性诗人对"家园神话"的营造。就如弗吉尼亚·伍尔夫提出的女人该有"一间自己的屋子"，亦如桑德拉·吉尔伯特和苏珊·古芭对"阁楼上的疯女人"那阁楼空间的思考，女性如何从性别角度出发寻觅自己的居所，搭建从物质层面到精神层面的家园，成为她们迫在眉睫的问题。

　　就诗歌创作如何表达精神内核的方式上，男女诗人有着截然不同的路径。相较于男性诗人们那种大气磅礴的用词和表述，女性诗人则采取了一种温婉却不失思考的写作方式，她们更着力于有关生命、情感、宿命等的思考。这在《康若文琴的诗》这本集子中就明显能看出来。前文也曾提及，这部诗集基本按照创作时间的先后顺序由近及远进行排序，记录了女诗人从 1988 年 10 月到 2013 年 7 月间创作的诗歌。上个世纪末一直到世纪之交的她，诗歌创作还更多停留在就意象而论意象的层面，例如关于时间的思考，"日子是一岁一枯荣的野草/阳光下都有阴影/就任水与月光千年地流淌吧"（《流逝的时光》），关于草原的描摹，"热尔大草原啊/旷野中/只有鹰穿上羽毛/盘旋，盘旋/没有一朵云一丝风"（《热尔大草原》），关于落叶，"那时候，叶子还叫叶子/蒲公英还叫蒲公英/没有多大区别"（《秋叶》），意象的呈现要么直接流露出女诗人对周遭事物的感知，要么就是一种情感的表达，似乎那个时期的康若文琴作为刚刚出道的诗人，身上还有着些许稚气未脱和模仿前辈诗人的痕迹。进入新世纪以后，伴随着现代性危机的到来，文学领域开启了对危机的反思，身为藏族诗人的康若文琴亦不例外。罗振亚在对彝族著名诗人吉狄马加的诗作进行评论时发现，进入世纪之交后的他，意识到不能过度倾力于地域文化、族裔身份的认同，而逐渐走上了对整个人类命运思考的"大诗"创作。罗振亚指出，所谓"大诗"，"是说其相对而言多执著于生存、自由、尊严、生态、命运、死亡等'大词'追问，主旨宏阔严肃，架构气势恢弘，用语沉稳庄重，境界雄浑，情绪充沛，一切都暗合着世界范围内史诗的规范和要求，可谓另一种意义上的'史诗'"[①]。康若文琴的"大诗"则突破了早先对意象的直接解读，从语言表达到诗篇布局，都开始不断追寻意象背后的所指意义，比如在《梭磨峡谷的绿》中，女诗人告别了民族地域标签和"绿"所透露出的简单内涵，她这样写道："扶绿坐上时光的船/随从的是梭磨河/枯萎和成熟如影相随/河床的包容让梭磨河常绿/春风一开放绿就青葱/掩映的碉楼越发老了//梭磨峡谷的瞩望中/每个人都是小蚂蚁/来去匆匆/不老的却是绿"。象征生命蓬勃的绿镌刻在梭磨河流经的人和物上，"物是人非"是规律使然，人类因此在命运之轮前显得异常渺小。康若文琴借助对自然的思考，传达出一种生态主义的价值关怀，也以此巧妙地化解了现代性危机中人与自然的矛盾。

　　除了诗歌意象诠释走向更广阔的空间外，康若文琴在诗歌创作中也愈发注重情感的表达，而这种情感正是来源于女性经验的觉醒，她将对时间的感悟和体验与自身建立起了关系。姚新勇认为，转型期主流女性话语表现为女性、女性的身体逐渐由集体、人民、革命、民族的归属摆脱出来，获得女性意识和身体的"自我"拥有，可是在少数民族汉语诗歌写作中，女性意识同民族意识、族属意识，大致同步地强化、增长。[②] 康若文琴在新世纪的作品逐渐走出上述窠臼，不断思考着女性作为个体同时代话语、民族话语所赋予的女性地位之间的矛盾。在她的诗歌中，一大批女性形象——阿妣、女土司、茶堡女人反复出现。"阿妣"在藏语中意为外婆，对这个形象经常出现在诗歌中这一现象，前述采访中她提到过外婆之于她走上文学道路的影响，因此"阿妣"在诗人笔下是

①　罗振亚：《方向与高度——论吉狄马加的诗歌》，《当代作家评论》2018 年第 2 期。
②　姚新勇：《多样的女性话语——转型期少数族文学写作中的女性话语》，《南方文坛》2007 年第 6 期。

一个引领藏族女性智慧飞升的形象，康若文琴是这样描述她（们）的："阿姊们的语言像柳絮，阳光翻晒后／啥都可以安放"（《马尔康，慢时光》），"第一天早晨／阿姊吹化茶面的酥油，就像吹凉过往／话语絮絮，微醺，阿姊是条鱼／在时光中任意穿梭，身旁是鱼群／喝早茶，直到奶渣温和如水／直到茶里的糌粑像老伙伴越来越少"（《三天早晨》）。阿姊们一面承担着繁重且琐碎的家务劳动，一面还得承载着口耳相传的教育任务，藏族女性就在这样的环境下成长起来。正如有研究者指出，"女诗人们以其特有的身份和敏感度去在诗歌中设置一个年长的女性角色，而这个角色是指向古老传统的喻体——即母体的回归和溯源。在这里，女诗人们纷纷在歌颂着藉由母系而抵达的民族本源。"① 如果阿姊的形象更多是从外部观照入手，那么康若文琴几篇关于"母亲节"主题的诗歌则充分展现了其对母亲这一天然身份的思考，尤其是立足族裔文化立场的诘问，以《母亲节，看见一群尼姑》为例，"母亲节看见你们／这个事实非常残酷／／你们都有做母亲的天赋／康乃馨和莲花，美丽的植物／你们选择后者／莲从污浊中走出／呈现给天空是圣洁／／街道上少不了赞颂母亲的欢呼／你们的心里也有／因为你可以不做母亲／而你一定来自叫母亲的女人"。尼姑作为一个特殊的宗教群体，本身就在淡化性别认知，但在女诗人看来，她们既来源于母亲却又放弃了成为母亲的资格，这是由历史、宗教和文化诸因素共同作用的结果，这种"母亲"身份的缺席造成了一种难以言说的尴尬。

为了直抵精神家园，女诗人在意象选择上更强调个体经验的呈现，相比与主流女性诗歌对"死亡""黑夜"的迷恋，身为藏族人的康若文琴则多了一份宗教性的淡然与释怀，在她的族人看来，"如果没有真正的死亡，出生不过是生命的无数次重复"（白玛娜珍语），因此，藏族人天然地把出生-死亡看作人生的一场修行。康若文琴在《微醺》中写道："在生命修行的每一个假期／无法回避绽放和休眠／因此，请允许我／在我愿意的时候／撑出一线亮光，一只慵懒的船"。既然死亡没办法回避，女诗人就选择了坦然面对，用希望之光来照亮前途。另一种策略则正如张晓红指出的："认同飞行生物，是当代中国女诗人探求女性身份的一大策略。女诗人通过部分认同或完全认同来表达独特的性别经验。"② 飞行生物所具备的"飞翔"意义，能够引领女性逃出生存的"黑暗"，体现出她们对自由的向往。具体到康若文琴这里，则进一步变成了对"风"的执着。单从《康若文琴的诗》这部集子来看，题目中有关"风"的篇目就有如《阿坝草原的风》《城市上空的风》《风一天天吹》《风儿吹来》《风从山谷来》等11篇之多，她笔下的"风"从各个方向吹来，让我们看到了女诗人御风穿越时空的渴望，"什么能穿越时空／那就是看不见的风／以及风捎带的"（《风吹过》）。这份渴望的背后正是对族裔精神的不懈求索。除了"风"之外，"月光""雨水"这些与女性从生理到心理上有着密切联系的意象也是康若文琴所挚爱的。

罗振亚在《百年新诗经典及其焦虑》中提出了"动态经典"与"恒态经典"的概念，这正是对诗歌发展共时性与历时性的有力思考。而无论是用汉语写作的当代藏族诗

---

① 邱婧：《身体书写、性别隐喻与族裔想象——重读1980年以来的少数民族女性诗歌》，《扬子江评论》2018年第2期。

② 张晓红：《互文视野中的女性诗歌》，广西师范大学出版社2008年版，第239页。

歌抑或是其他少数族裔的诗歌，就目前看来，其中"动态经典"多而"恒态经典"少。[1] 其主要原因之一，就在于族裔精神内核的缺乏。康若文琴的诗试图最大限度地勾勒出物质家园－精神家园的蓝图，也是在摸索确立族裔精神内核的可能。她立足于马尔康大地的书写，对嘉绒藏族历史、文化的深入挖掘，让我们对树立藏族诗歌的"恒态经典"又添了几分信心。

（作者单位：天津财经大学人文学院）

---

① 罗振亚：《百年新诗经典及其焦虑》，《文艺争鸣》2017 年第 8 期。

# 穿透岁月的眼睛

## ——康若文琴诗歌研究[*]

彭　超

## 一、康巴情歌

　　康若文琴的诗歌书写的是藏区高原的美丽与哀愁，她为康巴的深情吟唱，她的诗因之而极富有藏文化韵味。她以康巴藏区的自然景物为主要表现对象，或书写季节转换下的马尔康——"山一下老去/只因满山的青丝枯了/梭磨河匆匆流走/只因河床一夜失去记忆/很多时候不知自己流向何方"（《风吹过》）；或书写马尔康草原的山川草木，例如《一株草》里那株随处可见的平凡小草，《咳嗽的树叶》那肥沃土地的落叶，《黄昏的梭磨峡谷》《嘉莫墨尔多神山》《洛格斯圣山》等中那山、那谷，等等，将马尔康人与自然的和谐与诗意，尽情地展现了出来。与中国传统诗学"言外之意""弦外之音"呈现的水墨画意境不同，康若文琴诗歌神韵显示为充满"动感美"的现代工笔画，她善于用动词给不可触摸的抽象情感赋予动态形象，使其充满"动态的美"，例如：

> 河床的缄默剪不断河水的漂泊
> 红叶一路碰撞岸的心事
> 温暖的流云大片大片落下
> 点燃了初冬的眼睛
> 　　　——《风从山谷来》

　　诗歌运用"剪""碰撞""点燃"这些动词将由秋向冬的季节变化写得生动可感。再如，诗歌《感念如水》中，"星星抓不住晚霞的手/晨曦跨不过银河的路/……/河水淌过时光/……/晨风传送月亮夜夜的吟唱"，运用"抓""跨""淌"等动词将"思念的无奈"和"时光如水"书写得生动形象。这种动态美的诗歌情感表达让人联想到藏人载歌载舞的情感表达方式，充满快乐的动感。而"记忆挤满茸岗甘洽/走在山梁，一抬头会撞落星星/月亮抱着碉楼"，又表达了人与自然的交流具有无限的可能性。

　　乡村与城市是当代文学表现的主要对象之一，康若文琴的诗歌亦是如此。

＊　本文系国家社科基金项目"当代藏羌彝文学中的国家认同意识研究"（15XZW028）中期成果。

高原上人与自然的和谐，在时代大潮中被破坏，乡村文明在汹涌而来的城市文明挤压下逐渐式微，亲情被隔离，生态遭破坏，人性被异化。但是城市文明也并非现代文明的救赎，而是繁华与腐朽同在。《城市上空的风》中，城市在沦陷、放纵，如同魔兽让来往的旅人受伤。《荞麦花》中荞麦花从乡村来到城市，为金钱丢失母子关系与健康的生命。快乐都丢失在城市里，例如《娜姆和央金》。《马尔康城里的阿苾》里，被高悬在屋檐的农具，昭示土地的荒芜，暗示乡村文明的式微。恩爱夫妻被分割在乡村与城市两个不同的空间，阿吾留守在老家乡村，阿姚进城服侍儿孙。城市里的五光十色里没有牦牛的眼睛，乡村与城市是不能相融的两种文明。《行走的桃树》里，那离乡的桃树，走得昂然从容。但是被桃树遗忘的记忆却是"我们所关心的""在老麦乡的故乡，这个春天，这一时刻/所有的桃树业已姹紫嫣红"。大自然的美丽被城市里的桃树遗忘，诗歌以"行走的桃树"为意象，暗喻人由乡村向城市的涌入，以及城市文明对乡村文明的侵蚀。

　　思乡，永远是流浪人心底里那不能丢弃的情愫。康若文琴诗歌里充盈着故乡的味道，例如在《春天的盛典》里追忆牵引牦牛看风吹云朵的惬意，大地长歌（族人耕地），阿姚和阿吾念诵着佛经去赶赴春天的盛典，又如《夯土谣》里修建新房时唱歌的快乐。在故乡，充满诗意的日常生活意象随处可见，"羊群踩裂云朵寒风四溅/羊皮鼓击碎石楼顶寂寞的炊烟/河流与生活的距离被烈日拉长/而你住在雁门峡谷/小院内苹果树打着哈欠/玉米棒躺在屋檐下/沟边的沙砾也被你打造成一段段梦"（《一米跋涉》）。如果说羊群、云朵、羊皮鼓这些意象在族群文学里是诗意的主要表现对象，那么"沙砾"这样平常甚至粗糙的事物却是不能入很多诗人眼的，但康若文琴诗歌却赋予"沙砾"以诗意，它亦能如小花一般编织一段段梦想。对日常生活诗意的捕捉表现出诗人诗意的心，正如所谓看山看水在于看山水之人的心情，这对日常生活诗意的捕捉的深层次缘由正在于诗人对故乡的热爱。诗人不能抑制地公开宣称自己对故乡的思念，"我想回到故乡的碉楼前/边喝咂酒/边看满坡跳舞的麦子"。乡村文明以其温馨、宁静、诗意，战胜了城市文明的喧嚣繁华、五光十色。追根溯源，这其中不仅有人类根深蒂固的故乡情怀，还有传统文化审美的积淀，更有现代文明生态失衡导致的现代人对传统乡村的审美缅怀。

　　康若文琴诗歌中历史与当下对话，充满快乐与忧伤。面对历史中的人时，康若文琴的诗歌过滤掉悲伤苦难，或铿锵，或快乐，或宁静。《松岗碉楼》里，银匠锻造银饰的劳动，是快乐而带着笑声的，如同与月光对话，置身天堂。《银匠》中银匠不是在劳作，而是在锻打月光，银匠在叮当作响的劳动与荡漾的青稞酒中快乐且富足。但是当面对时间流逝时，其诗歌充满哀伤，现实如荒原，历史在来来往往中孤独瞭望。《箭台》中历史在时光里，"谁来过，谁去过/……/箭台站在群山之巅/孤独的，瞭望云朵深处"，如张若虚《春江花月夜》中的望月人，面对亘古岁月与短暂生命，只能是忧伤而孤寂。再如，诗人以碉楼为意象书写时光、历史，"还是这碉楼/汉子一样站着的石头的碉楼/在时光里打了一个盹/如今便走进了书本"（《有关碉楼》），几百上千年的历史不过是时光打了一个盹。

## 二、踏时光而来的歌吟

从 1991 年开始发表诗歌至今，伴随生命成长，康若文琴的诗歌风格从早期的清浅灵动如溪流，到后来的理性、练达，既有积淀岁月沉思后的释然与生命追问后的哲思，是拈花一笑的淡然，也是穿透历史后的寂然。诗歌仿佛一双穿透岁月的眼睛，看遍世界，也看穿世界，透过生命表象，抵达历史深处。

她早期诗歌充满灵动与轻愁，常书写一位少女在青葱岁月的细腻情怀，如"愁如细雨/在山腰处蹑足走来"（《愁如细雨》），"秋风中满山的白桦/变成古老的手指/将秋风的丝絮/编织成一件失意的背心"（《秋风的补丁》），诗情表达自然，充满少女的清新之气，如一首初恋的歌。又如，《拉伊》中那失眠的夜，《阳光下的雨滴》中等待开放为花的青春，《手心里的无奈》中在那星月之夜的忐忑疯狂，都颇为灵动。少女的清新不单是表现在情感的纯粹，还体现在语言的浅近自然，例如，《那年的梨花》：

> 记忆中花瓣成雨
> 梨花在一个叫往事的山谷怒放
> ……
> 你立于浅紫晨曦成一处风景
> 清瘦的四野中，我看见
> 每朵梨花开放成你的烘托

"花瓣雨""浅紫晨曦""山谷"和"四野"这些诗歌意象构建起一个如梦似幻的少女世界，置身其中的"你"成为如画风景的主角，也是诗人为之增添愁绪之人。诗歌以浅近的语意呈现如歌似梦的青春。青春是一个易伤怀的岁月，女性特有的敏感细腻更是强化着这种"伤怀"。诗人以诗意的眼睛捕捉身边世界的细微变化，例如，淡淡飘过的风（《有风抚过》）、落叶（《落叶》）、微雨（《愁如细雨》），四季转换（《最初的守护》《深秋》《冬夜》）、绽放在冷霜中的菊花（《开放在刀刃的菊》）、月色花香（《被风吹散的那篇月影》《星星雨》《月光如潮》）、秋天的云（《云天》）、晨露（《晨露》）、日常里那一抹寂寞与迷茫（《夏日的午后》《日子从头顶滑过》）、恋爱季节里的喜悦悲伤（《早餐后的上午》）、家人（《雨出走的春季》）……一抹风、一片落叶、一朵花，都能引起青春少女的伤怀，成为康若文琴诗歌的表现对象。康若文琴诗歌以含蓄的笔触写出高原的变化，例如，《致阿苾》：

> 下雪了
> 牦牛都回家了
> 春风只轻轻一吹
> 阿苾的故事就融化
> 记忆收入了布满皱纹的壁柜
> 打火石一次比一次走得更远
> 风景便翻山越岭

> 高原啜饮着龙井和咖啡
>
> 沙砾也硌痛天空

　　高原的"风""牦牛""雪"年年都在，但是每年风景又不再相似，"收入了布满皱纹的壁柜"的记忆与"翻山越岭"的风景写出逝去的时光已经不能再回。"高原啜饮着龙井和咖啡"，替代传统的茶饮，以饮品的变化写出高原的变化。诗人以"沙砾硌痛天空"婉约写出时光流逝带来的悲伤，不单是"年年岁岁花相似，岁岁年年人不同"的时光流逝之感慨，更是在于时代浪潮席卷而来的文化变更。

　　高原在变化，生命感受也在转变，无论是青春还是爱情，"海棠被春天追得无路可逃/一夜就红透了光秃秃的枝头/……/怒放的生命没有任何背景"（《春天·海棠》）。生命成长伴随伤痛，当梦幻破碎，伤痛来临，诗歌的唯美、伤感逐渐渗透理性。

> 心瘦如沟
>
> 云朵最知道
>
> 星星抓不住晚霞的手
>
> 晨曦跨不过银河的路
>
> 阳光月华从未相逢过
>
> 　　　　　　——《感念如水》

　　成长，让青春期的梦幻逐渐褪色。《说给火镰》中，诗人以冷静的笔调写出爱情的残忍，恋人的相恋、相依与背叛。"相遇就是陷阱/火花穷追不舍/却被另一种轻盈替代//再度相遇，陌生应和/用自己裹紧自己"。以现代理性思考爱情，褪掉浪漫唯美，写出爱情也无法抹掉的孤独。这首诗歌理性审视爱情，揭示爱情真相，让读者不禁联想到穆旦《诗八首》对爱情遭遇变质、背叛的揭示。历史里每一时段的爱情中个体都是新颖，但又因代代相似而显得陈旧老套。爱情的美好与残忍在传统诗歌里分别都有涉及，既有"天地合，乃敢与君绝"（汉代《上邪》）的誓言，也有"三岁为妇，靡室劳矣……言既遂矣，至于暴矣"（《卫风·氓》）的指责。个体生命成长映射出了人类历史，抑或说历史本是由众多不同却相似的个体生命体验构建而成的。

　　当突破个体狭窄的视野，开阔的社会历史便如蔚蓝海洋涌入诗人视线，成为诗歌关注的焦点，例如《午后的官寨》《莫斯都岩画》《苍旺土司碉群》《风马》等诗篇。《莲宝叶则神山》在历史与现实的对话中，写出千年时光流转：

> 莲宝叶则
>
> 格萨尔曾在这里拴住太阳下棋
>
> 兵器一次次从火中抽出
>
> 让铁砧胆寒……
>
> 时光就隐匿在粼粼的波光里
>
> 往事鸟一般飞走
>
> 曾经的金戈铁马凝固成奇峰怪石
>
> 在心灵的家园

> 或站，或蹲，或卧
>
> 守护着比花岗石更凝重的历史
>
> 而今，马蹄声已走远
>
> 马掌静静地躺在草根与腐骨的深处
>
> 　　　　　——《莲宝叶则神山》

金戈铁马的英雄时代消失在历史深处，如果"寂然"成为"辉煌"的时光回应，那么对丰功伟业的执着追求有何价值意义？

康若文琴早期诗歌记载了对生命成长的感悟，这是历史现象之一种，但是历史的丰富性让诗人意识到历史的全貌其实是无法叙述的，例如：

> 一张嘴，才发现
>
> 我已失语多年
>
> 喉咙被时光石化
>
> 我们已回不到出发的河流
>
> 就像繁花失去了含苞的能力
>
> 　　　　　——《写给四月》

穿透事物表象，洞察本质，是生命成长的收获，也是生命的创伤。青春的天真渐渐被审视取代。繁花遍地的四月，春意盎然，但在康若文琴的《写给四月》中却是悲怆的无语：在找寻历史之际，发现时间无法倒流，历史不能重现，甚至于失去表述能力，只剩无奈哀伤。在这首诗歌里，诗人的生命体验不再停留于世间万物表象。"当心灵跨越所有世纪，使之成为同时代的时候，所有存在同时共处，飞越时间的深渊，所有事物的共同作用使我们的沉思更深刻，而且给予它们所获得的东西以黯然的颜色、崇高的品性。"[①]

岁月让诗人逐渐拥有一双穿透岁月的眼睛，康若文琴诗歌对生命意义的寻找既有佛家的从容练达，也有现代理性哲思的审视。伴随生命体验逐步深化，康若文琴诗歌体现出价值重估的倾向，颠覆早期诗歌美学与生命价值观，情感由浪漫感伤转向理智冷静，理性替代感性，呈现现代主义色彩。对生命意义的追问从执着追寻转为放下，具有佛家禅思，其诗既有传统哀而不伤的含蓄蕴藉，也有现代哲思，还有穿透时光后的释然与放达。

## 三、形而上的禅思哲理

对生命、历史真相的执着探寻，是康若文琴早期诗歌的主要特点之一。"在洞穿千年的巨眼背后/立于浅紫的晨光/古树用皱纹招展不老的风"（《滇蒙》），"千年""古树"，写出诗人追问时光中生命痕迹的执着，这是对历史的探寻、对理念的坚守。"门洞开/除

---

① 丹尼尔·莫尔奈：《从卢梭到贝尔纳丹·德·圣皮埃尔的法国自然情感》，影印本，B. Franklin，1971年，第283页。

了尘封已久的光影/谁一头撞来/……/谁来过/又走了"（《寺庙》），但是生命痕迹如浮光掠影，转瞬即无痕，写出生命来来往往但无迹可寻的无奈。"毛瑟枪冒着青烟/疆域还在，主人和野心呢/……/一抬头就老了的人，浮尘被阳光戳穿"（《午后的官寨》），"毛瑟枪"与"疆域"两词写出历史中的刀光剑影和波涛暗涌的权利争夺，但是生命短暂如斯，不过"一抬头就老了"。"浮沉"的缥缈无迹与阳光的穿透，进一步写出生命的脆弱苍白。既然如此，那么那些刀光剑影、权力争夺于生命而言，意义何在？诗人没有直接发出追问，但隐藏诗歌背后的质疑却是跃然纸上。至此，诗人追问历史真相的执着逐渐淡化：

> 时光一失守
>
> 官寨躲进光阴
>
> 灯光渐次熄灭
>
> 从此，碉楼害上了幻听
>
> 颓然站立
>
> ——《松岗碉楼》

逝者如斯夫，时间如流水，不为谁停留，即便对拥有强权者亦是如此，例如，"三十年征战，三千里疆域/拴不住一地月光"（《苍旺土司碉群》）。历史的短暂相较于自然的永恒，是如此苍白无力，例如《莫斯都岩画》里几千年的无用等待，再如《枯树滩》里"时光如烟蒂"眨眼便成往昔：

> 雪从发际丢下
>
> 时光的烟蒂
>
> 骨肉一天天蜡化
>
> 果实般的往事
>
> 在指尖跨上缕缕轻烟
>
> 一眨眼，已成往昔
>
> 怀揣蜡像的心事
>
> 却跟主人湮灭
>
> ……
>
> 面目全非，形影相吊

历史的久远缥缈在现实层面则表现为"生命自身的虚无"。现代性的理性自我与佛家思想交汇，构建康若文琴后期诗歌的思想底蕴，即，洞见、豁达与释然。

对生命意义与历史真相的思考，沉潜在诗歌里升华为"我是谁"的哲学思索。这思考从古到今都困扰着人类。庄周梦蝶，让庄子思考梦与现实的真实性，发出"人生如梦，梦是人生"的感慨。康若文琴在《风马》中由风马进而思考"我是谁"，"你和风马一起/站在记忆深处/你是它，它是你//独不见我自己/……/我是谁，谁是我"，这是现代人与老庄思想的遥相呼应。

"以禅入诗"现象在中国诗歌中时有发生，例如黄庭坚的"诗"与"禅"。康若文琴诗歌亦有"以禅入诗"的现象，佛教思想弥漫康若文琴后期诗作。《捕梦》充满"一花一世界，一叶一如来"的了然与释然，千万年历史长河与天地万物不过是叶尖上露珠的梦而已，写出生命如梦。诗歌有浪漫的忧伤，也有佛家的顿悟。《错过》里以佛家思想写出，生命里的"错过"其实都不是"错过"，而正因为"错过"才会有生命的"巧遇"。豁达地面对生命中的一切得失，才会有"放下"与"释然"。

佛家思想让康若文琴诗歌对康巴的景物书写与历史文化沉思从早期的"有我之境"转换为"无我之境"。诗歌弥漫"万物皆空"的禅思，"花开一朵，谢一朵/……/头帕像夜一样睡去/盛落之间，用去一生时光"（《花头帕》），写出生命短暂如花开花谢。"三十年征战，三千里疆域/拴不住一地月光"（《苍旺土司碉群》），写出英雄、强权对时光流逝的无奈。既然万物皆空，那么画地为牢的生命挣扎有什么意义呢？这如同在琥珀里养鱼："品一口琥珀色的记忆/往事就和你絮叨/……/把人关在屋内/就像琥珀养上一条鱼"（《孤寂的干鱼》），佛教"空"的思想消解了对生命终极意义的执着探寻，理想与虚无同一。

佛家思想，这来自印度的宗教在中国被本土化后，在不同区域、不同历史时期有着不同的影响力。佛教在中国唐朝时期可谓到达鼎盛，之后慢慢减弱，乃至于今天中国大部分地区的佛教信仰主要表现在祈求升官发财、家人平安这些极为现实的世俗层面，但是在藏区，因为地理环境、历史等缘故，佛教思想仍然具有极大的影响力。佛家文化与当代文化的撞击、共存，在康若文琴诗歌中主要表现为对生态文明和生命态度的思考。

佛教与个体生命之间是指引与被指引的关系。藏区险恶的地理环境挑战人类的生存能力，因为佛教，让这里的人们拥有精神支撑，以宁静的心态面对恶劣的自然生态并养成坚韧的生命力。在追寻生命终极意义途中的迷茫，也因为宗教而找到了方向，例如，"曾经闪光的年华/在蓝天下迷了路/老阿妈腰身佝偻/就找到了路/佛珠/有时从众，有时引路"；以谦虚的姿态面对生命，放下一切尘世纷乱，幸福就在对佛的膜拜中；例如，"放下/匍匐于地，你的身子/等于你与幸福的距离"（《匍匐于地》）。恪守宗教的"放下"，生命就会永恒，因为时光会醒来。"空"与"存在"是一组对比，生命自身的虚无存在于历史长河，却消弭于宗教修行，即，宗教填补了生命的短暂，"你静候在修行的岩洞/时间追上了你的步伐"（《毗卢遮那大师》）。

康若文琴诗歌里的生命态度是谦虚而不失自我、低调而坚韧。《蒲尔玛》借果子的命运来指出生命需要谦虚的态度，大苹果只能招来夜鸟的啄食。谦虚的生命，也有坚韧的生命力，所以《执拗》里小小桃树能劈开巨石找到生路。

因为信仰，生命不会虚空，这是康若文琴诗歌表达的主题之一。佛教成为短暂生命的救赎，但是诗人在《长海告诉我》里也指出，人唯有抓牢自己才能避免生命的虚空，这是现代文明人道主义对于"我"之主体性的肯定。康若文琴诗歌"对于我自己的肯定"是现代文明的折射。万事皆空的佛家思想与现代文明人道主义对人主体性的肯定建构了康若文琴诗歌的复合型思维，映照当下多元共存的文化生态。

《坐在岩石上》里，水鸟、阳光、经幡、水流追寻生命的终极意义，它们都有一样的方向，诗歌折射出佛家万物平等的思想。佛教万物平等的思想，为今天生态失衡的地球环境换来一方人间天堂。今天的西藏，被誉为世界仅存的净土、天堂，佛家万物平等观起到了生态保护作用。"色尔米的记忆深处/蓝是天空的供奉/……/真言端坐/色尔米的长空往更深处蓝"（《色尔米的经幡》）。"'佛性''识性'与文学'性灵说'所倡导的作家内心的本真、真情感、真性情都是从人的心灵的本真状态着眼和立意的，所表现的宗教与文学的共同逻辑起点在于'心'的律动，在于宗教主体与文学主体在情感、信仰、认识事物、审美上的一致性。"①

对现实生活中追名逐利行为的鄙夷、悲悯，是康若文琴诗歌的现实思考之一。《树老往人身边凑》借树叶讽刺那些卑微却聒噪地追逐繁华的人，这些人得到的却是愈加卑微悲哀的命运。《周末，与一群人爬山》中那些所谓的英雄，在追求成为"英雄"的途中不知觉间丢失自我。《想过河的树》里，实现理想的树却被人遗弃。诗人揭示出在追寻理想路上生命原点被遗忘的现实。康若文琴诗歌将生命体验、现实感受上升为一种哲思，例如，《流浪狗》里，将自己和盘献出给阳光与天地的流浪狗，却被天地所伤害，正如给青稞锋芒的秋风，却被锋芒所伤。生命的悲凉，在于付出者被所付出伤害。对生命"付出"与"伤害"的思考，其间隐含的悲哀与鲁迅小说《复仇者》中的魏连殳、《药》中的夏瑜具有相似性。鲁迅的悲哀基于他那一代知识分子作为"启蒙者"的悲剧性人生体验，是属于历史"先觉者"的孤独。康若文琴诗歌通过"付出"与"伤害"显示出的人生困境，这是一种人与人之间无法相依的孤独。这份"孤独"体验是现代性的常态之一，是在现代工业文明中人与人之间无法沟通、无法信任的隔膜。

近现代中国经历剧烈动荡，处在不间断的社会转型之中，传统文明与现代文明构成近现代中国的"复合性思维"。虽然康若文琴诗歌宗教情感浓厚而纯粹，但是现代文明的侵入不可避免地带来"复合性思维"。"王汎森指出，在近代中国，由于社会与思想的剧烈变动，出现了一种激化了的'复合性思维'或'复合性概念'，即'把显然有出入或矛盾的思想迭合、镶嵌、焊接，甚至并置在一个结构中'这些从后来人看来矛盾的思想，从当时人或思想家本人的角度来看却是一个逻辑一贯的有机体。"②这种复合型思维在康若文琴诗歌里体现为"现实关怀"与"现代性""宗教信仰"之间的关联。

人与环境的关系是如此紧密，以至于一名尘世中人，对于身边世界不可能完全置身事外。康若文琴诗歌显示出她的现实关怀，而这种现实关怀与信仰之间存有一定的相悖性。女性生命体验与投身信仰之间的关系在《母亲节，看见一群尼姑》显示出矛盾，"母亲"角色在人类生命史上具有崇高的地位，但是女性出家，则意味着母亲角色被剥夺。诗歌对尼姑们失去做母亲权利的遭遇表示怜悯，同时又有着对佛的坚定敬仰，这显示了"出世"与"入世"之间的悖论。与其说这是一种相悖，不如说这是一种复合型思维。作为女性，诗人对于女性生命体验的切实关怀与诗人的宗教信仰，建构起复合型思

① 蒋振华：《以宗教为切入点的新世纪中国古代文学研究——基于问题、现象与方法的思考》，《文学评论》2018年第1期。
② 王汎森：《晚清以来的"复合性思维"》，见方维规主编，《思想与方法——近代中国的文化政治与知识建构》，中华书局1986年版，第46—47页。转引自黄键：《还原"间距"——王国维"境界"说的文化身份辨析》，《文学批评》2018年第2期。

维，表现了当代人的"精神困惑和危机"①。

康若文琴诗歌从个体生命感受到对历史、时光的思考，高原、经幡、碉楼等意象充满藏文化特点，同时，其生命体验从青春期的浪漫感伤到成长后的理性沉淀，又超越族群与地域而具有普遍性，穿透其间的佛家禅思更让她的诗歌具有形而上的哲学意蕴，在当下喧嚣浮躁的欲望化时代具有特殊的意义。其诗一方面存在文化转型带来的困惑、成长，另一方面也因形而上的思考而具有洗涤心灵、安稳人心的力量。正是形而上的思考使其诗歌意蕴超越族群与地域，具有普遍的意义。

（作者单位：西南民族大学文学与新闻传播学院）

---

① "什么是当下中国的生存图景？那就是，中国人曾经拥有的'传统文化/乡土伦理/卡理斯玛（Charisma）'等精神庇护物逐渐弱化甚至消失，因此只能直接面对充分浸润着现代性维度的生活。这种生活在予人以现代化和全球化的便利时，也以多样性和庞杂性磨蚀着人们的感官，带来新的精神困惑和危机。"引自曹霞：《当代中国的浮世绘——论叶兆言的"当代生活"系列》，《文学评论》2018 年第 1 期。

# 康若文琴诗歌创作的"在地性"述评*

魏春春

陈晓明认为莫言小说表现出"与乡村血肉相连的情感和记忆"的"在地性"的文化特质，在于"它始终脚踏实地在他的高密乡——那种乡土中国的生活情状、习性与文化，那种民间戏曲的资源，以及土地上的作物、动物乃至泥土本身散发出来的所有气息……"① 强调莫言小说的乡土性和民间性。郭宝亮以"在地性"概述近五年来中国当代小说的创作特点，强调"在地性"是"作家经过对生活的观察、体悟，从而行诸笔端的行为"，中国当代小说创作由此实现"讲述中国故事和中国经验，并自觉地向中国叙事靠拢"的文化意义②。赵勇从词语的意义上指出"在地性"实质上是相对于"全球化"而言的地方性，"隐含着地方性与全球化之间的互动与交往、矛盾与冲突"，表现在文学创作中的"在地性"，"首先是一种写作姿态。这是一种植根于本乡本土的写作，紧贴地面的写作。从现实土壤中生长出来的紧迫问题，常常成为其写作动因。其次，在中国的当下语境中，对于城市而言，'在地性'的'他者'应该是全球化，但是对于乡村世界而言，这个'他者'更应该是城市，是一个'地方'之外的全省乃至全国。第三，'在地性'写作既是记录当下的写作，也是介入当下现实的写作"③。相对而言，赵勇的"在地性"言说指出了"在地性"的全球文化视野中的地方性形塑特点，突破了"在地性"认知的单一乡土视野，并强调了"在地性"书写的"介入"文学品格，基本囊括并扩充了陈晓明和郭宝亮的"在地性"文学观点，某种意义上也体现出"中国故事"文学表达新的理解方式。

若从"在地性"来看新世纪藏族作家汉语文学创作，我们会发现作家们已经开始有意识地立足各自的地方性生活经验进行文学"圈地"，譬如次仁罗布近年来以"八廓街"为地域空间的童年记忆书写、扎西才让的甘南桑多河空间想象的营造、耶杰·茨仁措姆的香格里拉卡瓦格博的空间开拓、尹向东的夺翁

* 本文系国家社科基金一般项目"新世纪藏族汉语文学'中国故事'话语实践研究"（17BZW179）的阶段性成果。

① 陈晓明：《"在地性"与越界——莫言小说创作的特质和意义》，《当代作家评论》2013 年第 1 期。

② 郭宝亮：《文学的"向外转"与"在地性"——近五年来小说创作的一种趋向》，《文艺报》2017 年 8 月 30 日。

③ 赵勇：《"在地性"写作，或"农家子弟的书生气"——鲁顺民与他的〈天下农人〉（下）》，《名作欣赏》2016 年第 19 期。

玛贡玛草原和康定城市书写的结合、洼西彭措的乡城小说的历史追溯系列、雍措的凹村乡野记忆系列散文、琼吉的拉萨知识女性诗歌抒怀等，这些作家主动地从各自的生活空间入手表达他们文学"在地性"的想象和塑造。另外，这些作家致力的文体包括小说、诗歌、散文等，也就是说"在地性"不只是小说创作的专属概念，而应是文学书写的普遍属性，各种文体合力表现出文学的文化地理空间的"在地性"想象和塑造。

在推动新世纪藏族汉语文学的"在地性"书写方面，不可忽略的是地域作家群落对"在地性"文学书写的推动作用，其中引人注目的是康巴作家群和甘南作家群，尽管这两个作家群落中不只有藏族作家，还包括其他民族的作家，但他们合力营造出较为稳定的"在地性"文学表达。目前，阿坝、玉树等地的作家们也在有意识地凝练各自的"在地性"文化认知，期望展现出具有文化多样性的"在地性"文学姿态。对此，阿来关于"文化多样性的表达"实际上深化了"在地性"文学书写的含义，他认为地方性的"文化多样性表达"不仅包括"不同民族文化的多样性表达"，也包括"一个民族内部的多样化的表达"，而"这种多样化的文学书写同时也是要完全依从于个人的深刻体验与表达这种体验时个人化的表达"[①]，而最终文学的"在地性"强调的则是个体"在地性"的深刻身体体验的个人化表达，唯有身体体验的深刻性、文学表达的切身性，能实现"在地性"的文学实践。目前，阿坝诗人康若文琴的文学创作得以让我们窥探阿坝作家文学"在地性"探索的踪迹。

## 一

康若文琴是土生土长的马尔康人，除短暂外出学习，基本上一直生活、工作在阿坝地区。阿坝藏族羌族自治州位于四川省西北部，地理上处于青藏高原东南缘，这里是横断山脉北端与川西北高山峡谷的结合部，甘青地区与四川盆地的过渡带，文化上是长江文明与黄河文明的汇集带，也是边地文化和内地文化的结合部，被费孝通先生誉为"藏彝走廊"的关键地区之一。康若文琴深受阿坝地方性文化的熏陶，在作品中一再表达她对故乡的热爱、对本民族文化的眷恋。

2014 年，康若文琴采取时间回溯的方式，将她于 1988 年到 2013 年书写的 116 首诗结集，命名为《康若文琴的诗》。在这部诗集中，康若文琴的"在地性"文学意识还处于自发状态，着重呈现的是她多年来的生命轨迹和文学创作心路历程。如创作于 1988 年 10 月的《落叶》，康若文琴时年 18 岁，该诗以青春少女的细腻和敏感表达对时光流逝的喟叹，略带一些怜惜，伤感而不伤心，由自然景象的更迭遥想生命的喧嚣和落寞，"大雁并不在意/这一寸绿色的丢失/携眷南飞/笑容随季节脱离枝条/融在枯叶里"，并期待来年的春色满园。再如创作于 1990 年 7 月的《愁如细雨》，表达的则是如雨丝般细密的心灵之语，如雨雾般朦胧的情思，纯粹属于即景生情而形于言的感物之作。我们在这两首诗中丝毫没有体认到阿坝地方文化的深刻表达。及至于 1992 年 10 月创作的《高原的高度》，康若文琴似乎开始审视脚下的这片热土，将"草原""高原""雪线"等

---

① 　阿来：《为〈阿坝作家书系〉序》，见康若文琴，《马尔康　马尔康》，中国文联出版社 2015 年版，第 2 页。

地域性词汇融入诗歌，但在情感世界上还是缺乏基本的文化认同，更多的是切己的感受。

1994 年在康若文琴的创作生涯中具有特殊的意义。是年，康若文琴似乎恍然间意识到她所处的地域空间与她的文学创作之间的关联，她开始有意识地将目光投向她所生活的这方天地，表达她的"在地性"的爱恋、沉思等。如 1994 年 1 月创作的《拉伊》，方表达出民族文化身份的自我认同。拉伊在藏语中是情歌的意思，诗歌以叙述的方式展现出"寨子"里"卓玛"的爱恋："拉伊放牧高原/天地在卓玛的眼中/比牛奶还温润/季候风抚麦地演绎五色/酡红醉上夕阳的脸庞/卓玛一不留神/牦牛就踩乱了寨子上空的炊烟"。卓玛歌唱的原来不是男欢女爱的情歌，而是高原生活的赞歌，她用情人式的眼光回眸高原生活。至此，我们发现康若文琴开始脱离个人内在世界的书写，而把眼光放在高原的生活情趣，并极力赞美草原田园牧歌式生活方式的恬适与娴静。而《放飞日子》中的诗句，"记忆是一方筛子/筛岁月成串串紫透的葡萄"，或许意味着康若文琴开始整理往事，整理记忆，开始从纵深层面展现其岁月记忆的紫葡萄；在《最初的守护》中，康若文琴的故园情思爆发，她找到了情感的基点，并不加抑制地任其流溢，"我在经幡的呼吸里逡巡/千百年来一直等待/触角伸向青稞的腹地/冻土带裸露紊乱和空白/我杂草丛生的家园啊/太阳的花蕊刺伤我"，猎猎的经幡声应和着祖先千百年来的心灵回响，大地上的青稞维系着人们与高原的血肉联系，杂草中家园徜徉在太阳的温柔中，她从心底深处爆发出守望家园、守望心灵的呐喊，她要做高原的歌者，热情地歌唱高原的雪月风花、日月更替。

1997 年，康若文琴开启了她的文学行走书写，她由城市走向《黄昏的梭磨峡谷》。尽管城市本就在梭磨峡谷的边缘，但此种行走的意义重大，标识着康若文琴不再局限于紫葡萄似的记忆，而开始用脚步丈量所生活的地域，用心灵去感受故土的温暖与倔强。1999 年，康若文琴走近《俄而模塘草原》，仰望《扎嘎瀑布》，徜徉在《长海》边，感受着《热尔大草原》的温馨与寂寥。这些皆为阿坝地区标志性的地理景观，康若文琴在有力的丈量过程中进一步强化了其阿坝文化感知，并由衷地发出"能用什么留住草与草的情话/能用什么留住牛羊的眷恋"的喟叹。似乎康若文琴的"在地性"情思进一步深化，由外在自然景象刺激所生成的情感转化为对渐渐远去的传统生活方式的追恋和反省。但是，康若文琴毕竟是生活在现代化气息较为浓重的城镇，人们生活世界的多样性和开放性，与内在渴望安宁、抚慰的情绪之间势必产生矛盾和冲突，于是，远离自然景观、蜷缩于城镇的康若文琴迅速变换身份，沉溺于内在世界的表达，如《流逝的时光》（2000 年 12 月）、《雪野》（2001 年 1 月）、《风中的侏儒女郎》（2001 年 8 月）、《黑夜在手中开放》（2001 年 12 月）、《圣诞夜，我想说》（2001 年 12 月）等，在时光的流逝中、在夜的朦胧中、在风的摇摆中等孤寂的情境中，康若文琴袒露心声，表达对生命、时序、人生的感慨，即便其中有关涉高原、草原、高原小镇、白云等的词汇，但多是作为一种景致出现，多附着于某种难以言表的情绪，而缺乏独立性。至此，我们可以说，康若文琴的诗呈现出两种"在地性"的格调，或者说是摇摆于两种创作情态之中——当她置身草原、湖泊等自然景观中，表现出的是阿坝地域性的文学风貌；当她回返城镇生活时，迅速转换为当代知识女性的内省反视。她游离于自然与城市之间，她的"在地性"

书写还未完全定型。

2002 年之后，可能由于工作调动的缘故，康若文琴又游走于山水、草原、牧场之间，开始主动摒弃城市形态的"在地性"表达，而完全转向了自然及乡野的"在地性"。这一时期的诗作如《在残冬与初春间穿行》（2002 年 3 月）、《风吹过》（2002 年 5 月）、《黑虎羌寨的下午》（2002 年 7 月）、《一米跋涉》（2002 年 10 月）、《风从山谷来》（2003 年 3 月）、《无人的村庄》（2004 年 9 月）、《走在山水间》（2005 年 5 月）、《漫步扎嘎瀑布》（2005 年 9 月）、《风儿吹来》（2005 年 10 月）等，主题词多为"穿行""走过""漫步"等行走性的词汇，或许我们可以说，康若文琴在行走间愈发体认到阿坝自然地理风貌的多样性，愈发认知到她的文学创作与山水的关联。值得注意的是康若文琴 2005 年 11 月创作的《致阿苾》。"阿苾"在嘉绒藏语中是外婆的意思。其中的诗句"阿苾日夜捻着羊毛/下雪了/回来吧/青稞酒浅回低唱拉伊/捎回的茶叶也熬成了酥油茶"，似乎是康若文琴内心的独语。在故土的"青稞酒"和"酥油茶"召唤下，康若文琴完成了写作的蜕变——"下雪了/回来吧"，或可说这表明康若文琴真切认知到她所立足的文化基础和文化空间的价值所在，多年的精神漂泊终于试着返航向故园的乡土、乡野，而对"阿苾"意象的书写更是赓续上故土的根性依恋。于是，康若文琴真诚地讴赞《我的阿坝草原》（2006 年 8 月），以明其心志，"藏羚羊走过的地方/笑容溅得酥油草一地/花朵熙来攘往/拉伊嚼咬得草原晃晃悠悠/跌宕在梦与非梦之间/马匹却坦坦荡荡只恋花香"，阿坝草原成为康若文琴的梦幻之境和依恋之地。《莲宝叶则神山》（2006 年 9 月）中"亘古的牛毛帐篷枯荣着岁月/时光昏黄在酥油灯前/诵经声中/等待，还是艰难地跋涉/黑色的帐篷任凭风吹雨打/世界已把莲宝叶则的历史遗忘/只有雪山多褶的皱纹记得/只有石砧台斑驳的沟壑记得"，在当下的生活样态中，民族的、历史的、地域的辉煌过往逐渐湮灭在现代生活节奏中，康若文琴试图唤起人们对过往的遥远记忆，重塑人们的精神根基，她表现出一种传承地方性文化的意识，而在"我打马走来/莲宝叶则/你有颗不设防的心"（《莲宝叶则神山》），更是希望人们走进自然、走进历史，寻访精神之源。即便是此后康若文琴创作的有关城市的诗歌，也多以自然乡野的"在地性"为依据，审视现代生活的驳杂与飘忽，如《初春，日干乔草原》（2012 年 4 月）：

> 草原还在沉睡，初春时节/风被关在雪山之外/没有一丝云的震颤/抑或一声虫鸣/酥油草以褐色蛰伏/旷野如无前生也无来世
>
> 地铁站口人头攒动/没有通道指向春天/人群从旷野走向旷野
>
> 空空的天地/潜伏于白的昼和夜的黑/鸟叫、虫鸣都耽于静默/如谜，如野趣
>
> 六点的太阳，初春的温床/敲打心隐秘的角落/我在旷野中疾驰/天地包裹万物

诗歌以初春草原的蛰伏与地铁站的喧嚣构成对照，草原的蛰伏是为了更为恢宏的绽放，草原在积蓄力量待时而发，草原的绚烂值得期待，而地铁站口尽管时时人声鼎沸，却远离春天的光润，人们行色匆匆如无根的浮萍游走于城市的各个角落。不同于庞德《在一个地铁车站》所谓的"人群中这些面孔幽灵一般显现/湿漉漉的黑色枝条上的许多

花瓣"中的花瓣样的人物面相的塑造，人们是从城市喧嚣的旷野中走向更为喧嚣的旷野，心灵不得安宁，身体不断游走，而作品中的抒情主人公因有着"日干乔草原"的心灵照拂，无论走在草原还是走在城市，都能感受到"天地包裹万物"的富足和踏实，表现出一种浓郁的心灵"在地性"的情致。及至于 2013 年创作的诗歌作品，基本顺应如是的表达样态，尽情地渲染依偎于"在地性"而生成的精神愉悦及幸福感和获得感。

《康若文琴的诗》是康若文琴的第一部诗集，也是她精神历程原生态呈现的心灵地图，追踪其中的兴味，使得我们能更靠近康若文琴的心灵世界，更能感受到她在"在地性"写作路途中的跋涉、超脱和纠缠。

<h1 style="text-align:center">二</h1>

2015 年 12 月，康若文琴第二部诗集《马尔康　马尔康》出版，收录的主要是 2012 年到 2015 年之间创作的诗歌。与《康若文琴的诗》相比，《马尔康　马尔康》收录诗歌的"在地性"意识更为明显，所建构的"在地性"的文化意图更为直接和明显，多方面营造"邮票般大小"的故乡的面相。或许《康若文琴的诗》编年式的诗歌追溯是康若文琴对其二十多年的诗歌创作生涯的回顾和总结，当厘清历史记忆或曰完成纪念仪式之后，康若文琴意识到她的诗歌创作必须深深扎根在阿坝的土地上才有特色，确切地说扎根在以马尔康为中心的地域空间，她最熟悉的这片土地——其中既有神话、传说的心灵迷幻，也有碉楼、寺庙的沧桑遗迹；既有她幼年时的纯真体验与记忆，也有她成年后的困惑和感动；这里是康若文琴温馨的家，是她安放心灵的居所，也是她扯起想象风帆的港口，更是她歇脚回望的终点。马尔康成为康若文琴难以割舍的地理空间、精神空间、文化空间、情感空间的地方性所在，她也在地方性经验和形象的想象性塑造中完成了她本人的"在地性"的"在"。由此看，《马尔康　马尔康》是康若文琴"在地性"得以生成和表达的标识。

康若文琴的《马尔康　马尔康》分为五辑。第一辑"边界——从蒲尔玛启程"侧重从周边的自然景观和历史遗迹入手展现马尔康外在的地貌形态。康若文琴以"边界——从蒲尔玛启程"为题，这表明马尔康在康若文琴的世界中是以蒲尔玛为起点的，或者说是由蒲尔玛铺衍开而生发出马尔康的，其原因，并非是地理方面或者是行政区划，主要是因为康若文琴的个人体验。蒲尔玛为四川省阿坝藏族羌族自治州马尔康市松岗镇下辖的村，是康若文琴妈妈的故乡，康若文琴 7 岁之前，一直生活在蒲尔玛村，后到阿坝县生活，直至考学离开。也就是说，康若文琴对马尔康或者说是阿坝的空间记忆源始于蒲尔玛村，因此她在诗集中以蒲尔玛为起点就顺理成章，这既是童年的美好记忆的回响，也是对母土文化的追慕。关于蒲尔玛记忆的诗歌，主要是《蒲尔玛的雨》，雨水滋润了花草，花草点缀了牧场的美丽，造就了牧场的富足，也点染出人们对美好生活的基本渴求，"酥油茶开了，卓玛的心也香了"，多是想象性的根性描述；关于松岗镇的则是《茸岗甘洽》，在嘉绒藏语中"茸岗甘洽"就是松岗街的意思，由于"记忆挤满茸岗甘洽"，故康若文琴深情地呼喊"我爱茸岗甘洽，人间天上的寨子"，顺延蒲尔玛、松岗街的记忆书写，康若文琴开始营构出马尔康的诗歌景观地图。

　　自然景观方面的有《嘉莫墨尔多神山》《梭磨峡谷的绿》《婴儿冰川》《洛格斯圣山》《枯树滩》等诗歌，展现了马尔康周边的地理环境，以及人们对自然的原生性崇拜，尤以《嘉莫墨尔多神山》为最。墨尔多神山环绕的地区被称为嘉绒藏区，险峻的自然环境造就了独特的文化景观，也生成了人们的精神皈依，"阳光吹响法螺/马尔康、赞拉、促浸、丹巴/河流银光闪耀/一路南下/核桃树低垂时光/火塘与世无争"，其中"赞拉、促浸、丹巴"分别指称的是分布在墨尔多神山周围的小金川、大金川及甘孜州的丹巴县等嘉绒藏族聚居地区，那里的人们一直以来在神山的护佑下，围坐在"火塘"旁，恬然自得，"与世无争"。尽管梭磨河未曾流经墨尔多神山，但嘉绒藏地山水相依的想象使得康若文琴自觉地将"一路南下"的河流想象成马尔康地区的母亲河——梭磨河，"梭磨河，水和土做的铜镜/流过洪州、保宁都护府、婆陵甲萨/历经西戎、哥邻、嘉绒"，梭磨河饱经沧桑，默然注视沿岸所发生的一切。梭磨河冲刷出的梭磨峡谷，春天翠绿葱茏，"扶绿坐上时光的船/随从的是梭磨河/枯萎和成熟如影随形/河床的包容让梭磨河常绿/春风一开放绿就青葱/掩映的碉楼越发老了"，在时光之河上，散布在梭磨河和梭磨峡谷周边的喧嚣与辉煌的建筑日益成为人们凭古吊昔的场所。康若文琴顺畅地由自然景观转向人文景观的塑造，如《莫斯都岩画》《寺庙》《大藏寺》《午后的官寨》《有关碉楼》《松岗碉楼》《苍旺土司碉群》等，这些诗歌所描写的对象多为马尔康历史上某一辉煌时期的遗存，通过与它们的对话，康若文琴穿越历史，书写对脚下热土的思恋，流溢难以自抑的情思，如"几千年也换不回/一个浅浅的回眸/除你之外，一切/终敌不过时光"（《莫斯都岩画》），"停顿，为了回忆/更为了出发/弦拉得越满，走得越远/如这一刻，寺庙静默，群山回响"（《大藏寺》），"还是这碉楼/汉子一样站着的石头的碉楼/在时光里打了一个盹/如今便走进了书本/与长城一起/像一位拖着长髯的老者/供人观瞻/却无言以对"（《有关碉楼》）等，皆在时间的流逝中感怀和怅惘，释放情感世界的跌宕起伏。在康若文琴的情感地图中，所有的这一切最终都汇聚在了马尔康，也就是说，无论是自然景观还是人文景观，最终都要落脚在康若文琴的马尔康。于是我们看到了《六月的马尔康》的姿容，"马尔康早早醒来/夜雨催欢了梭磨河……碉楼低垂长影的睫毛……晨光中的马尔康……马尔康从不躲避欢乐……"马尔康既是古老的，又是年轻的，携带着嘉绒过去的荣光，走进新的历史时期，马尔康也开启了新的历程，康若文琴大声呼喊：启程，马尔康！

　　第二辑"嘉绒，关于自己的颂词"着重展现的是康若琴所理解的马尔康浓重的嘉绒藏族的民族文化心怀，与第一辑的侧重外在形象的展现式描摹不同，第二辑着重从心灵层面展演马尔康的内在。如此，前两辑采用外在表象和内在精神相结合方式立体地呈现出马尔康的面相，塑造马尔康的空间文化形态。

　　贯穿"嘉绒，关于自己的颂词"的作品当为《达荫》：

　　　　发觉甩不掉影子/小益西四面疯跑/大哭大叫——达荫

　　　　从此，影子跟随/绰号相随

　　　　叫他达荫的人越少/他就越爱看影子/甚至伸手去抓/生怕一躺下，影子就
　　没了

　　　　某一天，老益西说/有没有影子他都在/不叫达荫，也不叫益西

　　"达萌"在嘉绒藏语中是影子的意思，"益西"在藏语中是智慧的意思。康若文琴在《达萌》诗中，似乎在追问人们"影子"和"智慧"的源泉问题：肉身化的个体如何在纷扰的世事中确认自我的精神存在，人们如何从小聪小慧跨迈进群体大智慧？康若文琴的自觉追问，引发了她对嘉绒民族文化的溯源，于是《毗卢遮那大师》出场了，"你的声音如早起的阳光/唤醒山巅的茸毛/灵魂飞升天外/声音落地，大地回响/从东到西"，毗卢遮那大师把"南来的梵音"播撒于嘉绒藏区，后人踵武大师智慧的影子创设着属于自己部族的安静与辉煌。而对于康若文琴来说，她所效仿的影子就是《阿吾云旦嘉措》，在爷爷的"造业"教诲中，康若文琴日渐感受了追随先人智慧的影子的重要性，并试图向后人传承"造业"观念：尽管人的生命是有限的，但民族的生生不息本就是"造业"的具体表达。再进一步，具体到民族的生生不息，女性的生殖力不可忽视，于是，康若文琴赞颂火塘边的阿妣，"阿妣火塘边生/青烟一眨眼就追到了头"，尽管生命短暂，但"阿妣说，她的头巾会燃成一朵花/来世，她还是一个女人"（《阿妣和火塘》），而注目"阿妣点燃灯，在我看得见的地方/一把把茶壶，一口口锅"，使得康若文琴意识到"我看到我的过往，打探命运中的风雨/以及黑夜散发的光"（《阿措阿妣》），深切感受到女性传承民族精神的历史壮美，进而，康若文琴注意到了《梭磨女土司》的志业和萧索、《茶堡女人》的衰老与期待，以及遍布马尔康的坚韧如荞麦花一样的女人的隐忍、坚强、美丽和绚烂的生命光泽，如《女美发师》《画师》《牙医》等。但当康若文琴面对一群尼姑时，她既为她们放弃做母亲的行为感到惋惜，"你们都有做母亲的天赋/康乃馨和莲花，美丽的植物/你们选择后者"，又从母亲的角度出发，希望所有母亲的孩子们平安康健，"母亲节，看见你们/作为母亲，我想去高高的寺庙焚香/求佛保佑，母亲的孩子们"（《母亲节，看见一群尼姑》），表达出对生命多样选择的尊重、对世俗生命的关爱。由此来看，第二辑所谓的"关于自己的颂词"，既是关乎民族的精神颂歌，又是对嘉绒女性伟大品行的自我讴歌。

　　第三辑"叫出你的名字，纳凉的盛典"主要是民俗和民间生活样貌的展现，将蕴涵在日常生活中马尔康的生活情趣以"盛典"的名义加以诗性的展现，如立经幡、塑擦查、祭风马、观沙画等祭祀行为，又如藏历年、燃灯节、若木纽节、清明节等节庆习俗，再如酥油、碗、火镰、藏靴、花腰带等日常生活用品，还有生产工具如连枷、普吉、水磨、晾架等，几乎囊括了嘉绒藏族传统生活的方方面面，表现出康若文琴的民族"在地性"的特点。唯有以参与民族传统生活样式而生成的切身性，方能书写出质朴而又感人的诗歌作品，如其中的《夯土谣》。夯土是中国传统的建筑方式，曾流传于华夏各地。康若文琴的《夯土谣》展现出夯土过程中的集体劳动的豪壮、劳动号子的齐整以及人与人间关系的融洽，"夯土时，一定要大声歌唱/歌声夯进土墙/新房才温暖"。同时，夯土筑房也并非是日常的建筑劳作，在村寨中，夯土筑房主要是为结婚所用，所以"唱一回夯土谣/寨子，就恋爱一次/人就年轻一回"，在夯土谣的歌声飞扬中隐含着对村寨人丁兴旺、生活富足的期待。

　　第四辑"隐约的万物，低语"展现的是马尔康生命之歌的低回婉转，带有生命物语的特点。在诗歌中，康若文琴关注的似乎更多是扎根在大地上的草本、木本植物，以此隐喻她与故乡的"在地性"血脉联系。康若文琴常关注的植物有青稞、麦子、剑麻、梨树、苹果树、桃树以及荒草等，这些是马尔康常见的植物，也是与人们日常生活密切相关的植物，其中青稞、麦子属于农作物，这两种作物的长势直接决定着人们的口粮，因此，《海拔三千，青稞和麦子》及《麦子在奔跑》极力塑造的是高海拔地区的青稞和麦子穗子饱满、"锋芒毕露""怀着成熟的心事"，寓示农业丰收。但其中有一个问题值得反思，为何康若文琴关注到的是丰收阶段的农业作物呢，而不去关注还处于萌芽状态的或是成长状态的作物呢？对此，康若文琴没有进一步说明，但根据她对剑麻和野草的书写，或可发现其中潜藏的某些可能性。剑麻和野草一样，尽管无人照料，依然野蛮而顽强地生长在高海拔的地区，康若文琴在这些植物的身上看到了不屈不挠的生命蛮力，如组诗《剑麻》，康若文琴塑造了剑麻抗争而落寞的生命轨迹：

> 我从山脚走过，总听到/剑麻成长的喘息/枯灯下，自拔需要多大勇气
> 四周的山一脸土色/一生努力换不来关注的一瞥/四季更替/空手来去，谁能容易
> 生成剑的形象/却没有出现在疆场/因为有根/修练从来都是磨难

剑麻不管不顾地生长，不停地拔高自己，不断地超越自己，但相比青稞和麦子饱满的穗粒而言，剑麻并不能给人们提供食材，亦不能帮助人们御寒，在人们的世俗观念中，剑麻之类的存在更多是青稞和麦子等粮食作物的天敌，欲除之而后快。剑麻时刻处于生命的危亡境地，唯有壮大自己的根系、挺拔自己的身姿，才能幸免于难，所以剑麻如饥似渴地生长，最终，剑麻的茎叶似剑傲然指向苍穹，作为它不屈的注脚，但它的根依然深深扎在广袤的藏东大地，默默地修炼，"怀揣着改天换地的心"的"剑麻一路追来/寒风节节败退"，直至"在旷野中，羞怯开放"，剑麻的生命伟力粲然绽放。这组诗以象征手法凸显出马尔康地区的人们在艰难的生活处境中昂扬向上的精神姿态，激情四溢地宣扬一种剑麻式的生命精神。

除了生长在野外的植物，康若文琴的诗歌也提及生长在院落四周的桃树、苹果树、梨树等果树，尤以其中的《一树梨花》最为卓异：

> 月光开在枝叶间/三五成群/夜清凉/落了一朵，又开了一朵/月光落在小路上/还有一地软语
> 从此，月光一直在树下徘徊/风在哪里/香就在哪里

月照梨花清明透彻，梨花上的月辉朦胧，枝叶间撒漏的月光斑驳，随着月的行走，梨花上的月辉、枝叶间的月影也在变换着姿容，与洒落在地的梨花一样暗了一朵又亮了一朵，经过梨花渲染的月华温馨雅致，在梨花间梦幻般穿行，留下了永难磨灭的美好记忆。从此，月亮寄梦于梨花，等待着梨花的再次馨香，期望穿行于风过梨花月留香的梦境中。这何尝不是康若文琴对于故乡的依恋，对于乡愁的诗情展现呢？另外，康若文琴还描摹了寺庙中的流浪狗、院落中的藏獒、草原上的白羊等动物，着重展现人与动物之间的亲密联系，以及众生平等、休戚相关的思想。

通过第三辑和第四辑，康若文琴完成了对马尔康生动、活泼形象的想象性塑造，向人们展示出一个充满生活情趣的、充溢生命灵动的马尔康。至于第五辑"风吹门"，则可说是康若文琴在完成对马尔康的地方性身体美学形态的建构之后，漫步马尔康，徜徉

在马尔康的清风明月中，以心语的形式实现的个体精神的飞升。如关于磕长头，康若文琴解读为"匍匐于地，你的身子/等于你与幸福的距离"（《匍匐于地》），彰显肉身化行为的美学意义；关于铺天盖地的大雪，康若文琴泰然处之，"雪单薄，遇上谁，谁丰满/却经不住阳光，一声叹息"（《大雪压境》），考察的是永恒与瞬间的辩证关系，《坚硬》中"牙齿生来强硬/一直与柔软为邻/……邻居却笑到了最后"，表现出生命的软与硬的辩证关系。或可说康若文琴在扎稳了脚跟后思索更为形而上的问题，进一步扩充了马尔康的空间指向，实现了马尔康实与虚的结合，最终使得马尔康的空间与康若文琴的"在地性"完全融为一体，而实现了"在地性"的文化形塑。

康若文琴诗歌创作指向的"在地性"生成，在一定程度上是对阿来地方性文学书写的具体实践，也指明了阿坝作家群落的文学生发方向，即立足脚下的土地，拥抱并介入日常生活，在随风飘逝的时光之旅中认识自己、发现自己、塑造自己，即苏格拉底所说的"真正认识自己的人，才是最有力量的人"，老子所谓"胜人者有力，自胜者强"，都强调对自己及自己立身的所在有清晰而明确的认知，亦即海德格尔所谓的"有此在而有世界"，个体置身的身体性的时间和空间构成了行为的所在，而在所在的实践境遇中，人们逐渐认识了此在的价值，也实现了所在应有的文化价值。若沿着此种思维方式，来看康若文琴的"在地性"诗歌创作，则其体现出身体的此在性和所在的身体化的有机融合，或许这是当代藏族汉语作家们"在地性"文学创作的共同追求。

（作者单位：西藏民族大学文学院）

# 雪域高原的"诗心"

## ——康若文琴与藏地寻梦书写

蔡洞峰

一

　　中国文学地图上，作为藏区的四川阿坝是一个特异的存在。从文学角度来看，很长一段时间，是被内地文人遗漏的地方，内地的读者不知道那里的情形，印象是藏地高原与牧场，一派田园牧歌的景象。但阿来小说的出现，使藏地阿坝的文学魅力逐渐彰显。诗歌也是如此，早先以为那里只是传唱着藏民族古老的歌谣，而没有汉语新诗的韵致，但自康若文琴这样的藏族女诗人出现，那种带着民族印记的"转入内心深处，深入体味"① 的诗歌，也即是呈现"内观"的写作，没有矫揉造作的文人腔的素朴文字，给读者带来了不一样的清新感受，使藏地诗歌的表达在不可能性里拥有了某种可能性。

　　古老的阿坝在文化血脉上有着神秘传奇的色彩，藏传佛教文化与高原民族记忆，涂抹出与汉文化不同的空旷之色，古老神秘土地上的人们的血液里有着哈达般圣洁的元素，这是一看即知的。样子和神态是自然和安详，使你感受到素朴与虔诚呈现在他们的脸上，那是古人遗韵的展现。

　　阿坝这片神奇的土地，借助时代发展与中华大地各民族频繁互动，藏族文化与汉族文化，彼此渗透，诞生了文化的多样性表达以及异于他乡的文化族群。而汉族的温柔敦厚之味则被高原上的粗犷和空灵所代替，率真而自然，精神直面自然神灵的一面由此出来。那些草原牧歌式的咏叹和稚气纯真的表达，如湖面吹来的凉风，吹醒了现代人的情思，勾起久已逝去的遥远回忆。当那些古老民族的传说以现代诗歌流进汉语言的现代性表达的时候，迥异于中原内地的图景就如诗如画般地融入了我们的精神世界和现代性视野里。

　　并且更重要的是，阿坝地区有着多种族群与文化，各类文明与文化在这片古老神秘的土地上融合。并且这种古老地域文化中涌入了现代性的因子，高原的风景、汉文化的底蕴，不经意间便染在阿坝自然风光与当地文人的词语里。但这些外在的影响似乎并没有改写阿坝文人的思想谱系，反倒出现很大的反差。在这个反差里，他们也发现了自己故土特异的存在，因此他们创作的时

---

① 康若文琴：《康若文琴的诗》，四川文艺出版社2014年版，第6页。

候，便把遮蔽在精神深处的意象，以诗意的方式召唤了出来。在中华大地因改革开放而春潮涌动的时刻，不平静的生活激发了雪域高原歌者的想象。这些纯真的、带着生命热度的文字，是现代人对古老土地的回馈，又借着古老的遗风给旧日的土地以现代性的底色。古老的、沉睡的土地因了文人的诗心而喷发出岩浆般的激情，参差不齐的文本照亮了没有声音的群山之巅天空中苍茫的夜色。

在阿坝诗人群中，康若文琴是值得关注的一位。康若文琴是出生和生活于阿坝地区的藏族女作家，与当地人在一起居住，对故乡的生活和自然山水了如指掌。她的诗作都是对平常生活和周围风景的日常记录，似乎一直通过写诗在古老神秘的故乡寻梦，没有一点文人的酸腐气。她的作品，像是高原上清新空气的萦绕，凉爽而新鲜，沁人心脾。阿坝高原、峡谷、达古冰山和草原，高原的风、雨和阳光、神山和庙宇、冰挂和云雾，加之她那双会发现的好奇眼光，一个陌生的、封闭的世界，在她那里像梦一样五彩缤纷地呈现出来。她笔下的景致和事物都普通得不能再普通，却都有着不同的梦幻色彩，显得趣味萦绕，流动着迥异于汉民族的美的风韵，让人心生向往。如同鲁迅在《野草》中描绘的特异的色彩和感受："茅屋，狗，塔，村女，云……也都浮动着。大红花一朵朵全被拉长了，这时是泼剌奔进的红锦带。带织入狗中，狗织入白云中，白云织入村女中……在一瞬间，他们又将退缩了。但斑红花影也已碎散，伸长，就要织进塔，村女，狗，茅屋，云里去。"① 康若文琴喜欢写故乡的自然山水与藏民族的风情，诗文里绕不去的恰是她的故土情节。与自然和民俗相连，词语里不再是象牙塔中的游戏，有了赤子的情怀，她跨出了旧文人的书斋写作，多年间在古老神秘的大地上寻觅那些散落的星光旧影。故乡马尔康的古庙、冰川、山河、佛珠、风马、民俗，那些印满乡愁的所在，是她灵魂休憩的场所，也是她创作的精神之源。涌动的爱意里，是无数的人们和无穷的边地。

## 二

在康若文琴的故乡寻梦书写里，始终有一种流动如河的生命感觉，我们始终看不到一种中原文人的写作习惯，诗中的起承转合之间没有一点套路，脱离了书斋写作的程式。读她的诗，觉得仿佛是聆听高原天籁般的声音，带着野草的芳香和湖水的清凉，宁静地飘散在诗句之间，绝无中原作家的强拧。白云般流动着的神思，恰似远寺传来的钟声，袅袅妙音，阵阵传来，却毫无影踪。这位粘着马尔康泥土的女子，穿过蒲尔玛的寺庙，从没有人的午后官寨走过，穿过高原的群山，蹚过梭磨河，蛰伏在松岗碉楼身后，以自然的谈吐，述说着故乡的故事，真实与想象世界中感性和神秘的美，竟然奇异地叠合在一起。

阅读康若文琴的诗，就觉得我们当下的写作有着一种危机，大多被写作与阅读习惯和思维模式所束缚，文章似乎都要遵循一定的理路和规范，一切都按既定的套路和程式。康若文琴的写作则完全没有这些，她的诗常常给我们审美的惊讶，平静的笔触竟拽

---

① 鲁迅：《野草·好的故事》，《鲁迅全集》（第二卷），人民文学出版社 2005 年版，第 191 页。

动了遥远的山水和寺庙、村巷，招来故乡的阿妣和一树梨花，在空旷的高原上起舞。文字朴实自然，段落似乎随性而出，毫无伪饰，但平淡的文字背后，却有深藏的爱和流淌的期盼。情感的流露极为感性，故乡片影的捕捉极为流畅，闪烁着点点灵光，也有着激情的暗涌。作者生于四川阿坝马尔康，却走过故乡之外的许多地方，似乎也经历过几多漂泊，如同鲁迅笔下的过客，始终有一种行走的冲动，但却永远怀揣着几缕淡淡的乡愁，不曾真的离开故土。所有的诗篇，几乎都与自己的经验有关，那些寺庙、传说、雨雪、云境、阿坝草原、放蜂人，以及内心深处的爱的迷惘和跋涉的惆怅，都化作心灵的音符，渗透在诗句里。读者甚至不觉得那是创作出来的文章，而是自然从内心流淌出来的记忆，这些在内心深处本然的存在，在作品里组成了鲜活的风景。

与一般作家不同的是，康若文琴的诗中读不出文人的腔调和作家的腔调，少有模仿和造作，她按照自我生命的实感进行创作，听从自我内心的召唤。故乡马尔康，以及寺庙和神山，都在风雪中摇曳着身影。那些故乡中的风土人情，也被一一收集在诗篇里。阿来在评价她的诗时说道："更多的时候，为我们奉献了这本诗集，这些曼声歌唱与吟哦的诗人不是惠特曼式地走向广阔，而是向着自己内心深入。而正是这些转入内心深处，深入体味的诗歌，更让人感到亲切。"[1] 在藏族作家群中，康若文琴独特的诗心书写和精神向度，无疑丰富了我们的阅读和审美视界。

在其诗歌作品中，许多诗句都表露那种自然的感受，呼之欲出，比如《巷子》：

> 一条巷子
> 宽窄有什么要紧
> 心宽巷宽
> 心窄巷窄
>
> 巷子无论宽窄
> 总归是巷子
> 来去的是人
> 带走，也留下光影

这是对人生和自然的感悟，没有领悟和情怀，怎会感受到？中国最早的谣俗和民间传说，或许就是这样得来的。文章的风格与作家风格有着深度契合，有文人气风格，亦有非文人气风格，后者如果要有感人的力量，就必须要有自己的天赋。

在阅读康若文琴的作品时，笔者头脑里无意中不时闪现出萧红的形象。大概她们都是着意在描写故乡吧。早年读过萧红描写故乡的作品，同属于女性作家的萧红，有着后一种风格，读她的作品，读者会感到"她不是以思想者的沉思抵达到精神彼岸，那些关于儒道释、尼采与陀思妥耶夫斯基的话题，她也许知之甚少，但她却以生命的觉态触摸到存在的隐秘"[2]。因此，萧红以自身的灵感，在大地与天空间的神秘之气穿过，词语

---

① 康若文琴：《康若文琴的诗》，四川文艺出版社 2014 年版，第 6 页。
② 孙郁：《萧红与黑土地上的亡灵们》，《小说评论》2015 年第 3 期。

的缝隙流溢着诗意，写出东北故乡人民的生生不息的顽强生命力，其间或许还有着萨满教的印迹。

萧红的《生死场》因了鲁迅的推崇而获得广泛关注："这自然还不过是略图，叙事和写景，胜于人物的描写，然而北方人民的对于生的坚强，对于死的挣扎，却往往已经力透纸背；女性作者的细致的观察和越轨的笔致，又增加了不少明丽和新鲜。精神是健全的，就是深恶文艺和功利有关的人，如果看起来，他不幸得很，他也难免不能毫无所得。"①令晚年鲁迅感到欣慰的，就是在萧红、胡风这样的青年那里，他看到了旧式士大夫身上缺少的天然的美。如果说文坛还会有希望，那一定是在这类青年身上的。《生死场》之后，由于受左翼运动影响，萧红描写故乡的视野发生了变化。

在《呼兰河传》中，对故乡的描写多了一种欣赏与自省的眼光，"萧红是鲁迅之后，对于乡村社会的神秘性吃人有惊人的发现的天才作家，无可描述的人与事，经由她的笔，竟流出重重意象，好像一幅长卷，有历史深处的幽魂"②。作品中似乎有着沈从文的影响，也有着鲁迅的影子。故乡的民间风情和历史景深被一种现代人的感觉复活了，在对故乡日常生活和独特风情的描写中，我们感受到岁月洗过小城，留下自然的馈赠与原始宗教的遗风，一切实录的笔触都刀刻般留下遥远的记忆之痕。那是远古的伟岸之力的迸发，我们阅读之后思绪万千，心灵起伏，仿佛被历史的浩荡之气所俘获。

从萧红的创作特征来审视康若文琴的作品，康若文琴借助了什么呢？在这里，我无意于将两者作比较，毕竟不同的时代，不同的地域会有与其相适应的文学来对应，文学总是属于它的特定的时代和时代精神的。萧红的文章，"几乎都与自己的经验有关，那些流浪、失恋、饥饿、无援的苦状，都渗透在文本里。你不觉得那是创作出来的文章，而是自然从内心流淌出来的记忆，这些在底层的被压抑的存在，在作品里组成了鲜活的画面"③。康若文琴的藏地书写无疑都与自身的体验与思考有关，她在故乡马尔康的冰山和阿姆的脸上，读出上天的神谕，世间万物于是有了不可理喻的灵性，她把它们一一描绘出来，只是用心记录，并非有流芳的憧憬，而是对生活诗意的寻找。真的艺术，本该如此吧。

作为藏族女诗人，一直未离开故土生活，在青春的芳华最需要与现代世界对话的时候，却隐身于雪域和高山之间，与牛羊、草原和乡人为伍，她的所思所想，离我们经验甚远，于是便让我们有了一种欲望和冲动。她阅读的乃是自然之书与神秘之书，那些恍兮惚兮的神思出没于冰川与草原之间。苍凉高原的寂寞之旅，伴随的是遥远的牧歌和冰雪般冷洁的幽思。让我们随着作者穿越千年的冰川与茫茫雪域高原，在风雪与旷野的静默里，遇见春天的盛典和一树梨花。

## 三

读康若文琴的诗，那些美丽的诗句与渲染的场景都是片段式的，稍纵即逝，一个美

---

① 鲁迅：《萧红作〈生死场〉序》，《鲁迅全集》（第六卷），人民文学出版社 2005 年版，第 422 页。
② 孙郁：《萧红与黑土地上的亡灵们》，《小说评论》2015 年第 3 期。
③ 孙郁：《萧红与黑土地上的亡灵们》，《小说评论》2015 年第 3 期。

丽的温柔女子的声音呢喃式地从心中流出。那充满爱意的清脆的声音与巍峨的雪域高原相比似乎柔弱无比，但我们却听到了来自古老土地里最清新的歌，那么温馨的存在，被诗一笔笔勾勒出来。在陌生的世界里，我们读到了许多她熟悉的影子。《嘉莫墨尔多神山》《松岗碉楼》《梭磨女土司》都形象地展示了藏地风情，留下诗意和神秘的空间，甚至有着藏传佛教的意味。她通过诗似乎在寻找什么，但在远离中心的雪域高原，路在哪里呢？一个追求自由与圣洁的灵魂，在其文字背后是约略能体味到的。

在马尔康的男女之间，在遥远的寺庙与峡谷中，在阿吾的目光下，在茶堡女人的火塘边，康若文琴发现了看不见的美，人性的光芒像月光一般掠过寂寞和辛劳。人在恶劣的风暴和冰霜下，与自然相互取暖，与冰凉的月光似的寂寞相依偎，而生活中不经意的神奇与美好的存在也恰在此间吧，这需要诗人有发现美的眼睛。这种书写被看成一种神秘的表达，那些关于故乡的点点滴滴，来自悉心的寻找和捕捉。在日光底下无新事的日常生活中隐藏着诗意和美，围绕着藏地高原的人、寺庙、山水和古堡，悉入眼中，人间幻象将世间的真实遮蔽，写作不过将被遮蔽的一切昭示出来。

康若文琴的故乡诗意书写，恍若盛夏雪山之下的一湾清泉，清爽地滋润我们日益焦灼的心。康若文琴的细腻与恬淡的风格，有人间久违的美丽，作品中时时流淌出人性最甜美的爱意和天籁般的情丝。她在遥远的阿坝给我们带来的是五色祥云和无边的绿意，那带着颜色的语言，为我们编织了一个对遥远的马尔康的有着无限遐思的彩色的梦。

作为藏族女作家，康若文琴一直保持了地域性表达的特征，单纯、明快，具有切身感的词语，与士大夫文体和现代主义文体相距甚远。但她的诗不像马丽华作品的高蹈，也无泽仁达娃那种对宗教和精神的执着，而是带着藏族女性的单纯和乡野诗人的清新。康若文琴作品背后，时时有着一种无形的存在，那是藏传佛教的所在。平凡可见的日常生活，往往被看不见的神秘所支配。人无法战胜这种神意，它们无时无刻不在制约人们的行为，同时也被制约。这就有了存在的复杂性，维度也丰富了。

《我的阿坝草原》写春天阿坝草原的景象，写到风、湖水、藏羚羊和马匹、青草云，有着童话般的意味，一切安详宁静，好像冥冥之中有神灵主宰。自然被赋予神明的色彩，单调的存在便有了无限的丰富性。诗中对湖水、高原的风和藏羚羊等的抒写，都有着不同于汉人思维的逆意之笔，但在我看来，这种越轨的表达，使日常生活中存在的诗意彰显出来了：

> 风吹来满湖涟漪
> 我是春天的湖水
> 树恼了而风不止
> 我是任性的风
>
> 藏羚羊走过的地方
> 笑容溅得酥油草一地
> 花朵熙来攘往
> 拉伊嚼咬得草原晃晃悠悠
> 跌宕在梦与非梦之间

马匹却坦坦荡荡只恋花香

草原的春季一梦就醒了

只怕一回头万里黄沙

这样的表达很特别，阿坝高原的神奇美丽，以及藏区文化的奇特风情，都得到展现。我们欣赏这类笔法，就会感到作者对熟悉的存在进行陌生化表达的天赋。或许由于藏民族独特的思维方式，那种联想惯性在这里消失了，每一句话，都从心灵里酝酿过，是经过咀嚼的表达，丰盈、多致、浑厚，有独特的挥洒。

生命从来都不是完美的，正因为她不完美，我们才一直在追求完美的路程中。康若文琴的写作，是藏民族女子为中华民族的文学创作奉献的动人一章。在遥远的雪域高原所放出的词语之光，那么高远而神秘，指示着智性的高度。在她的视角里，自然、宗教、故乡，是交织在一起的。作者在斑斓的故乡画面中和古老的民族记忆中，释放出灿烂的意象，并把精神从庸俗的生活中解放出来。那些诗篇中，奇异的感觉的碎片，渗入了诗人生命中迷人的色彩。民族、故土、传说、爱情，这些都是生命中不可分割的乐章。康若文琴以自己奇异的感知方式，演奏起这多声部的乐章。

文学是什么呢？我们在阅读康若文琴的诗时会去想一想这个问题。书本上对文学有着各种各样的描述，似乎都从学理方面阐述，而远离了感性的体验。康若文琴写诗，是将生命体验介入其中，背后有着坚定的信仰作支撑。她对故乡熟悉的一切以及民族传说都用一种发现的眼光进行探寻，敏感地扫描周围的一切，在与自然、神灵的交流里，发现存在的本真。她的特别之处还在于，不是简单地复制情感和交流，而是运用一种特异的创造性表达激发读者重新认识这个世界。她在单调和寂寞的世界里弹奏起属于自己的乐曲，这乐曲是那样的美丽动人。

受过良好教育的康若文琴，没有选择去大都市工作，一直生活在故乡阿坝。她的诗，透出雪域高原独特的味道，也像高原上的云彩，在高山和草原间漂浮。那些汉语言文学与传统文化的遗风，沉浸在其灵魂的深处，在她的笔端几乎看不到痕迹，但似乎其文字的后面偶尔又透出"五四"那代人的寂寞之感，以及独处偏僻高原乡土的悠然。由此联想到沈从文和废名的文字。但她没有废名的禅意与沈从文的遥远乡愁，康若文琴知道她是雪域高原的女儿，她生命的一切都与雪山、草地、圣湖、信仰息息相关。所以她拒绝了文坛的时尚，远离时代的热土，以属于自己内心的语言，描绘雪域故乡的一草一木和天下苍生，在故土里看潮起潮落，将人性的思考化作对故土的情思。读康若文琴的诗，记住了马尔康以及与其紧密关联的藏人生活，那是己身的感受，在慢时光中，多的是静谧的凝视。《莲宝叶则神山》则有超越时空的表达，向茫茫的高原世界发声，重申的是藏民族固有的信仰。自然之于藏民族，是不竭的精神源泉。他们的后人在面对这些古老的信仰时，庶几不再孤独。

我注意到阿来在评价康若文琴的诗时，用了一个词：往返。往返就是寻找。对人生意义的寻找，即对自己的过去的回忆与未来的憧憬。其实，在日复一日的岁月里，失去的与得到的，都向我们昭示生命的意义。鲁迅说过，使精神的*丝缕*，牵着已逝的寂寞时光，又有什么意思呢？其实对于往事的追忆、憧憬、眷念、乡愁，恰是人生的一种巨大力量。因此，她的这种寻找和往返，必然要在自己内心与外在世界，自己的过去与当下间不断地穿梭，这需要一种精神力量和信仰支撑。而力量的记叙需要在寂寞的时光中进行，写作者要回到自身。静谧的高原，有着灵光的闪现，康若文琴是沐浴着高原灵光的"内观者"，因此，她提供给我们一种新的审美状态和一种新的生活状态，不一样的生活也蕴含着不一样的审美。

托尔斯泰曾经说过，文学不是发现真理，而是创造真理。诚如斯言，文学是为天才准备的，在无边的荒野上创造绿洲，需要辛勤的劳作。在没有路的地方开拓新路与重复别人走过的路，毕竟是不同的。从这个意义上说，小说家与诗人还有另一种存在的理由：通过文学来寻求美的表达，实现自渡，驶向理想的精神彼岸。康若文琴不仅用诗，也用生命，实践着这个理由。

（作者单位：安庆师范大学文学院）

# 诗歌地理与族群文化表述

## ——康若文琴和她的《马尔康　马尔康》

付海鸿

2017年4月23日，"文学阿坝走向研讨暨阿坝作家书系"的首发式在四川省府成都的一所酒店里隆重举行。"阿坝"是"阿坝藏族羌族自治州"的简称，位于四川省西北部。研讨会主办方将旨在宣传阿坝本地文学的活动场所精心安排在距离州府近350公里的省城成都而不是州府马尔康，除了因为省城的文化氛围与新闻宣传报道力度外，在笔者看来，阿坝文学作品与阿坝作家"进驻"省城的这一行动，像是要在省府为"文学阿坝"这一文学地理"立杆"宣誓，极具匠心。

实际上，早在2013年底，阿坝州就编辑出版了"阿坝州文学系列丛书"7卷，旨在鼓励宣传地方文学的书写。2016年，阿坝州作协遴选编辑出版了《阿坝作家书系》（第一辑，共8本）。除了官方的出版行为，民间亦自发编辑《阿坝文学年选（2015—2016卷）》。一时之间，"阿坝文学"为四川的多民族文学写作带来清新活泼的气息。《阿坝作家书系》第一辑中，8位作者族别身份多元，既有藏族、羌族的作家，也有汉族的作家，他们用小说、诗歌、散文的方式呈现了阿坝多元的文化与生活。

《马尔康　马尔康》（中国文联出版社，2015年）是藏族诗人康若文琴（汉名周文琴）的诗集。作为"阿坝作家书系"第一辑中的一部，康若文琴以其轻灵隽秀的诗歌书写，在"阿坝文学"地理版图上描绘了神圣与世俗同在的"马尔康"。本文将从诗歌地理与族群文化表述的角度，探讨康若文琴《马尔康　马尔康》的诗歌写作的意义。

## 一、诗歌地理：康若文琴的"马尔康"书写

来自四川马尔康的康若文琴是四川当代藏族的代表性女诗人。自1991年起，她的诗歌与散文作品散见于《草地》《诗选刊》《星星》《山花》《西藏文学》《民族文学》等刊物。2014年，康若文琴结集出版了《康若文琴的诗》（四川文艺出版社）。《马尔康　马尔康》是其第二本诗集。

（一）关于《马尔康　马尔康》

《马尔康　马尔康》分为五辑，共收录了诗人的108首诗歌。第一辑"边

界——从蒲尔玛启程"（21 首诗）；第二辑"嘉绒，关于自己的颂词"（21 首诗）；第三辑"叫出你的名字，纳凉的盛典"（25 首诗）；第四辑"隐约的万物，低语"（18 首）；第五辑"风吹门"（23 首）。从诗歌内容来看，第一辑侧重马尔康人文地理的书写；第二辑转向马尔康寻常百姓的赞颂；第三辑着重马尔康民俗生活的描绘；第四辑将笔触聚焦于马尔康自然万物的繁茂生长；在对马尔康的地理、人事作丰满书写后，第五辑才是有着"我"的日常生活经验印记的马尔康的登场与谢幕。

诗集选取诗歌 108 首，问及作者这是偶然还是刻意为之时，康若文琴回答说她希望"她"（诗集）是一串 108 颗的佛珠。"108 颗佛珠"有何特殊意蕴呢？在藏族作家扎西达娃的笔下，佛珠里藏着时间的秘密，在循环的时间后面是深层的藏族文化与信仰。①诗集中，康若文琴也曾有过"时光的佛珠"（《阿吾云旦嘉措》）这样的诗句。从这个意义上来讲，《马尔康　马尔康》这本诗集既关乎藏族的宗教与文化信仰，又关涉个体生命的深层体验，既是世俗与宗教的时间，又呈现了抽象与具象的地理空间。

（二）"马尔康"文化景观的再造

马尔康是怎样一个所在呢？在藏语里，"马尔"是油、酥油之意，"康"指房子、地方。因酥油房子不是一种经久的事物，"马尔康"便衍生出"灯火旺盛的地方"之意，由此又引申出"兴旺发达之地"的意思来。②马尔康是以原来嘉绒十八土司中卓克基、松岗、党坝、梭磨 4 个土司属地为雏形建立起来的，如今下辖 3 个镇，11 个乡，是阿坝州的政治、文化、金融中心。对于这个自己出生、成长、寓居的地方，诗人会如何书写呢？从诗集《马尔康　马尔康》的题名来看，重叠的地名显得别有意味，既像是深情的呼唤，又像是呢喃的呓语，一下子就将纵深迂阔的时空拉近，让人有意犹未尽、不愿抽离之感。

那么，在康若文琴笔下，马尔康的地理景观会如何入诗呢？具体而言，诗集《马尔康　马尔康》第一辑"边界——从蒲尔玛启程"21 首诗中，有 20 首与马尔康的神话、历史、信仰、地理有关。马尔康政府网上列出的旅游与文化资源如大藏寺、四姑娘山、松岗碉楼、达古冰川、莫斯都岩画等，都是诗人吟咏的对象。粗略一看，第一辑就像是马尔康旅游经典的罗列，似乎诗人要为读者作近乎导游式的介绍。然而，细读诗歌会发现，与用死板的数据和充满异域风情的导游词所表达的马尔康不同，诗人笔下的马尔康别有韵味。

凭借对本民族历史、文化、宗教、传说的掌握，康若文琴笔下，马尔康的寺院、神山、冰川、碉楼与官寨等无不呈现出灵动的真、诗性的美与哲理的思。她写藏地随处可见的寺院，说"喇嘛坐进经卷/把时光捻成珠子"（《寺庙》）；在赞颂大藏寺时，她写道："落座莲花，天地间的涟漪/将群山捻成佛珠/108 颗。雪和着风/遮蔽一路沟壑/真言的火苗蔚蓝"（《大藏寺》）；在朝拜藏族本土宗教苯教著名的东方神山嘉莫墨尔多时，"法

---

① 徐新建：《权力，族别，时间：小说虚构中的历史与文化——阿来和他的〈尘埃落定〉》，《西南民族学院学报》1999 年第 4 期。

② 阿来：《大地的阶梯》，南海出版公司 2008 年版，第 126 页。

螺""莲花""风马""伏藏"等藏传佛教的元素次第出现。在康若文琴眼里，墨尔多神山如"万山莲花般旋转"，居处"群山之巅"，既是"伏藏"之地，亦是嘉绒人生活之地（《嘉莫墨尔多神山》）。她还书写本地藏族人心目中的群山守护神"洛格斯神山"，用轻松俏皮的语气调侃"你阳刚的身躯，因为思考/丢失了性别/却因思考/成了一尊神"（《洛格斯圣山》）。她用诗句云淡风轻地将神话传说、宗教信仰与日常生活融合在一起。

除了寺院与神山，康若文琴写得最多的是马尔康的碉楼。她写曾经辉煌的碉楼，说它"汉子一样站在寨子旁"（《有关碉楼》）。在另一首诗中，她又说"碉群没什么不同/就是一列卫兵"，"三十年征战，三千里疆域/拴不住一地月光"（《苍旺土司雕群》）。在诗人眼里，碉楼除了具有护卫征战的功能外，也是充满情味与生气的。在《松岗碉楼》中，诗人写到碉楼里"充盈婴儿梦香"，在失守的时光中，"碉楼害上了幻听"。曾经在历史长河中沐风栉雨的碉楼，"在时光里打了一个盹/如今便走进了书本"，"与长城一起/像一位拖着长髯的老者/供人观瞻/却无言以对"（《有关碉楼》），这些诗句使碉楼的没落与寂寞跃然纸上，恰似一首献给碉楼的挽歌。

在康若文琴的诗歌中，始终有一条静默流淌的河流温情地存在着，那就是秀丽逶迤的梭磨峡谷。在《梭磨峡谷的绿》中，诗人写道：

> ……
> 扶绿坐上时光的船
> 随从的是梭磨河
> 枯萎和成熟如影相随
> 河床的包容让梭磨河常绿
> 春风一开放绿就青葱
> 掩映的碉楼越发老了
>
> 在梭磨峡谷的瞩望中
> 每个人都是小蚂蚁
> 来去匆忙
> 不老的却是绿

在面对滋养孕育马尔康的自然的河流梭磨河时，诗人从其中窥探到时光的流逝，以碉楼为代表的古老传统与文化的消逝，以及人如蝼蚁般的渺小与微茫。在《六月的马尔康》中，诗人笔下的梭磨河又是另一番活泼轻灵的景象。她说"夜雨催欢了梭磨河/在曦微中抛尽眼波"。在《寻找婆陵甲萨》中，梭磨河是"水和土做的铜镜"，我们"也是水和土做的/终归尘土/留下点滴水份"。宏大的自然地理、历史的深层记忆、民族的宗教信仰与举重若轻的哲思相互交叠，这种视野几乎贯穿了诗集的第一辑。

值得提及的是，第一辑中，康若文琴是以"蒲尔玛"为起点书写马尔康的。蒲尔玛是诗人母亲的家乡，诗人7岁以前生活在这个小村子里，随后便离开了此地。"蒲尔玛"因此具有鲜明的个人成长印记，某种程度上，这亦意味着诗歌中的马尔康是诗人经验的马尔康，与纯粹地理意义上的马尔康有别。然而，在具体的书写中，康若文琴是将个体

“我”藏匿起来的，她信笔就将神话传说与地理景观融合起来，创造出了具有诗歌地理意义的马尔康。从某种意义上讲，这是一种地方文化景观的再造。这与姚新勇先生所谈的“族裔文化空间建构”与“族裔文化景观再造”相似，都是重返本民族文化之根后的行为。[①] 当然，文学作品对地方文化景观与文化空间的建构并非是简单地对地理景观的深情描写，它同时还提供认识世界的不同方法。[②] 康若文琴如数家珍地书写马尔康的人文地理，为读者建构了一个历史悠久的丰满充盈的马尔康，一个嘉绒人休养生息的马尔康，一个康若文琴深爱的家乡马尔康。

## 二、族群文化表述：嘉绒的人事与民俗

在对马尔康的地理空间作了书写后，诗集的后四辑选入的诗歌着重写嘉绒的普通人事与民俗活动。与“马尔康”这个界线明确的地名不同，“嘉绒”作为地名，其范围则要更泛一些。[③] 嘉绒藏族则是族群名称，是藏族的一个支系，主要分布在邛崃山以西的大小金川河流域和大渡河沿岸，在邛崃山以东的理县、汶川和夹金山东南的宝兴、天全、康定、道孚等地也有分布。作为嘉绒藏族人，康若文琴擅长写抒情诗，并且她的诗歌写作始终关注着嘉绒的人、事、物。

### （一）寻常嘉绒人的颂词

诗集第二辑“嘉绒，关于自己的颂词”21首诗歌中，除了《毗卢遮那大师》与《梭磨女土司》外，其余19首诗所描绘的对象都是日常生活中的普通人。

普通人中，康若文琴描写最多的是马尔康的女人。她写未曾离开乡下的女人，如一生围坐火塘的阿妣（《阿妣和火塘》）。她写在“冰凉的月光下/要再次跨过碉房的影子/打开房门，放下云梯/需要花去一生的月光”的茶堡女人（《茶堡女人》）。她写年轻的嘉绒女子，她们迫于生计离开家乡，在城市里过着无所适从的生活，比如在城市宾馆柜台后面“把钱数得前仰后合”却再也没有去过荞麦地的荞花（《荞麦花》）。她写为照顾儿孙而搬到马尔康城里的阿妣，城里的五光十色无法阻断她整天想着寨子里的农事（《马尔康城里的阿妣》）。她也写拐卖人口的女贩子素晓，说她为置办嫁妆，盘算着把卓玛、娜姆贩卖到远方；诗句里没有道德观念的评判，只有无尽的惋惜（《素晓》）。她写母亲节遇见的尼姑，疼惜她们选择放弃了母亲的角色，字句里充满柔情、怜悯与理解（《母亲节，看见一群尼姑》）。此外，诗人也将视角放在普通的匠人身上，比如“锻打月光”的卓克基银匠（《银匠》），“一路怂恿蜜蜂，一路打探春风”的放蜂人（《放蜂人》），“手

---

① 姚新勇：《“历史重述”与“景观再造”——关于当代少数民族文学文本形态变迁的思考》，《民族文学研究》2016年第2期。

② 〔英〕麦克·布朗：《文化地理学》，杨淑华、宋慧敏译，南京大学出版社2005年版，第72页。

③ 按藏族学者格勒的解释，在小金与丹巴之间的神山“墨尔多”属于藏族年神类神山，又名“斯巴嘉尔木”。这个神山周围多为深山河谷，居民大多从事定居农业。神山的东西面分别是小金川河与大金川河，藏语称“曲钦”，其上游梭磨河藏语称“擦曲”。这两条河在丹巴汇合为大渡河，藏语称“嘉尔木欧曲”。“嘉绒”就是以上山河综合构成的地域。参见格勒：《古代藏族通化、融合西山诸羌与嘉绒藏族的形成》，《西藏研究》1998年第2期。

持利刃的女将军"(《女美发师》),"打磨快刀"想击败食物的牙医(《牙医》),画唐卡的画师(《画师》)。

这些男人、女人、匠人,不过是生活于马尔康的普通嘉绒人。然而,正是这些寻常的、隐忍的,甚至有些浅陋的百姓,构成了嘉绒藏族这个共同体。尽管他们并不崇高,并不伟大,但康若文琴要为他们,为和自己一样的嘉绒人,写颂词。因为假如没有嘉绒藏人的存在,马尔康又怎能称得上是"灯火旺盛的地方"呢?

### (二)嘉绒地区的民俗生活

阿来在为《阿坝作家书系》所写的"序"中特意提到,文学表达文化的最终目的是增进文化间的相互尊重、了解与融通。① 《马尔康 马尔康》的第三辑"叫出你的名字,纳凉的盛典"收入的25首诗,就集中展现了嘉绒藏族的民俗事项与农事生产,如一本嘉绒风俗志,算得上是用诗歌表达民俗文化的典范。

与其他少数民族作家把民俗的描写作为历史背景和烘托文化氛围的手段不同,康若文琴不是要借助民俗活动的书写来展现嘉绒藏族的民族性格与民族文化传统。② 因为作为一个出生、生长并寓居于马尔康的嘉绒藏族人,康若文琴只是对日常生活中的所见所感作了诗性的书写。与那些成年后离开故乡的少数民族诗人不同,她没有身份认同的困惑与文化认知的焦虑。她平心静气地看待周遭的一切,风马、经幡、擦查、酥油、佛珠、沙画、燃灯节等具有藏地特色的日常生活意象,在她笔下轻灵活泼,温暖真实。诗中,康若文琴称风马为"大地的信使"(《箭台》);她写经幡舞动,真言端坐,以致色尔米的长空往更深处蓝(《色尔米的经幡》);她写手持佛珠捻搓年轮的阿妈,她说佛珠"有时从众,有时引路"(《佛珠》);她写佛前供奉的"拈花微笑的酥油灯"(《酥油》);她写"苦心经营/手轻轻一抹/就得从头再来"的沙画(《沙画》)。她平实自然地书写这些藏地文化意象,从容自在,理性温和,又不乏幽默活泼。

除了随处可见的藏传佛教生活意象,康若文琴还书写了不少与嘉绒地区宗教活动有关的诗篇。比如每年四月初八的"打擦查",按照传统习惯,嘉绒地区的村子会以村为单位"打擦查",在打擦查结束后,喇嘛和长者煨桑,众人面朝擦查磕长头祈祷。③ 在《擦查》一诗中,诗人虽未对打擦查作民族志式的详尽记录,但仍以"挑水和泥/铸模印模"的诗句记录了擦查的制作。随后以"佛就住进泥人/泥人便有了名字"点明擦查的宗教意蕴。最后,诗人对人为何需要擦查作了追问,因为"我们不知所措",所以需要"擦查遍布山岗",得以"安放心灵"。在另一首诗中,康若文琴书写了纪念宗喀巴大师圆寂成佛的节日"燃灯节"。她说酥油灯"一盏不舍众生/一盏众生离苦/还有一盏,了知我,不舍我"(《燃灯节》),三盏酥油灯里,是宗喀巴大师对芸芸众生的悲悯与大爱,亦是藏地寻常百姓卑微生活里光明的期冀与愿望。对于身边常年的日常宗教活动的平实记述,是诗人淡然清明心境的写照,是拂去尘嚣后的明净与通达,亲切温暖,又令人肃

---

① 阿来:《为〈阿坝作家书系〉序》,见康若文琴:《马尔康 马尔康》,中国文联出版社2015年版,第2页。

② 有关少数民族文学创作与民俗的思考,可以参考白崇人:《少数民族文学创作与民俗》,《民族文学研究》1991年第4期。

③ 张昌富:《嘉绒地区的四月八日"打擦查"》,《西藏艺术研究》1997年第3期。

然起敬。

第三辑中，诗人还书写了嘉绒藏族的火镰、花头帕、花腰带与藏靴，并对嘉绒藏地的农事生活作了生动的记叙。她写春耕生产，说"犁铧闪亮，打破僵局"（《春天的盛典》）；她写嘉绒人建造新房时的夯土谣，欢喜地说"唱一回夯土谣/寨子，就恋爱一次"（《夯土谣》）；她写堆成山的麦子（《麦垛》）；她还写晾晒谷物的晾架（《晾架》）和"没再过问春耕"的打土块的长柄木槌"普吉"（《普吉》）。在《连枷》一诗中，诗人将阿吾劳作的场景，描写得生动活泼。她写"青稞跳得越欢/连枷就春一杆，秋一杆"，而阿吾索朗打节奏，也就"歌声山一句，水一句"。诗人以嘉绒藏地农人日日劳作的生产工具与生活细节入诗，颇有民族志诗学的意味。

细读诗歌文本就会深刻感到，诗人熟悉她笔下人物的生活，因此其诗歌对本族群农事文化精髓的表达是主位的，没有他者，有的只是曾经热闹的乡村与日渐被人遗忘的土地。在诗人为我们展现的五彩缤纷的嘉绒藏地农事文化图景里，能看到四季的流转与生命的绵延生长，以及诗人眼光向下的温情与土地的某种内在连接。

### （三）嘉绒地区的植物诗学

在《马尔康　马尔康》的第四辑"隐约的万物，低语"18 首诗歌中，除了 4 首诗歌是写嘉绒藏地的动物外，其余诗歌内容都与嘉绒藏地的花草树木有关。

第四辑中，康若文琴写风吹到哪就在哪安家的荒草（《荒草》）；她写海拔三千米处，锋芒毕露的青稞与怀着成熟心事的麦子（《海拔三千，青稞和麦子》）；她关注"生成剑的形象/却没有出现在疆场"的剑麻（《剑麻》）；她将笔触转向"落了一朵，又开一朵"的梨花（《一树梨花》）；她写母亲家乡的苹果树、花红树（《蒲尔玛的果树》）；她写在原野上奔跑撒欢的麦子（《麦子在奔跑》）；她写慢慢长大的桃树（《执拗》）。在其他篇章中，她也写到过"低垂时光"的核桃树（《嘉莫墨尔多神山》）、漫山的羊角花（《梭磨峡谷的绿》）、枯立浅水中的沙棘树（《枯树滩》），以及满头大汗的青枫柴（《阿姒和火塘》）。这些诗歌就如嘉绒藏地的植物志书，不仅是嘉绒人生存环境与生活场景的重要组成部分，还作为情感因素参与了嘉绒藏族的文化构建。从某种意义上讲，这些植物诗歌以其独有的方式标识并完善了嘉绒藏地独有的文化地理。[①] 因此，我们可以通过这些植物诗歌来理解嘉绒的地域文化。

对于旁观者而言，康若文琴笔下那些有着大众化藏语名字的寻常人的平淡的日常宗教生活图景、平常的生产劳作场景以及笔下那些嘉绒藏地常见的动植物，不过是不易察觉的背景或是某个敏感旅行者眼里的风景罢了。然而，对于诗人或是嘉绒藏人而言，这些日常生活里的一点点风吹草动，都不仅仅是可供欣赏或赞颂的景观，而是嘉绒藏人农耕生活的实际，亦是他们朴素的资本与骄傲。

---

① 有关文化地理与植物诗学的讨论，可参考孙红卫：《文化地理与植物诗学——北爱尔兰当代诗歌中的花木书写》，《国外文学》2017 年第 1 期。

# 三、余论：个人生活叙事与混杂的双语

如果《马尔康　马尔康》诗集的前四辑是对马尔康地理景观与嘉绒藏族生产生活民俗的赞颂，那么，诗集最后一辑"风吹门"23 首诗则是诗人写给自己的情书。诗人写风，说"风大叫，树跟着冲出/披头散发"（《风起》）。她写树，说"树老往人身边凑/凑到地里/看人劳动/凑到园中/看人吃饭睡觉/路边一站/看人往哪里走"（《树老往人身边凑》）。她写牙齿掉落这件小事（《坚硬》），也写自己周末与友人爬山的感悟（《周末，与一群人爬山》）。诗人用欢快活泼，甚至近乎调皮的、充满童趣又无比睿智的诗句将零碎的生活点滴捡拾起来，串连成串，成为"108 颗佛珠"中平凡而不可或缺的一颗。

康若文琴是用汉语写作的藏族诗人，她的语言平实简练又灵动活泼。在阅读诗集的过程中，笔者不时会遇见一些陌生的词语，比如"阿妣""阿吾""云旦嘉措""达荫""贡夏"等。对于这些嘉绒藏语，作者一一细心地作了注解。将少数民族母语杂糅入汉语诗歌的写作，在少数民族诗人中并不少见。刘大先曾将此类写作视作"边界写作"，认为具备双语甚至多语优势的作家可以利用"大""小"语言之间的"去区域化"和"再区域化"进行文学语言上的试验和创新，同时融汇少数族裔语言中的元素去颠覆主流语言的写作范式。[①] 在康若文琴的汉语诗歌中，"小"语言嘉绒藏语词汇的出现，给人的阅读带来的不是障碍，而是某种新鲜亲切的感受，是贴近生活的真情流露，与颠覆主流语言的写作范式并无关系。

整体来看，正是嘉绒藏地的土壤滋养了康若文琴以及她的诗歌写作。反过来，康若文琴以其诗歌写作重新构建了一个新的诗歌地理意义上的话语空间——马尔康。从文化多样性表达的层面而言，康若文琴的"诗歌马尔康"能帮助我们理解四川的多元族群以及多元文化图景。与此同时，她围绕族群文化的诗歌表述，在一定程度上能促进当下的民族文化多向交流与交融。

（作者单位：重庆城市管理职业学院）

---

[①]　刘大先：《中国少数民族文学的失语、母语、双语及杂语诸问题》，《北方民族大学学报》2012 年第 1 期。

# 山水间的中音区诗人

## ——康若文琴诗歌读札

许仁浩

在"山因春雪白了头"和"水声升起/星星成河"的叙说中，康若文琴为读者揭开了自己的神秘面纱：她，就是一位行走在山水间的中音区诗人。遍览她的诗歌，不难发现，她既非扯着嗓子发出尖锐声响的女高音，但也绝不是停留在浅吟轻唱的女低音。同时，她又不囿于伍尔芙所谓的"自己的屋子"①，因而藏区的山川河流、草木虫鱼都成为她诗歌中俯拾即是的意象。这位藏族女诗人的作品和她的名字一样，既有异域的韵味，又有"文"的感染力和"琴"的艺术性。一言以蔽之，康若文琴是将平常气息运于歌唱，又在山水间自由驰骋的诗歌精灵。

其实，作家阿来早在《康若文琴的诗》的序言中，就已非常精确地指出：康若文琴的写作，是"在前人所开拓的诗歌疆土的中间地带往返的写作"②。"中间地带"一语中的，将康若文琴的诗歌题材和话语资源清晰括出，同时，"往返"一词又令诗人的"行走"姿态跃然纸上。我们的中音区诗人，就是这样一位往返于相邻端点的诗人，她用自己的躯体介入山水秘境，又以娓娓道来的语感发出内宇宙的"情绪心音"。于地理、记忆和日常生活的捕捉中，康若文琴写出了一大批优秀作品，并试图在多向度的和解中寻找到妥帖的诗意。

"诗歌经不起失去它从根本上自我愉悦的创造力、它在语言过程中的欢乐以及它表现世间万物的欢乐"③，诗人谢默斯·希尼在《诗歌的纠正》中如是说。事实上，希尼除了向读者解释"诗歌应该如何应对现实"，也在通过这句话告诫诗人们："万物""语言"和"创造力"是诗歌写作中极其重要的元素。可喜的是，在康若文琴的诗歌中，我们能发现这些元素的呈现、制造与连接。

## 地理、记忆及生活的辩证法

美国作家吉尔伯特在《万物的签名》中打开了苔藓的闸门，她以"万物"作为撬动小说的杠杆，最终收获成功。经由苔藓这"万物之一种"，吉尔伯特

---

① 〔英〕弗吉尼亚·伍尔芙：《一间自己的屋子》，生活·读书·新知三联书店1999年版，第2页。
② 康若文琴：《康若文琴的诗》，四川文艺出版社2014年版，阿来序，第3页。
③ 〔爱尔兰〕谢默斯·希尼：《诗歌的纠正》，《希尼三十年文选》，黄灿然译，浙江文艺出版社2018年版，第344页。

走近了"万物"，也倾听到"万物"的声音。无独有偶，在康若文琴的笔下，"万物"也是极为重要的倾听对象。

虽然，一直以来，抒情诗的传统都将诗歌视为处理内心活动的主观艺术，换言之，外部世界并非诗歌的重点所在。因此，客观的"万物"自然不会被诗人全然接纳，诗歌所涉的"物"也仅仅是主体心象的所需、所感，而不是客观外物的最本真和最大化呈现。随着对"不及物"的深刻认识，罗兰·巴特率先让诗人认识到"写作"的某种本质。但是，在承认"写作是一个不及物的动词"的同时，越来越多的诗人也开始意识到，语言增殖、能指泛滥、概念滑行等手艺游戏最后恐将诗歌引入歧途。所以，对现实的介入，对"万物"的抚摸，以及对"不及物"的重新擦拭，逐渐成为诗歌自我考察的关键性因素。但是，单纯地对"物"加以汲纳还不能为文字打上诗的烙印，更谈不上将其锻造为诗。因而，不少诗人开始以主体经验为圆心并将之投射到"客观对应物"上，进而辅以"想象"的强大力量，这样的诗才最终将"万物"与"内心"合谋一处。

在康若文琴笔下，"万物"和"内心"的勾连却是天生性的，或者说，是一种身体性的。作为藏民，康若文琴的身心与其周围的世界紧密贴合，这点是毋庸置疑的，只要进入她的作品，就能感受到诗人与山水、与"万物"的同一。不得不说，这种人与诗的遇合，有时候就是"神"给定的遇合。

如果用关键词来梳理康若文琴与"万物"的关系，"地理""记忆"和"生活的辩证法"无疑是相对贴切的。康德认为，历史和地理学在时间和空间方面扩展着我们的知识，前者涉及时间上相继发生的事件，后者则主要是同一空间发生的现象。① 暂抛"时间"不论，对于诗歌"空间"的打开，地理学无疑提供了最好的切口之一。到了康若文琴这里，"地理"也承担着打开空间的职责，但更为重要的是，它早已内化到诗人的认知结构中间，这是天生性和身体性的直接写照。与"地理"相呼应的，便是"记忆"，康若文琴诗歌中的"记忆"确切地说，当属于扬·阿斯曼所谓的"文化记忆"：它们"展示了日常世界中被忽略的维度和其他潜在可能性，从而对日常世界进行了拓展或者补充，由此补救了存在（Dasein）在日常中所遭到的删减"②，并且这些"记忆"藏有大量"文化遗传"的基因。因此，这种"记忆"既来源于康若文琴的文化归属地，也同时兼具对该种文化的打捞、填补和恢复还原的功能。除开"地理"和"记忆"，康若文琴偶尔也会关注当下的生活，这是一类"减压"的写作，但是在最日常的片段截取和人物剪影中，诗人也或多或少地写自己的辩证法，那是一种普通人对生活的情愫、态度和思考。

新世纪以来，"文学地理学"几乎成为文学研究中的一个显词，而以"地理"一词介入的批评更是数不胜数。可以说，"地理"正逐渐变成一个不断扩容的概念。在康若文琴的诗歌中，"地理"却是特异性的，因为在她那里，马尔康、达古冰山、阿坝、扎嘎瀑布、黄龙溪、莲宝叶则、梭磨河……无一不是与诗人存在联系甚至溶于诗人血液深

---

① 参见〔德〕康德：《康德著作全集》（第九卷），李秋零译，中国人民大学出版社 2010 年版。某种层面上，诗人毕晓普也曾以诗的形式重申康德的观点："地理学并无偏爱，北方和西方离得一样近/地图的着色应比历史学家更为精细。"（《地图》，蔡天新译）

② 〔德〕扬·阿斯曼：《文化记忆：早期高级文化中的文字、回忆和政治身份》，金寿福、黄晓晨译，北京大学出版社 2015 年版，第 52 页。

处的山川风物，这些"地理"层面的"物"不用经过刻意捕捉，就自然跳到诗人的笔下并化身为诗性图景。在这种体制下，康若文琴的"地理诗学"自然和那些倚赖行旅获得经验的诗人大有不同。譬如"初春时节/风被关在雪山之外"（《初春，日干乔草原》），这种道破"天机"气象的习得显然不是一日之功，它是长久置身其间的结果。再比如"因为高原/扎西和卓玛透明没有尘埃"（《因为高原》），在一般人写来是虚弱的"言理"，而康若文琴的切身体会就显得可信、有据。例不必多举，诗人笔下的"地理"是和她本人共同生长起来的，那种长期烙在心灵上的印痕明晰可见，因此她的"地理"书写不是简单抓取揉捏而成的诗意。当然，在当下诗坛，也存在不少诗人守着自己生长的土地，并矢志不渝地进行挖掘的。那么，康若文琴"地理"书写的第二重特异性又在哪里？

也许，于方块字中淌出的爱、神性和崇高感，就是康若文琴区别于多数地域诗人和即景诗人的重要品质了。在《尕里台景语》中，诗人写出这样的句子："把羊群撒上草原，孩子喊叫母亲/黑帐篷以外，牦牛是人的亲戚/人是神的亲戚"，没有借助任何修辞，诗行直接将"羊群""牦牛""人"和"神"并置在一起，这种隐匿的平等观念既呈现出草原上的爱之生长，又把藏民们敬神爱神、与神和谐共生的境况以简笔描出。在极具张力的"撒"和"喊叫"之下，尕里台富于生命原始强力的特征就洋溢出来了，而"动物—人—神"的叠加又将川北的那种第二级和第三级阶梯分界处的崇高感展露无遗。所以从尕里台出发，"跟着青草以上的牛羊/走上山去"，就能抵达"充满神谕"的"诵经的大地"。《有关碉楼》《阿吾的目光》《马尔康，慢时光》《诺日朗，想飞的水滴》《高原：客人》等诗歌都是这一延长线上的驻客，这些作品要么写人的情爱、虔诚和参悟，要么写具体地名笼罩下的神性、崇高和不可复制的独特性，但它们都在"地理"这个概念的统摄下尽情舞蹈，并且"带着丰富的注脚"（《漫步扎嘎瀑布》）。

裹挟于"地理"之中的，便是"记忆"，但康若文琴笔下的"记忆"不是个体的单向度记忆，而是诗人借由心理、意识、社会等因子的互动、扩张，在作品中呈示出的"文化记忆"，这是一种更具社会性和交往性的记忆类型。这种"记忆"并不脱离个人记忆，而是将无数的个人记忆联结起来，形成一种类似"遗传"或"传统"的东西。正如扬·阿斯曼指出的那样，"人类经历了漫长的历史，成为一个有记忆的群体，因此，只有借助于文化记忆，我们才能更好地理解历史"[①]，康若文琴的诗歌正好提供了一个记忆的入口，为我们理解藏区的历史传送助力。作为一名藏族诗人，康若文琴的许多文本都与藏传说、藏风物、藏习俗等文化元素紧紧缠绕，它们在绘制诗歌地图的同时也让历史从"文化记忆"的窗口透露出来。

在《莲宝叶则神山》中，康若文琴这样写道：

> 格萨尔曾在这里拴住太阳下棋
>
> 兵器一次次从火中抽出
>
> 让铁砧胆寒
>
> ……

---

① 〔德〕扬·阿斯曼：《什么是"文化记忆"？》，陈国战译，《国外理论动态》2016 年第 6 期。

曾经的金戈铁马凝固成奇峰怪石
在心灵的家园
或站，或蹲，或卧
守护着比花岗岩更凝重的历史

无须赘言，这首诗将逝去的英雄时代（格萨尔王）再度激活，但是，这段文化的回响不是通过"重述神话"的方式达成，而是转接到山峰（莲宝叶则神山）的自然样貌之上。如此一来，原本边缘化的"文化记忆"就被再度唤醒，即使诗人仍然不无唏嘘——"世界已把莲宝叶则的历史遗忘/只有雪山多褶的皱纹记得"，但正是因为诗人的行诸笔端，远去的英雄和历史才再一次显像，再一次为"文化记忆"所浸润。就是在这样一轮轮被淹没又被发掘的循环中，"文化记忆"在沉睡和苏醒中收获了活力，也进而为我们更好地理解历史提供可能。

诸如此类的诗，康若文琴写了不少。《酥油》虽将目光聚焦于藏民最普通的食物，却以四两拨千斤的方式撬起整个宇宙，那就是"世代旋转的酥油"，正微笑着"养育一个民族"；在《六月的马尔康》中，诗人将红黄蓝三原色抠取出来，转而将它们与嘉绒人的血脉紧密相连；"瓦片敲出金属的回响"（《时光从统万城走过》）的统万城，是把"一千年当一天过"的归属地。这些作品无一例外，都攫取了当地藏民族的基因底座，把地层深处的坚固盘根抽取出来给人看。这些与民族习俗、民族心理、民族意识甚至民族信仰紧密相关的万物，正是"文化记忆"的最好载体，它们也铺设出通往本民族共同体的历史通道。

如果说"地理"是康若文琴的诗歌在空间上的铺陈展览，那么"文化记忆"则在一定程度上提供了"时间"向度上的历史纵深感。至于处在时空间焦点的"此在"，那就是"生活"了。某种意义上，"生活"也是一种"物"的表现形式，它们在"及物"书写中占据相当大的分量，不过康若文琴对日常的倾注显然不及对"地理"和"记忆"那么丰赡，这也使她的诗在总体观感上不具备很强的日常性。当然，这并不是缺点。每个诗人都有自己的格物方式，既可以是张执浩的"目击成诗"，也可以是陈先发的"人与物游"，当然也可以有康若文琴这种以"地理"和"记忆"为舵的天生水手。

不过，在《牙医》《午后的鸟》《周末，与一群人爬山》《小嘉措的快乐》等"即事诗"中，康若文琴还是或隐或显地表露了自己的"生活辩证法"，比如对"牙医""小嘉绒"的潜入和揣摩，对"午后"意识的放任自流，再比如对"人"和"山"互相成全的思考，都折射出诗人主体的价值判断以及某些态度和追求。更有意思的是，诗人还为读者提供了三个互文性作品，它们分别是《母亲节，看见一群尼姑》《五月十二日，陪朵朵吃饭》《母亲节》。第一篇作品以诗人眼光出发，在"母亲节"观看到"不做母亲"的尼姑，而后写出这群尼姑也"一定来自一个叫母亲的女人"，这种反转非常动人，更重要的则是结尾，诗人打算焚香，求佛保佑"这些母亲的孩子们"。第二篇就简单些，通过请侄女吃饭时的细节，诗人从朵朵身上看到了她和自己的共通之处，那就是母性以及都会面临的人生。第三首则把前两首诗的场景安置在一起，一边是小尼姑，一边是朵朵，这种断崖式的冲击让诗人对前者更生怜惜和疼爱。三首诗分开，各自独立，但合在一起又互为"对话"，形成了连环型复调，达到一咏三叹的审美效果。在这些极日常的生活场景中，诗人利用自己的辩证法，点铁成金，将细节赋形成诗。

总之，"地理""历史"和"生活"都可被视为"山水"或另类"山水"，康若文琴就是这样一个行于此间并倾听着"万物"的诗人，虽然她是一个女人，但在选材的过程中，她并不像此前的女性诗人翟永明、唐亚平、伊蕾等人，注视自己，而是尽量朝外发散。基于身份和经验的特殊性，康若文琴选择将自己周边的事物作为文学对象，但她没有放肆地挥霍这种"天生性""身体性""本源性"的勾连，也没有囿于本民族之前的史诗架构。平心而论，这种"中音区"的取材方式其实是康若文琴的制胜法门。

## 情绪心音与"小""大"之间的语感

诗人帕斯曾将"诗歌"和"呼吸"放在一起，他说，"深深的呼吸……是把我们同世界连接起来并加入世界旋律的一种方式"①。作为一个中音区诗人，康若文琴的"呼吸"具有自己的特点，她的"呼吸"不仅仅具有肌体意义，同时也为我们再一步走近诗人铺好了一段路。简言之，康若文琴的"呼吸"，是与"情绪"和"语感"紧密相连的身体起伏。

阅读康若文琴的诗，"情绪"是不应轻易滑过的一个词，正如她曾在作品中隐喻性地指出"云朵和云朵注定会相遇"（《云朵》），被诗人投以"情绪之箭"的云朵其实象征着人与人的相遇。康若文琴的写作，不是用情绪泛滥来激挠读者，而是通过"云朵"般的相遇和触碰感染读者。这种轻松氛围让康若文琴的诗容易靠近，通过《六月的马尔康》《雨中的兄弟》《黑夜在手中绽放》等颇具邀约感的标题，诗人把自己的情绪心音放置在山水之间，供"游人"听取、采摘。

早在1989年，康若文琴就写下了《手心里的无奈》。通过"黑色小精灵""灯花""暖风的身影"造势，诗人"手握滚烫的无奈/跟着感觉跳一曲/疯狂"，这种不拘泥于无奈的表象，而是勇敢推门而出的豁然，值得称赏，诗人也最终在夜里收获到"所有的星星"以及一支"小夜曲"。在情绪引出行动的过程中，诗人的心音此起彼伏、有所消长，但始终保持着一个女性敏锐、多感、善思的特征。更可贵的是，康若文琴没有停滞不前，她在结尾处展现了年轻诗人少有的超越性：

> 穿过所有的时间
> 所有的你和我
> 一缕月光　一弯树影
> 是我今夜永恒的胸花
> 耀眼在所有的今夜

如若历时概览康若文琴的写作，读者会发现诗人的早期作品之传递"情绪心音"的特征上更加明显，无论是《落叶》《相逢》《愁如细雨》《幸福》《黑夜之约》《心迹》等诗题直指内核的作品，还是诸如《阳光下的雨滴》《有风抚过》《想象红叶》《那年的梨花》《最初的守护》《云天》《夏天的午后》等着意内部传情的文本，大都从"小处"入

---

① 〔墨西哥〕帕斯：《诗歌与呼吸》，《帕斯选集》（上），赵振江等译，作家出版社2006年版，第475页。

手，也更多地具有"私语化"倾向。但是从 1997 年《黄昏的梭磨峡谷》开始，康若文琴的诗变得更加豁达、旷阔，也就是说，"地理"和"记忆"这两个维度开始更多地闯入她的创作。当然，这并不是说在后续的作品中，康若文琴的"情绪心音"就走向消亡，而是将一部分空间腾给了更为宽阔的领域。

既然"地理"在诗人那里具有"天生性"特质，而"记忆"更是裹挟在民族意识和文化性格中，所以脱离了"小我"之后，康若文琴的姿态摇身一变，成了一个更具代表和包容意味的"大我"，一个与藏区"地理"和藏族"记忆"紧密相关的"大我"。比如在《莲宝叶则神山》中，诗人的触角就伸到了本民族的历史深处（格萨尔王），而其目光则交汇于山川之上（莲宝叶则），这种深度与高度兼具的格局自然让诗人的"情绪心音"更为响亮，穿透力也更强。无独有偶，在新世纪以降的作品中（如《阿拉依山》《阅读河水，雨后》《漫步扎嘎瀑布》《无人的村庄》等），康若文琴彻底放弃了"以小写小"之途，取而代之的是更壮阔的"山水"、更圆融的思考和更成熟的内心应答。

"情绪心音"尤其关涉一个女诗人的内在波澜，必然会让人特别在意诗行间摇荡的"语感"，这是由性别差异导致的。臧棣在《诗道鳟燕》中谈到"语感如何重要"时说，"很多时候，语感变成一种出奇制胜的手段"[1]，"独特的语感可以给常见的题材或素材带来一种奇异的或陌生化的效果"[2]。该结论显然不是夸大其词，每个诗人甚至每种文类的写作者都明白，语感在某些时候是自己最为依赖的天赋。而康若文琴能"近人情""移人情"，就与她的语感大有关联。总括起来，她的"语感"在于变动不居与闪回冲击中的"平衡点"。无论如何，康若文琴都算得上是一位在"小""大"之间往返的优秀选手。且看以下诗句：

　　　　树林里的喧哗／正好对应人心　　　（《尕里台景语》）

　　　　马尔康把山撑开，让河水慢下来　　　（《马尔康，慢时光》）

　　　　水滴一扭身，节日就降临　　　（《诺日朗，想飞的水滴》）

　　　　蝌蚪及其他／跳上岸……／将楚河汉界一笔勾销　　　（《玄武湖》）

　　　　海拔三千，云朵就在眼前　　　（《海拔三千，深不见底的蓝》）

　　　　路灯站在两岸／……／拖着一江水　　　（《后海》）

　　　　人到秋季，一刮风／就怕自己不够壮实　　　（《立秋：沉默的秘密》）

　　　　陡现块垒／原来冷暖只有一墙之隔　　　（《往事》）

很明显，这些诗句都配得上亚里士多德所强调的"明晰"，它们几乎不带修辞，也没有自设路障，但在看似一马平川的行进中又有波动和摇晃。之所以产生这种审美效果，就是因为康若文琴的语感。在对万物进行烛照时，诗人从来就不是静止的，这种"移形换影"的功力既体现在文本的视角转换和意义关联上，同时又更隐微地在"小和大"（可延伸为"远与近""高与低""虚与实""外与内""动与静"等范畴）之间抓取"平衡点"，比如小的"水滴"和大的"节日"对举（《诺日朗，想飞的水滴》），再比如

①　臧棣：《诗道鳟燕》，陕西人民教育出版社 2017 年版，第 156 页。
②　臧棣：《诗道鳟燕》，陕西人民教育出版社 2017 年版，第 156 页。

实指的"路灯"与虚指的"江水"巧妙生成（《后海》）以及外在的"喧哗"和内部的"人心"合理贯通（《氽里台景语》）等。值得注意的是，理解康若文琴的这种独特语感，不应该以张力的技术角度，而更应该从她的身体，或曰她的"情绪心音"入手，那是一种自然而然的发声与吐纳。这种"小""大"之间"往返"的语感，也是造就诗人"中音区"特质的重要推力。

行文至此，我们已然可以将康若文琴定义成一位大巧若拙的诗人，她的诗不是"技术"的附庸，也不是"纯诗"的产物，而是从心底涌出的涓涓细流。她的语感来自躯体深处，属于"情绪心音"的外化，这种状态像极了诗评家陈超所谓的"从生命最本源中释放的鲜红的质素"①，所以康若文琴的语感可以提纯为"生命深处"的流泻与感叹。这种感叹作为"人类在情感上进化不掉的盲肠"②，正是每个多情之人的诗之兴，也是康若文琴行于山水却不被时光石化的根本。可以说，沉稳的"呼吸"让诗人成为"这一个"康若文琴。

具体说来，诗人的这种语感总在"小"和"大"的变奏中翻跹，此种舞姿最可贵之处就是平衡——一种有度的拿捏。因而，读康若文琴的诗，不需要进行太多的技巧和结构分析，或者说这样的工作对于理解康若文琴是徒劳。读者只需跟随她的语感，就能顺利抵达诗意的情境。康若文琴这种剪掉了复杂修辞、晦涩语句和逻辑推理的呈现方式，既是勇气，也是美德。

## 寻求和解？留待突围的"诗学"

诚然，帕斯所谓的"呼吸"是一种生理动作，它所产生的节奏、振幅甚至音响都与诗人血脉相通。而长期往返于"地理""记忆"和"生活"三者中的康若文琴，其"情绪心音"总是萦绕在书写对象的周围，加之诗人性别和气质的影响，康若文琴的"呼吸"的确是富有弹力的：坚定但不构成攻击，平和又非任人欺。当然，该种特质也与她那种"小""大"间的语感分不开，在平衡点的加持下，康若文琴的呼吸不可谓不笃定。

其实，在这独属于她的"呼吸"类型下，康若文琴的诗有着自己的生成机制，那就是"和解"。在这里，"和解"不能理解为浅显的折中，而应该上升到策略高度。借助名为"和解"的路径，康若文琴真正地实现了自己的写作，同时也把"呼吸"和"诗歌"关联到一起。

首先，在艺术手法上，康若文琴采用了叙事和抒情勾连的和解形式。诚如评论家罗振亚指出的那样，中国诗歌到了"后朦胧诗"时代，在抒情策略上开始由"意象"转到"事态"，因而"叙事"成为众多诗人的一种选择。而在康若文琴的作品中，"情绪心音"始终是驱动诗歌推进的主要力量，因而，"抒情"看似是这位女诗人的核心阵地。但是，她的写作又无时不透出"叙事"的痕迹，这种策略或许受到了诗坛倾向的一些影响，但

---

① 陈超：《现代诗：个体生命朝向生存的瞬间展开》，《打开诗的漂流瓶：陈超现代诗论集》，河北教育出版社2014 年版，第 35 页。

② 敬文东：《感叹与诗》，《诗刊》2017 年第 4 期。

更多的，则是在于诗人"呼吸"引领下的"和解"力量。

"抒情"和"叙事"往小了说，是两种不同的艺术手法，往大了讲，则喻示着诗与小说（叙事性文体）的根本矛盾。但康若文琴从容地勾连起它们，并通过二者的弥合摆脱了单调的咏叹或一泻如注的陈述。比如《立秋：沉默的秘密》就是一首从"叙事"发端，以"抒情"收束的作品。第一节对"秋雨"进行最直接、最贴切的描摹，但是经过一段距离的偕行，包括对"碉楼的风"和"收回家的玉米"的体认，文本最终落脚到"人"，进而抵达"冷抒情"之境：

> 整天的雨，让树叶染了风寒
> 遮雨棚像村里的广播
> 叮叮咚咚，响了一天
>
> 碉楼的风，整夜与碉楼较劲
> 到处都是风的尖叫
> 胆小的人一把抓住梦中的行囊
>
> 风雨中，玉米回家了
> 留下秸秆，发出嗖嗖的叫声
> 就像花光了一生积蓄的人，突然站上舞台
> 稀稀拉拉的掌声，也让他索索发抖
>
> 人到秋季，一刮风
> 就怕自己不够壮实
> 一开口，就怕别人知道

当然，康若文琴的该种"和解"还可以从"叙事"角度加以理解，"叙事在九十年代说穿了是个'伪'问题，它是一种亚叙事，或者说在本质上是一种诗性叙事，它摆脱了事件的单一性和完整性，不以讲故事、写人物为创作旨归，而是展示诗人瞬间的观察和体悟"①。其实，康若文琴的"母亲节"作品系列（《母亲节，看见一群尼姑》《五月十二日，陪朵朵吃饭》《母亲节》）就足以说明这个问题。即使写于新世纪，这三首诗也无一例外地印证了叙事的伪概念特性，在叙事的外衣下，包裹着的正是抒情的"燃点"（勒内·夏尔《最初的瞬间》）。不过应该看到，偏于简化的"和解"并不是一件好事，即使是执着于"抒情"或者"叙事"的任何一端，"好诗"也总有办法。而康若文琴的诗，有时候存在利用"和解"获得简单效果的倾向，这是需要警惕的，如果不能深刻理解抒情和叙事的关系，这种"和解"甚至会沦为绊脚石。

其次，在题材领域上，康若文琴促成玄奥和平淡的和解。很明显，即便把自己圈套在出生地，康若文琴也不是一个"迈不开脚"的诗人，她的"地理"如果点对点地复原

---

① 罗振亚：《二十世纪九十年代先锋诗歌综论》，《东吴学术》2010 年第 3 期。

到"文学地图"上，其实也算得上广袤，尤其是在西南"上升"和"下降"同时进行的地质结构上，康若文琴的丈量就更为宽阔了。对于"文化记忆"和"生活辩证法"的扩开，诗人也紧跟自身经验，或偶有涉及与之相关的"延长线"。

但是，我们却不能在康若文琴的笔下挖掘出多少"书本经验"或"间接经验"，至于那些玄奥的哲思（如"哲学诗"）、重大母题的凸显和展览（如对"死亡""漫游"等的本质认识和全然介入）以及特别关节点的抽丝剥茧，就几乎是缺席的了。不过我们也不能据此就判定康若文琴的诗属于"平淡之流"。也许是基于自己"中音区"的嗓子，诗人并不委身巨大的玄奥，却也并非中意凉白开似的清淡，二者的"中间物"即是她的目光所至。比如对本民族神话的观照（《莲宝叶则神山》）、对逝去事物与"此在"的缝合（《甲骨文》）、对神性和日常的巧妙折叠（《雨中的兄弟》《阿吾的目光》《微醺》等），在康若文琴的诗中就比比皆是。这种在题材领域的"和解"一定程度上成就了诗人，其取材方式和"中音区"特质也是吻合的。但也应该看到，它在某些时候会给写作带来"折损"。毕竟写诗是一项长久的精神攀登，唯有不断增压，才能抵"山顶"，看到辽阔的风景。在每一次历险中，诗人承接到的，都是一块"开花的石头"①。

最后，在价值取向上，康若文琴则将绝对精神和形而下和解。诗人北岛曾断言，20世纪（尤其是上半叶）是人类诗歌历史上最灿烂的黄金时代。他还说，那些"伟大的诗歌如同精神裂变释放出巨大的能量，其隆隆回声透过岁月迷雾够到我们"②。无疑，这是对那些"金子般"诗歌的最高激赏，同时也带给我们反思现在的契机。具体到康若文琴的诗，她的确在自己的音域里颉颃翱翔，但对绝对精神却很少涉猎。当然，她也没有落入低音区的俗套或形而下的泥淖。不过，这样一种略显中庸的价值取向，在作品中产生了疲软的迹象。以康若文琴和昌耀写鹰的诗对举：

鹰一旦高飞，就像一把打开天空的钥匙
能飞多高，就能看多远
村庄，这个让人匍匐的暴君
看鹰在虚无处放纵翅膀
云漏出肋骨一样的波纹

鹰是不是触及了村庄的心事
是什么让泽多俯下翅膀
村庄，能洞察一切有热气的物什

鹰，退回大树的阴影
向前走，道路会让路，泽多说
一旦飞过，就不会忘了飞翔
就像走过的路，喝过的茶

---

① 化自保罗·策兰：《卡罗那》（Corona），也译为《花冠》。
② 参见北岛：《时间的玫瑰》，中国文史出版社 2005 年版，后记，第 323 页。

村庄，洞烛幽微
却始终匍匐
　　　——康若文琴《鹰：天空　村庄》

鹰，鼓着铅色的风
从冰山的峰顶起飞，
寒冷
自翼鼓上抖落。

在灰白的雾霭
飞鹰消失，
大草原上裸臂的牧人
横身探出马刀，
品尝了
初雪的滋味。
　　　——昌耀《鹰·雪·牧人》

　　这两首诗都写了"鹰"及其周围的物事，而且均有当代边塞诗的影子。当然，昌耀的《鹰·雪·牧人》已经差不多被经典化了，它的张力控制到了极致，一边是雄奇阔大，一面又是感性轻盈。这首诗"精准"且因"精准"生发出力度：在"鹰"的绝对以下，"牧人"是另一种绝对，而"初雪"正好把这种"绝对"很好地凸显出来了，却又是那么柔那么软的一种凸显。因此"初雪"在这里有"提升"的效用，而非"消解"。但康若文琴的《鹰：天空　村庄》就相对芜杂，所以招致某种程度的"失准"。这首诗的每个句子用句读的方式看可能问题不大，但整合在一起，"完成度"就明显不如昌耀的高，尤其是其中"能飞多高，就能看多远"和"一旦飞过，就不会忘了飞翔"等本该出"诗"的地方，却因为中庸丧失了深沉。这样一来，"鹰"这个形象应有的冲击力、神性和威严也就被降格为大地上低微的呢喃，这不得不说是个遗憾。

　　总的来说，"和解"是康若文琴的一种书写策略，但正如任何武器都有用钝的时候，她的诗有时候也差强人意，这当然也为今后的写作留下了空间，写诗的某些乐趣就在于此。无论何时何地，写诗都是为了里尔克所说的"深的答复"，只有秉持这种信念，朝向山顶的奔袭才会变得易于承受。

　　希望康若文琴在唱好"女中音"的同时，偶尔也下潜到低音区做点尝试，如果她还能"仰望"并努力做一些向"高音"的攀缘，那对她的写作绝对大有裨益。陌生感、丰富性以及迈向"绝对"的勇气，是一个诗人的必经甬道，"穿过青青草地"，每一个梦想者，都能"从脚底感受到阵阵清新"（兰波《感觉》）。"写作，是不成为任何人"，但康若文琴应该有走到"草地"对岸的拳拳之心。

　　　　　　　　　　　　　　　　　　　（作者单位：南开大学文学院）

# 康若文琴的诗、女性及现代性[*]

王学东　董　楠

　　不容置疑，在诗集《康若文琴的诗》《马尔康　马尔康》中我们清晰地看到，出身于四川省马尔康市的藏族女性康若文琴，其写作首先有着非常鲜明的地域色彩和民族特色。故乡、梭磨河、阿坝草原、嘉绒藏族乃至藏族文化等，都成为她诗歌书写的核心元素。同样我们也看到，她的诗歌写作也是非常有野心的，既有坚强沉厚的碉楼、官寨和小巧玲珑的花草鸟木，更有广阔宏大的"莲宝叶则神山""嘉莫墨尔多神山"和奔腾不息的"梭磨河"，她的写作正如阿来所说，有一种"宽阔"的气势。这些，无疑都是我们理解康若文琴诗歌不可忽视的重要背景。

　　然而，从康若文琴多年的诗歌创作来看，我更关注她诗歌中的女性，或者说她写作中的女性视野。可以说，她的诗歌，不仅塑造出了一群特别的女性形象，而且用一种独特的女性视野，去重新打开宽广、雄浑、奔放的藏族天地，进入到洞烛幽微的藏族女性的生命世界，使得她的诗歌具有了不可替代的价值。由此，康若文琴在诗歌中，对藏族女性形象的诗学建构，具有涉入深广现实与历史时空的特有魅力，同时对藏族诗歌现代品格的铸造也有着特别的意义。

　　第一，在康若文琴诗歌中，"女性"呈现为系列单纯、快乐的藏族少女形象。我们知道，在文学世界中，很多作家都在少女形象上寄托了自己独特的人生诉求和价值之思。这些少女们一律天真活泼，如蓓蕾初绽，沐浴着丽日和风，没有生活的痛苦，没有人生的惆怅。在这些少女的心目中，世界的一切都是金色的，她们无忧无虑地玩耍，或嬉笑打闹，或任性傲娇，或单纯可爱，亦快乐自由。可以说，这些少女形象上寄托着作家们对这一世界的最后的一片生命净土的期待。

　　当然，在康若文琴诗歌中的少女形象，也不例外。不过，这些来自嘉绒的少女们，生长在高原，天空是她们的栈道，草地是她们的卧榻；她们静听云朵呼吸，接受阳光的照耀。这些形象，在康若文琴诗歌中，不仅是自然的精灵，也是自由的象征。"跋涉雪线的拉伊中/寨子是十月的青稞/和寨子一起丰盈的/是卓玛的歌喉//拉伊放牧高原/天地在卓玛的眼中/比牛奶还温润/季候风抚麦

　　[*] 本文系国家社科基金项目（14XZW042）、教育部春晖项目（S2015040）、成都市哲学社会科学规划项目（ZSM13-01）、四川省教育厅科研项目（12SB142）阶段性成果。

地演绎五色/酡红醉上夕阳的脸庞/卓玛一不留神/牦牛就踩乱了寨子上空的炊烟//放牧高原/笑声瘦了夜晚/唱着拉伊/夜失眠了"。（《拉伊》）在诗歌中，诗人一方面用"麦地""炊烟""寨子"为我们打造了一个祥和平静的藏族村落；另一方面，又展现了美丽的少女卓玛在草原上放牧高歌的形象。这位嘉绒少女，从醉夕阳到夜失眠，唱着拉伊，笑声响彻高原，因开心而忘记驱赶牦牛，牦牛在寨子里横冲直撞，似乎夜也因此缩短了。由此我们看到，在诗歌中，这些少女们伴随着"拉伊"，用"丰盈的歌喉"，在天地间自由地放牧。在这些藏族少女面前，似乎任何事情都阻止不了她们生命的澎湃。

而在《放牧的妹妹》一诗中，诗人更着力为我们展现出了一位单纯快乐的小卓玛形象。作为藏族文化的火塘，其温暖的光，也抵挡不住这一颗想冒雨放牧的少女自由的心："火塘把你照得通体透亮/这样的雨天。我放牧的妹妹/心，还在草地上流浪/现代化的分离器摇出古老的酥油/像你一回头在时装店里遭遇的爱情……//火塘里，光焰跳动/你低吟的名字/牧房外每一滴雨/都会惊了你眷恋的足音/我放牧的妹妹啊//雨靴在泥泞的草地呓语/思念把雨水都挤成牛奶/天地在你的眼中像羊一般服帖/你去过的远方是几匹山后的马尔康城/再远的就是村庄的荧屏/我的妹妹啊//牧场多了一页城里的风光/头戴树叶的遮阳帽/你高原的声音在天地间跌宕/甩动的牧鞭清脆地画着弧线/我放牧的妹妹/我看见，你的爱情走进来的路上"。诗歌中这个单纯的少女，连下雨也念念不忘的是放牧，是令她生命跳跃的爱情，此时似乎连太阳都忍不住要亲热这个姑娘。但这里，伟大的史诗传统和厚重的历史文化，完全没有压抑少女心头的思念。诗歌将对少女的描写，定格在这一个细小的等待中：每一次火塘边低吟，每一滴窗外雨，她都满心期待地眺望是否是心中人。进而，诗人又将这位少女生命情思，放置在高原之上，让她欣喜地期待着爱情。藏族少女的"情感"，不仅丈量过最远的地方是马尔康城，目睹过最远的世界也是村寨荧屏。由此，一个单纯少女的形象，在阿坝草原上盛开，在康若文琴的诗歌中绽放。

第二，从单纯的少女开始，康若文琴进一步在诗歌中写出了独特的母亲形象。诗歌的女性形象建构中，如果仅有对少女形象的刻画，肯定是不够的，也是极为单调的。而在康若文琴的诗歌中，虽没有大量描写中年女性的诗歌，但她却对"母亲"这一形象特别钟爱。更为重要的是，在她的诗歌体系中，"母亲"形象，又是少女形象和老妪形象的联系纽带，不可缺少。

尽管"母亲"身份有着多种角色和丰富内涵，但康若文琴在诗歌中，却在充分彰显"母亲"自身的快乐与欣喜。如在《圣诞夜，我想说》中写道："孩子/你唱着铃儿响叮当/你因天真而快乐/我因你而快乐/为你守候坠落的星星/日子因远离你染了风寒"。诗歌中尽管她的孩子远在他乡，只能通过电话倾听，不能见面，周围也异常寒冷，但作为母亲的"我"，因能听到自己孩子的童音，就已十分快乐。在《花头帕》中，"花开一朵，谢一朵/就像我们不曾年轻过/落日抛洒最后的晖光/头帕像夜一样睡去/盛落之间，用去一生时光"。这位即将成为母亲的新娘，在成为母亲后，会像头上的头帕一样，围绕在火塘边，在一起一落之间走过一生，将为整个家庭奉献自己。诗人把初为人母的欣喜表现得淋漓尽致，也彰显出藏族"母亲"的独特精神。当然，诗人由于对"母亲"这一角色十分看重，以至于在诗歌中，对不能成为母亲的女性，表达了深深的同情。如诗歌《母亲节，看见一群尼姑》："母亲节看见你们/这个事实非常残酷/你们都有做母亲的天赋//康乃馨和莲花，美丽的植物/你们选择后者/莲从污浊中走出/呈现给天空是圣洁//街道上少不了赞颂母亲的欢呼/你们的心里也有/因为你可以不做母亲/而你一定来自一个叫母亲的女人//可以和你说几句话吗/在这个俗世里，语言是母亲给的/一点也不俗气，就像/母亲节里，母亲们坦然的笑意//在母亲节，看见你们/作为母亲，我打算去高高的寺庙焚香/求佛保佑/你们这些母亲的孩子们。"我们知道，莲花自古以来就有"花中十君子之净友"的美称。由于莲花意象富有"出淤泥而不染"的文化内涵，因此莲花的意义已远远超过了单一的女性特征。尽管莲花有着"出淤泥而不染"的品行，但尼姑们却已经放弃了做母亲的权利。诗人用莲花这一意象，凸显出她对于无法成为母亲的尼姑们的同情。由此我们看到，在诗人的写作中，"母亲"更应该说是"母性"，既是女性作为个体的象征，但也是生命本身的象征。

同样，面对着女性，康若文琴也并非一味只书写"母性"。她的诗歌也有着对母亲这一角色"奉献自己"的精神的淡淡哀伤。在生命历程中，伴随着婚姻，女性的少女时代即将结束。诗人对于即将成为母亲的新娘，更多的是感到担忧。例如在《阿吾的目光》里，"新娘远在圣山的深处/步子比阿吾的目光还沉重/她双手合十/把前世今生庄严地捧上额头/仿佛托起一座山"。诗歌中的新娘并没有为即将成为人妇欣喜。尽管离别远嫁，但她那双手合十的最后一朝拜，不仅表达了对父母的不舍，更有对未来生活的担忧。由此我们看到，对于即将为人妇、为人母的女性们而言，康若文琴的"母亲"具有双重意义：一方面作为女儿，她们享受着母亲的勤劳、贤惠以及坦荡、无私的奉献和爱；另一方面，少女随着自身的成长和成熟，终究有一天会成为母亲，和自己的母亲一样面临着生儿育女、照顾家庭的责任。我们知道，在人类世界中，女性在人类繁衍和生育过程中起到不可或缺的作用，她们要为此经历艰难与痛苦。正因如此，文学和现实中的"母亲"都显得格外博大。她们既是孕育者又是支撑者，她们的身体和灵魂中都充满了无限的爱，她们默默地为家庭奉献自己的一生。康若文琴笔下的母亲形象与少女形象相互关联，浑然一体。女性做不做母亲似乎是一个艰难的抉择，而在康若文琴诗歌中的女性世界里，这一切都变得理所当然。要成为母亲，就必须告别单纯快乐的少女，最后还要变成老妪，这是所有母亲们的使命，也是所有少女们的宿命。

第三，康若文琴的诗歌，还为我们呈现了凄凉悲苦的藏族老妪形象。所有的生命面对时光逝去，都终将衰老，美丽藏族少女们大多数最后也会成为阿妣（嘉绒藏语，指外婆、婆婆）。由此，康若文琴诗歌中的女性世界里，最令人心痛的就是这些嘉绒藏族的阿妣们。

在普通人的观念里，阿妣们劳碌操忙一生，本就该享受天伦之乐，颐养天年。而在康若文琴的诗歌中，嘉绒藏族的阿妣们却非如此。她们不仅一辈子守在寨子里，守在牧房里，围着火塘，熬着酥油茶，而且到老也要为家庭耗尽最后一滴心血，为家庭默默地奉献自己的一生。如在《阿妣和火塘》中，"阿妣火塘边生/青烟一眨眼就追到了头/也没走出寨子/坐下，站起/有一天，不用再起来/阿妣说，她的头巾会燃成一朵花/来世，她还是一个女人"。这里的阿妣，是一位一辈子围绕火塘生活，没有走出过寨子的普通女性。头巾伴随了这位阿妣一生，火塘伴随了她一辈子。但是，生于斯长于斯，最终也将死于斯的阿妣，仍将如头巾一样，燃成一朵花，这是重新盛开女性的生命之花。不仅火塘旁阿妣如此，温酒的阿妣也是如此。如在诗歌《茶堡女人》中，"独木梯/爬一步就少一条退路/弓身入门/围坐火塘，温一壶青稞酒/北风就关在了门外冰凉的月光下/要再次跨过碉房的影子/打开房门，放下云梯/需要花去一生的月光"。她一生的激情，就定格于这一方小天地。这位阿妣也是一辈子围绕在火塘边，也没走出过寨子一步，她辛勤劳累地为整个家奉献了自己的一生。

在康若文琴的笔下不仅有一辈子没有走出寨子的阿妣，也有走出了寨子并生活在现代社会的阿妣。不过，在康若文琴看来，这却并不是阿妣们晚年幸福生活的起点。在她的一首诗中，阿妣终于走出了寨子，来到马尔康城。然而，她却丝毫没有远走高飞的欣喜和激动，而是带着不适应感和浓浓的思乡之情。诗歌《马尔康城里的阿妣》写道，"家乡说远也不远/一句话就回到了家乡/阿妣们在午后的广场/翻晒家常/一地瓜子皮//农具高悬屋檐/阿吾留守，阿妣服侍城里的儿孙/就像儿女小时/阿妣种地，阿吾养牛//三言两语/寨里寨外就在眼前/大把的时间/恨不得脚下生出泥土/好一亮毕生的技艺//青稞在语言中走累了/躲在早餐，糌粑就成了家乡的味道/城里的灯五光十色/却照不见/牦牛忽闪的大眼睛/佛珠滑过树根般的关节/阿妣也会发呆/算算清晨转的经/阿吾收到没"。一辈子没有出过家乡的阿妣，唯一出寨子理由也仅仅是去儿孙家，去照顾儿孙。她去城市，并非是为了实现自我价值，而是为儿女再一次牺牲自己。她身处小城，却日夜思念着家乡，思念着远在家乡的阿吾。但无奈相隔两地，她只能以日日诵经祈福，在精神上回到阿吾的身边。这正是康若文琴为我们呈现出的另外一类有着独特意义的阿妣形象。

由此，康若文琴的诗歌，为我们呈现出了单纯少女、伟大的母亲与劳苦的阿妣三类藏族女性形象，让我们看到了藏族女性特有的精神特征。相较于其他文学中的女性，康若文琴笔下的女性们，生活的确简单，甚至简单得不可思议。如在康若文琴的诗歌中，她所着力刻画的嘉绒少女们，都非常轻易地避开了藏族文化传统的重负，而紧紧地捏住现实爱情，彰显出一种鲜活的生命之感。同时，这些少女们，又与在都市工业、商业文明中的女性有着完全不同的个性精神，毫无绝望、无聊等现代生活的"荒谬感"，而纯粹是一群单纯快乐的少女。这在当下诗歌作品的书写中，是比较独特的。特别是对母亲这一角色的刻画，更体现出了诗人的独特关怀。青春活泼的少女，注定要成为母亲，并要扮演着慈母的角色。而简单、朴实、辛勤劳苦的母亲，又终将成为阿妣，默默付出自己的后半辈子。由此，这些嘉绒女人，几乎一辈子都很难离开寨子，即使离开寨子也不是享受自我，而是以牺牲自我来为家庭做贡献。就像她在诗歌《归来》中写的那样，"阿妣站在碉房，菩萨在上/匍匐，站立，匍匐/用身子丈量圆满//阿妣说，只要用心/时光会醒来/离开是另一种归来"。女性的每一次的离开，都将以另一种形式归来。而这些女性们的存在，并没有多样的生命追问和探寻，只有对于现实世界的坚守和承受。从放牧高歌的少女，到默默奉献的阿妣，康若文琴的诗歌可以说为我们呈现出了嘉绒女性的一生，堪称是一部完整的现代藏族女性的命运史。这正是康若文琴诗歌中女性书写的重要价值。

关注女性的成长，是康若文琴诗歌的一个重要主题。但面对康若文琴或者说康若文琴的诗，我更关注的是中国诗歌的现代性问题。藏族诗歌在向现代性推进的过程中，或者说中国诗歌在现代化进程中，并不是说就必须"去民族化"或者"去地域化"。但特别有意味的是，在诗歌中，康若文琴将宏大的藏族历史背景、阔达的阿坝山水和多彩的藏民族生存习俗，一一纳入女性的成长历程。可以说，关注"女人"或者说"人"，是康若文琴诗歌写作中的一个重要向度。整体来看，康若文琴笔下的藏族女性形象，是"少女—母亲—阿妣"三位一体的形象整体。而在诗歌具体写作中，她又是从"一个女人"的一生，或者从"一个人的一生"出发，来建构现代藏族女性的历史，来彰显藏族女性的精神气质。由此，在藏文化"神—人"的双重文化格局中，康若文琴的诗歌，为藏族现代诗歌的"人"的书写，展示了一种独特的方式。

同样值得注意的是，康若文琴诗歌对"作为个体的女性"的书写，对女性精神世界的关注，让我们看到藏族诗歌向现代性突进的不懈努力。建立在格萨尔史诗等基础上的藏文化，本身就是一个宏大、伟大、丰富的世界。而在现代社会轰隆隆的前进步伐中，精巧、细小的个体命运，丰富、驳杂的内心空间，更需要我们去充分构建。这不仅是康若文琴诗歌的天职与使命，也是文化现代化、诗歌现代化的一个重要标志。

（作者单位：西华大学人文学院）

# 生命之美：康若文琴诗歌的个性化特征

刘　爽　唐小林

　　诗是内心的歌唱。早在远古时代，正是有人们在劳动中自然而然的真情流露、感叹颂咏，才有了诗歌的诞生。不管历史如何变迁，也不管诗歌在时光的流传中形式如何变换，笔者始终坚信，诗歌是最需要以情动人的文学体裁。当笔者被康若文琴的诗歌所打动的时候，首先想到了这点。

　　源远流长的汉语文化发展至今，其间经过与其他多种文化长久的交流、融合，虽然博大精深、气象万千，但也不免有失去其本来面貌的遗憾。而边远地区的少数民族，因为相对封闭的地理环境，在这一点上却具有得天独厚的优势，他们往往保留了一个相对独立与完整的文化系统。当然，在今天日益加快的全球化进程中，这也不可避免地受到一定的冲击。但正是这种冲击形成了一个独特的文化交互空间，即原生态文化与现代工业文明碰撞而绽放出的迷人的文化空间。康若文琴，就是在这样的文化空间与全新的文化语境中，努力以诗歌创作，来为其所思所感作内心歌唱的一位诗人。

　　康若文琴从小居住、成长的家乡马尔康，属于嘉绒藏族的祖居之地。"嘉绒"一词，因嘉莫墨尔多神山得名，意指墨尔多神山周边地区，处于青藏高原的东部边沿与成都平原之间的过渡地带。"马尔康"在嘉绒藏语中，意为"火苗旺盛的地方"，这其实也是当地文化饱满生命力的象征。地处边界的特殊地理位置，不同民族（汉、藏、彝、回）之间的高频率互动，决定了嘉绒藏区文化的复杂性和多样性，当地的社会风俗、文化信仰、思维方式等都带有过渡性质，丰富而流动。

　　而对于康若文琴来说，故乡带给她的除了取之不尽的创作素材，还有精神上细水长流、源源不断的滋养和灌溉："我的外婆不会说汉语，更不会写汉字，但她用嘉绒藏族的民间故事和传说给了我精神滋养和想象力，这种传承，成了我文学创作的重要支撑。"[①]正因如此，在她的诗歌中，我们可以看到一个古老民族的生命力如何以崭新的姿态被传承，以及个体独特的生命体验如何自由地舒展绽放。

　　如同阿来的评价，康若文琴是在"世界"和"自己"这两种境界中往返和寻找的一位诗人。她的诗篇中，既有闪电的冲动，也似深井的沉静。她放眼世

---

　　① 记者黄晶对康若文琴访谈：《康若文琴：尘埃之上俯视尘埃的女诗人》，原载于"四川发布"客户端。https://mp. weixin. qq. com/s/4jLeqJjGeK6bJtFkywSKLQ.

界，亦观照自身，见天地，见众生。而在笔者看来，令康若文琴的诗有别他人的个性化特征，也恰好隐藏在她自己的生命密码中。

所谓"文章本天成，妙手偶得之"，评论者面对创作者，往往会面临同样一种困境，即无论创作过程如何，最终呈现在读者面前的作品必然是一个有机整体，评论者如何找准下手的突破口，又不至于残忍地"肢解"这个和谐的有机整体，就很考验其功力了。因此，我们面对康若文琴的诗歌的时候，首先需要做的，是顺着作者的生命轨迹，从她如灿烂银河的文本中打捞起那些独特的、闪烁的星星，从词汇、语句甚至是空白中，找寻解开其诗歌意义的钥匙。通过这样一番细致的工作，笔者发现，康若文琴的诗歌主要由家园守望、身份哲思和神性仰望三大主题构成。她那些看似分散的内容，都是诗人在自然和社会的点点滴滴中触景生情，再结合自己民族的独特思维方式和创作手法有感而发的。一言以蔽之，康若文琴的诗歌表现了生命之美，或者说，生命之美是其诗歌最主要的个性化特征。

一个诗人的成长，必定受到其族群所在地方方面面的影响，尤其是文化相对小众且独立、完整的族群，其诗歌意蕴会有更明显的体现。康若文琴这样一位天然拥有一座取之不竭，用之不尽的"文化铀矿"的藏族诗人，更是一个典型例子。诚若一位论者所指出的，"对汉人或外族作家而言，这座铀矿比较像是文化猎奇的雄厚筹码，到了藏族血缘作家的手里，则多了一层无从模仿、复制的，对族群、母土与传统文化的认同"①。所以即便事先不知康若文琴的族群身份，在阅读她的诗歌时，也很容易感受到一种有别于汉语文化的独特语言魅力，这是身心都长久浸润在高原的人们所特有的气息。

生活在"全球化"一词被频繁提及的时代，"民族性"这一概念似乎被迫成了它的对立面。部分人甚至宣称，为了实现文化的交流与进步，封闭的族群是必须被彻底打破的，传统都是狭隘的、需要被舍弃的。殊不知，这样简单粗暴的一概而论必然会造成对某些族群文化的伤害，更势必会导致个体文化身份认同的迷惑。"人－文化－环境"共同构成了一种机制，即人类活动、文化系统和自然环境相互作用的结构体系。文化是人与自然关系的具体表现形态，文化系统是人类与自然环境联系的纽带。

现代人常常会莫名生出"茫然失其所在"的惶恐和无助，这正是因为他们失去了属于自己的家园。家园是祖祖辈辈在此繁衍之地，家园与个体血脉紧密相连，同时无条件接纳一个人的疲惫，提供休养生息的场所，最能牵动一个人心底最隐秘的情感。这样的精神家园，是需要达成海德格尔"天地神人四位一体"的境界才能构筑的。现代人无所寄托、无所回望的精神世界，实际上是飘在空中的，而大地才是可以让人双脚站立的实在。大地与故乡，是所有生命的源头，也是神祇和灵魂的驻地。诗意地栖居，就是要在大地和故乡寻找一种可靠与温暖。同样的，无论大地丰盈还是贫瘠，都不能阻挡人类向着大地的匍匐与融入。所以，康若文琴才会写出《匍匐于地》这样的诗歌："匍匐于地/身子是一把肉做的尺子/丈量与神的距离""如同在经卷中爬行/寻找生命的谜底/放下//放下/匍匐于地，你的身子/等于你与幸福的距离"。人类的肉身如此渺小，必须时刻对大地心怀敬畏与谦卑。如果过分看重自己，就会心理失衡以致走向偏执。所谓高高在上

---

① 陈大为：《玛尼石上的行书——当代西藏汉语诗歌的原乡书写》，《诗探索》2015 年第 3 辑，第 95 页。

的异族想象，其实就是在观照另一种文化时没有放平心态，进而把与自己不同的一律当作落后愚昧或只想着拿来做哗众取宠的噱头，但文学最终需要面对的是人类的共同困境，生命的个体感受绝不应该被集体话语所绑架、所淹没。

俄罗斯诗人叶赛宁曾写道："去找故乡吧，没有故乡就没有诗人。"作为嘉绒藏族人，康若文琴对自己生活的这片土地从来都爱得深沉。她坚信只有真实生活过、体验过，才能传达出有价值的东西。这也就不难解释为何她的诗歌兜兜转转，却始终与马尔康息息相关。诗人对自己嘉绒人的身份，是乐于提及并且引以为傲的，这也表现为她的许多诗篇中都出现了藏族特有的意象，如梭磨河、碉楼、蒲尔玛、酥油茶、火塘、青稞、寺庙、喇嘛等，不胜枚举。还有各种藏族的节庆盛典，如藏历年、燃灯节、若木纽节等，不一而足。

对康若文琴而言，写诗是她不断完善自我、理解这个世界的过程。赖以生存的故土是她出发的原点，亦是她最终的归宿。所以，在她笔下，阿坝高原的雨"选择的依然是/回家"（《阿坝高原的雨》），因为阿吾说过，无论走到哪里，都得回家。而《迷失的微笑》一诗，更是淋漓尽致地表现出诗人对故乡的依恋："你的微笑走失了/不是在意大利/不是在佛罗伦萨/是在九寨沟，海子的倒影里"。佛罗伦萨本就是历史文化名城，同样有无数历史悠久的美丽故事，但对诗人来说，这些故事却只能欣赏而无法令她展颜。要找回"迷失的微笑"，"不去天涯海角/不去罗浮宫/去记忆深处，那个叫往事的村庄"。哪怕走遍世界，看遍美景，还是只有家才能让人发自心底地喜悦。而回家，又不仅仅停留在身体层面，它更是朝圣，寻找精神原乡。

文明本就没有高下之分，作家应超越地域、民族等局限，反思人类共同命运的走向。不是只有血统纯粹的人才拥有故乡，虽然各族群文化存在种种差异，然而面对共同的生存命题，我们都需要在精神领域找到希望和寄托。对少数民族诗人来说，这种精神上的归属往往落脚在宗教想象上。宗教与民族话语，往往相伴而行，相互辉映。尤其是藏传佛教的生命轮回、因果业报等深入人心的信念，在无形中更促成了藏族人达观洒脱的人生态度。对生命珍重却不过分执着是他们的主流观点，比起现代人怀疑一切的虚无主义，他们天生拥有对看不见的信念的虔诚。在康若文琴两本诗集大约两百多首诗歌里，明显带有宗教思考意味的诗歌至少就有40首，大约占全部诗歌的五分之一，足以看出诗人深受藏传佛教影响，对宗教理念持续思考和探索。例如《达古冰山》中写道，"你还将老去/老得让人越发信任/直到有一天/你成为一尊神"。把冰山当作一位历经沧桑的长者，这充分表达出诗人内心深处万物皆有灵的神性情结。这种特有的宗教情结，实际是一种大智慧，是一种庄严，亦是一种慈悲。

康若文琴的有些诗作，体现了乡土性、民族性、宗教性的杂糅，其代表作当推《尕里台景语》：

> 把羊群撒上草原，孩子喊叫母亲
> 黑帐篷以外，牦牛是人的亲戚
> 人是神的亲戚
> 此时的泽多，牵着孙儿
> 跟着青草以上的牛羊

> 走上山去，她的身影发黑
>
> 似乎大地的伤疤
>
> 骑马的男人掉头
>
> 村庄扭动腰身。日光下的寺庙
>
> 喇嘛安详，诵经的大地
>
> 充满神谕
>
> 在大地上，村庄始终躬身
>
> 炊烟携带它们的内心
>
> 好像有人呼唤
>
> 哦，树林里的喧哗
>
> 正好对应人心，尤其是在这
>
> 趋近正午的时分。①

全诗中出现的意象有自然景物，有田园劳作，也有寺庙僧侣。乡村世俗生活和宗教世界就这样巧妙地交织融合在一起，绘出一幅和谐优美的画卷。最难得的是，这几种元素并非生硬地凑作一堆，因此也无刻意堆砌之嫌，跃然纸上的画面感，让人心向往之。

除了宗教色彩，哲思意味也是康若文琴诗歌的个性化特征之一。如果说宗教性和民族性在题材和内容上，主要依靠的是具有鲜明特色的地域人文资源，那么哲思意味则大半是诗人在日常生活的点点滴滴中体悟出、挖掘出的人生哲理。这些人生哲理，充满了对生命意义这类终极问题的思考，以及人该以何种态度对待它的内心探索。她在《时光从统万城走过》中写道，"一天当一千年过/统万城的瓦片敲出金属的回响/一千年当一天过"，人的脚步自然永远追不上时间的飞速流逝，长与短也都是相对的，所以才有了诗人的另一番思考："来自人间的游人鱼贯而过/抵达云境的不多/岂不知如果放不下/哪里都是人间"（《云境》）。诗人也知道，想要超脱世俗，不庸人自扰的愿望是美好的，但实现它的道路是相当艰难的。

因着生命在宇宙面前的渺小与短暂，康若文琴常常会产生对个体存在与身份认同的疑问，如《风马》中的诗句："你和风马一起/站在记忆深处/你是它，它是你//独不见我自己//如走进你的记忆/有无风马/有无我//我是谁，谁是我"。如果说《风马》表现的是诗人对自我的追寻，那她找到的答案就是"自我"这个东西，看不见摸不着，它往往要触碰到别的什么边界，被反弹回来，才会被了解，即"风撞上我/我一把抓住自己"（《风起》）。

众所周知，独特又完整的文化系统有利于培育一个诗人，主要就在于文化对其丰富心灵的持续滋养，那么可想而知，如果同时受到两套文化系统的熏陶，那这样的效果必然会更加显著。身为藏族却用汉语进行创作的康若文琴，需要面临的挑战就是如何在汉语与藏语两种文化的错杂中，用自己个性化的写作，让两者水乳交融；将两种表述方式相结合，产生出新的风格。也就是说，既能够适应汉语写作，又能继续紧紧拥抱母语的

---

① 康若文琴：《尕里台景语》，《民族文学》2017 年第 5 期。

"根"，把嘉绒藏人的共同生活经验和情感价值充分传达出来。这就不难理解，为何汉藏两种文化间的流浪与穿梭，深刻地烙印在康若文琴的诗歌文本中。具体而言，表现在以下三个方面。

一是具有藏语思维逻辑特色的汉语表达方式。她使用的符号是汉语，但表达方式却深受藏语模因的影响，具体表现在诗歌中不经意间出现的藏族词汇和语言习惯等。譬如在《阿依拉山》中"洁白是微笑。望眼欲穿"一句，颠倒的用语顺序并不符合汉语语法。还有《冰封》中的"冰封的牙齿，咬住一池水的尾巴/鱼"也是如此，它们共同的特征，都是将一组完整的意象打碎重组，给人以陌生化的新奇感。

二是民族精神气质影响下的诗化语言。藏民族厚重的历史文化，藏区特别的地理环境与人文景观，造就了藏族诗人们灵动与深度兼顾的诗歌创作。康若文琴的诗歌语言总体呈现出清新自然的风格，善于从很多人注意不到的细节展开深入思考，不刻意炫技，却充满了原生态的生命张力，平淡却正应了那句"道法自然"。令笔者印象深刻的有《梭磨峡谷的绿》中的诗句："绿是九岁的小姑娘/春天一到就笑/漫山的羊角花就坐上叶的缎面/渐次开放"。寥寥数语，初春时节生命破土而出的喜悦和天真就被细致勾勒与展示。

康若文琴还擅长将描写对象拟人化。写云雾时云是"眼巴巴看着"，写树时是"它老往人身边凑"，写羊时是"穿上羊的衣服/自己也成了一只羊"（《人和羊》）。而写鸟时，这个特点表现得更为充分，比如《午后的鸟》。这首诗原本是描写鸟在公园的树上糟蹋果子这样一件小事的，但结尾却笔锋一转："外婆说过/浪费是有罪的/鸟们怕是没有外婆/不知道在犯罪"。诗人确实是真心对待每一个生灵，把它们看作和自己一样有智慧和思想的独立个体，才会有这样温柔细腻的情感，并倾注在笔尖，让其肆意流淌，从而达到物我不分的境界。

三是比喻式、象征化的直观表达。大量的研究表明，藏族传统文化强调直觉性、形象性、重视直观经验对事物的认识，偏好整体与感知，因而对问题的阐述多依靠比喻、象征等手法。康若文琴的诗，对比喻的运用得心应手，像泉水般涌现。如"阳光，春天里一记温柔的耳光/打在脸上/热辣辣"（《春天里，一记温柔的耳光》），少见地把春日阳光的热度，以通感与触觉联系在一起，乍看有些奇怪，细品后却能琢磨出奇妙的滋味。这也表现了诗人的奇思妙想。此类的新奇比喻在康若文琴的诗歌中比比皆是，如《蒲尔玛的果树》："红彤彤的太阳，像只/大苹果，挂在村口/等着一只巨大的夜鸟啄食"，又如《树芽风》："春振翅，如一座巨鸟/站在山脊/空气无端染了一身绿"。两首诗同样用了"巨鸟"这个意象作为喻体，给人的感觉却完全不同，一个苍凉一个柔美，但同样恰如其分，蕴含了无限的想象力。

一个真正的诗人，应该放下自以为是的态度去生活，康若文琴做到了这一点。除了哲学思考与宗教情结，她的诗歌更多地集中在对自然万物和众生百态的描写上。正所谓"已识乾坤大，犹怜草木青"，诗人把对高原这片山川土地的爱，以文字的形式轻盈地舞动起来，没有太多渲染和点缀，总是以朴素的语句表达，令人感到亲切。她的诗歌也正是因为不刻意造作，营造云里雾里的高深，反而呈现一种返璞归真的原始状态，把我们带回到过去的旧时光，让我们找回淹没在记忆深处的往事，嗅到泥土与青草的芬芳，看到父老乡亲们淳朴的笑容，真正做到了为心灵与阳光写作，为阳光与心灵唱诗，给人以

"此中有真意，欲辨已忘言"的审美体验。

对这片土地上生活的人们，诗人不吝笔墨地赞美着。诗集中有许多篇目都是对普通人的描写，如银匠、放蜂人、美发师、画师、牙医等，叙述了形形色色、随处可见的老百姓的故事，表现出各行各业朴实的劳动者之美。在这类人物集锦中，笔者最为感慨的，当属对亲情细腻动人的描写。在《阿吾云旦嘉措》中，舅爷渐渐老去，而诗人却固执地坚持时光仿佛还在昨日，舅爷说："小孙女/我造业，你也造业/一个人走在路上哪能不造业"，弥留之际，老人仍是对孙女赤忱一片的拳拳舐犊之情，但无可奈何的是"如今，隔着四十年光阴/回忆慢慢醒来/却一下暗到心里/那个热乎乎的背影/模糊成一片云/淡忘也会传承/就像将来，我的背影/会被孙子淡忘一样"（《阿吾云旦嘉措》）。

关于传承的主题，时常在康若文琴的诗篇中闪现，如《母亲节，看见一群尼姑》。尼姑和母亲节这个词，好像形成了强烈的对比，因为人们心中的出家人，是该跳脱了人世七情六欲的，可诗人却另辟蹊径，想到即使她们选择了放弃成为母亲的机会，却一定都还是母亲的孩子，同样需要被祝福，被牵挂。又比如《五月十二日，陪朵朵吃饭》《母亲节》，写的都是母亲节和侄女吃饭这样一件小事，年幼的孩子尚未知道母亲节的真正含义，诗人自此联想到，侄女总有一天也会长大，也会变成一位母亲："孩子，其实这里没有什么秘密/人生就是这样/不晓得的时候，你在成长/晓得的时候，你已经老去"。难能可贵的是，诗人并没有因为这种注定的迭代更替，就一味陷入悲观情绪不能自拔，她清醒地知道，这是避免不了也无法改变的事实，她更强调的是对人性光辉的延续。这种光辉难以被简单定义为爱情、亲情或者友情中的任何一种，因为它是超越有限性、全人类共通的美好真挚的情感。

藏族民众相信的轮回之说并非纯粹的形而上学，而更多的是一种豁达。这种豁达，也表现在康若文琴的笔下，如《归来》："阿妣站在碉房，菩萨在上/匍匐，站立，匍匐/用身子丈量圆满//阿妣说，只要用心/时光会醒来/离开是另一种归来"。生与死其实都是相对的，互相转化。一首《错过》，更是对这种不以物喜、不以己悲人生观的深入阐释。在诗中，康若文琴写道，自己五岁错过了邻家阿姐婚礼，十五岁错过同桌的邀请，二十五岁错过恋人的约会，每个阶段都绕不开的错过，让诗人一度沮丧，以为从此不再团圆，以为情谊两断，以为蝴蝶不再蹁跹。然而最后一小节，诗歌峰回路转，一下子升华了全诗的主题："四十五岁，这个秋天/错过什么都不在意/今天的一切/正是人生的巧遇"。这种顺其自然，接受命运安排的姿态，让人感觉到诗人的坦然、包容、心境开阔，半分没有逆来顺受的郁卒。

除了早期《鲸鱼骨卡在了时光的喉头》等部分意味不明的作品，其余多数诗都明显体现出康若文琴这位女诗人在不断尝试中的成长和进步。尽管两本诗集，包括近期创作中的少量篇什，仍可在意象的提炼、诗意的深化、厚重感的加强等方面有进一步拓展的空间，但从整体上看，康若文琴已经找到了适合自己的诗歌表达方式，摒弃了用艰深晦涩的意象来搭建语义迷宫的故弄玄虚，个人风格逐渐成型，这是值得称道的。相信康若文琴依托自己独有的文化资源和创作个性，必将创作出更多更优秀的作品。

（作者单位：四川大学文学与新闻学院）

# 守望故乡

## ——论康若文琴诗集《马尔康　马尔康》中的地理空间的建构

武晓静

　　《马尔康　马尔康》是康若文琴的第二本诗集，诗人以家乡的名字"马尔康"来命名，体现了其对故乡的热爱、赞美与依恋。该诗集共收录诗歌 108 首，根据诗歌内容分为 5 辑，第一辑"边界——从蒲尔玛启程"为家乡自然文学景观与人文文学景观的赞歌，第二辑"嘉绒，关于自己的颂词"为生活在阿坝大地上嘉绒亲人的剪影，第三辑"叫出你的名字，纳凉的盛典"为故乡的事物、节日与生活场景的描摹，第四辑"隐约的万物，低语"则是生存在阿坝大地上的植物与动物的写生，第五辑"风吹门"乃是诗人康若文琴的内心独白。生活在川西北高原的诗人康若文琴根据自己的生活体验与生命认知，用富于感情的笔触描绘养育自己的故土，谱写出了一首首充满乡愁的地域赞歌。诗人康若文琴为我们描绘了坐落于峡谷之中，由梭磨河穿城而过的马尔康，这样一个地理空间因其位置的边缘性而具有独特的地域色彩，而存在于其间的情感、思想、景观、人物、实物与事件诸多要素构成了具体可感的审美空间。本文仅从地方景观、地方人物、地方实物与事件等显性因素来论述康若文琴所建构的故乡地理空间。

## 一、嘉绒藏地文学地理景观的独特书写

　　以川西北高原上极富地域色彩的景物构筑马尔康独特的文学地理景观，是康若文琴这部诗集的书写基点。奔腾的梭磨河、如汉子般矗立的碉楼、盛满记忆的松岗街、历经风霜的莫斯都岩画、目送战士出征的婴儿冰川……无不书写出马尔康自然、古朴而独特的文学地理景观。"景观"一词本是地理学的术语，英国学者迈克·克朗在他的《文化地理学》一书中专辟"文学地理景观"一章，但并未给出"文学地理景观"这个概念的定义。曾大兴在《文学地理学概论》中将文学地理景观（简称文学景观）概括为"具有文学属性和文学功能的自然或人文景观"①。由此可知，文学景观是物质文化与精神文化的双重载体，是文学创作的重要资源。刘勰在《文心雕龙·物色》中言及"岁有其物，物有

---

　　① 曾大兴：《文学地理学概论》，商务印书馆 2017 年版，第 233 页。

其容；情以物迁，辞以情发"①，肯定了自然山水在文学创作中的启发作用与源泉意义。同样，马尔康的土地、山水也给予了康若文琴创作的动力，为其诗歌拓展了独特的书写空间。

马尔康独特的藏地自然景观与人文景观，是激发诗人书写其文学地理景观的源泉。马尔康在藏语中为"火苗旺盛的地方"，是以原嘉绒十八土司中的卓克基、松岗、党坝、梭磨四个土司属地为雏形建立的，亦称"四土地区"。这里群山环绕，嘉莫墨尔多神山和洛格斯圣山赋予了该地区神秘的宗教色彩，梭磨河穿城而过，形成绿意盎然的峡谷，生活在其中的嘉绒人受藏族文化滋养而成长，独特的藏区景观给予康若文琴创作的灵感。因此康若文琴的笔下既有自然文学景观——嘉莫墨尔多神山、婴儿冰川、洛格斯圣山、冰挂、云雾、枯树滩，又有人文文学景观——莫斯都岩画、官寨、大藏寺、碉楼、婆陵甲萨等。这些鲜活的景观一个个进入康若文琴的眼中，对她的艺术创作产生了直接的影响。在诗人的眼中，这些景观记载着过往厚重的历史，凝聚着嘉绒人的血汗与智慧，是守护嘉绒人的战士。

首先是以碉楼为代表的人文地理景观书写，展现了嘉绒人的精神气质与文化心理，诗人也在对人文地理的赞颂与挽叹中，显露出对于民族文化的深入思考与复杂情绪。《有关碉楼》《松岗碉楼》《苍旺土司碉群》三首诗歌汇聚了诗人对于碉楼复杂的感情。碉楼之于嘉绒人而言，是一种守护，是战争中坚不可摧的防线。有关碉楼的防御功能，早在乾隆年间傅恒向乾隆皇帝上书直陈大小金川战役之时已有提及，《清史稿·土司传二》中记载："广泗又听奸人所愚，惟恃以卡逼卡、以碉逼碉之法，枪炮惟及坚壁，于贼无伤，而贼不过数人，从暗击明，枪不虚发，是我惟攻石，而贼实攻人。且于碉外开壕，兵不能越，而贼得伏其中自下击上。又战碉锐立，高于中土之塔，建造甚巧，数日可成，随缺随补，顷刻立就。且人心坚固，至死不移，碉尽碎而不去，炮方过而人起，主客老佚，形势迥殊，攻一碉难于克一城。"②从傅恒的陈述中可知碉楼具有易守难攻的优势。在康若文琴的笔下，碉楼群在钢铁般坚冷的外表之下被赋予了更多情感的意味，碉楼可以是温暖而柔情的：

> 遥想当年
> 月黑风高之夜
> 面对碉楼
> 敌人的火枪哑了
> 汉子们坦然地笑了
> 胆怯的女人闻到
> 怀中孩子的梦又香了
>
> 不错。是碉楼
> 是汉子们用石头垒起的碉楼

---

① 刘勰著，范文澜注：《文心雕龙注》（下册），人民文学出版社1962年版，第693页。
② 赵尔巽等撰：《清史稿·土司传二》，中华书局1977年版，第14218页。

护住了

火塘上喷香的青稞

新娘耳边叮当的银饰

还有佛前不灭的酥油灯

以及灯下摇曳的合十的身影①

　　　　　　　——《有关碉楼》

碉楼守护了可爱的孩子们，守护了嘉绒人辛勤耕种的田地，守护了年轻人炙热的爱情，也守住了宗教的灯火，给佛前祈祷的人们以希望与憧憬。碉楼也可以是落寞而令人挽叹的。当战争从冷兵器时代进入热兵器时代，矗立恒久的碉楼随着时间的流逝而慢慢丧失了原有的功能，碉楼也逐渐退出历史舞台。诗人不禁发出这样的感叹：

还是这碉楼

汉子一样的站着的石头的碉楼

在时光里打了一个盹

如今便走进了书本

与长城一起

像一位拖着长髯的老者

供人观瞻

却无言以对②

　　　　　　　——《有关碉楼》

此处的碉楼像一个个老兵，退出了自己熟悉的战场，走进了象征历史与文化的书本，成为文人墨客歌咏的对象，从守护者变成了被守护者。"三万块石头，三百年/穿风透雨/守卫一个名字，苍旺/镌刻在石缝间的名字/土司没在意这群卫兵/月光也没记住苍旺"③，这样的碉楼是失落且寂寞的，在和平的岁月里我们忘记了曾经守卫一方的战士，在这样的年代，碉群感觉自己的存在是那么的不合时宜，"时光一失守/官寨躲进光阴/灯光渐次熄灭/从此，碉楼害上了幻听/颓然站立"④，它为自己的存在价值而困惑。碉楼的困惑其实也是诗人康若文琴的困惑。随着与外界文化交流的增多，嘉绒藏区也在不断地发生着变化，康若文琴在其中看到了族群历史与文化被遮蔽的现实，看到了族群文化在强势文化面前的孱弱无力，明确了自己肩负文化传播的使命与责任。碉楼不该仅是供人观瞻的纪念品，它更应该是一名战士。与往昔的辉煌相比，处境同样尴尬的还有马尔康的官寨。《午后的官寨》在慵懒的描述中带有一丝丝难以言喻的悲伤与绝望。开篇"没有游客的午后，阳光柔软/卓嘎和吧台昏昏欲睡"⑤，在游人离去的那一刻，官寨又从喧嚣中回归沉寂，享受着属于自己的慢时光。其次，诗人想象官寨昔日的人声鼎沸的

---

①　康若文琴：《马尔康　马尔康》，中国文联出版社 2015 年版，第 14—15 页。

②　康若文琴：《马尔康　马尔康》，中国文联出版社 2015 年版，第 15 页。

③　康若文琴：《马尔康　马尔康》，中国文联出版社 2015 年版，第 21 页。

④　康若文琴：《马尔康　马尔康》，中国文联出版社 2015 年版，第 18 页。

⑤　康若文琴：《马尔康　马尔康》，中国文联出版社 2015 年版，第 4 页。

盛况，回忆往昔战争中官寨的雄姿。高大结实的官寨墙体用片石砌成，采用内直外收的砌法，整体像三角形一样上窄下宽，稳定性极强，四面墙体上均有内大外小的窗户，起通风和瞭望的作用。官寨的整体色彩古朴凝重，与宗教的神秘气息相得益彰。在红军长征时期，官寨还发挥了重要的作用，只是如今嘉绒的土司皆"尘埃落定"，只留下昔日威风凛凛的官寨，对此，康若文琴不禁发出"疆域还在，主人和野心呢"① 的感叹。再次，诗人的视角转移到官寨的花格窗，从那里看到弥漫在官寨中的爱恨情仇，看到了雪地上的鸟雀，也看到了随着时光老去的人，思绪从硝烟弥漫的战场再一次回归到午后的宁寂。诗人在描绘官寨、碉楼、岩画之时，都会去追忆曾经的辉煌，但是也会痛陈今夕的落寞与孤寂。时光在其间悄然而逝，它们历经风霜雨雪依然不曾远去，但是作为它的子孙的人们却越来越难以读懂其背后厚重的历史与文化。从中一方面可以看出诗人的骄傲之情，另一方面也有为这些独特景观的衰落而感到的隐隐担忧。

其次，以高山峡谷为对象的自然地理景观书写，展现了嘉绒藏地文化的圣洁与温暖，也表现了嘉绒人朴素自然的心灵追求。诗人的视线除了聚焦逐渐老去的碉楼、官寨、壁画，也描绘了奔腾不息的梭磨河、群山之巅的嘉莫墨尔多神山、白雪皑皑的洛格斯圣山、酣睡至今的婴儿冰川、蒲尔玛的雨、梭磨峡谷的绿、高高在上的云雾以及如钢针般坚硬的冰挂这些自然景观。康若文琴深爱着她生活的土地，不仅用脚去丈量这片土地，更加用最诚挚的灵魂去触摸这片土地的深处，因此诗人笔下的高山峡谷风光在神秘之中也带有了圣洁与温暖。嘉莫墨尔多神山为古象雄佛法雍仲本教的圣山，位于川西北阿坝州大小金川的接壤处，"嘉绒"一词亦是因它而来。居住在嘉莫墨尔多神山附近的藏区居民为嘉绒藏族，因此诗人康若文琴也是一位嘉绒藏族人。独特的地理环境养育了嘉绒人，所以诗人笔下的神山不是毫无温度的一座高山，它屹立在群山之巅，守护住嘉绒人生活的土地，守护住飘香的青稞地，守护住喇嘛的诵经声，马尔康、大金川、小金川、丹巴四县的居民因着神山的庇护在阳光下幸福的生活。洛格斯圣山意为"群山守护神"，嘉绒人会在固定的时间前来此处聚会，以抛洒龙达、诵经、跳神等方式来祈求圣山赐福，保佑来年的风调雨顺、平安吉祥，神山任凭风吹雨打，执着地守护着嘉绒人。因此诗人才感叹"人到中年/才发现你已枯坐万年"②，时光流逝之中那份固守不曾改变。诗人进一步赞叹："你阳刚的身躯，因为思考/丢失了性别/却因思考/成了一尊神"③，在嘉绒人的心中，这已经不是普通的高山，而是被赋予了宗教象征意味的神山，这体现出嘉绒人对自然的崇拜与敬畏。

康若文琴作为一位女诗人，并不囿于狭窄的私人感情的抒写，而是扎根于生养自己的土地，从大处着手，在诗歌中融入广阔的天地、历史的悲悯与现实的伤痛。诗人笔下的碉楼、官寨、峡谷高山都是动态变化的，我们既可以从诗人的描绘中看到曾经的辉煌灿烂，也可以看到现在的没落与宁静，从而体会出诗人对于民族文化逐渐走向没落的痛心与焦虑，更可以看出作者在逐渐遗失的文化之中的执着寻找。

---

① 康若文琴：《马尔康　马尔康》，中国文联出版社 2015 年版，第 4 页。
② 康若文琴：《马尔康　马尔康》，中国文联出版社 2015 年版，第 20 页。
③ 康若文琴：《马尔康　马尔康》，中国文联出版社 2015 年版，第 20 页。

## 二、温暖淳朴的嘉绒人情书写

诗人不仅胸怀阿坝大地的山水，而且心系生活在这片土地上的子民。塑造"嘉绒人"这一善良、淳朴、勤劳、温暖的族群形象，展现藏地温暖自然的人情风味，也是这本诗集书写的重点。细读这本诗集，我们可以发现"嘉绒人"一词在书中出现过 4 次，可见诗人将其作为一个族群意象来书写，诗集的第二辑正是生活在阿坝大地嘉绒人的剪影，嘉绒人又成为构成马尔康这一地理空间的重要因素。"我一直在追求把诗意和神秘赋予身边的普通人和平常事物"①，康若文琴此言透露出她对家乡亲人血浓于水的感情，透过诗人的眼睛我们可以看到慈祥的爷爷、温暖的外婆、功德无量的大师、征战杀伐的梭磨女土司、含辛茹苦的妈妈荞花、在月光中的银匠……笔者简单地把诗人笔下的嘉绒人分为男人和女人两类进行论述。

首先是慈祥而淳朴、传统而执着的嘉绒男性形象。康若文琴诗歌中最常出现的男人形象为爷爷，这或许是血浓于水的亲情使然。《阿吾云旦嘉措》《阿吾的目光》是写给爷爷云旦嘉措的赞歌，从诗人的描述中可以窥知爷爷一生的足迹。年轻的时候他是大喇嘛，是土司的老师和管家，掌管着众多的仆人，应该是一位头脑灵活、手腕强硬的领导者。但是岁月侵蚀掉了他曾经的威严，他变为一位被岁月温柔相待的慈祥老者。他和天下所有的爷爷一样，变为子孙的保姆，关心儿孙的健康成长。卧病在床以后，爷爷担心会给子孙带来麻烦，不停说着"造业呀"，诗人劝说着"一个人走在路上哪能不造业"，这是对长者的宽慰，也是对生命的敬仰。《阿吾的目光》中爷爷像嘉绒的祖先一样习惯坐在门前眺望，看向远方的碉楼，看向飘有清香的青稞地，看向远在圣山的新娘子。碉楼是爷爷曾经的战场，而现在也和爷爷一样发出苍老的咳嗽，青稞的清香代表着丰收的年景，新娘子的到来更是血脉的传承。一个嘉绒男人即使老去，心中也依然记挂着子孙的幸福与安康。《连枷》以一件农具引出了对在土地上弓身劳作的爷爷的歌咏。苍老的双手呵护着饱满的青稞，青稞地就是爷爷老年的战场。"青稞满地/阿吾得意的战场/那副斑驳的连枷/迟早要交到爱惹的手上"②，这也是一种传承——爷爷的战场迟早要成为哥哥的战场，青稞地上永远不缺辛勤劳作的男子。银匠是康若文琴诗集中鲜少的男子形象，在月光的照耀下锻造声叮当作响，孩子在无声无息间长大，成为银匠眼中的太阳月亮，慈父形象跃然纸上。诗人康若文琴的笔下，嘉绒男人是勤劳的，是慈祥的，是淳朴的，同时也是传统的、执着的。他们坚守着脚下的土地，固守着本族的文化，执着地传承着薪火。但是这种固守之中暗含着诗人的担忧，"如今，隔着四十年光阴/回忆慢慢醒来/却一下暗到心里/那个热乎乎的背影/模糊成一片云/淡忘也会传承/就像将来，我的背影/会被孙子淡忘一样"③，正如爷爷的背影在逐渐模糊，自己也会成为子孙心中的背影，遗忘成了永恒不变的传承。

---

① 《康若文琴：尘埃之上俯视尘埃的女诗人》，http://cd.bendibao.com/wei/201795/224926.shtm.

② 康若文琴：《马尔康　马尔康》，中国文联出版社 2015 年版，第 85 页。

③ 康若文琴：《马尔康　马尔康》，中国文联出版社 2015 年版，第 34 页。

其次是类型丰富的女性形象，她们或坚韧、或温暖、或无私、或勇敢，展现了嘉绒女人的别样之美。相较于男人类型的单一化，诗人笔下的女人类型较为丰富，涉及各行各业，年龄跨度较大。或许由于诗人是一位女性，因此在描写嘉绒女人之时诗人的感情更为细腻与复杂。女人生来又有一个名字叫母亲，叫家。诗人的奶奶正是诗人的家。《阿措阿妣》一诗刻画了伟大的“母亲”的形象。奶奶是血浓于水的亲情，是可以依靠的高山，是命运风雨中的港湾。“阿措，是房名，家的骨骼/转眼间，成了她的名字/像石头一样坚硬，撑起一座座山/亲人像血液，来了又去/埋过亲人的地方才是家”[①]，坚韧、奉献的形象跃然纸上，奶奶为远方的子女操持着家业，点燃前行的灯，让孩子不至于在前行的路上迷失自我。传统的嘉绒女人和奶奶一样是无私的，终其一生从没有走出寨子，在小小的一方天地养儿育女，含饴弄孙，看不见城市的五光十色，守护着脚下的青稞地，但是来世仍然愿意成为这样一个女人，无怨无悔。诗人还刻画了迫于生计外出打工的母亲荞花，在荞麦花红透半边天的时候荞花从田野来到了城里，在这个陌生的地方，荞花也曾害怕，但是为了儿子的成长，她勇敢地活下去，小小的宾馆成了她的另一个孩子，但是留守家中的儿子与荞花逐渐疏远，不愿去喊这位没有奶水的女人妈妈，于是荞花躲在柜台上落寞地数钱，儿子就在数钱的指缝中慢慢长大。这是一位母亲最绝望的时刻。其实这也是现今农村家庭的缩影。随着工业化的进一步推进，城乡贫富差距进一步拉大，无数的母亲离开了家庭，去外打工谋生，母子情分逐渐疏远，社会的发展剥夺了她们照顾儿女的时间。康若文琴写嘉绒女人却又不局限于嘉绒女人，这是来自诗人对生活的敏锐观察与深度体验。康若文琴的笔下还有一类比较特殊的女人——尼姑。诗人在母亲节碰到了一群尼姑，在康乃馨和莲花之间，这些尼姑选择了圣洁的莲花，再也享受不了儿女成群的生活。但是诗人以同理心直言“你可以不做母亲，而你一定来自叫母亲的女人”，在这个特殊的节日，诗人愿意去高高的寺庙烧香，求佛祖保佑这群母亲的孩子们。其实在康若文琴的心中，这群尼姑也是母亲，她们是佛祖的信徒，她们以母亲般博爱的胸怀祝福着前来祈祷的人们幸福安康，这是另一种形式的母亲。如果说诗人眼中大部分嘉绒女人都是温暖的、无私的、坚韧的“母亲”，那么梭磨的女土司则是驰骋疆场、豪气干云的女将军。虽然时光流逝，曾经的辉煌难以再现，但是地方志书记载着当初的杀伐决断，手中的刀剑足以让敌人臣服，这种叱咤风云的强硬的领导力堪与男子比肩。

由此，我们可以看到，自然、淳朴、勤劳是嘉绒人的共同特征。这些生活在嘉绒大地上的男人和女人们或许并没有满腹诗书，甚至只字不识，他们不是虚构的文学人物，而是实实在在生活在这片土地上的人。他们挚爱着脚下的土地，以最淳朴的姿态安然地生活着，向康若文琴讲述着本民族的神话与传说，这些神话与传说是诗人内心深处的秘密花园，是诗人创作的灵感源泉。他们的坚韧、无私、传统、坚守与传承正是诗人想要固守的那份初心，对故乡的眷恋，对故乡亲人的依恋，成为诗人今生化不开的乡愁。

---

① 康若文琴：《马尔康　马尔康》，中国文联出版社2015年版，第59页。

## 三、藏地日常生活图景的动情描绘

马尔康作为一个独特的地理空间，除了拥有川西北高原旖旎的自然风光，也养育了生活在这片土地上阳刚的男人与温暖的女人，但是诗人对于这一地理空间的建构并不局限于此。她对自己的故乡有着丰富的自然、文化、宗教和社会体验，她一次次地跋山涉水，进一步感受生活在其中的嘉绒人的日常，她不仅把诗意赋予了身边的普通人，也赋予了日常的事物与生活的图景。正如阿来在《康若文琴的诗》序言中所言，这是"一个成长中的诗人，对于日常生活情境中隐藏的诗意的执着寻找"①。

首先是多姿多彩的劳动场面，尽情展现着藏地农耕文化的独特风情。"嘉绒"译作汉语，意思是"靠近汉区山口的农耕区"，因此嘉绒藏族又是一个勤劳的民族，诗人热衷于描绘嘉绒人多姿多彩的劳动场面。《春天的盛典》描写了一家三代其乐融融的播种场景：族人用犁铧敲醒一块块沉睡的土地，女儿牵引着耕牛，族人吆喝着它不停歇地耕耘，而怀着慈悲心肠的我却念着赛因拉姆经文为死亡的虫子超度，年迈的爷爷奶奶念颂着佛经，为来年的丰收祈福。《夯土谣》描写了嘉绒男人建造新房的现场，汉子们喜欢在夯土的时候大声歌唱，将幸福夯进新房的土墙之中，记录这一刻的欢愉，而寨子也因为汉子们的歌声而回到了年轻的时刻，就好像重新恋爱了一次。夯土谣中不仅凝聚了青春，也凝聚了年轻人对于爱情的向往。《连枷》描绘了爷爷和哥哥在青稞地上劳作的场面，爷爷弓着腰身挥动着连枷，连枷随着爷爷的腰身起起落落，哥哥也配合着这个节奏愉快地舞动着手里的连枷，这是一种延续千百年的耕种传承。

其次是多样的藏地宗教节庆文化书写，展现了嘉绒藏区开放多元的宗教文化氛围。有研究表明，嘉绒藏区的宗教文化信仰是多样性的，人们信奉藏传佛教、苯教，同时还有以"哈瓦"这样的民间信仰，甚至更有"万物有灵"的多神崇拜。这样一个有多元崇拜的地区里，人们的节日与娱乐都带有神秘的宗教气息。康若文琴以一个当地人的身份，为我们描绘了节日的盛大场面，诸如藏历年、燃灯节、若木纽节、松岗的清明节等。燃灯节是纪念佛教改革家宗喀巴大师的节日，是藏族人特有的节日。嘉绒人的燃灯节是 10 月 25 日，比拉萨的晚 5 天，是日，藏民都要在家中点燃酥油灯，昼夜不灭。在藏族人的观念里面单数表示吉祥，因此诗人在《燃灯节》一首中言说"酥油灯/一盏，两盏/三盏"，"三"这个数字在嘉绒人心目中有吉祥安康的寓意。"一盏为远方的妻/一盏为远方的儿/还有一盏，顶住窗外风寒"，此刻的酥油灯已经不仅仅是一件宗教事物，它更象征着远方的妻儿，象征着心灵深处的家，象征着守护家园的依靠。"妻说：一盏不舍众生/一盏众生离苦/还有一盏，了知我，不舍我"，此刻的酥油灯变为大师的化身，使众生远离苦难，代表着嘉绒人内心深处最虔诚的期盼。诗人还描写了松岗的清明节，那是生死泾渭分明的节日，亲人们点燃香蜡纸烛，为了另外一个世界的吃穿用度，这是对于逝去亲人的牵挂与关爱。亲人们在坟前生火做饭，品尝着他们一生不曾离开的酥油茶。诗人又一次想起了爷爷说过的话："无论走到哪里/都得回家，以前还得赛马"，这

---

① 康若文琴：《康若文琴的诗》，四川文艺出版社 2014 年版，序，第 3 页。

或是诗人内心深处对于家的眷恋。《藏历年》一首，诗人以动态的眼光看待着时间的变化，以"爬不完的高山/纳不完的鞋垫/由针脚慢慢说"一句开篇，一方面说明藏民族转山转湖的朝拜行动，另一方面也突出了光阴的循环无限，"说话就像唱歌/舞蹈就像集体劳动"一句突出该民族能歌善舞、辛勤劳动的特点，而"年近在咫尺/不忍触摸"更加表现出诗人对时光易逝的感叹。

　　最后是对嘉绒人随处可见的事物的细腻书写。诗人以其敏锐细腻的观察力将诗意赋予了日常生活中随处可见的微小的事物，诸如在佛前绽放的酥油花、会唱歌的碗、阿妈的花腰带、陪着我穿风踏雨的藏靴、击溃冬日土块的普吉、喂养全家的水磨房等。磨房散布在嘉绒大地的村落中，青稞在磨房中变成粉末，才可以做成飘香的食物，所以说矮小的磨房喂养着全家。此处的磨房不再是一座冰冷的矮小的建筑，它成为家的一部分，如亲人一般融化在嘉绒人的生活中，成为不可分割的一部分。《阿妈的花腰带》一诗中"花腰带"不仅记录了阿妈逐渐成熟的手艺，也见证了缓慢流失的时光。在如丝线般杂乱无章的日子中，阿妈用日渐茁壮的腰与久经磨练的手为儿女搭建一个温暖的避风港。《藏靴》中，诗人用真挚的感情描写了陪自己长大的藏靴，雨天里它是奶奶殷切的叮嘱。藏靴陪着诗人一路走来直到今天，见证了诗人的成长，成了诗人不可割舍的朋友。除此之外，一些宗教事物如佛珠、擦查、经幡，也是诗人吟诵的对象。宗教总是充满了神秘的色彩，但是在嘉绒人的心目中它是融于骨血、融于日常生活之中的。擦查是泥塑的佛像，每年四月嘉绒人挑水和泥，铸造佛像，劳动的同时唱诵佛经，这是刻在嘉绒人骨子里的虔诚，那些遍布山岗的擦查里安放着嘉绒人的心灵。

　　川西北嘉绒藏区的自然地理与文化背景是康若文琴的成长地，也是其诗歌创作的发生地。《康若文琴：尘埃之上俯视尘埃的女诗人》一文曾这样解释康若文琴对其故乡马尔康的认知："马尔康坐落于峡谷之间，梭磨河穿城而过，山像四季变幻的画挂在马尔康的四壁，满城都是山水的气息。我热爱自然山水，生活在其间的嘉绒人，鸟鸣以及慢时光。"马尔康独特的文化地理景观、淳朴自然的嘉绒族群、引人入胜的劳动场面、宗教节庆盛会与丰富多彩的生活图景构成了独特的地理空间，诗人驰骋在这片空间之中，热情地讴歌着自己的故乡。诗人对故乡的感情不仅仅停留在赞美与依恋的层面，诗人的目光是发展变化的，她追溯这座高原小城的过去，直陈这座小城的现今，以更加长远的目光窥探它的将来，凭着诗人的敏锐感知与理性思考为嘉绒的未来担忧，这是对故乡更加深刻的热爱与守护。

（作者单位：四川大学文学与新闻学院）

# 阳光杯盏（创作谈）

康若文琴

　　弟弟扎西比我小两岁。弟弟一出生，我就随阿姒睡，我也很乐意，因为每晚临睡前阿姒都会给我讲故事。

　　阿姒叫俄玛初，虽然她的哥哥是博学的大德高僧云丹嘉措，曾当过松岗土司的藏文老师，也当过土司的管家，但阿姒不识藏文，虽然我的阿吾泽朗长期行走在汉藏之间，精通汉藏文字，阿姒却不会说汉语，但这一切并没妨碍她拥有智慧。现在回想，她讲的故事很多是嘉绒藏族用智慧战天斗地，战胜妖魔鬼怪的民间故事、神话传说，其中不乏幽默。我感觉她特别欣赏那些智慧，特别喜欢故事中幽默风趣的桥段。

　　每晚，我都会在阿姒的故事中安然入睡。那些晴朗的下午，在青稞地和麦田间玩累了，我会躺在草地上，看群山在身边像莲花般旋转，看天空供奉脆薄的蓝，看白云从山巅匆匆掠过，我就会想起头晚阿姒讲的故事，就想山后是不是阿姒讲的那个神秘国度。

　　阿姒让我觉得除了眼睛看到的世界外，还另有一个神秘的国度。

　　后来读大学，我离开阿坝，独自来到成都。那个冬天，成都突降大雪，那是成都少见的大雪。同学们欣喜若狂，纷纷跑出教室，在片片雪花间嬉闹追逐。一片热闹中，我突然感到莫名的孤独。我想起阿坝高原纷纷扬扬的大雪，想起落满雪花的屋顶，还有雪地上觅食的画眉鸟，于是读中文系的我提笔学着写了第一首诗，记得诗名叫《成都的雪》。

　　二十世纪八十年代末九十年代初，成都高校的诗歌流派此起彼伏，每个学校都有各种诗社，校园内的诗歌活动异常活跃，各路诗人在高校间走动，宣扬自己诗歌流派的理论，朗诵自己的诗作。当时，我的《弦子舞联想曲》获学校的"山鹰魂"杯诗歌奖，于是顺理成章，我参加了我们学校的山鹰魂诗社，热衷于诗社的文学活动。

　　毕业前，我把自己写的诗稿郑重其事地抄满一本绿皮的笔记本，还草草画了插图，权且算作自己的第一本诗集。

　　大学毕业，我被分配到了《草地》编辑部当编辑。《草地》是本公开发行的纯文学双月刊，这份工作让我离文学更近了。虽然之后，我从事的工作有时离文学远，有时离文学近，但我一直很享受夜晚坐在台灯下，喝一杯清茶，驾驭语言的快乐，这种快乐是其他任何快乐所无法替代的。就算不写，阅读诗歌也让我感觉美好。读诗，让我感受熠熠的智慧、动人的深情、婉转的叙述……

阅读好诗，好像欣赏颗颗露珠晶莹清新的叶面，好像见证丝丝阳光编织金色的天空，好像感悟点点繁星照亮漆黑的夜晚。在诗歌里，我恍惚找到了阿姚讲述的神秘世界。

就这样写着，时间也在愉快的创作体验中流逝，我一再尝试用细腻的笔触书写小女人内心的感受感悟，其间也难免"爱上层楼，为赋新词强说愁"。

九十年代末的一天，跟老诗人孙静轩先生聊天，他说，你脚下的土地和你的民族就是你的根，你为什么不书写你的民族和高原呢？

我陡然伫立，环顾四野，梭磨峡谷和梭磨河变得熟悉又陌生。

走在清晨的马尔康街头，阳光像只魔手，太阳一钻出山巅，山水和高原人都成为盛满阳光的杯盏，阳光是上天赐予高原人的黄金。阳光下，我想，我愿成为高原的书记员，记下这一切。

流连官寨的残垣断壁间，想象曾经的金碧辉煌，感悟征服自然和族类的野心，感受在时光面前青瓷般易碎的生老病死、爱恨情仇，以及超越时空的内心的安宁。我想记下那些最具禅心的佛前开放的酥油花，最念旧的火镰，最不服老的普吉，最多情的伸臂桥，最具生命力的水磨房，最懂身体语言的花腰带，最领会惊鸿一瞥的花头帕……

我想更多地记录普通的高原人，让时光慢一点淡忘我们。马尔康街头手持佛珠的族人，在时光和影子中顿悟的益西老人，与风赛跑的小嘉措，被生活磨掉了光彩的俄玛姑娘，从寨子来到马尔康服伺儿孙的阿姚们，嫁到城里白手起家的荞花，寨子里那些命运多舛的娜姆和央金们，出狱的曾拐卖妇女的素晓，还有银匠、养蜂人、唐卡画师、牙医、尼姑、茶堡女人，等等，都成为我诗中的主人。因为阳光，高原上的生老病死、爱恨情仇都布满黄金。

有位内地的朋友跟我聊天，讲到在藏区的感动。他说，有一次到阿坝，因为摄影，凌晨三点就上路了。在冬季严寒的高原，车灯突然照见一位僧人独自走在路边，他们停下车，打算载他一程，可僧人拒绝了。他说，他要走着去朝圣，到郎依寺天就亮了。车子驶过，朋友一直不能忘怀，想到一位僧人独自走在漆黑的夜晚，没有任何照明，周遭除了空旷的草原还是空旷的草原，除了黑黢黢的远山还是黑黢黢的远山，是什么信念让他坚持走下去，不禁心生敬畏。

电影《冈仁波齐》中有一对阿坝红原的夫妇带着他们的另一个家庭成员——一头毛驴磕长头到拉萨朝圣，女主人为了让毛驴有足够的体力完成朝圣之旅，让它和他们吃一样的食物，并选择自己拉车，除非上坡拉不动车了，才让毛驴帮忙。他们要带它到大昭寺转经，要把它的毛发供奉在大昭寺释迦牟尼佛像前。很多网友在网上留言，讨论他们的慈悲心，讨论他们发自内心的众生平等心。

马尔康的冬季，高原的农闲时节，也经常能在路边看到磕长头到观音桥朝圣的族人。他们双手合十，一次次五体投地匍匐在生养我们的大地上，又一次次站起，夙兴夜寐，一次次用身体丈量大地，丈量与信仰的距离。一天，我的阿尼格西哈姆刚磕完长头从观音桥回来，一脸憔悴却安详满足地告诉我，磕长头磕到后来，就有被风托起的感觉。

仰望高耸入云的雪山，看着昼夜不息，匆匆奔流的嘉绒众多的河流，常常会让人自惭渺小。回望被时光封存的条条茶马古道，只留一两点小土包的婆陵甲萨遗址，那些恍惚可以触及又痕迹全无的时代背影，也会让人倍感孤独。摇动一排排旋转的经筒，触摸村寨中轮回的秘密，也会让人迷茫。在春天，置身嘉绒春耕的盛典，在冬季，吟唱嘉绒葬礼上的经文，又让人一下释然。

行走大地的阶梯，那些神山圣水在传递着怎样的信息？莫斯都岩画，还有那些残存的遗址，我们的祖先通过那些密码，究竟想告诉我们什么？文字能否活过书写他们的生命，就像那些活过主人的双耳罐？我只管用我的笔拙朴地抒写，就像我们的祖先记下那些密码。

一天天的跋涉，一次次的心灵之旅，我不再满足于记录眼睛看到的高原，而想抒写内心感受到的世界。这种抒写穿越时空，融入了对高原的理解感悟。我想把她抓在手里，却像想把空气抓住，除了不在我手里，她无处不在，这个世界逼近阿姒讲述的世界。某一天，我又开始追求让手中的笔顿悟，智慧表达属于高原和高原人的神秘世界。

因为抒写，我更热爱脚下的大地，以及大地上来往的人们。因为热爱，一扇扇花格窗，一道道心门次第打开。我沉醉于站在尘埃之中，又站在尘埃之上，俯视尘埃的感觉。

因为诗歌，远方来到我的身旁。因为诗歌，我心生阳光。因为诗歌，每一天都是修行。

（作者单位：阿坝州委宣传部）

# 康若文琴诗歌创作年表（1991.12—2018.6）

1991年，11月21日，诗歌《落叶伞》发表于《阿坝报》，这是本人公开发表的第一首诗歌。12月，诗歌《秋日小憩》《一场斜斜的雨》《又开了，紫的丁香》发表于《草地》1991年第6期。

1992年，4月，诗歌《情殇》发表于《草地》1992年第2期。6月，诗歌《那，一夜的宁静》《无从责怪》《幻境》发表于《草地》1992年第3期。12月12日，《秋风中的承诺》发表于《阿坝报》。

1993年，6月，诗歌《波光十色》发表于《草地》1993年第3期封底。

1994年，1月，诗歌《漫游的心迹》《有风抚过》发表于《草地》1994年第1期。10月2日，诗歌《放飞的日子》发表于《阿坝报》。11月13日，诗歌《给我梦中的菊》发表于《阿坝报》。12月4日，诗歌《放牧高原》发表于《阿坝报》。

1995年，1月，诗歌《想象红叶》《放飞的日子》《放牧高原》发表于《贡嘎山》1995年第1期。1月，《放飞的日子》《给我梦中的菊》《有风抚过》发表于《萌芽》1995年第1期。5月，诗歌《开放在刀刃的菊》发表于《西藏文学》1995年第5期。6月4日，诗歌《一炷心香》发表于《阿坝报》。6月，诗歌《云天》发表于《草地》1995年第2—3合期封二。6月，《诗七首》（分别是《一柱心香》《放飞的日子》《溟蒙》《开放在刀刃的菊》《黑夜之约》《夏日的午后》《月光如潮》）发表于《贡嘎山》1995年第3期。7月2日，《七月的歌声》发表于《阿坝报》。7月30日，《被风吹散的那片月影》发表于《阿坝报》。9月29日，《放飞心中的鸽子》《月影》发表于《阿坝报》。12月，诗歌《三月》发表于《草地》1995年第5—6合期封底。

1996年，4月，《放飞的日子》《给我梦中的梅》《歌唱吧，我的船》发表于《剑南文学》1996年第2期。5月19日，《寻绎》发表于《阿坝报》。9月27日，《放牧的妹妹》《星星雨》《想象红叶》发表于《阿坝报》。12月，诗歌《风的低语》《秋日的苹果树下》发表于《青年作家》1996年第12期。

1997年，10月，诗歌《干旱的春季》《朝露》《四月》《星星雨（之三）》发表于《草地》1997年第5期。

1998年，6月28日，散文诗《不散的清香》发表于《阿坝报》。8月21日，《九八夏天》发表于《阿坝报》。

1999年，1月，组诗《哀悼善良》发表于《草地》1999年第1期。4月，散文诗《不散的清香》发表于《草地》1999 年第 2 期。6 月，组诗《星星雨》发表于《草地》1999 年第 3 期。10 月，诗歌《景色》《长海》《俄而模塘草原》《扎嘎瀑布》发表于《草地》1999 年第 5 期。

2000 年，8 月 25 日，诗歌《闲暇的聚会》发表于《阿坝日报》。9 月 1 日，诗歌《黄龙溪之夜》发表于《阿坝日报》。12 月，诗歌《风的低语》《闲暇的聚会》《黄龙溪之夜》《风中的卖唱人》发表于《草地》2000 年第 6 期。

2001 年，5 月，诗歌《流逝的时光》《黄龙溪之夜》《俄而模塘草原》《闲暇的聚会》《风的低语》发表于《西藏文学》2001 年第 5 期。11 月，诗歌《黄龙溪之夜》《流逝的时光》发表于《星星》诗刊 2001 年第 11 期。12 月，《康若文琴诗四首》（分别是《流逝的时光》《栀子花》《日子从头顶滑过》《观照》）发表于《草地》2001 年 5—6 合期。

2003 年，3 月 7 日，诗歌《在残冬与初春间穿行》发表于《阿坝日报》。6 月，《康若文琴诗选》（分别是《星星雨》《栀子花》《黄龙溪之夜》《流逝的时光》《圣诞夜，我想说》《黑夜在手中开放》《风的低语》《在残冬与初春间穿行》8 首）发表于《草地》2003 年第 3 期。7 月，《风从山谷来》（组诗）发表于《星星》诗刊 2003 年第 7 期。8 月 15 日，诗歌《黄龙溪之夜》发表于《阿坝日报》。12 月，组诗《风从山谷来》《黄龙溪之夜》发表于《民族文学》2003 年第 12 期。

2004 年，4 月，《黑虎羌寨的下午》发表于《草地》2004 年第 2 期卷首。12 月，《走在无人的村庄》《风吹拂树叶》发表于《四川文学》2004 年第 12 期。

2005 年，10 月，诗歌《漫步扎嘎瀑布》《走在二〇〇五年的夏天》发表于《草地》2005 年第 5 期。

2006 年，1 月，诗歌《风一天天吹》《回来吧，我的外婆》《风儿吹来了》发表于《草地》2006 年第 1 期。2 月 10 日，诗歌《风一天天吹》《风儿吹来了》发表于《阿坝日报》。9 月 8 日，诗歌《我的阿坝草原》发表于《阿坝日报》。10 月 27 日，诗歌《莲宝叶则神山》发表于《阿坝日报》。10 月，诗歌《莲宝叶则神山》《我的阿坝草原》《走在山水间》发表于《草地》2006 年第 5 期。

2007 年，1 月，《我的阿坝草原》发表于《晚霞》2007 年第 1 期上半月刊。

2010 年，2 月，诗歌《春天·海棠》收入大众文艺出版社出版的书籍《杨雄故里海棠红》。5 月，诗歌《风从山谷来》《我的阿坝草原》《走在山水间》发表于《西藏文学》2010 年第 5 期。

2011 年，11 月，《康若文琴自选诗》（分别是《风从山谷来》《风的低语》《回来吧，我的外婆》《黑夜在手中开放》《星星雨》《栀子花》《黄龙溪之夜》《流逝的时光》《我的阿坝草原》《走在山水间》《漫步扎嘎瀑布》《风一天天吹》12 首）入选中国文联出版社出版的诗集《她们的诗》。

2012 年，10 月，《黑虎羌寨的下午》《阅读河水，雨后》《春天·海棠》《感念如水》发表于《草地》2012 年第 5 期。12 月，《雨中的兄弟》《走失的伞》《刹那走过》《西江苗寨》《米亚罗的泥石流》发表于《草地》2012 年第 6 期。

2013 年，3 月，诗歌《从来》《酥油》发表于《黄河》2013 年第 3 期。4 月，《奔跑的麦子》《乍暖》《旷野的拥挤》《写给四月》《阿依拉山》《两点》《当光芒要入睡时》发表于《草地》2013 年第 2 期。5 月，诗歌《刹那走过》发表于《诗刊》2013 年第 5 期。6 月，《奔跑的麦子》《雨中的兄弟》《走失的伞》《刹那走过》《米亚罗的泥石流》发表于《山花》2013 年第 6 期。12 月，《六月的马尔康》《因为高原》《梭磨峡谷的绿》《阿坝高原的雨》《阿坝草原的风》《黄昏的梭磨峡谷》发表于 2013 年《草地》第 6 期。12 月，《阿爷的目光》《有关碉楼》《微醺》发表于《贡嘎山》2013 年第 12 期。12 月，诗歌《阿爷的目光》荣获第三届《贡嘎山》杂志社 2013 年度文学奖。12 月，诗歌《酥油》入选中国作家协会主编、作家出版社出版的《新时期中国少数民族文学作品选集·藏族卷》。

2014 年，1 月，诗集《康若文琴的诗》由四川文艺出版社出版。3 月，诗歌《黄昏的峡谷》《曲院风荷》入选现代出版社出版的《读书间》。12 月，诗歌《达古冰山》《婴儿冰川》《洛格斯圣山》《风马》发表于《草地》2014 年第 6 期。

2015 年，1 月，《达维寺庙》《枯树滩》《水磨房》发表于《草地》2015 年第 1 期。3 月，《在高原》（分别是《达维寺庙》《莫斯都岩画》《阿嬷德家的黑子》《在高原》《六月的马尔康》《阿吾的目光》《酥油》7 首）发表于《民族文学》2015 年第 3 期。3 月，组诗《另一种到达》（分别是《十年以来》《另一种到达》《色尔米的经幡》《麦子在奔跑》4 首）发表于《星星》诗刊 2015 年第 3 期。6 月，《毗卢遮那大师》《风吹门响》《擦查》《景德镇赏青花瓷》《白马藏人》发表于《草地》2015 年第 3 期。10 月，诗集《康若文琴的诗》荣获第六届"四川少数民族文学创作优秀作品奖"。11 月，《康若文琴的诗》（分别是《阿坝高原的雨》《马尔康城里的阿姊》《水磨房》《色尔米的经幡》4 首）发表于《朔方》2015 年第 11 期。12 月，《达维寺庙》《茸岗甘洽》发表于《星星》诗刊 2015 年第 12 期。12 月，诗集《马尔康 马尔康》入选阿坝作家书系，由中国文联出版社出版。

2016 年，2 月，《梭磨女土司》《达维寺庙》《嘉莫墨尔多神山》《毗卢遮那大师》《梭磨女土司》《脱颖而出》发表于《延河》2016 年第 2 期。6 月，《尕里台景语》《茶堡女人》发表于《延河》2016 年第 6 期。12 月，《海拔三千，深不见底的蓝》《山，站在天下》《藏历年》《咳嗽的树叶》《树老往人身边凑》《雾中漫步》发表于《草地》2016 年第 6 期。12 月，《荒草》入选《中国诗歌》2016 年第 6 卷《2016 年网络诗选》。12 月，诗歌《蓝是天空的供奉》（分别是《嘉莫墨尔多神山》《寺庙》《午后的官寨》《蒲尔玛的雨》《大藏寺》《色尔米的经幡》《荒草》《匍匐于地》《咳嗽的树叶》《擦查》10 首）入选长江文艺出版社的《诗歌风赏》第 14 卷。

2017 年，1 月，《寺庙》入选中国诗歌学会主编、花城出版社出版的《2016 年中国诗歌年选》。1 月，组诗《诺日朗，想飞的水滴》发表于《星星》诗刊 2017 年第 1 期。3 月，组诗《阿坝谣》（分别是《尕里台景语》《茶堡女人》《诺日朗，想飞的水滴》《马尔康城里的阿姊》《藏历年》《午后的官寨》《酥油》《荒草》8 首）发表于《诗选刊》2017 年第 3 期。3 月，《尕里台景语》入选长江文艺出版社的中国当代女诗人代表作集《诗歌风赏》。5 月，组诗《尕里台景语》（分别是《尕里台景语》《诺日朗，想飞的水滴》《海拔三千，深不见底的蓝》《午后的官寨》《茶堡女人》《马尔康城里的阿姊》《夯土谣》《藏历年》8 首）发表于《民族文学》2017 年第 5 期。7 月，《高原：客人》《风吹门》《阿吾的目光》《树，老往人身边凑》入选内蒙古文化出版社出版、《山东诗人》杂志社主编的《山东诗人》2017 年夏季卷。7 月，诗歌《风吹门》《阿吾的目光》《高原．客人》《树，老往人身边凑》发表于《诗选刊》2017 年第 7 期。7 月，《康若文琴的诗》（分别是《茶堡女人》《阿吾的目光》2 首）入选四川省作协主编、成都时代出版社出版的"文学扶贫暨百名作家深入生活扎根人民作品集"《希望的田野》。7 月，诗歌《箭台》入选中国诗歌学会主编、燕山出版社出版的《中国新诗·短诗选》。9 月，《马尔康意象》入选西南交通大学出版社出版的《中国同题诗歌三人行》。11 月，《尕里台景语》入选花山文艺出版社出版的《2016 年中国网络诗歌精选》。

　　2018 年，4 月，组诗《康若文琴的诗》（分别是《马尔康，慢时光》《匠人》《龙泉寺》《玄武湖》《后海》《景德镇赏青花瓷》《鹰：天空》7 首）发表于《诗选刊》2018 年第 4 期上半月刊。4 月，组诗《马尔康，慢时光》（分别是《马尔康，慢时光》《龙泉寺》《立秋：沉默的秘密》《高原：客人》《金川，梨花闹腾》《另一种到达》6 首）发表于《四川文学》2018 年第 4 期。5 月，诗歌《3650 夜》发表于《现代艺术》2018 年第 5 期。

## 文学藏区研究

# 20 世纪 90 年代以来藏族女作家的西藏言说 *

杨艳伶

　　20 世纪 90 年代以来，随着市场经济体制的建立和大众文化的强势崛起，中国知识分子的心态、心境与姿态都与 80 年代截然不同，"市场经济从发生那一天起，就预示了传统人文知识分子必然面临的窘迫"①，曾自认为是社会良知守护人的他们，在市场化时代里成为被社会和民众迅速忽略的群体。而文学曾经担负的为社会立言乃至辅助治国安邦的使命也迅速消解，甚至沦落到了社会的边缘。但从"中心"到"边缘"的位移反倒为文学争得了较为广阔的发展空间，文学从生产机制、传播机制到消费接受机制都发生了整体性的变迁，作家身份渐趋多元化，文学传播渠道和载体更加多样化，读者的消费需求、市场动向等都是作家需要考量的重要因素。

　　20 世纪 90 年代以来的藏区文学与整个中国文坛的发展情势基本一致，即流派和艺术特征不再鲜明或便于归纳，市场经济规则影响下长篇小说创作异常兴盛，作品改编趋势愈加明显等。从事藏地汉语小说创作的作家队伍日渐壮大，不论是用汉语写作的藏族作家还是致力于叙写藏地的汉族作家，大都将阐释雪域文化精髓、展现藏人生存状态作为创作旨归，使文化意义上的西藏得到了更为精深的呈现与诠释，也为藏区文学受众范围的扩大提供了多种可能。

　　如果说用母语之外的汉语进行写作的藏族作家是霍米·巴巴"第三空间"理论中提到的少数族，"少数族的特殊性就在于：对于一个民族而言，他们总是'在内'的'他者'，他们没有确定的民族身份，不可能与某个种群取得完全的认同，而总是站在一条模糊不清的边界上"②，具有"之外""居间"等特征。他们穿行于汉藏文化之间，在文化的交流、碰撞及融合中探寻"藏人生存"与"人类生存"之间的契合与共鸣，以"既能入于其内又能出于其外"的

---

　　* 本文系 2014 年度国家社科基金青年项目"20 世纪 90 年代以来的藏地汉语长篇小说研究"（14CZW068）的阶段性成果。

① 孟繁华：《绪论　精神裂变与众神狂欢》，见《众神狂欢：世纪之交的中国文化现象》，人民文学出版社 2018 年版，第 6 页。

② 翟晶：《边缘世界：霍米·巴巴后殖民理论研究》，文化艺术出版社 2013 年版，第 70 页。

创作优势叙写真实可感的藏人、藏地和藏文化，同时也因"文化杂糅""身份模糊"而成为萨尔曼·拉什迪界定的进行"边界写作"的"边缘人"或"边际人"。从事藏地汉语小说创作的央珍、梅卓、白玛娜珍、格央、尼玛潘多、多吉卓嘎（羽芊）、亮炯·朗萨等藏族女作家则是边缘中的边缘，这些藏族女作家大都接受过高等教育和系统的汉语教育，大都拥有弗吉尼亚·伍尔夫所说的"一间自己的屋子"，有着相对体面的身份和足以支撑自己进行平静客观思考的收入。更为重要的是，她们打破以僧侣或男性为创作主体的藏族文学惯例，以全新的姿态表达对时代变革、文化嬗变以及个体生命的认知与体悟，但又没有女权主义式的激进凌厉或剑拔弩张，而是用平和舒缓的方式将其细腻的情感体验娓娓道出。

# 一、解读母族文化密码

"居间"于汉藏文化的藏族女作家们从汉文化中汲取了丰富的营养，因为熟练运用汉语，她们能够博采汉语乃至世界文学传统之长，从而拥有宏阔的视野和深邃的视角。与此同时，她们耳濡目染的本民族文化传统始终是其作品的"底色"，探寻、解读和审视母族文化底蕴便成为这些作家惯常的小说母题。

梅卓的《太阳部落》和《月亮营地》都将目光投向古老的部落文化。《太阳部落》里相邻的伊扎部落与沃赛部落原本常年不睦，是因沃赛夫人将自己的亲妹妹许给伊扎部落头人索白才有了一段相对稳定的和平时光。本为伊扎部落千户外甥的索白鸠占鹊巢地取代表弟嘉措成为亚赛仓城堡主人，太阳石戒指戴在了本不该拥有它的人手上，但这仅仅是两个部落一连串错位因缘的开端，人们之间的较量与撕扯呈愈演愈烈之势：索白渴慕美丽的桑丹卓玛，桑丹卓玛却是嘉措的妻子；索白珍视夫人耶喜，耶喜却将新婚第一次给了管家完德扎西；洛桑达吉喜欢桑丹卓玛，但他走不出妻子孕金精心编制的"牢笼"；桑丹卓玛之女香萨与索白之子阿莽青梅竹马，却因误会使得阿莽命丧山崖；致使洛桑达吉殒命的是日渐长成的沃赛部落头人嘎嘎，嘎嘎正好又是洛桑达吉与桑丹卓玛之女阿琼的丈夫……不断让两个部落产生纷争的是欲壑难填的严总兵，他的推波助澜使得两部落几乎遭受灭顶之灾，也使两个部落人们意识到了联合团结的重要性。梅卓为小说设置了一个光明的结尾，内心备受煎熬的索白从左手食指上退下了太阳石戒指，这也是对因缘果报的服从与了结，因为"只要一想到嘉措，戴着戒指的食指就会痛不可言，那种痛楚是索白所无法理解的，更无法言传"[①]。阿琼收到了这枚戒指，她将和丈夫嘎嘎带领劫后余生的两个部落的人前往衮哇塘寻找能够带给他们希望的嘉措。虽然整个故事的立意与内蕴还有待提高，但梅卓将笔触伸向母族文化的尝试实属难能可贵。其中，对人性的剖析、因果的阐释以及宿命的解读等，都是作家为接近并抉示民族文化精髓而做出的努力。

相比《太阳部落》，梅卓在《月亮营地》里对部落文化及其发展出路的反思要更为全面和深邃。部落文明的优势首先体现在发生非常事件时，所有成员须将部落利益放在

---

① 梅卓：《太阳部落》，中国文联出版公司 1998 年版，第 379 页。

首位并共同抵御外敌。在梅卓的叙述中，马氏兵团大兵压境，相邻的章代部落已被侵占，在此危急关头，承载部落希望的月亮营地年轻人们依然用酒精消耗着过剩的精力，"每个客人都在其中乐此不疲地消化着酒精给予的激越、热烈、纵情和忘乎所以，他们把这次战斗的肇事者忘了个一干二净。直到这场混乱的打斗足以把每个人的拳头发挥得淋漓尽致的时候，才慢慢停下手来"①。"这已经说不上是第几次醉酒了。年轻人们灌下去的酒似乎比岁月还多"②。当懵懂的他们仍不明了唇亡齿寒道理的时候，作家巧妙地安排了"集体失忆"环节，人们看着熟悉的面庞却无论如何也叫不出对方名字，他们不记得神山圣湖、草场植物的称谓，甚至叫不出自家猫狗牛羊等的爱称，而当醒悟的部落人决定联合章代部落共同抵御外侮时，回归正常的不仅是耳熟能详的名称，还有对本族文化内核的体认与坚守。与《太阳部落》相似的地方在于，梅卓都将外力入侵视为部落文化发生变异的主要原因，但《月亮营地》有了更多的内省意识，年轻人的沉沦与自省、犹疑与果断，都使这部小说具有了别样的魅力与厚度。而融合了本民族思维方式与文化特质的"失忆""寄魂物""赎罪"等情节的设置，都显示出梅卓对母族文化的认同与坚守。

## 二、呈示纷繁百态人生

藏族女作家们以关注普通人的情感体验和生存状态为主旨，为被赋予了太多想象的西藏去神秘化，将西藏还原成一个具有实实在在内容的名词，因生活在这里的人与生活在别处之人并无二致，他们同样要经历欢笑、悲苦、获得、失去、崇高、卑下、开悟、迷惘等，"所有这些需要，从他们让情感承载的重荷来看，生活在此处与别处，生活在此时与彼时，并无太大区别"③。他们跟我们所有人一样，拥有一个共同的名字——"人"。他们迫切希望能够参与人类文明发展进程，享用一切现代化发展成果更是他们毋庸置疑的权利。

尼玛潘多的《紫青稞》聚焦生活在普通藏地村落里普通人的日常生活，"照相式记录，老老实实地描绘出了当下西藏农村的日常状态，直接地、毫不借助神秘光环，还原了一个与时代发生紧密冲撞的真实的西藏"④。以阿妈曲宗家三个女儿桑吉、达吉和边吉为代表的普村人恪守传统的伦理法则，努力地追赶着现代化的步伐，却又不时地感觉力不从心。虽被外界满含不屑与鄙夷地称为"吃紫青稞的人"，但在自然条件极端恶劣的普村，用坚忍不拔的耐力守护一方水土就是对自然的尊重，顽强坚毅地活着亦是对生命的敬畏。桑吉、达吉、边吉、旺久、强苏多吉等年轻人陆续走出闭塞的普村，在县城或更遥远的地方找寻迥异于村里其他人的生活方式。有成功者，如旺久、达吉；有失败者，如强苏多吉；有仍在探索者，如边吉等。除却滑向道德边缘的强苏多吉，年轻人们的努力与辛劳有目共睹，他们以坚韧和执着实现着立足城市的青春梦想。尼玛潘多写出

---

①　梅卓：《月亮营地》，敦煌文艺出版社 2009 年版，第 73 页。
②　梅卓：《月亮营地》，敦煌文艺出版社 2009 年版，第 125 页。
③　阿来：《落不定的尘埃》，《小说选刊》1997 年第 2 期。
④　雷鸣：《映照与救赎：当代文学的边地叙事研究》，人民出版社 2013 年版，第 227 页。

了藏地民众渴望走出世代居住的大山的强烈渴望，也写出了他们对以先进生活方式及价值理念等为代表的现代文明的渴盼与敬畏。如果说守护高天厚土是藏民族必须恪守的职责，那么拥有同等的发展机遇、获得优越的生活条件，则是他们应有的权利。

时代进步潮流中，一些传统的藏地习俗并未被完全摒弃或彻底消失。多吉卓嘎（羽芊）的《藏婚》是为数不多的专门叙写藏地传统婚姻习俗的长篇小说，"一妻多夫"婚俗在小说中得到了比较全面、细致的呈现。多吉卓嘎消解了这个题材原本的敏感性和猎奇色彩，用双线叙述的方式展现卓嘎与好好两位女子的婚恋观。与放纵自己身心欲求的汉地女性好好不同，藏家女子卓嘎特殊的婚姻形式、隐忍的情感诉求具有直击人心的力量。为了财产的集中和劳动力的合理分配，"兄弟共妻"成为卓嘎及其家庭不得已的选择，在与嘉措、扎西、朗结、宇琼、边玛五个男人组成的家庭里，公平、平衡、和谐等都需要卓嘎去维系。其内心的矛盾、纠结、挣扎与困惑又折射出她对爱情的向往与渴盼："爱情，真的是一种奢侈，不是我们这样的女人能触碰的""这就是我们的命。爱情不是唯一，而是分享"。① 求之而不得的无奈与心酸跃然纸上。当具有排他性的爱情变成分享或共有事物时，身处其间之人所经受的煎熬与考验就有着撼人心魄的悲剧色彩。与此同时，多吉卓嘎也"从一个特殊的角度，让我们看到了现代文明影响下文化冲突的必然性与文化融合的可能性"②，由此呈现出了文化融合与变迁的潜在主题。好好与卓嘎二人互为文化他者，二人所属的汉藏两种不同的文化与价值观相互碰撞，于文化并置中实现了个人的自我批判与重构，并"看出原来不易看出的文化特色及文化成见、偏见"③。卓嘎开始重新思考和估量自己的人生角色和价值，勇敢地与扎西组建起了自己的小家庭，好好则选择悄然生下与嘉措的孩子交给无法再生育的卓嘎，重生与赎罪都是二人自觉的文化选择。

亮炯·朗萨的《寻找康巴汉子》聚焦当代康巴年轻人的人生理想与价值判断问题。地处藏地东部横断山区的噶麦村苦焦贫瘠，"到二十一世纪初，这儿还与外界隔绝，没有顺畅的交通，仍然闭锁在高原茫茫的千万座大山皱褶里，外面的人们躁动不休的时候，它依然宁静"④。就是这样的一个村庄却让康巴青年尼玛吾杰放弃优越的城市生活，义无反顾地回归故土并担负起了原本不属于他的重任——带领噶麦村的父老乡亲脱贫致富，修路、兴办学校、开办砂石厂……尽管困难、挫折、误解如影随形，但感动、欢欣和收获更多。藏区自古以来就有"卫藏的宗教，安多的马，康巴出人才"的说法，康定汉子、丹巴女子便是人域康巴的骄傲。尼玛吾杰以其睿智、沉稳、豁达及担当赢得了尊重、信任与爱情，完美诠释了康巴汉子果敢刚毅、有勇有谋的性格特质，更深刻展现了作为"人"敢于直面和应对挑战的勇气与决心，因为"人的生存就是在尘世受到挑战，而不仅仅是存在于世"⑤。当他正视所有挑战并受到召唤，"以及在拒绝与响应之间作出

① 多吉卓嘎：《藏婚》，西藏人民出版社2012年版，第205、295页。

② 万鸣等：《探寻现代文明下的文化冲突与融合——以多吉卓嘎的小说〈藏婚〉等为例》，《西藏文学》2014年第3期。

③ 叶舒宪：《文学人类学教程》，中国社会科学出版社2010年版，第120页。

④ 亮炯·朗萨：《寻找康巴汉子》，中国书店2011年版，第46页。

⑤ 〔美〕A. J. 赫舍尔：《人是谁》，隗仁莲译，贵州人民出版社1994年版，第95页。

选择时，自我的意识便产生了"①。尼玛吾杰让人们看到了当代藏族青年试图通过自身努力让藏区汇入现代化进程的强烈自觉，也让人感知到了藏区未来发展的希望和后劲。

## 三、深描女性生存境遇

深谙汉藏两种文化精髓的梅卓、白玛娜珍等女作家们的女性意识，并不体现在与男性争夺天下的犀利与激进上，相反，她们"在广阔的文化视野和多元文化语境下对民族传统文化进行审视，以各自不同的方式书写本民族女性的生存境遇及对人性救赎之路的探寻"②，并和缓深入地描摹着女性的情感体验和精神向度，多方位探寻着女性的社会地位与生命价值。

白玛娜珍《拉萨红尘》中的朗萨和雅玛都是接受过良好教育的拉萨女子，工作之余，二人都在寻找更为和谐完美的两性情感。朗萨选择与莞尔玛做遁世情侣，雅玛经历了跟泽旦、迪、徐楠等人的多段恋情，两人的寻觅历程看似迥然不同，实则殊途同归，折射出的都是经济独立的现代女性企望自主选择人生伴侣而进行的不懈努力。《复活的度母》记述琼芨和她的女儿茜洛卓玛两代女性的生活轨迹。母女都与多个男人陷入情感纠葛。与相对洒脱的女儿茜洛卓玛不同，曾是希薇庄园二小姐的琼芨白姆的命运更加坎坷。世事变迁后的残酷现实、无果而终的多段恋情，导致其心理和性格严重扭曲，她甚至不惜毁掉儿子旺杰与儿媳黛拉的婚姻，"黛拉惊恐地流着眼泪。旺杰跳起来狂怒地踢里屋的门，母亲用拳头狠劲地砸桌子，他们声嘶力竭地对骂着。我忽然觉得静极了。哥哥与母亲亲密地窃窃私语或大声叫骂时一样静。……只有黛拉，她是这家人以外的，但她的存在像一面镜子，反照着我们——希薇家族可怜的后裔，扭曲的情境"③。白玛娜珍塑造出了藏地版的曹七巧，只不过张爱玲笔下的曹七巧为自己戴上的是由财物、资产堆砌的"黄金枷锁"，琼芨戴上的是情感瘀滞而成的沉重枷锁，她的偏执与疯狂是人性极度压抑之后的集中释放，也是历史演变的洪流中女性无力把控个体命运时的畸形宣泄。这样的枷锁会伤及自身，对身边人同样极具杀伤力，儿子旺杰、儿媳黛拉和女儿茜洛卓玛无一幸免。

格央《让爱慢慢永恒》的主人公也是两位女性——姬姆措和她的嫂子玉拉，故事背景是风云变幻的20世纪二三十年代，意欲寻找个人归宿的姬姆措和玉拉在同一天里相继出走，前者是为了已经出家为僧的贵族少爷嘎乌·索南平杰，后者则意欲跟突然出现的昔日恋人嘎朵重续前缘。格央以细腻淡然的笔触勾勒出了两位普通藏族女性的人生轨迹。姬姆措和玉拉浪迹于拉萨、大吉岭、中锡边境的小村庄、易贡贵族庄园、江孜刑场等地方，历尽磨难的姑嫂二人八年后再相见，所有的爱恨情仇都已尘埃落定，她们共同的选择是宽宥身边的人和事，用大爱、博爱化解尘世里的缘与劫，"心中有的只是爱，而不是剧烈的爱情。爱情是狭窄的，可是爱却是宽厚的；爱情是紧张的，可是爱却是平

---

① 〔美〕A. J. 赫舍尔：《人是谁》，隗仁莲译，贵州人民出版社1994年版，第96页。
② 田频，马烈：《论新时期藏族女性作家对女性救赎之路的探寻》，《西藏大学学报》2013年第3期。
③ 白玛娜珍：《复活的度母》，作家出版社2006年版，第22页。

淡的；爱情是天真的，可是爱却是伟大的"①。格央以宗教情怀和思维设置小说人物结局，让她们放下所有的爱恨情仇，与自己和解，也跟别人及世事和解，于平静中让爱慢慢永恒。

亮炯·朗萨的《布隆德誓言》是康巴汉子快意恩仇、豪侠仗义的传奇史诗，也是康巴女子尽情释放自我的华美乐章。尽管故事的发生时间是晚清，但布隆德草原上的女性却不受同时代汉族女性遵从的"三从四德"等思想的禁锢与束缚，"各阶层女性分别在自己人生道路上扮演着不同的角色，无论是作为母亲还是恋人或其他身份，女性皆是自己的主宰"②。翁扎·朗吉（坚赞）的母亲泽尕在土司丈夫翁扎·阿伦杰布被弟弟谋杀后，并未卑微地委身于继任土司，相反，她决绝地带着年幼的儿子踏上了逃亡之路，还为儿子立下了报仇雪恨、重振家业的"布隆德誓言"。"弑兄篡位"的继任土司翁扎·多吉旺登，与妻子丝琅始终保持着平等互敬的夫妻关系，他的两个女儿——萨都措和沃措玛的言行也有别于汉地封建大家庭里的名门闺秀。萨都措和沃措玛有着更为鲜明的女性主体意识，她们无拘无束地释放天性，自主地选择自己的人生伴侣，甚至悔婚、拒婚，乃至私自放走射杀土司父亲的"仇人"。两位色姆（公主）特立独行的性格与行为即便放在今天，也是众多现代女性梦寐以求的。

亮炯·朗萨笔下的藏族女性尽情彰显独立人格的同时，也毫不吝啬地展现着自己的身体之美。性别与身体在她们那里犹如上天馈赐的财富，是可以坦坦荡荡地面对并展示的。桑佩岭马帮的马帮娃们在路途中曾遇到一位裸露上半身洗浴的女子，"身着黑色藏裙袍的年轻女子裸露着上半身半蹲在水边的一块大石上，长长的头发湿漉漉地披散在右边，遮住了整个脸庞，加上一些树叶被风一吹会挡住他们的视线，使这些马帮娃们看不清她的面容，但那女子窈窕的身段，象牙色的肌肤，细致圆润的手背、肩膀和挺拔、颤动的乳房已使年轻的马帮娃激动兴奋不已了"③。马帮娃们争相目睹这位女子的体态之美，但任何人都不会去"惊扰"人家，他们的赞美与欣赏也不含有戏谑与猥亵成分，更多的是对生命力和生殖力的敬畏与崇拜。

当藏地不再是幻化出的"净土""香格里拉"或"世外桃源"时，这里的人和事才真正可感可知。藏族女作家们没有执着于展示"我有你无"的藏地奇观，没有"以陈腐的浪漫来稀释当代藏地生活的真切性"④，也没有将藏民族描绘成不食人间烟火的特殊群体。她们以汉语作为创作语言，将厚重的长篇小说作为载体，从女性视角切入，阐释民族文化，抒写人生况味，关注女性境遇，"从不同侧面对民族的历史、现实以及生存环境进行了有史以来最为深刻的反省，消除了单一的文化视角而获得新的意义建构"⑤，为藏族当代文学的多样化发展呈送了诸多别样的文本，承载起了"当代中国民族文学的

---

①　格央：《让爱慢慢永恒》，太白文艺出版社 2005 年版，第 167 页。

②　彭超：《照亮历史深处的瑰丽之光——〈布隆德誓言〉的女性叙事》，《当代文坛》2013 年第 4 期。

③　亮炯·朗萨：《布隆德誓言》，外文出版社 2006 年版，第 176 页。

④　雷鸣：《映照与救赎：当代文学的边地叙事研究》人民出版社 2013 年版，第 232 页。

⑤　朱霞，宋卫红：《身份·视角·对话——浅论当代藏族作家的汉语创作》，《西藏民族学院学报》2009 年第 5 期。

双重视角和文化对话的历史重任"①。因为有她们的参与和努力，藏地汉语文学版图日臻完善，中国当代文学面貌焕然一新。

（作者单位：陕西省社会科学院）

---

① 朱霞，宋卫红：《身份·视角·对话——浅论当代藏族作家的汉语创作》，《西藏民族学院学报》2009 年第5 期。

# 特色之上的普遍性反思

## ——关于严英秀小说创作的思想诉求

牛学智

　　当前中国小说创作，一定程度深陷在至少两个文化误区之中。一是独尊个人私密化经验，并以个人主义叙事为荣耀，反复撰写关于"内在性"的童话故事；另一个是无限放大身份危机，乃至于不断分解、分化宏观视野，在"民族""地方""偏僻""仪式"等话语范围讲述关于文化自觉自信的"中国经验"。前者的思想诉求直接指向"去政治化"的个体意识和潜意识深渊，后者的审美期待经常受文化产业思维的蛊惑，因而多数也就慢慢走向了消费民族、消费地方、消费偏僻、消费仪式，甚至消费苦难的文化趣味主义窄路。无论哪一种，在更高的思想水平来看，都相当严重地缺乏对普遍现实和普遍意识的书写努力，小说这个自古以来的"无用之学"，也就轻而易举地卸下了"启蒙"重担。在圈子化、小市民趣味和个人私密意识的交织中，小说似乎正在经历着彻底的堕落。

　　研究严英秀的小说创作，需要有这么一个基本认识框架。因为她小说中突出的思想努力，总结来说，主要表现在两个方面，即对当前学院制度的批判和对当前女性知识分子情感危机的体察。

一

　　经济发展的相对滞后，似乎反而是一件不刻意为之的荣光，倒成了一些打着"反抗现代性""现代性危机""过剩的现代性"论者的现实依据，于是便顺理成章推导出了一些奇奇怪怪逻辑结果。认为在中国的西部，在西部的西北，在西北的少数民族，在少数民族的宗教群体，是"道"的寄存者，这是近年来我看到和感知到的可谓最振奋人心的说法。有了这样一个前提，西北这个地理概念一下子变成了精神文化概念。在众多精神文化概念中，"现代性危机"或"过剩的现代化"等变成了作家文人们争相书写和梳理的突出命题。他们认为，正因为经济的相对欠发达，西北才出人意料地成了人类意义生活的所在；也正因为现代化工业发展的迟滞，西北才侥幸变成了现代化的后花园。言外之意，我们应该反思发达地区已经出现的"现代性危机"。更有甚者，由西北历史的特殊性推而广之，一批关于"现代性"的词汇不胫而走，大有改变现代哲学方向的雄心。说什么宗法秩序本来就是理想的中国式现代化，说什么中国古人早就发现了现代性，道法自然、天人合一、物我两忘、安贫乐道，等等，远高于现代哲学中的现代性，我们没有必要舍近求远。总之，一句话，有了经济全球化和文化全球化，我们发现了西北；有了这个被发现的西北，我们才找到了自己的文化自觉和自信。显而易见，这其中的逻辑充满了悖谬和混乱，只能导致投鼠忌器的后果。且不说泰勒的《原始文化》和列维-布留尔的《原始思维》早就提出过"主客互渗律"不是人真正的自觉，而是人对自身的麻醉的说法，单就我们的现实而言，经济主义价值观有问题，该在这个价值导向中寻找答案，总不能自外于这个价值导向，把人打回原始原形吧！不消说，不加反思，一味求证，一味图解西北现世人生的小说，占有绝大多数版面，而致力于反思和批判的普遍性叙事，则少之又少。

这时候，严英秀的小说思想，显示出了很不一般的识力，她的视角也显得是那么独到和微观。在这一方面最突出者，大概属于《一直很安静》一类篇章。

《一直很安静》的确具有某种显而易见的消费娱乐价值，因为它涉及诗人一直以来的人文形象，刚直不阿、气节犹存；也涉及小技术官僚的官场形象，摧眉折腰、飞黄腾达；更涉及现今女学生"精致的利己主义"，逢场作戏、左右逢源，甚至以消费身体为荣耀这一新的身体美学兴趣；亦涉及女知识分子遭遇科层化挤压不能自已丢盔弃甲地出逃，传统文化给予她的"寂静主义"在现代科层管理体制中不堪一击。如此等等，这些二元因素非常适合镜头化，也十分适应各类读者的消费娱乐欲望，在各得其需的满足中，伦理的眼泪有了，道德的眼泪也有了，把小说叙事直接变成一个个关于突破伦理底线和越过道德红线的人格理想主义故事，似乎已经是非常了不得的思想了。当然，崇高而失败，卑俗而得逞，也不妨是一种审美的感染。

然而，这里我要强调的是严英秀娴熟运用叙事手法而得的一种双重批判。一般层面来看，之所以当今高校知识分子普遍存在精神危机和价值错位感，无非是体制机制的原因，严英秀恰到好处地捕捉到了这一现象。但一般的社会认识，不能直接进入小说世界，即便强行进入小说世界，也需要进一步深化处理。严英秀在这一点上显然是有着自觉的思想眼光的。这便是我要重点指出的特殊层面，即她对自身民族身份和地域文化身份的省思。也就是说，她小说中的学院及其体制机制，首先需要离开西北这个精神文化概念才能被清晰看到。而离开，在严英秀这里，意味着对一套或几套既定文化话语系统的重新审视，甚至颠覆、重估。

在这部小说中，"一直很安静"的传统女知识分子田园，极富隐喻地逃离了高校，给了自己和她赖以存身的传统文化一记响亮的耳光。我注意到，有些严英秀小说的研究者，恰好把这一逃离，解读成对理想主义的坚守。恕我直言，这不仅是流俗的价值观，而且可能还是瑜伽会馆、美容院等地二次贩卖传统美学的后果，是"众人皆醉我独醒"或"快乐着我的快乐，幸福着我的幸福"的具体反映。读该小说，我为什么老想起三个经典细节——《西游记》里超出三界外不在五行中的孙悟空，《三毛从军记》中喝醉酒后说出"再研究研究、再议论议论、再想想、再看看……"的小人物言，《阿Q正传》中落魄土谷祠的阿Q对众多女性的挑剔？原因盖在此。

我们总是急于给困境中的人物找到出路，总是急于给不堪的现实一个就近的答案，结果是药方开了一大堆，真正该引起深度反思的思想却一再被迫流失。《一直很安静》

正是如此。田园身上系着两个警铃，一个是西北传统文化的，一个是功利主义或经济主义科层制的。向后看，西北文献学意义上的传统文化遭遇经济主义知识评价机制，失去了提供意义机制的可能；向前看，小市民趣味浸润而成的小技术主义"现代化"，本来从根基上就是意义及其持续可能性的天敌。这个时候，我们该怎么办？学院知识分子该怎么办？学院该怎么办？对这一系列问题的思考恐怕才是《一直很安静》的思想韵味之所在。然而，要体味这种况味，需要回到小说叙事的逻辑，而不是向现今流行的各种主义乞怜。由此可见，严英秀能在旧故事中，甚至旧题材中，开掘出思想的新意，得益于她对自我的超脱，对自我既定知识、价值和观念的超脱，特别是她对藏族身份及其代言者的超越。两边都不着边际、靠不住，这问题本身当然也就高于多数所见小说中知识分子一般危机和具体道德伦理危机，进而属于形而上学追问。这种追问显然是继古代屈原的"天问"，现代鲁迅的"娜拉出走怎么办"，当代韦君宜或戴厚英"人文之陨落"之后的"接着说"，当然，更是无处不在的"归宿"和满篇民族地方"特色"的西北"怎么办"叙事。

## 二

严英秀另一类堪称普遍性叙事的小说，则属于对女性知识分子情感危机的体察和对女性知识分子身处世俗家庭环境的观照。表现最为典型的也许是《仿佛爱情》《纸飞机》《芳菲歇》等小说篇什。

一涉及女性知识分子及其情感危机，读者可能很自然会想到张爱玲、张洁等作家的小说世界，那里面似乎有如许多关于女性知识人的格言警句和醒世名言，也好像已经有个什么关于女性知识人的情感、家庭的处世蓝本等在那里，你只要用心去挖掘，就会有很多故事模式被生产出来。也仿佛一提到女性知识分子，提到学院高墙，便必然是女性主义或女权主义，那个世界里，女性知识人个个奇装异服、神色怪诞，甚至嘴叼烟卷、不近人间烟火，说话也机关枪一般，势如破竹。严英秀显然不是我们想象的那样，在她的小说世界里，特别是在她这一类叙写女性知识分子情感危机的小说世界里，批判的矛头指向了使女性知识分子情感变得支离破碎的社会，而不单是女性本身。可见，她在这方面的思想用力，要远远高于一般的道德伦理观照和一般的人道理想主义眼光。

《仿佛爱情》在这一表现上既显典型又颇多奇特。典型是说女博导朱棉显然属于上一辈知识人，也许是传统型知识分子吧。故而，在她的眼里，自己的女博士娜果应该像自己或自己的父辈一样理所当然地、按部就班地获得家庭和爱情，即便结果不怎么体面，那也比娜果为了求得城市生活的一切保障而嫁给一个丧偶老男人要强得多。事实当然不尽如朱棉所想，娜果还真这么干了。尽管中间隔着物质和经济及道德伦理、社会身份的诸多想象余地，但叙事到这一层，应该说还比较平庸。因为这类表现现实与理想冲突的故事，无论是对他者内心的体会和推测，还是对自我的确认，都多得几乎到了泛滥的程度。不平凡之处在于，严英秀通过叙事隐喻处理，比如对猫的直感，到通过猫才终于打通上下两代人历史，使这篇小说的精神马上立起来了，这是小说奇特的地方。

奇特不是拧着现实逻辑的穿越，也不是中国式先锋派小说几成叙述符号的不按常理出牌，表达什么现实的荒诞之类技法。严英秀的奇特实则是实证的现实主义态度。上辈知识分子深受传统道德伦理的塑造，无法认可娜果的选择，朱棉这一辈则又多受女性主义浸染，觉得娜果的这种情感归宿，无异于对"独立之精神"的亵渎，三项力量在这里构成了思索张力。读者不得不重新回到自己的现实来思考问题。当父辈表面看起来心平气和的情感生活被大多数人认同时，那种基于计划经济制度下的"平等"婚姻，是不是一定意味着"独立"呢？答案是肯定的，因为它有其社会支持。当朱棉颇用心思的情感启蒙濒临瓦解之时，人们不禁要问，朱棉自己的归宿在哪里？显然，朱棉的过程充满了悖论和错位，她的那个"独立"或者说她对娜果选择的怀疑，事实上已经失去了当前文化的确认基础。那么，最后一个问题，娜果应该由谁来确认？她自己吗？抑或是她的价值共同体？肯定都不是，而是当今占强势地位的经济主义价值观。如此一来，"仿佛爱情"便成了关于爱情的借口，毫不含糊，这恐怕才是今天每一知识女性所处的实际情感环境。它华丽漂亮，但处处陷阱；它理由充足，但内里的谎言不言自明；它假独立之名，行依附之实；它被经济社会大包大揽地支持，然而主体性其实早已被所谓的城市化抽空。传统经典知识赋予女性知识人的和现代哲学反复灌输给女性知识人的那点意义感，在坚硬的现实面前被碰得落花流水，真正成了"空洞的能指"。

在这一层来看，严英秀的叙事探索，着实让人震惊。看起来只不过是高校四堵墙内的事，也只不过是占知识分子人数不过半的女性私人风暴，可是，当它成为叙事，成为不断放大的认知时，其所在社会到底是如何从里面开始慢慢掏空每个知识人硕果仅存的那么点主体性的？这个问题想一想，都不由得觉得心寒彻骨。深层的情感危机，必然连缀着一个社会提供的秩序，而之后的秤砣，却不见得是被我们念叨成顺口溜的道德滑坡、人心不古、情感冷漠。

## 三

当然，严英秀的情感危机类小说，绝不止这一种。有时候她的视角仅限于小家庭的夫妻之间，比如《纸飞机》等；有时候似乎情驻理想主义，尽量突出和放大女性知识分子在事业上、情感上和社会贡献上，乃至道德上的楷模作用，谓之为"给人们一缕光亮"，比如《芳菲歇》等。

坦白说，我个人认为，这一路叙事的思想余地比较狭窄，可进一步生发和探讨的价值也就相对有限。

女性作家及其研究者，好像格外喜欢"安放灵魂"（这个词当然不是女性作家和研究者首先所用）一词的文学性。我未曾深度追究，但直觉告诉我，"安放"而"灵魂"，好像有使活动之物、激情之物处于寂静乃至死寂的意思。与世无争还是轻的，与世隔绝或者自绝于世，才是目的。当然，"灵魂"所云者，不是空穴来风，来自宗教类灵异之学，其主张通过个人修持，达至寂静主义的程度。据考证，寂静主义指 17 世纪的一种神秘灵修运动，其主要倡导者为西班牙神父米盖尔·莫利诺斯和法国修女盖恩夫人。寂静主义者试图通过从日常世界隐退而创造一种与上帝直接交流的关系，因而自身的思维和意志完全被动。他们拒绝传统的祷告和其他教会礼拜活动，而将时间用于默想。

1687 年，罗马天主教会宣布寂静主义为异端，原因是这种东西首先是对生命本身的虐待，其次也不符合任何以真善美为终极目的的宗教诉求。现在寂静主义仿佛又回潮了，它表达的究竟是逃避现实还是皈依宗教？文学与当下活人世界无半毛钱的关系，这不知道是时代的悲哀还是人的悲哀！不过，从现有的论述不难把握，寂静主义至少限制并约束思维向现代社会蔓延，因而它不主张人有主体性，它鼓励的是关起门来大谈理想主义，打开门便是世俗主义和功利主义，唯独没有主体性的余地。我想，文学特别是叙事类文学之所以在自媒体时代还有价值，是因为其价值不止于自持和自修，更重要的在于它能通过它的手段，打破已经或即将形成的圈子化趣味、圈子化经验和圈子化思维观念，迎着一切的躲避，勾连事象背后的普遍性，并形成叙事逻辑，让其所包蕴的思想力量被绝大多数读者感知到。也就是说，文学应该成为另一种思想言说，这是今天时代规定性推到文学面前的一个义务，唯其如此，文学的棱角才有理由突破到处弥漫着的自媒体。否则，如果把文学及其创作视为一件无关紧要的生活装饰，或道德情操的自我写照以及消费自我的另一种形式，那么，不用宣判，文学的死期也就快到了。

为什么呢？文学编辑、文学刊物、文学机关、文学奖项、文学项目和文学教学等庞大复杂的生产程序，最后的产物仅仅是自我消费品、自我陶醉品。部分事实已经证明，影视叙事和娱乐公司，其实早已有了其独立创意制作法人，而且他们的商业逻辑和资本运行法则，也早已是这个时代的领跑者了。与之相比，文学还处于那个向内的自持和自我指认的状态，虽然看上去仿佛还比较能蒙人，但毕竟无法改变其本身笨手笨脚的总体面貌。更重要的在于，按照美国人类学家克利福德·格尔茨《地方知识：阐释人类学论文集》中强调的用地方知识"深描"普遍共识和法国哲学家米歇尔·福柯广为人知的"地方"与"话语权力"理论，如果文学紧贴着文献学和宗教原典意义的宗旨循环往复，那么，少数民族文学及其研究就仍不具"原创性"，更遑论在"文学边缘化"总体语境下提炼并适当放大少数民族经验了。

# 四

严英秀既是一个创作者，也是一个优秀的现当代文学研究者，她在这方面的自觉性，如果窥斑见豹能说明一些问题的话，仅以上两点论，其小说创作的思想能量也便可见端倪了。在如此之多的同质化小说家中，能突出一点者都不多，何况她突出了两点或者更多，这已经预示了她在这方面的前景。正如她曾写批评文章强调指出的那样，西部乃至西北，确实有那么一种"特色"标签。自致角色也罢，他者赋形也罢，大家总愿意舒舒服服背对现实，都不愿从惯性思维中跳脱，认定那个飘飘忽忽的"道"仿佛就应该属于相对滞后的经济，就应该与欠发达的工业化相匹配，紧接着西北似乎真成了"过剩的现代化"的现实依据，也好像真成了佐证"现代性危机"的理论口实。其实不然，大多数打"特色"牌的文学创作者和研究者，非长时间无法突出，而且基本存在迅速被遗忘。诸多事实一再表明，只有熟谙"普遍性"的终极追求，才能具有自觉的"特色"构建思想，反过来，如果没有"普遍性"思想基石，"特色"也将不保。严英秀写出的东西的确也不算太多，但她无疑是一个能跳出本土来审视本土的研究型小说家，想来她也一定会沿着思想言说的方向，继续走下去。

（作者单位：宁夏社会科学院文化研究所）

## 青年论坛

# 倾听爱情动物的呢喃

　　——读何竞短篇小说集《爱情动物》

冯会丹

　　收到何竞寄来的短篇小说集《爱情动物》时，尚未打开内页，我便为其封面精妙的设计构思折服了。"爱情动物"四个淡蓝色的字灵动地排列着，插图化用余光中翻译的英国诗人西格夫里·萨松的《于我，过去，现在以及未来》中的名句"心有猛虎，细嗅蔷薇"，文字下方配色素雅的"蔷薇"暗合题目"爱情"，右上一只目光坚定的"猛虎"暗合"动物"，实在恰如其分。看得出来，书的每一个细节都倾注着作者大量的心血。何竞曾是工科学士，因为对文学的热爱、对文字的痴迷而在研究生阶段转向文学。虽然看似起步较晚，但迄今为止，她已在国内公开刊物上发表文章逾三百万字。这本《爱情动物》是她的第一部短篇小说集。之所以将书名定为《爱情动物》，作者称是"因为这些作品几乎都和'爱'有关"，书中的人物，寄托了她"对爱情所有美好的想象，以及幻梦"①。虽说是想象与幻梦，却是作者这十余年里对爱情、婚姻及家庭的观察与思考。

　　书中收录其从初次投稿至今十余年的短篇小说 42 篇，以爱情为主题，分为"古韵""旧谈""世相""痴恋"四辑。"古韵"侧重对传说历史中的爱情故事进行解构，另辟蹊径，发现其中的感人或辛酸之处。"旧谈"里的故事设定在风云变幻的民国时期，利用精巧的结构，通过误会与错过的结局表现在辛亥革命、五四运动、抗日战争、解放战争等社会大潮中个体身不由己而被时代洪流牵引的不完美爱情，表达的是作者对人生命运多舛的态度。"世相"和"痴恋"则将书写的场域转向当下社会与现实，通过消费社会中人的婚恋观及对事物的选择，反观人心的坚硬与柔软、人的背叛与守候，看透人生的残酷与美丽、酸涩与甘香。"世相"倾向于写金钱、欲望考验下家庭婚姻生活的不幸与人性的自私冷漠。同样面临着社会现实的种种考验，"痴恋"则倾向书写历经种种磨炼后依旧不渝的恋爱及数十年如一日的追求与守候，以一种温暖而曲折

———————————

① 何竞：《爱情动物》，团结出版社 2018 年版，前言，第 1 页。

的笔调呈现婚恋中的单纯与美好。"痴恋"中的恋爱故事有多动人，"世相"中的家庭故事就有多残酷。其中最打动我的是"古韵""世相"两部分，其笔调既有"爱情"的温柔缱绻，但在透过爱情开掘人性时，也有"动物"般的冷峻犀利。在这种温情与残酷的张力中的，是一个正在成长中的青年作者的未来与希望。

一

　　我的分析不妨从"古韵"谈起。"古韵"多写历史传说中口耳相传的爱情故事。作者在写这些爱情故事时，回归现实，从女性细腻的角度，深入人物内心世界，发掘出爱情中幽微复杂的美妙之处和不堪之处，既有为爱痴狂的轰轰烈烈，也有戳破爱情虚幻的泡沫后血淋淋的惨淡现实，从而在"旧瓶"中酿出"新酒"。例如《西游记》中黄袍怪强占百花羞公主十三年的婚姻本就三界不容，但《前缘》却以奎木狼星与披香殿侍女在天庭时相约下凡的前定姻缘作为叙事的着力点，从下凡后奎木狼星变成相貌丑陋的黄袍怪，百花羞忘记前尘往事的命运捉弄里，写黄袍怪尽管明知百花羞嫌弃他的容貌，竭力逃离他的身边，但仍旧爱她为她去死的深情。历史上李煜性格绵软，国破后沦为亡国奴，《玉碎》中小周后宁为玉碎不为瓦全，联系旧部帮助李煜逃脱，不堪凌辱而自杀，殊不知李煜从不惧死，忍辱偷生却只是想与爱人多相守分秒，读者读罢更为二人的感情唏嘘。《情僧不兽，情深不受》打破高阳公主和辩机和尚有私情的固有认知，从高阳无法左右自己婚姻爱情为切入点，写尽她的天真与忧伤，阐明爱情与人的地位容貌统统无关。蔡文姬隐匿在"文姬归汉"的美谈和与曹操暧昧不明的纠缠中，而《胡笳十八拍》中却从其颠沛流离、看尽世事后愿得一人白首的心绪入手，肯定她对董祀平淡而真挚的感情。这些因为政治因素或道德观念而不被当时乃至后世认可的感情，被作者从当事人的角度出发，挖掘出不易被人察觉的动人之处，进而具有了合理合法性。

　　除了赋予不被认可的感情以合理合法性，她更多的是揭示所谓美好历史传说中不为人知的伤心无奈，以呈现人性的幽微复杂。白蛇传说以白素贞的视角述说她与许仙荡气回肠的爱情，与小青情同手足的友谊，但《逆袭》却放大了小青与许仙的情绪。终日相守的姐姐投向他人怀抱时她也会嫉妒和不甘，所以才特地在端午节带回雄黄酒，在白素贞现出蛇身后色诱许仙。而许仙也终究是凡夫俗子，抵不过小青温香软玉的诱惑。王宝钏寒窑十八载等待薛平贵，最终夫妻团聚，并与代战公主共侍一夫的故事素来为人称道，《寒窑为谁守》以团聚十八天后王宝钏暴病身亡为切入点进行重述。薛平贵后娶的是身份尊贵的公主，公主怎能做妾，又怎能忍受另外一个女子与她家庭地位相当？所以所谓夫妻团聚只是一场给人看的戏。薛平贵团聚前的试探、团聚后的杀心，才是王宝钏苦守寒窑的最终结局。李清照与赵明诚琴瑟和鸣的爱情被传诵至今，《人比黄花瘦》却另辟蹊径，写赵明诚爱金石胜过爱妻子，从"猜词"一案折射出李清照在女词人光环下，其作为妻子的思念抵不过丈夫颜面的婚姻生活裂隙，一层层撕开两人无爱的实质，而李清照闺怨思夫词作中建构出来的所谓爱情，不过是一个得了爱情幻想症的女人粉饰太平的文字。卓文君作为第一位脱离门当户对的传统观念为爱私奔而名留青史的女性，直至当下也为人称道，而小说《白头吟》却写出了爱情中的背叛与心机，卓文君以弃妇形象所作的《白头吟》让司马相如备受指责，因为外界流言，而不是出于对卓文君的爱，司马相如才只得重回卓文君身旁。《举案齐眉》中梁鸿娶孟光只是因为孟光粗拙的形象能帮他博得"不爱美女外表，重视丑妇心灵"的好名声，巩固他的隐士身份。婚姻和爱情，统统让位给"名誉"二字。孟光不过是梁鸿的"粗使丫鬟"，所谓"举案齐眉"只是她如履薄冰服侍丈夫的写照。小说用第一人称来叙事，以女性缠绵的、柔性的笔调发出声嘶力竭的呼喊：纵使是千古美谈也不过是被历史美化、建构的泡影，泡影被戳破后，尽显出色相、权力、名声对人性的考验，满含着弱势者的斑斑血泪，此中的千般情愫也只有身处其中的人才能体会。

## 二

"世相"则透过对当下婚姻、家庭的考察，书写当下社会人的焦虑和情感困境。"世相"与"痴恋"一个写家庭婚姻，一个写恋爱，因此在剖析"世相"之前，对"痴恋"作简单的总结似乎更能体现这其中的玄奥之处。在"痴恋"中，作者描写了诸多"看上去很美"的恋情，但这些爱情的基础却要么是婚外恋，要么是年少时便产生的情愫，而故事中的男女因为诸多原因兜兜转转几十年才重逢再会，从来与家庭婚姻无涉。唯一一篇写到婚姻家庭的《有爱无爱都一生一世》中，张雅秋是一个深谙当下婚姻哲学的人，在婚姻中睁一只眼闭一只眼，结婚第13天接到丈夫白秦的情人打来的电话，却依旧气定神闲。最终白秦和情人约会出了车祸变成植物人，张雅秋以一年的悉心守候才换来白秦的浪子回头。以车祸这种意外让白秦洗脱掉花花公子的形象，增加其悲情特质，更突出张雅秋的深情，但这种设置并不高明，就像题目所预示的那样，二人的婚姻其实是有爱也好，无爱也罢。从不食人间烟火的爱情过渡到柴米油盐的婚姻又是怎样的情形，则是"世相"要呈现的内容。"《归来》将目光放在了二十多年前那一代下岗女工的身上，通过红英的悲欢展现命运大潮中个体的无奈。"[1] 90 年代下岗女工红英为了照顾双腿受伤的丈夫，抚养年幼的儿子国贤，在丈夫的支持下离婚"下海"。她数年后想回家看望儿子却遭其拒绝，与丈夫约定的复婚也无疾而终。当她赚够买房钱归来时，丈夫已与他人买房成家。即使她把数十万的钱打入儿子账户，得到的也只是一句无悲无喜的"谢谢妈"[2]。这里，不仅是两性关系被质疑，甚至连亲情也被质疑。为给儿子攒学费而进城做保姆的玉凤被查出乳腺有肿瘤，丈夫不管病情实质如何，以"以后死了都不是囫囵鬼"[3] 的荒唐说辞阻止她做检查。封建愚昧的说辞实则反映的是经济的龃龉，而不顾他人死活的做法更是反映了人性的不堪（《花围巾》）。男同事在汶川地震中舍命救下了怀孕的朱云，但她因担心流言而撒谎声称同事是为了跟她抢占安全的桌底。同事的妻子为此发疯，而朱云也仿佛受到了因果报应，生下的儿子先天失声，丈夫也开始怀疑她与同事有染而另寻新欢（《债》）。《渴》与《原罪》则以婚姻中出轨的女性唐薇、阿嫚直击

---

① 《牡丹》2018 年第 1 期。

② 何竟：《爱情动物》，团结出版社 2018 年版，第 208 页。

③ 何竟：《爱情动物》，团结出版社 2018 年版，第 162 页。

女性的欲望，出轨成为她们在平庸的婚姻生活中一种新奇而刺激的游戏，是隔离母亲与主妇身份，确立"女性"身份，渴望爱、追求爱的一种表达。而唯一生活幸福的左姑娘，其幸福却建立在她的音盲和丈夫自幼左耳失聪的缺陷上。在这里，自私、猜忌、出轨成了婚姻的注脚，美好的爱情似乎在婚姻之外，在家庭之外。作者将"痴恋"置于"世相"之后，并以其温情来收束全书，从中不难看到其"依旧天真无怨地相信爱情，并愿意为之蹈身以火，焚心不悔"① 的决心。

## 三

当然，"旧谈"与"痴恋"中的文章在通过两性关系开掘人性方面亦有特色。如《安德鲁的怀表》中善良缄默的孙贵是门房的儿子，安德鲁的父亲却是来华的大使，身份上的差异没能阻挡二人成为密友。孙贵陷入安德鲁追求小凤，小凤却属意自己的纠缠中，他面临着爱情与友情、忠诚与背叛的两难选择。这纠缠以小凤主动离开而终结，但直至孙贵为安德鲁赚取去上海寻找小凤的车费而被流弹射杀时，也没有人在意过他的想法。在这场三角恋中，作者将孙贵这个小人物的勤劳、忠诚、重情义的特质表现得淋漓尽致。再如《双飞蝶》中自幼丧母的春秀善良而隐忍，继母为了钱将她嫁给一个濒死的渔夫。未婚夫过世后，继母以春秀守孝十年的代价得到了未婚夫财产的继承权。春秀因担心家族名声而拒绝了正午一起私奔的要求，二人缠绵之际却被暗恋正午的喜妹发现。喜妹年幼而保守，一时无法接受二人行为便到村长家里告密，春秀被浸猪笼，正午跳海自杀，而喜妹也在自责之中发疯。这篇小说震撼之处不在于批判了"吃人"的旧传统、旧道德，而在于展现"嫉妒"带来的悲剧。总体来说，我觉得最能体现其创作特色和艺术成就的还是"古韵"和"世相"。

不过，我在为何竞取得的成绩欣慰的同时，也有些许遗憾。如"古韵"的创新性略显不足，"痴恋"的艺术驾驭力有待提高，"旧谈""世相"中还有一些构思与提炼仍待推敲的作品，这虽是许多青年作者初创时都难以避免的问题，但也恰恰向何竞提出了如何形成并坚持自己的创作特点，进而向更高处迈进的创作问题。我也以期待的目光注视着何竞更上一层楼。

愿你能倾听这只爱情动物的呢喃，在这个以物质衡量一切，追求爱情已经同理想主义、浪漫主义一样，成为不切实际的代名词的时代里，体验人世间最温暖的情愫，体会通过爱情"可以改变洪荒的宇宙，无涯的沙漠""拯救灵魂的荒芜"② 的力量。

（作者单位：四川大学文学与新闻学院）

---

① 何竞：《爱情动物》，团结出版社 2018 年版，前言，第 2 页。
② 何竞：《爱情动物》，团结出版社 2018 年版，前言，第 2 页。

# 新著推荐

# 阿来研究的里程碑
## ——评陈思广主编的《阿来研究资料》

周　毅

　　"以汉语写作的藏族作家"阿来，其文其人都是中国当代文学史上的传奇。当年被十余家出版社拒稿的《尘埃落定》，不仅让阿来成为"最年轻的茅盾文学奖得主"与"获得茅盾文学奖的唯一的藏族作家"，也是迄今最为畅销的几部茅盾文学奖获奖作品之一。于是，30 年来，阿来的文本、阿来的文化身份、非虚构写作、民间审美资源、对现代化的态度等，几乎每一个与阿来有关的话题最终都变成了学术界和大众传媒共同关注的热点与焦点。2018 年 8 月 11日，他又以《蘑菇圈》荣获第七届鲁迅文学奖，成为四川文学界首位国家级文学双奖获得者。可以说，阿来成为当代文坛重要的研究对象已是不争的事实。通过对阿来的研究，不仅可以洞见阿来本身的创作实绩，还可以洞见藏区文学创作的诸多问题，对当下的四川文坛乃至全国文坛的创作也有重要的启示意义。

　　也因此，由四川大学陈思广教授主编，由白浩、谢应光、杨荣任副主编，四川文艺出版社 2018 年 7 月出版的《阿来研究资料》就有了重要的学术意义。该书集资料性、思想性、学术性于一体，既辑有阿来本人的重要创作言论，又辑有陈美兰、陈晓明、郜元宝、高玉、贺绍俊、梁海、南帆、王一川、谢有顺、徐新建、张学昕等诸多全国著名教授关于阿来创作颇有深度与启示的研究论文，体现了编选者宏阔的学术视野和深邃的学术眼光。所收论文不仅显示了国内有关阿来小说创作及译介研究方面的学术水准，还展现了有关阿来诗歌创作、电影及戏剧改编等方面的学术进展，可以说，阿来研究的重要文章尽收其中。全书既有个案分析，又有宏观探讨，既有认同，又有争鸣，点面结合，百花齐放，书末还附有阿来创作年表与阿来研究资料目录索引。一册在手，有关阿来研究的现状、问题及未来走向，尽在掌握中。所以，我们毫不夸张地说，《阿来研究资料》是对学界 30 年来阿来研究的整体检阅和系统梳理，具有学术里程碑的意义。

# 一、关于阿来的三部长篇及三重境界

一般而言，人们认为阿来的三部长篇小说《尘埃落定》《空山》《格萨尔王》是其创作中的三部重要作品，这其中又以《尘埃落定》为代表。所以，《阿来研究资料》自然少不了关于《尘埃落定》研究的重头文章。该书不仅辑收了阿来本人关于《尘埃落定》的创作谈，还辑收了陈美兰在陌生化场景中诠释《尘埃落定》，徐新建从权力、族别、时间等维度分析《尘埃落定》虚构中的历史与文化，以及黄书泉鉴赏《尘埃落定》的诗性特质等重磅文章，为读者深入理解《尘埃落定》提供了参照。

不过，本书关于《尘埃落定》评论中最有意思的是李建军《像蝴蝶一样飞舞的绣花碎片》和王一川《旋风中的升降》这两篇截然相反、针锋相对的学术争鸣。

李建军批评大家盲目地希望将《尘埃落定》经典化的态度，认为其选择不可靠叙述者的挑战是失败的，尽管阿来"卖了很多关子，花了很大力气"，却"把问题弄得更复杂"，显得"别扭和虚假"；语言"罗嗦，不够简洁、省净，用许多话重复说一件事"，且并不具有积极修辞效果，"主观性太强"，"太空、太飘、太碎、太绕，缺乏抵进人物内心世界的力量"，未能建立平等的话语关系和理想的精神交流情境；作者和主人公对女人、底层人物关系的态度尤为"令人反感"，特别是有关"主人"对女人的侮慢和凌辱的叙写是"过度的、乏味的，缺乏丰富的人性内容和伦理价值"；作者超然冷漠，笔下人物也怪异、病态，作者对女人没有敬意，对底层的弱者和不幸者缺乏同情心和怜悯心；主题开掘也是失败的，傻子二少爷的怪诞想象和异常行为"缺乏'寓言效果'，缺乏'历史感'，缺乏'普遍人性'"。总之，李建军认为从叙述、语言、寓言修辞以及作者对人物的态度、主题建构和普遍性追求等多方面审视《尘埃落定》，"都是一部应该进行质疑性批评的作品"，"远不是一部成熟的经典之作"①。

而与李建军几乎是全面否定《尘埃落定》截然相反，王一川于 1998 年就高度肯定了《尘埃落定》的跨族别书写是"解读中国少数民族生活"和"整个中国的现代性进程"的"新的感人的美学标本"。2013 年，王一川在"向经典致敬——《尘埃落定》出版 15 周年纪念会"上，更是几乎全面肯定了《尘埃落定》的艺术贡献和文学价值。被李建军贬斥的傻瓜形象恰恰是王一川特别看好的，他并强调这一人物形象具有"杂糅而多义的特性"，"特色独具而又兴味蕴藉"，小说的成功和经典化很大程度就源于这个形象。这个"憨而智"的艺术形象是阿来对中国文学传统和世界文学的"新的独特贡献"。王一川还对小说中"旋风"意象的隐喻意义作多重分析，认为旋风"代表的是全球历史兴亡大势"，"其主旋律则是革命"，其寓言性非常独到而高妙。被李建军诟病的主题不明，也恰恰是王一川赞赏的高明和优秀之处，因为这使得文本具有了"多重阅读兴味和可供再度回味的可能性"。王一川认为这种具有中国艺术传统的兴味蕴藉特质可能恰恰正是这部作品被读者经典化的重要原因。由此，王一川评价《尘埃落定》"堪称被迫纳

---

① 见陈思广主编：《阿来研究资料》，四川文艺出版社 2018 年版，第 161—176 页。以下所涉论文或引文皆出于《阿来研究资料》，故不另行说明，必要时只随文标注页码。

入世界文学进程的地方文学即中国现代文学的一枚硕果"，是"全球化进程在其地方化意义上的一块显眼的里程碑"（第 177—181 页）。

有关《空山》的评论中，阿来对"空山"之"空"的夫子自道与批评家贺绍俊的解读大相径庭。阿来《有关〈空山〉的三个问题》解释了他的小说名为"空山"的本意是"一无所见，所见的就是一篇空山"。在《我只感到世界扑面而来——在渤海大学"小说家讲坛"上的讲演》中，阿来也明确表示"小说名叫《空山》与王维那两句闲适的著名诗句没有任何关联"（第 29 页）。但是尽管如此，贺绍俊在《三部小说，三重境界——阿来的文学世界观一瞥》还是质问，"难道就与汉文学的古典诗歌意境毫无关联吗？"（第 211 页）这就形成了原作者与批评家对同一文本进行完全不同阐释的有趣现象。另外，贺绍俊对《空山》的高度评价与郜元宝认为的"更加显得稀松平常"及邵燕君对其艺术之失的分析形成了一个很有趣的学术张力场。相对于贺绍俊的溢美、郜元宝的苛责、邵燕君的酷评，南帆《美学意象与历史的幻象——读阿来的〈空山〉》则更加切中肯綮，独具慧眼地发现了《空山》的独特艺术价值。南帆看到了人们因为立场和境遇不同，所以在面对现代性时的心情也就变得丰富而复杂。同时，南帆认为文学可以表现这种复杂、矛盾的情绪，表现"向往、激动、欣喜"的部分表象之外，事实上大量存在着的"犹豫、迷惘乃至讥讽和贬斥"。

有关《格萨尔王》的评论中，卓玛《人性观念的现代重构——以阿来〈格萨尔王〉为例》，对这部重述神话的佳作进行了深入细致的学理分析。文章特别注意到了藏民族关于人性之善恶并存的深刻认知。阿来的《格萨尔王》对人性兼善恶观念"展开了富于现代性的思考"，小说对史诗进行个性化的"引用、戏仿还有吸纳"，再度强调了"史诗所深藏的古老人性观"。王治国《双重书写：非母语再创与译入语创译——以葛浩文英译阿来〈格萨尔王〉为例》，则从文化阐释和翻译学角度给文学研究提供了不同的路径。

另有意思的是贺绍俊在《三部小说，三重境界——阿来的文学世界观一瞥》一文中提出的"三重境界"说。贺绍俊认为，《尘埃落定》呈现了庄子所言的大智若愚的"傻的境界"；《空山》呈现了"空的境界"，"空"是汉文学古典诗歌追求的"热闹纷繁之后归于平静的心境"，"洞悉世事之后的悟性"，"清理了一切尘世污垢世俗羁绊之后的洁净心灵"；《格萨尔王》呈现的是"净的境界"（第 206—212 页）。虽然笔者并不一定完全赞同上述三境界的具体概括，但是，毋庸置疑的是，《尘埃落定》《空山》《格萨尔王》的确是各有千秋，独具风貌。

## 二、阿来中短篇小说与长篇小说孰优孰劣

本书编者并不因为阿来是著名作家就偏袒和溢美之，相反，编者还客观选择了对阿来创作提出隐忧、批评、建议甚至非议的学术成果。这种包容的学术研究心态有利于读者客观、全面、辩证地认识阿来的文学创作得与失、成与败、探索与停滞。

比较明确地提出阿来中短篇小说的艺术价值或许超过长篇的是著名学者郜元宝。他在《不够破碎——读阿来短篇近作想到的》中，一方面提醒大家高度重视阿来被忽视的短篇小说的艺术价值，另一方面特别指出《尘埃落定》和《空山》存在的"众人叫好而

我窃以为甚可忧虑的曼妙无比却飘忽不定的调子"。郜元宝认为，与张承志《心灵史》相比，"《尘埃落定》的文化依托过于空虚含混，对灵魂和人性的开掘也颇肤浅"；《空山》的艺术价值更不容高估，"《空山》失去了《尘埃落定》那一层梦幻色彩的遮挡，更加显得稀松平常"。他强调，《尘埃落定》和《空山》这两部作品"共同的问题都是作者在尚未自觉其文化归属的情况下贸然发力，试图以长篇小说的形式对复杂的汉藏文化交界地人们几十年的生活做文化与历史的宏观把握"，而"这种把握几乎是不可能的"。经过认真细致的比较分析，郜元宝作出了阿来的创作长篇不如中篇、中篇不如短篇的判断。这种当头棒喝式的文学批评也许不一定令作家信服，但作为一家之言，自有存在的价值和必要。

邵燕君也表示支持郜元宝对阿来民族文化身份的"洞见"和对《尘埃落定》《空山》艺术之失的评判。同时，邵燕君指出，在面对剧烈的社会结构变迁和激烈的文化冲突时，阿来"实在缺乏足够的思想资源和思考能力进行剖析和整合"。

不过，张学昕并不这样认为。他在《朴拙的诗意——阿来短篇小说论》一文中指出，很长一段时间读者因为沉醉于《尘埃落定》《空山》等著名长篇，不经意忽略了阿来短篇小说的独特价值。阿来"对时间的诗意阐释和发掘"中，闪烁着"佛性的光芒与深刻"，达到了一种"极高的文学境界"，具有"长篇所不可取代的更强烈的诗学力量和沉郁的魅力"。其实，在最早公开发表的两篇研究阿来的文章中，白崇人、周克芹都高度肯定了阿来短篇小说的独特价值，一是在表现时代变革进程中，敏锐地呈现了民族心灵的震颤和命运的不可抗拒；二是其"严格写实"的作品因对民族历史、文化的肯定与挚爱，对乡土的深情和对民族未来的呼唤而染上了"浪漫主义的色彩"，"弥漫着一种诗意的光辉"。

## 三、小说之外：有关阿来的诗歌、散文、影视剧研究

阿来的文学创作起步于诗歌，《阿来的诗》收录了阿来迄今为止的绝大部分诗歌。小说创作之余，阿来还创作了不少散文，《大地的阶梯》即可看作他散文写作方面的代表。本研究资料辑录的丹珍草的《"群山，或者关于我自己的颂词"——评〈阿来的诗〉》，对阿来的诗作了深入而全面的知人论世般的解析，令人颇受启发。谢有顺《灵魂的重量——关于阿来的散文》，抓住了阿来散文的特质，认为其"最重要的特点，就是将散文的轻与重的关系处理得非常恰当"，并发现其写作的秘密在于受聂鲁达、惠特曼的影响，"尽力使自己的生命与一个更雄伟的存在对接起来"，也是学者论其散文的有分量之作。

表现出《阿来研究资料》编选者宏阔视野的，不仅在于注意到了小说家阿来在诗歌、散文方面的贡献和影响，还在于特别注意到学者对阿来电影剧本、《尘埃落定》川剧改编的研讨。傅东育、石川、赵宁宇、赵卫防《〈西藏天空〉四人谈》谈到了这部电影的历史地位、启蒙意义、泛普世性和"与政治有一定勾连的现代性"。丁淑梅《文述的张力与演述的阈度——小说〈尘埃落定〉与谭愫版改编川剧的一种对读》从代言与唱叙、相喻与场阈、诗性表演与戏剧性表演的对读，为受众解答了有关文体实验、故事互动的疑问，揭示了空间转换的多种可能性。徐棻《寻找登岸的绿洲——改编〈尘埃落定〉的告白》，分享了她在改编时处理内容取舍，呈现实在与虚无、隐喻和象征，保留

原著的叙事特色与精神特质等方面的宝贵经验。杜建华《以川剧的方式解读〈尘埃落定〉》，探讨了徐棻改编版川剧《尘埃落定》如何运用川剧艺术手段深入开掘人物的内心隐秘。这些研讨文章对于不同艺术之间的互动互促具有很好的指导意义，对于扩大阿来研究的视阈也起到了积极的促进作用。

## 四、突破与隐忧：《瞻对》、"山珍三部"的学者化倾向

阿来是一个永不满足的作家。读者如果按照创作时间的先后顺序来阅读其作品，就会感到阿来一次次试图打破陈规，超越别人的习见和自己已经取得的成绩。长篇非虚构性小说《瞻对》与中篇小说"山珍三部"即给读者以不同的感受。特别是引述了30余种著作、外在形式上"很像学术文本"又对现实有很强投射力的《瞻对》，就引起了文学界的较大争议。高玉在《瞻对：一个历史学体式的小说文本》中，对此基本持肯定态度。他认为这是一部非常独特的小说，具有历史性和非虚构性，对阿来本人及中国当代小说创作来说均是"一种突破"，但也客观地指出了阿来在解读《清史稿》时的书写错误和理解错误，并认为其可读性"很差"，"故事如记流水账，事件缺乏因果关联，因而缺乏基本的小说情节的连贯性"。

但是硬币总有两面，学者化的逻辑思维和过于急迫地想对现实发声的冲动，以及不顾文体既有规范的过激"突破"，其实对作品的文学性、可读性确实是有些影响的。白浩在《阿来的移形换影三变与学者化隐忧——"山珍三部曲"读后》一文中指出，知识越来越多，看事情越来越透，对一个成熟的大作家而言未必是好事，而"阿来的学者化倾向就日益鲜明"，《格萨尔王》理性之维已经过于明显，《瞻对》更是"学者化得厉害"，"知识堆砌中的理性大于艺术形象，学者化大于艺术化"，要不是有"非虚构"导向作托词，那就很难摆脱掉书袋的嫌疑。白浩还据此提醒大家注意那一届鲁迅文学奖《瞻对》因归类混乱而得"零票"的深层原因，可能正在于其文本过于学者化、知识化、概念化而导致的可读性、艺术性的弱化。到了《蘑菇圈》《河上柏影》，主题也变得"泛、浮"。这种基于敬意的苛责式的忠言，尤其在文章已发表之后，《蘑菇圈》又荣获了鲁迅文学奖时，对于阿来及"阿粉"来说，必然逆耳。但是，如何处理理性思维和形象思维的关系确实是所有作家，尤其是"成熟的大作家"们特别需要认真面对的问题。

## 五、跨族别书写与多重文学资源

"跨族别书写"是阿来研究的重要学术生长点。阿来在《阿来小传》中"以出生、成长于边疆地带而关注边疆，表达边疆，研究边疆"表明了自己的志趣及其原因。《穿行于异质文化之间》详细地介绍了他如何"在两种语言之间流浪"，从藏族民间口头文学悟到"文学所需要的方式"是"感性的丰沛与非理性的清晰"，学会了"把握时间，呈现空间"，"面对命运与激情"，而通过汉语"建立了自己的文学世界"，沿袭和发展了"悠久深沉的伟大传统"，坦诚地告诉读者他通过汉语翻译的西方名著接受了哪些西方当代文学大师的熏陶和滋养。

　　"民间"是阿来重要的"审美资源"。他坦陈，在创作《尘埃落定》时就从质朴、直接、大气的民间文学中得到诸多启示。与一般作家只把民间文学当作题材来源、故事框架不同的是，他还强调民间文学"在方法论、认识论上都有重要意义"，其"看待事物、看待人生的基本态度，乃至处理当下事务的方式，能帮助我们校正对文学意义的基本态度"。但是，虽然痴迷于民间文学，尤其是民间口传文学，阿来也不是亦步亦趋，缺乏自己的鉴别和判断，相反，以小说《格萨尔王》为例，他就对传统的口传史诗"展开变异与扩展"，进行了创造性的发挥。也因为对笔记、私人书信、地方志、地方档案、口头文学、民间传说的大量借鉴，并以此解构正史叙事，非虚构文本《瞻对》才具有了虚构成分，所以高玉将《瞻对》的文本实验称为"历史学体式的小说"。

　　在《我只感到世界扑面而来——在渤海大学"小说家讲坛"上的讲演》中，阿来明确透露了他对外国文学尤其是拉美文学的借鉴和他对文学的"民族性与世界性"问题的深入思考。

　　正是以博大的胸襟兼容并包，阿来把藏地民间文学资源、汉语文学传统和域外经典名家作品均当作不可或缺的养料，这才丰富了他的文学世界。

# 六、挽歌与反思：阿来对现代性的"纠结"

　　对现代性的"纠结"反映出阿来独到的文学反思。《阿来研究资料》中虽没有一篇文章专门论述这一个话题，但不论是阿来的自述还是众多学者的论述，都涉及这一方面。《阿来研究资料》将各种关于阿来文学现代性的讨论并置，便于研读者进一步深入领会阿来创作的丰富性、复杂性和深刻性。

　　程德培在《文化和自然之镜——阿来"山珍三部"的生态、心态与世态》中认为，"《蘑菇圈》在观念上似乎是一种对进步的拒绝"。在《有关〈空山〉的三个问题》中，阿来反对因为族别而被"侵犯性"地阐释为"对进步发出抗议之声"，"愿意呆在旧世界抗拒并仇视文明"，他强调自己的回顾"并不是在为旧时代唱一曲挽歌，而是反思。而反思的目的，还是为了面向未来"。丹珍草《"群山，或者关于我自己的颂词"——评〈阿来的诗〉》认为，《阿来的诗》缺乏"现代性的批判理念"，但其长篇小说《空山》呈现了"他历史的、形而上的使命同构于现代性的表达"。注意，丹珍草此处是将"现代性"当作褒义词使用的。而其实阿来是把"现代性"作为一个中性词看待的，所以是客观辩证地评价现代性和现代化进程，对整体方向明了并认可，但对具体方式和措施保持审视和反思。李长中《〈河上柏影〉与阿来的景观政治学》认为，阿来《尘埃落定》《空山》等作品"对现代性及其后果的认知尚不充分，还仅仅将现代性看作一种外来的他者的现代性"，而《河上柏影》表明"阿来变得坦然了，平和了，对现代性开始以一种'有限度的'姿态接受了"。本文分析表面是自圆其说，但是忽略了引文的时间先后顺序。不过他提出的"过急现代性"，的确从进度上操之过急的方面分析出了民族地区遭遇现代性时出现系列问题的原因，可能是"接纳能力和准备上不充足"。丁增武《'消解'与'建构'之间的二律背反——重评全球化语境中阿来与扎西达娃的'西藏想象'》注意到阿来在《尘埃落定》中，开始反观本民族文化的政治经济基础及其演变，其《空山》中，"阿来更是将藏族乡村文化直接引入到中国曲折的现代化进程之中，目睹它的变异、裂变和消解过程"。陈思广、张莹《阿来小说接受向度研究的现状、问题与思考》中，对王一川《跨族别书写与现代性新景观——读阿来长篇小说〈尘埃落定〉》、梁海《民族史诗最动人心魄的力量：阿来论》、南帆《美学意象与历史的幻象——读阿来〈空山〉》等文对阿来小说关于现代性的研读和评判作了细致梳理。邵燕君《"纯文学"方法与史诗叙事的困境——以阿来〈空山〉为例》认为，《空山》"对外来冲击采取简单的拒斥态度是其令人遗憾的地方之一"，对"新社会"的"一切都采取了拒绝姿态"，将社会制度变革、生活方式改变全部"视为对藏民无忧无虑生活的侵害"，并调侃其"有一种独特的艺术才能，将他的简单退守表现为大智若愚"。不过，在我看见，关于阿来对现代性的"纠结"，认识得最到位，评价最为公允的是南帆的《美学意象与历史的幻象——读阿来〈空山〉》。南帆高度肯定了阿来"对现代性神话的批判性反思"，认为阿来"肯定已经意识到历史的复杂性"，所以对"知识"的态度显得"犹豫和矛盾"，而阿来听到了历史的脚步声却不愿意"毫无异议地接受一切"，所以其犹豫和矛盾"并非一个作家的缺陷——我宁可认为这可能显示了一个作家的深刻"。

# 七、阿来文学创作的接受与传播

截至 2018 年 8 月，据中国知网学术检索，主题"阿来"的文章 1100 余篇，篇名"阿来"的文章 600 余篇。其中，博士学位论文 3 篇，硕士学位论文 55 篇。另外，根据笔者统计，关于阿来研究的论文集《阿来研究》已经出了 8 本，胡沛萍、丹珍草等学者研究阿来的专著也已经有 6 本。可以说，涉及阿来研究的学术成果已经成为当代学术研究中的一个重要方面。陈思广、张莹在《阿来小说接受向度研究的现状、问题与思考》中指出，自 1988 年至今，阿来小说的接受向度研究"主要体现出三个接受向度：'诗般气质'、'历史－现实'和'民族－文化'"。全文不仅细致地分析了近 30 年来阿来小说接受研究的实绩，对其显现的问题也予以了深入的思考，颇有启示意义。操慧的《文学与社会互动的媒体取径——以媒体报道阿来为例》指出，阿来的专业创作、媒体参与、社会活动均是互融于他的言行的新闻价值的"融媒体"，阿来出众的媒介素养使得他"突破了传统意义上的文学传播的边界"，"实现跨界跨域的社会交流"，而且"顺应融合传播的大势中同步提增文学大众化、通俗化的传播效率，从而凸显媒体取径的融合传播走向，扩展文学与社会的价值关联"。这种传播学研究方法为网络时代新媒体语境下的当代作家作品研究提供了新的思路和方法，提供了阿来研究新的向度和可能。

此外，《阿来研究资料》附录部分还辑收了梁海的《阿来创作年表》和于宏的《阿来研究论文和著作索引》，为读者深入了解阿来的创作及其研究提供了极为便利且详实的史料。

总之，《阿来研究资料》是对学界 30 年来阿来研究的整体检阅和系统梳理，具有学术里程碑的意义。

（作者单位：四川大学文学与新闻学院）

# 民族和性别双重意识的深入掘进

## ——评徐琴教授《文化身份的建构与书写》

杨荣昌

　　西藏民族大学是藏族文学研究的重镇，活跃着一批优秀的中青年学者，发表和出版了诸多为学界瞩目的学术成果。徐琴教授是其中较为突出的一位，多年来，她在藏族当代文学研究领域辛勤笔耕，取得了丰硕成绩，尤其在女性文学研究方面，更是用力甚勤。2017 年 11 月，中山大学出版社出版了她的《文化身份的建构与书写——当代藏族女性文学研究》一书，是多年学术探索的结晶，标志着在该领域的理论建构已初步形成体系，并显露出个人独特的话语风格。

　　在藏族当代文学历史上，央珍、梅卓、白玛娜珍、尼玛潘多等女性作家均做出过重要贡献，她们在共同的家国和民族情怀的感召下，形成各具特色的创作美学，为学术研究提供了丰富的阐释空间。徐琴以极大的学术自觉，集中梳理当代以来的藏族女性文学历史源流，分门别类深入文本世界探究艺术内涵，探析作品背后的作家所担负的那种历史、民族、身份多重因素交织的文化责任；通过解读她们的代表性作品，深入其驳杂深厚的生命景观，爬梳剔抉，去伪存真，在文学作品的民族观念、性别意识、文化理想、价值立场等方面都作出了令人信服的阐释，深化了学术研究的维度。

　　首先，关注凸显的民族意识。藏族女性作家善于对本民族历史、传统进行吸收与转化，将丰富驳杂的民间传说、英雄史诗、天人观念等最具深度的文化资源转化为明晰的文学表达，以文学的形象性为其他民族的读者所认知。作品打开历史的通道有很多条，如自然物象、民族仪式等，这些民族的意象和符码，透露出作家深层的内心世界。徐琴认为，"作家将藏族人的情感及生活方式进行了内蕴化的提炼。轮回、法鼓、诵经、长磕、赎罪等词汇的使用不再是简单的修辞方式，而是带有藏族人的生命体验和思维方式"。宗教信仰和宗教实践消融在了藏族人日常生活的方方面面，雪域高原上独特的精神信仰和生存状态的表现，离不开宗教书写，它体现在藏族文学的多个维度上。从文学背景来看，雪山、玛尼石、经幡、白塔、佛堂等是常见的场景，烘托了一种宗教氛围；从民间理想来看，对英雄和祖先的崇拜，源于民族史诗的熏陶与濡染；从写作手法来看，常用历史传说、宗教经典、神话故事等作为引言，将民族传统文化心理引入当代叙事，勾连起历史与现实的通道。在徐琴看来，即使书写爱情这一人类普遍性命题，作家也无意识地与宗教相联系，"这种杂糅浓郁宗教色彩的爱情书写方式与汉族女性作家的爱情书写呈现出了截然不同的风范"。通过这些带有浓厚宗教色彩的意象的抒写，女性作家一次次强化了自己的民族情感，彰显民族身份。她的研究思路和方法无疑是值得信任的，研究民族文学，离不开对民族审美意象符号的把握。当下诸多的民族文学批评为何隔靴搔痒，言不及义？原因就是研究者以他者的眼光来观照民族文学，对潜藏在文本中那些动人的精彩细节、隐约的精神秘密无法及时捕捉，而它们往往是作品最核心的艺术细胞。徐琴作为汉族研究者，却对藏族文学中的独特意象有贴己之感，她从藏族独特生产、生活的物象入手，探索这些具象化物质背后的作家自然观、生死观和宇宙观，揭示作家与作品之间在精神同构上的对应关系，从而厘清一条创作的发生学路径。

其次，聚焦女性文学张扬的性别意识。与20世纪90年代中国文学中的"女性写作"不同的是，藏族女性作家几乎共同抵制对性意识和身体经验的描写，她们超越个人身体之萌动，以女性特有的细腻与敏感，关注世道人心，传递家国观念，反思民族传统，呈现出一种厚重的艺术经验。在徐琴看来，"藏族女作家的创作较少'小女人'或'私人化''隐私化'写作，也不会哗众取宠，仅仅去关注身体、性以及一己的哀愁与幽怨，她们的写作似乎更有一种历史纵深感，即使是抒写女性个体的苦闷和哀伤，也与整个民族行进的步伐紧密相连"。她们对现实的强力介入，对城乡发展带来的贫富反差和人性变异，尤其对本民族在现代化潮流奔涌中日渐散失的根性传统和难以更改的民族痼疾，更是表现出一种难言的隐忧与伤痛，这是作家责任与道义的表现。如在梅卓等人的创作中，她看到了文学如何从女性狭小的视域中超脱出来，接通更宽广的人文视野，并自觉承担起对民族历史和族性意识的双重反思。梅卓在面对民族文化根性中的痼疾的时候，有着一种感同身受的痛苦和悲哀，以对藏文化的痼疾进行反思和批判的精神建构着自我的民族文化身份，写出了藏文化在强势文化面前的困惑与挫折，企望以惨痛的民族记忆来唤起潜存的豪猛威武的民族精神。藏族女性作家普遍拒绝轻盈浮华，追求深沉凝重，这与这个民族的女性在日常生活中担负的家庭责任形成一种强烈的呼应。更可贵的是，女性意识的崛起，体现在对一系列带有独立意识的新女性形象的塑造上，她们渴望冲破传统的束缚，在新的时代找到人性的尊严。作家为了深化这类形象，不惜塑造与之相对的男性形象，他们柔弱猥琐、背信弃义，与女性的敢爱敢恨、重情重义形成鲜明反差。而且，在作品中，藏族的女性不再是男性的附庸，她们身上洋溢着鲜活的生命力，和男性一起构成了主导历史的力量。作家们对这类女性形象的塑造与赞美，传递出一种强力的价值观，亦是其女性立场的宣言。她们以女性的视角审视藏民族的社会生活和历史变迁，挖掘女性在历史发展中潜在的活力，将女性个体的发展纳入民族发展的进程，在女性命运与民族发展之间寻找创作的最佳结合点，展现女性生存困境的同时也展现了民族生存困境。徐琴对这种张扬性别意识的书写给予积极肯定，她认为作家们"有着对国家、民族和女性个体的独特理解，显示了女性对民族文化的探寻和坚守，传达出了鲜明的民族意识和民族文化身份的认同"。

再次，饱含忧患的文化思虑。优秀的创作者和研究者都是本民族的先行者，她们独具前瞻性的思考，往往能够穿透历史与现实的帷幕，给人以深沉的启悟与引导。在徐琴的论述中，体现了强烈忧患意识。这包含两层意思，一是作家本人对于民族历史和现实的忧患与反思，二是研究者对于藏族文学发展的反思与批判。前者在书中的表现，在于徐琴深度阐释了作家的反思精神，她们对民族历史进程中女性生存状况的理性思考和对民族痼疾的批判，对被历史所遗忘的女性命运的开掘和关怀，对当下女性生存困境的体认和展现，以女性视角演绎的历史风云和社会变迁，女性的情感困惑和对理想之爱的追寻。如央珍的《无性别的神》以女性视角观察时代更迭中的风云剧变，对西藏现代化进程进行了反思；梅卓的小说在部落兴衰发展中反思民族生存的困境；白玛娜珍小说以女性自我挣扎的个性解放之路，反思民族现代化的困境；尼玛潘多以城乡交织、流变中女性的精神挣扎反思民族困境。这些有成就的作家，均从女性视角出发，着眼点却非个人悲欢，而是整个民族的现代化进程。她们的写作将自我发展与民族发展相连接，与国家的现代化进程相连接，体现出一种深沉的文化责任。后者是研究者的个体反思。置身于研究的现场，徐琴并未失却自己作为学者应有的辨析与批判能力。在看到这个群体以民族性书写立于文坛的同时，她依然对作品中偏狭的民族观给予批评。她们对他者文化粗暴狭隘的抗拒、对宗教精神性力量不遗余力的张扬，都将削弱作品走向更深沉厚重的力量。没有一种恒定的价值立场和更高远的精神视野而过度地追寻文化认同与身份认同，极容易在自尊与自傲的交织中走向自负，从而矫枉过正，走向另一种认同危机。优秀的民族文化必然要走向现代化，只有对根性传统进行必要的辨析与扬弃，使之符合时代主潮，体现当代精神，才能成为当代文化中的有益成分。因此，民族文学的发展，归根结底还是要回到费孝通先生"各美其美，美人之美，美美与共，天下大同"的经典论述上来。徐琴关于当代藏族文学发展面临问题的分析，触及问题的症结，不仅对于藏族文学，对于其他除汉族强势文学之外的少数民族文学而言，都有极强的参照意义。只是这部分论述在整本著作中显得单薄，优势经验的阐释与固化固然重要，问题困境的分析也必不可少。

　　最后，积极肯定作家创作技法的提升。藏族作家的成长环境和文化基因，适宜产生伟大的作品，藏地历史与现实的风云激荡、多种文化的冲突与融合、深厚根性传统与现代文明的交相辉映，都让作家们有着多层面、多维度的表现领域。抛开那些猎奇的描写，仅就对个体价值感的关注和灵魂的书写而言，藏族女性作家的创作便可以有效接通西方魔幻现实主义的叙事传统，使西方现代叙事艺术与中国民族传统资源相化合，产生奇异的叙事效果。在中国当代文学中，马原的《冈底斯的诱惑》，扎西达娃的《西藏，系在皮绳扣上的魂》等先锋小说，就是最好的例证。这种带有魔幻色彩的书写，同样体现在梅卓的《月亮营地》等小说中。先锋的外表，并没有脱离藏民族独特的精神底色。徐琴对藏族女性作家积极吸收现代叙事艺术，对本土精神文化资源进行的创造性转化和创新性发展，给予热切鼓励，认为这是植根于深厚民族文化传统中创作的作家都应遵循的普遍规律。

　　文学研究的价值在于抛开那些浮嚣的碎屑，聚拢有益的成分，以研究者的灵性之笔打造出一朵朵最具核心价值的"金蔷薇"。徐琴的研究，不仅将藏族女性文学放置于整个中国当代文学的发展背景中考量，勾勒出各个历史时段的文学发展特点与坐标，探索其与中国主流文学思潮之间的异同点，进而分析产生差异的原因，为读者找到评价的参照系。更重要的是，她着力探索、总结和彰显作家们的独特创造，凝聚作品中展露出来的异质性经验和略带陌生化的美学光芒，它们是构成中国文学整体经验的重要因素，缺少这些民族性突出的艺术成分，当代文学的阐释是不充分的。她以民族性和女性的双重视角介入研究领域，力图通过解读文本走进藏族作家的心灵深处，以同为女性之敏感，去感知那些细腻却灵动鲜活的情绪律动，寻找强势文化掩盖下的微弱却倔强发光的美学之源，使之聚集、壮大而成为不容忽视的美学力量。尤其女性文学中强烈的精神性、深厚的家园情怀等，都是当下文坛所稀缺的质素。这是区别于其他族别（尤其是汉民族）和男性作家的独异的美学，这样的寻找显然是准确而又关键的。同时她又不乏学者的谨严，站在人类共同价值的立场上，诚恳地指出藏族女性文学存在的艺术缺憾，为她们摆脱困境，走向更高远的艺术之境寻找出路。这种既有个性温度又具理性思辨的言说，并且旁及藏族文学整体观感的书写，提供了一种可信的评说参照，对其他民族文学的发展亦有鲜明的启示意义。

（作者单位：楚雄师范学院人文学院）

## 会议综述

# "新时代藏族文学高端论坛" 会议综述

徐　琴　任　玲

　　2017 年 12 月 9 日，由西藏民族大学主办，西藏民族大学文学院、西藏当代文学研究中心承办的"新时代藏族文学高端论坛"在古都咸阳召开。本次会议有来自西藏文联、陕西省文联、香格里拉文联、中国社会科学院、西藏自治区社会科学院、陕西省社会科学院、南京大学、暨南大学、四川大学、陕西师范大学、新疆大学、延安大学、青海师范大学、青海民族大学、大连理工大学、西南民族大学、兰州城市学院、宁夏大学、内蒙古民族大学、中央民族大学、西南科技大学、南京财经大学、石河子大学、西北民族大学、西藏民族大学等 35 所学术机构研究员、高等院校师生、文联作家等共六十余人参与。与会同仁以求实、严谨、创新的学术原则，就少数民族文学学科建设、少数民族文学研究方法、藏族作家作品研究、藏族文学创作概况及现存问题、少数民族母语创作等议题展开细致而热烈的讨论，参会学者的发言与讨论让我们充分感受到藏族文学乃至中国少数民族文学研究发展的广大前景。

　　会议开幕式由西藏民族大学文学院党委书记袁书会教授主持，会议开始前首先由西藏民族大学校方领导向专家学者敬献哈达表达热切的欢迎与问候。随后，西藏民族大学刘凯校长，西藏自治区文联副主席、作协副主席吉美平阶，陕西省作协副主席、咸阳市作协副主席王海以及西藏民族大学文学院院长王军君教授分别致辞，表达对此次论坛顺利召开的欣喜之情与殷切期盼。

一

　　开幕式结束，进入会议主题演讲发言阶段。首先由中国现代文学研究会会长、南京大学文学院丁帆教授为与会人员做题为《中国少数民族文学研究与学科发展现状》的主题演讲，演讲由西藏民族大学文学院院长王军君教授主持。丁帆教授主要从少数民族文学研究的困局、文明进化的阶梯论、少数民族文学研究新的增长点、作品解读层面新的价值观和新的方法等几大方面讲起，分析中国少数民族文学研究现状以及存在问题。同时，丁教授对少数民族文学发展前景以及研究策略作了宏观和微观的双重描述，并呼吁藏族作家使用好本民族语言，大力发展和繁荣藏族母语文学创作。主题演讲最后，丁帆教授更是提议西藏民族大学尽快申请设立少数民族学科点，并使其成为西藏民族大学特色专业品牌的亮点与增长点。

随后，大会主题发言由中国社会科学院民族文学研究所丹珍草研究员主持。四川大学文学与新闻传播学院陈思广教授在《神的意味——也谈央珍长篇小说〈无性别的神〉的寓意与主题》中指出《无性别的神》是一部心灵史小说，"在文明与野蛮、信仰与亵渎、皈依与反叛、生灵与自然的交织相容"中，呼唤众生平等，呼唤人性平等、博爱，呼唤文化平等、自由，央珍信奉的"神明"，是"无性别的神"，解放军进藏、文工团宣传只是导引，作家期盼西藏尽快摆脱落后、保守、封闭的社会形态而迈向现代化，这样的向往与追求才是根本，才是文本所要表达的核心主题。西藏自治区社科院科研处长蓝国华研究员在《作为学科的少数民族文学与铸牢中华民族共同体意识——兼议我区高校少数民族文学学科建设的路径》中提出，要牢固树立文化自信，繁荣发展社会主义文化，进而筑牢中华民族共同体意识，实现中华民族伟大复兴的中国梦，文学是很重要的一个方面。特别是在边疆民族地区，加强多民族文学的教学，大力推进少数民族文学学科建设具有重要的作用。他从理念层面、教学层面、研究层面指出应如何进行学科建设。西南民族大学文学与新闻传播学院郑靖茹副教授在《"青史亦无情"，小说当何为？——试论洼西彭错小说叙述中的乡城历史》中指出藏族作家洼西彭错在他的小说中运用官方史料、民间传说以及民间讲述这三种方式，以作为正史的乡城县志书写与民间的乡城记忆互为参照印证，充分还原了乡城历史的细节与情感，使得乡城历史的多种声音在小说文本中相互对话，最终以小说虚构的方式构建出一部立体的乡城历史，写出了一部独特的乡城民间记忆史。西藏民族大学文学院徐琴教授在《次仁罗布创作论》中提出次仁罗布的作品内涵极其丰富。他的小说致力于精神维度的思考，关注民族的历史命运、关注民族心灵中一些永恒的东西，常常以一位藏人独特的心灵感受去抒写民族前进过程中的悲欢，充满着博大的悲悯情怀，蕴含着人类所共通的思想感情和寓意指向。此外，他的作品在艺术维度上不懈地追求形式的创新，具有极强的文学担当精神。青海师范大学人文学院刘晓林教授在《天籁般的写作——万玛才旦小说管窥》中提出，万玛才旦的小说题材的选择和审视的方式自然透露着本民族特有的气息，这些都是积淀在他精神骨髓中民族气质和心理结构的自然流露。他认为万玛才旦的小说呈现出藏族汉语写作的新的特色，关注藏区生活的日常性，藏族文学也呈现出一种多元化的特征。青海民族大学文学院卓玛教授在《多元共生的青藏多民族文学》中指出青藏多民族文学是青藏高原诸多文化形态中最为丰富的体现，因此也呈现出比较复杂的状态。青海多民族作家植根于本民族生活的土壤，通过对民族心理细微而准确的感受与把握，以各民族特有的民风民俗和厚重的文化积淀为底色，创作了大量文学作品，这使青藏多民族文学构成一种多样性的文学生态，迎来青藏多民族文学更多向上生长的空间。主题发言结束后，暨南大学文学院姚新勇教授对以上发言进行了精彩的点评与总结。

# 二

　　分组研讨第一组由咸阳师范学院袁方教授主持，四川大学陈思广教授点评。欧阳可惺（新疆大学文学院教授）《"逻辑起点"与"对话起点"——当代少数民族文学研究的理念与方法》由少数民族文学研究者的汉族身份、语言障碍及民族文化体认，引出"逻辑起点"与"对话起点"的研究方式，提出研究者思维起点不同，必然会形成差异性的结论。白晓霞（兰州城市学院文史学院副教授）《当代藏族历史小说中的女性书写》主要讲述藏族的历史小说，选取了女性视角，通过一些具体文本进行了分析；重点思考新历史/文化历史小说区别于以往历史小说宏大的叙事，以小叙事/个人历史叙事对当地生活历史、经济发展、文化变迁等方面有更好的书写；探讨藏族文化历史小说走向完善的途径。彭超（西南民族大学文学与新闻传播学院副教授）《"救赎"的置换：城市语境下的藏地故乡》主要从城市化语境下出发，讲"西藏形象的演变"。在当代文学中，西藏形象经历了由"蛮荒"到"天堂"、由"被救赎"到"救赎"的巨大逆转；无论是"我者"还是"他者"，对故乡是"构魅"或是"祛魅"，都呈现出追梦者梦醒时分的痛苦、迷茫，反映出当代人故乡情怀的失去，提出藏地文明在现代化建设中何去何从的问题。杨艳伶（陕西省社会科学院文化研究所助理研究员）《20 世纪 90 年代以来藏族女性作家的西藏言说》从解读母族文化密码、呈现纷繁百态人生、深描女性生存境遇这三方面谈起，阐释民族文化，抒写人生况味，关注女性境遇。黄群英（西南科技大学文学与艺术学院）《"康巴作家群"的民族风情书写研究》提出"康巴作家群"因创作所表现的浓郁的民族风情而备受关注，对民族风情的多样性与独特性书写，提升了对康巴地区民族风情表现的力度和强度，拓展了审美的视野和境界；"康巴作家群"的创作因民族风情特色鲜明，带来全新的审美体验，给予当代少数民族创作以极大启发。卢顽梅（西藏民族大学文学院）《当代藏族文学中的血亲复仇主题研究》主要从"血亲复仇"的现象探源、"血亲复仇"现象在当代藏族中的表现形态、藏传佛教对血亲复仇传统的影响以及血亲复仇书写所反映的社会形态转变等几个方面来探析这一文学现象背后的深层根源及其现代演变。于宏（西藏民族大学文学院教授）《当代藏族文学文化研究考察与反思》就现在少数民族文学研究中不懂母语的现象、少数民族文学在主流文学中被忽视的现象、当代少数民族研究的困惑、少数民族文学同主流文学更好的融合、各民族之间交流的加强、民族性和现代性的关系这六个问题与在座的各位专家学者进行了交流。杨荣昌（云南楚雄师范学院党委办公室）《当代藏族作家的生态书写——以丹增、白玛娜珍的散文为例》以丹增的散文集《小沙弥》和白玛娜珍的《惟一》《拉萨的活路》等作品为例，梳理了他们心理意识层面与土地之间那种牵扯不断的血脉关系；倾情歌颂聚居地秀美的山河与绚丽的文化，又对本民族愚昧落后的世相发出的疾呼，以一个在场者的敏锐，对社会文化生态作出深刻思考和理性批判。华旦尖措（西北民族大学藏语言文化学院）《地域文化与文化的存在——探析当代著名德本家长篇小说〈衰〉的文化价值》以德本家长篇小说《衰》为例，就小说中出现的一些动物意象进行分析，探讨地域文化在文化存在中的重要意义。曲圣琪（南京财经大学新闻学院）《藏地女人心——当代女性文学中的藏族文学叙事》按时间脉络梳理了当代藏族女性文学叙事的发展概况，将央珍、梅卓、格央、维色、白玛娜珍、尼玛潘多6位藏族作家，同回族作家马丽华作比较，展现出女作家们和而不同的女性意识。索南加（四川民族学院藏学学院讲师）《对新时期藏族文学创作的再认识》主要从"新时期文学""藏族文学""再认识"三点着手，对藏族文学现状作出了分析，提出文学是一种艺术，是为人提供审美感受的。完么才多（西北民族大学文学院）《浅论赞普时期"戈尔"歌的一些特征》主要阐述了"戈尔"歌在赞普时期藏族文学中的艺术特点、思想意义，表现出"戈尔"歌在广义的藏族文学史上相当重要的地位。李美萍（西藏民族大学文学院副教授）《当代藏族女性作家汉语文学创作中的文化建构》主要从鲜明的地域特色、熔铸传统文化与现代文明的努力这两方面着手，通过一系列的文本分析，提出当代藏族女性作家用汉语的方式在文学的世界中勾勒出一幅完整的具有浓郁地域色彩、深厚藏族文化、多元创作个性的文学地图。在小组成员发言完毕，陈思广教授针对组员的发言进行精准独到的点评，使在座成员受益匪浅。

分组研讨第二组由陕西师范大学红柯教授主持，中国社会科学院民族研究所丹珍草研究员点评。扎西尼玛（香格里拉文联）《藏语母语文学创作和刊物》提出藏语母语文学刊物以民间组织名义办刊，主要做的事情是培养藏族母语作品，使其成为母语创作的平台；翻译国外、国内经典作品，翻译本民族优秀作品到外国，促进文化的相互交流。红柯（陕西师范大学文学院教授）《边疆草原文化与中原农耕文化的主要区别》从土地与大地、动态与静地、封闭与开放、青春与老年这四个方面论述了边疆草原文化与中原农耕文化的主要区别。姚新勇（暨南大学文学院教授）《同样的命运，复调的选择——"新时期"藏族文学与主流文学不同路向选择的解释》列举了伊丹才让前后两个时期的创作对主流文学的开放及其走向现代、走向世界的方向，而以藏族文学为代表的少数民族文学则大多选择了经由返还传统而走向世界的路向，相同的命运、类似的境况，却出现了不同的选择。发言对这个现象进行了解释说明。孙新峰（宝鸡文理学院文学院副院长、教授）《关于地域文学研究的几点思考》从文学批评的尴尬、学院派的尴尬、版面费的尴尬这几点入手，提出对当下批评家身份确认的思考，认为文学评论家要激浊扬清，管理好文坛的环境，热爱作家，热爱作品，提高全民素养，要成为传播者、磨合者，加强思想建设。栗军（西藏民族大学文学院副教授）《史诗中英雄形象在当代文本中的传承与变异——以藏族史诗〈格萨尔王传〉为例》以藏族史诗《格萨尔王》为例，梳理了当代社会公开出版的《格萨尔王》多种汉文文本，提出每类文本作者的创作的初衷并不相同，但所展示的英雄形象里却有很多相似的类型，这也是史诗在文学文化的传承中共有一种特点，很多文本能借史诗的典故引出现代人对社会的认识和看法。王妍（内蒙古民族大学文学院副教授）《跨文化视域中的身份建构与文化守望——论阿来"嘉绒"的空间叙事》从身份焦虑与构建、消费时代的文化守望这两方面着手，认为嘉绒藏区靠近汉区，根植其中的阿来在早期创作时已较为敏锐地感受到汉藏多元文化交汇、碰撞造成的民族身份建构的焦虑，对民族身份的探求延续到了他以后的作品中。张凡（石河子大学文学艺术学院）《试论近年来阿来小说创作中的生态观照——以〈蘑菇圈〉〈三只虫草〉等中篇为考察中心》从意象与声音的隐喻性、身份与阿来的生态自觉这两方面入手，指出在以藏地生活为叙事背景的《蘑菇圈》和《三只虫草》中，阿来用诗意的文字呈现出繁衍生息的雪域高原上的人们与大自然之间发生的那些事、那些情，进而突显出雪域之上生命的饱满与炽热。李斌（云南普洱学院）《尊严与忤逆：作为"新理想"的曲珍》从生与死的选择——社会学视域下的尊严、留与去的挣扎——心理学角度的尊严这两个层面的尊严进行分析，表达了一种对于藏族文化的压迫、不平等、无尊严的文化内涵的忤逆与抗拒，对尊严、平等、自由等"无性别"理想社会秩序的渴求与追寻。魏春春（西藏民族大学文学院副教授）《阿来的〈蘑菇圈〉和〈三只虫草〉的生态研究》先是提出了阿来结集出版了《蘑菇圈》《三只虫草》，将动物叙事与植物叙事相结合，展现自然生态的问题，引起人们的关注；接着从生态话语的实践、官场实用主义的生态情状对《蘑菇圈》和《三只虫草》进行了深入分析。揭晓昀（西藏民族大学文学院研究生）《论扎西才让小说的悲剧意蕴》认为扎西才让的小说取材民间，多描写民间底层人民的生活状况，透过民间生活，展现残酷的生存处境，透露着浓厚的悲剧色彩。她从生命苦痛下的死亡悲剧、爱情失落下的心灵悲剧、欲望沟壑下的精神悲剧三方面进一步阐述了扎西才让小说中的悲剧意蕴。小组发言讨论结束后，丹珍草研究员针对发言内容进行总结、分类，对小组成员就藏族母语文学、藏族当代诗歌文学、藏族当代作家作品等系列论文进行了细致精彩的点评总结。

　　分组研讨第三组由西藏当代文学研究会常务副会长周韶西主持，青海师范大学人文学院刘晓林教授点评。张中旭（中央民族大学少数民族语言文学系）《杨志军小说〈藏獒〉叙事特色分析》运用叙事学的理论，对小说《藏獒》的叙述视角、声音、情节、时间与环境等方面进行分析，以期为这部经典作品的文本研究提供一些新的角度。孔占芳（青海师范大学民族师范学院）《万玛才旦电影主题探析》认为万玛才旦的电影主题倾向比较明显，大致延续着对传统文化的深情回望、对现时的深刻观瞻，以及对未来的引领与思考演进，这是民族导演引领民族文化的优势，从中可以看到培养优秀的民族文化人才的重要性。罗布次仁（西藏自治区文联副秘书长）《西藏文学创作现状观察》从写作者的层面去探讨母语创作和藏族人用汉语创作这两个方面的问题。发言提出现如今对作品的研究不够，现代文学研究的人才力量不够；作家默默创作，不太关注评论；汉语创作的作家偏多，母语创作较少等问题。卡甲·得来多杰（西藏大学硕士研究生）《20 世纪 50 年代之前藏族文学史分期问题研究》遵循文学史的发展要从文学自身发展规律中掌握的原则，关注政治史的变迁和经济发展史的变化、佛教文化的发展方向、世界文学的阶段分类等方面的规律，界定对藏族文学发展史至关重要的阶段分类，同时也论述了20 世纪 50 年代以前的文学中的论点。李宝（西藏民族大学文学院研究生）《江洋才让长篇小说对民间文学的移植——以〈马背上的经幡〉为例》提出对民间文学的大量移植、借用是江洋才让长篇小说创作较为明显的艺术特征。神话史诗、歌谣、谚语这三种体裁的民间文学在其小说作品中体现得最为鲜明，这种对民间文学的移植在深化文本空间叙事，增强审美表现力的同时，也丰富了江洋才让作品的民族文化内涵。朱小青（西藏民族大学文学院研究生）《身多疾病纷扰心——解读严英秀作品中的病态女性》认为严英秀以独特的女性立场、感伤细腻的笔触抒写了当下社会知识分子的境遇及其平实的生活，她的作品中多有关于女性病态的书写，这些书写承载着女性的生活和情感。对此，论文选取了《纸飞机》从精神分析学角度进行阐释。张娜（西藏民族大学文学院研究生)《得失方寸间——严英秀小说中的伤感有余与成长不足论析》指出严英秀善写现代社会中女性的情感经历，描写现代女性的情感遭遇与精神困顿，将解决的方法寄托于绵延不绝的女性成长，却给人留下鲜明的"伤感有余"和"成长不足"的印象。季敏敏（西藏民族大学文学院研究生）在《草原生活的回望与探求——简评尹向东草原系列小说》一文中，认为在尹向东草原系列小说中，作者以清新简约的笔触书写草原生活的原生色调，并以强烈的责任意识挖掘对民族记忆的深度思考，从原生态草原生活的和谐乐章、草原生活与现代文明的磨合、草原人精神家园的归路三个方面对其草原系列小说进行了细致阐述。陈思远（西藏民族大学文学院研究生）《论扎西才让作品中的互文性》一文提出了扎西才让作品体裁多样、情感丰富并且存在着很强的互文性特点。论文从扎西才让的诗歌、散文和小说中体现出的互文的补充性、延续性和反叛性来进行阐述，认为这样的创作手法扩展了作家自身的创作领域，增强了文本间的对话，使一个作品不再是孤立的个体，而是更加具有可读性和感染力。四郎秋达（西北民族大学研究生）《由〈玛尔巴传〉等传记对比探析〈热琼哇传〉的殊胜价值》以《热琼哇传》为研究对象，从比较研究的角度，横向对比《热译师传》《玛尔巴传》等传记的历史意义，纵向分析《热琼哇传》的文学价值及独特之处，从而确认其在藏族文学史上不可代替的意义与价值。龙万多杰（西藏大学研究生）《〈塞久和华吉〉剧本研究》分析和研究了藏族剧本的由来，比较了剧本与小说之间的关系，介绍《塞久和华吉》剧本的内容及人物特点，概括了剧本的缺陷，以回顾 20 世纪 80 年代的剧本创作的状况，对现在的创作和未来的剧本创作进行了思考。完玛黄加（四川民族学院藏学学院老师）《藏族第一首〈自由诗青春瀑布〉的深层结构研究》根据西方的新批评理论，结合结构主义和解释学的分析方法，以"文本细读"为主来探析《自由诗青春瀑布》的所有结构，提出《自由诗青春瀑布》的结构可以分为从外到内的三个层次：外层结构、内层结构和深层结构。扎西加措（西北民族大学研究生）《论二十世纪初的一位藏族空行母自传》从卫萨空行母传记简略、卫萨空行母传记的价值与特征、卫萨空行母的文学出版次数三个方面研究卫萨空行母的事迹，谈论她由一名奴女成为空行之母的修法精神和伟大思想。胡沛萍（西藏民族大学文学院教授）《当代藏族长篇小说题材类型研究》对当代藏族长篇小说的现状进行了概述，将当代藏族长篇小说题材划分为历史题材、农牧区乡村题材、城市题材、教育题材等，提出要对藏区历史有更充分的了解，藏族文学创作应该开拓更多的题材等观点。与会成员发言结束后，青海师范大学人文学院刘晓林教授对就发言情况作了精彩点评。

## 三

大会闭幕式由西藏民族大学文学院院长王军君教授主持，三组分组研讨的点评人陈思广教授、丹珍草研究员、刘晓林教授分别汇报总结各组的研讨情况，对各组发言进行了精彩的点评。他们对此次会议成果表示满意，认为本论坛是一次高水平、高规格、高层次、高质量的会议，并希望有机会多举办参与此类论坛。最后，王军君教授为本次论坛作总结性发言，他在闭幕词中表达了对与会专家学者的感谢，并对该论坛寄予厚望，希望以后论坛每两年举行一次。同时王军君教授还表示一定要发挥好西藏民族大学在新时代藏族文学研究领域的重镇作用。

此次新时代藏族文学高端论坛成果丰硕，与会专家积极研讨，展开学术的交流与碰撞，并收获了一批高质量的学术论文，显现了藏族文学研究的繁盛景象。从藏族文学发展现状来看，新时代藏族文学论坛的举办有很大的必要性，首先它为研究藏族文学的专家学者提供了一次难能可贵的学术交流机会，增进了专家学者间的友谊。同时，专家学者的发言讨论从不同角度、不同层面对当代藏族文学发展作了全面深入的探讨，提出了内涵丰富、见解独到的学理性观点，对解决当前藏族文学发展的难题有了新的启示与借鉴。本次论坛的圆满召开定将激励更多的藏族作家潜心创作，为中国文坛增添民族之绚烂色彩。同时，也将激励更多专家学者为新时代藏族文学研究集思广益，共同推进新时代藏族文学的不断繁荣与发展。藏族文学将会在更多专家学者的共同努力下，引起更多的关注，取得更为丰硕的成果。

（作者单位：西藏民族大学文学院）